KB055977

할아버지는
왜
회사 안가요?

할아버지는
왜
회사 안가요?

이 원 경
수 필 집

좋은땅

책을 내며

퇴직 후 일 년이 지나서 휴대폰을 갖게 되었다. 곧 카톡을 통해 친지들에게 글을 보이기 시작했다. 시간이 흘러 글이 모였다. 글이란 누구나 쓸 수 있는 것이면서도 막상 쓰려고 하면 이런저런 자의식 때문에 방해받고 만다. 나도 그런 사람들 중 하나였다. 이제 카톡이란 매체 혹은 독서 환경 덕분에 누구나 마음만 먹으면 시작할 수 있는 입장이 되었다. 이렇게 글이 모이는 데는 독자들도 많은 영향을 미쳐 왔다. 그들은 글을 쓸 소재를 안겨 주기도 했고, 막무가내로 글을 내놓으라고도 했다. 글에 대한 그들의 반응도 영향을 미쳤을 것이다. 결국, 문명과 독자가 이 책을 내는 데 계기가 되어준 셈이다.

"할아버지는 왜 회사 안 가요?"는 손녀가 화상 통화 중에 한 말이다. 할아버지가 언제나 편안한 차림으로 집에서 전화를 받으니, 아이로서는 아침마다 회사로 출근하는 제 아빠와 비교되어 한 말이다. 내가 남보다 일곱 해나 일찍 은퇴하지 않았다면 아이의 말을 대수롭지 않게 넘겼을 것이다. 아이가 제 입으로 한 말을, 책의 제목으로 정하고는 그걸 제 손으로 베끼고 그림을 그리게 해서 표지로 삼으니, 동화책으로 보이기 십상이다. 심심함을 달래 줄 읽을거리를 마련했다는 말을 듣는다면 보람이겠다.

2020. 9. 이원경

할아버지는
왜
회사 안 가요?

차례

가족, 친구와 잘 지내기란

소설 읽는 즐거움

길에서 마주한 사연

4부　읽으며 생각하며

5부　이런저런 이야기

가족, 친구와 잘 지내기란

그 하숙집엔 브리태니커와 돌 역기가 있었다

(2015. 5. 11)

　휴대폰 없이 자유인의 삶을 누리던 사람이 이 문명의 물건을 가지게 되자, 옛 직장의 한 동료는 탁월한 선택이라는 메시지를 보내왔다. 그 메시지엔 동료들의 불편을 모르는 척하다가, 퇴직하고 나서야 문명의 대열에 동참한 사람을 비웃는 뜻도 담겨 있을 것이다. 이왕 내친 김에 컴퓨터에도 연결한 후, 카톡 창을 하나 열고 대학 동기들을 초대했다. 모니터 속에 하나둘 나타난 친구들은 축하의 뜻을 전하는 한편, 서로간에 인사와 소식을 나누느라 카톡 소리가 빈발하게 해 주었다.

　화면에 하나씩 나타나는 친구들의 옛 모습을 머리에 떠올리며 모니터를 바라보다 보니, 배한성이란 이름이 나타났다. 그는 나와는 고등학교 동창이기도 한 인연으로, 대학 신입생 시절 1년간 하숙집에서 방을 같이 쓴 일이 있다. 대화하다 보니 하숙집 주인 식구들 얘기가 나오게 되었다. 친구는 그 집 삼 남매 중 막내아들과 연락이 되어, 주인 내외는 오래전에 작고했다는 소식을 듣게 되었다며 그의 전화번호를 알려 주었다. 이름과 전화번호를 물끄러미 바라보며 40여 년이란 시간을 건너뛰어 추억에 빠져 들었다.

　지금의 대구시 남구 대명로 주변, 어느 골목의 안쪽에 위치했던 그 하숙집은 화단과 뜰을 가진 단층 양옥이었다. 주방과 식당을 겸하는 방과 거실 그리고 침실이 네 개인, 당시에는 제법 그럴 듯해 보이는 새집이었다. 주방 겸 식당을 끼고 있는 방 두 개는 주인 가족이 쓰고, 나머지 두 개는 네 명의 하숙생이 차지했다.

안주인은 이제 갓 고등학생을 면한 우리 하숙생들에게 깍듯이 공대했으며 자녀들에겐 우리를 반드시 아저씨라고 부르게 했다. 이제 갓 스물인 우리로서는 그 호칭이 귀에 설었지만 곧 익숙해졌다. 반면에 자신이 우리를 부를 때는 이름 뒤에 학생을 붙여 '누구 학생' 하는 식으로 불렀다. 안주인의 음식 솜씨는 정갈한 편이었으며 우리에게 정성을 다해 대접한다는 느낌을 주었다. 부부의 고향인 포항 지역에서는 흔히 쓰는지 김치를 담글 때는 제피 가루를 썼는데, 그 향이 처음엔 입에 맞지가 않았지만 나중엔 익숙해졌다. 주인내외는 성품이 명랑하고 금슬이 좋아서 집안 분위기는 화목한 편이었다. 안주인이 간혹 자녀들한테 숙제를 채근하는 경우에는 고함소리를 들을 수도 있었지만 이것도 평범한 가정의 모습이었다. 이미 3년 넘게 자취와 하숙으로 방을 여러 번 옮겨 본 경험이 있는 나는, 이런 평범한 가정을 느끼게 해 주는 하숙집을 찾기가 얼마나 어려운지 잘 알고 있었다.

그때는 밥을 집밖에서 사 먹는 일이란 거의 없던 시절이어서, 하숙비에 점심 식사가 포함되는 것은 당연했다. 점심은 도시락을 싸가지고 가든지 집에 와서 먹고 다시 학교로 가든지 해야 했다. 집에 손님이 찾아오는 일이나 주인 가족이 외출하는 일로 식사에 어려움을 겪은 일은 별로 없었다. 한번은, 안주인이 막 결혼한 질녀가 무슨 아파트에 살게 되었는데, 집들이에 초대받아 간다며 밥상을 미리 차려 놓고 가겠다면서 미안해했던 일이 기억난다.

이윽고 질녀의 신혼집에 다녀온 우리의 안주인은, 아파트는 있어야 할 건 다 있는 최고의 주거지라고 입이 마르게 예찬했다. 나로선 무척 궁금하기는 했지만 그게 어떻게 생겼는지 한 번도 들어가 본 일이 없으니 그의 주장이 얼마나 온당한지는 확인할 길이 없었다. 편하다는 이유로 토끼장 같이 생긴 곳을 어떻게 건강한 주거지라 할 수 있겠느냐고 해서, 그가 내게 어떤 반응을 보일 것인지 확인하지는 않는 게 낫겠다는 것을 직감으로 알아챘다. 지금 생각해 봐도 그 처신은 적절한 것이었다. 앞뒤를 살피지도 않고 상대방의 심기를 거슬러 화를 숱하게 자초한 삶을 되돌아보니, 그때 제대로 발현했던 직감기제가 차츰 효율이 떨어졌던 모양이다.

이제 하숙집 바깥주인을 소개할 때가 되었다. 우리는 그를, 그의 자녀들이 우리를 부를 때 쓰는 호칭으로 불렀다. 아저씨는 어느 건설 회사의 전무로 근무한 것으로 기억난다. 당시에는 사람들이 직장 생활을 하면서 집을 지어, 팔고 이사하는 일을 반복해서 재산을 늘리는 일이 흔했다. 집 짓는 일이 그의 전문 분야와도 관련이 있다 보니 저절로 남들과 비슷한 절차에 따라 우리의 하숙집도 짓게 되었을 것이다.

그가 자신의 학력을 밝히지는 않았는지 아니면 말해 주었는데도 내가 잊은 것인지는 모르겠다. 그렇지만 그가 고졸 이상의 학력은 가졌음이 거의 확실한 증거가 있었으니 그것은 그가 안방에 소장한 브리태니커 백과사전이었다. 보통의 가정에서는 사전류는 구성원이 쉽게 꺼내 볼 수 있도록 거실에 비치하는 게 흔한 예인데 아저씨가 왜 그 방대한 사전을 안방에 보관하게 되었는지는 알려지지 않았다. 거실이 비좁아서 서가를 둘 만한 공간이 확보되지 않았거나, 본인이 안방에 두는 게 꺼내 보기에 편했거나, 그것도 아니면 분실이나 훼손의 염려 때문이 아니었을까? 사실 나는 그 사전이 몇 권짜리인지도 몰랐다. 그것은 내 관찰력이나 기억력에 문제가 있어서가 아니라 그가 사전을, 그 전모를 파악할 수 있는 위치에 노출시키지 않았기 때문이다. 장롱에 넣어서 보관했는지 아니면 안방에 책궤가 있었을지도 모른다. 사전의 가격이 상당했을 것을 감안하면 충분히 이해가 되는 일이다. 물론 사전의 정확한 구입가격을 그가 말해 주지도 않았으며 우리도 그게 별로 궁금하지도 않았다. 그 사전이 그에게는 팔 물건도, 우리에게는 살 물건도 아니었으니 말이다.

확실한 것은 그가 그 많은 지식을 혼자 차지하기 위해서 사전을 안방에 보관한 것은 아니라는 것이다. 그걸 어떻게 아느냐 하면, 우리 중에 누군가가 궁금해하는 것이 있음을 알게 되면 그는 지체 없이 우리를 안방으로 불러들여 그 사전을 꺼내서 우리 앞에 펼쳐 놓고, 우리로 하여금 방대한 지식의 세계에 동참하도록 도움을 주는 일에 인색하지 않았기 때문이다. 게다가 그는 그 사전이 다른 어떤 사전과도 비교할 수 없을 만큼 독보적이란 사실을, 사전을 팔러 다니는 사람보다 자세히 설명하기도 했다. 사실 우리는 브리태니커라는 것이 그렇게 대단한 것인지도 몰랐기 때문에 그의 말을 경청하는 척했을 뿐이지, 아저씨의 이런 노력에도 혜택을 입은 기억이 별로 없다. 우리의 이 불행에는 크게 두 가지 원인이 있었다. 하나는 우리의 학구열이 부족했던 때문이고, 또 하나는 한 항목의 이해 즉, 우리가 안방에 들어온 소기의 목적을 달성하기도 전에 그가 다른 항목으로 쉽게 넘어가 버리는 경향이 있었기 때문이다. 즉, 우리의 목적은 하나(특정 항목의 이해)였지만 그의 목적은 둘(우리를 돕는 것과 사전의 우수성을 강조하는 것)이었으니 말이다. 다시 말하자면 사전을 손에 쥐고 있는 사람이 그였기 때문에 너무나도 쉽게, 우리는 의욕부족에, 그는 의욕과잉에 빠지고 말았다. 결국은 우리가 안방에 들어온 목적이 궁금한 게 있어서였는지 아니면 특정 사전의 우수성에 대한 의견에 불일치가 생겼기 때문인지 불확실해지는 게 문제였다. 더 큰 문제는 당시에는 어느 누구도 이 문제점을 인식하지 못했다는 것이다. 그러다가 시간이 흐르면 우리는 뭔가에 홀린 듯이 의기소침해져서, 뿌듯한 기분을 만끽했음이 틀림없는 아저씨를 남겨 두고 안방을 나오곤 했다. 왜냐하면 우리의 목적은 무시된 반면에 그의 목적은 절반이 달성되었기 때문이다.

브리태니커 얘길 조금 더할 수밖에 없다. 함께 사전을 살펴볼 때 우리는 아저씨의 설명을 들으며, 그가 영문을 해독하는 데 필요한 기본 능력 즉, 어휘력과 문맥을 짚어 내는 능력을 충분히 갖추었음을 확인하고 그를 부러운 눈으로 바라보았다. 우리에겐 그런 게 엄두가 나지 않는다고 스스로 인정했기 때문이다. 브리태니커를 읽는 일이 그리 어려운 게 아니란 걸 알게 된 것은 세월이 한참 흐른 후, 내가 CD-ROM 판을 구입하고 난 후였다. 아저씨의 안방에서 그렇게 어렵게만 여겨졌던 것이 이렇게 쉽게 읽히는 글일 줄이야! 물론 나이가 들어감에 따라 내 영어 능력도 향상되었겠지만, 한 나라의 문화를 드러내는 사전을 만들면서 어렵게 글을 써서 무슨 의미가 있겠는가를 생각해 보면 그것은 지극히 당연한 일이었다. 따라서 우리나라에서 고등학교 교육만 충실히 받은 사람이면 브리태니커를 읽어 낼 수 있다고 보아서 그의 학력을 추정해 본 것이다. 브리태니커를 소장했다는 것이 두드러진 특징인 분을 소개하려다 보니 학력 얘기가 나온 것이지 지식을 탐구하는 일에 학력이 뭐 그리 대수이겠는가? 강인하고 꿋꿋한 정신력 즉, 기개를 가진 사람이면 지식탐구뿐만 아니라 웬만한 일에서도 성공할 수 있는 것 아닌가? 이렇게 아저씨와의 추억이 서린 브리태니커가 2011년 수정판을 끝으로 종이판이 영영 출판되지 않는다니 서운한 일이다. 이제는 스마트 폰으로도 그 내용을 볼 수 있다 하니 위안을 삼는다.

앞에서 세 자녀들이 있다고 했는데 이들에 대해선 안타깝게도 별로 기억에 남는 일이 없어서 언급할 만한 게 없다. 맏이인 딸은 중3이었는데 우리와는 잘 어울리지도 않았고 우연히 대화를 할 기회가 생겨도 농담이 가벼우면 받아 주다가 당황스러우면 불편한 표정으로 제 방으로 쏙 들어가 버리는, 그 또래의 평범한 학생이었다. 둘째는 이제 막 머리를 빡빡 민 중1이었으며 막내는 4학년쯤이었을 것이다. 어느 일요일 둘을 데리고 인근 학교에 가서 야구를 한 일은 기억이 난다. 공부하다가 모르는 게 있으면 물으러 오기도 했겠지만 그렇게 잦지는 않았던 것 같다. 주인 내외로서야 하숙생이 대학생들이니 자녀들의 학업 향상에 얼마간 도움이 될 거라고 기대했을지 모르지만 말이다. 지금 돌이켜 보니 그런 기대엔 별로 부응을 못 한 것 같아 미안한 마음이 든다. 일 년이나 한솥밥을 먹었는데도 삼 남매에 대해 이렇게 생각나는 게 없다니. 내가 너무 무심했던가?

이제 우리 하숙생들에 대해 얘기해 보자. 나하고 한성이는 집의 정면을 향하는 큰 방을, 다른 방에는 같은 학과의 박영선과 건축과의 선배가 함께 썼는데 우리 방은 채광이 좋은 반면 다른 방은 좀 어두운 편이었다. 거실에 모여 대화를 나누기도 했겠지만 별로 기억에 남는 대화 내용은 없다. 다만 황순원의 《소나기》가 초등학교 교과서에 나오는지 중학교 교과서에 나오는지를 가지고 한참 언쟁을 벌였던 건 기억난다. 그런 면에서 보면 이번에 스마트 폰을 사길 잘한 것 같다. 이젠 그만한 일로 언쟁 같은 건 하지 않아도 되니 말이다.

영선이가 이탈리아 가요인 〈라노비아〉를 잘 불러서, 거실 바닥에 엎드려 한글로 가사를 받아 적어 가며 배운 일이 기억난다. 그 제목이 여성 명사로서 연인을 뜻한다는 것도, 떠나간 여인의 행복을 비는 한편 기다릴 테니 언제라도 돌아오길 바란다는 남자의 묘한 심리가 담겼다는 것도 알지 못 했다. 노래 말의 내용 같은 건 아무도 신경 쓰지 않았다. 친구처럼 서양노래 한 곡 멋지게 불러 보고자 급급했을 테니 말이다.

네 명이 거실의 소파에 모여 홀라를 하기도 했는데 그 방식이 화투로 하는 나이롱뽕과 비슷해서 누구나 쉽게 할 수 있었다. 점수를 기록해 두었다가 유사시 술값을 분담하는 기준으로 삼았으니, 승부에 집중하느라 밤늦은 시간까지 계속할 때도 많았다. 소파의 위치가 바로 안방의 벽에 붙어 있어서 취침에 들어간 가족들한테 방해가 되는 일이 분명한데도 불평하는 사람이 없었다. 그렇지만 눈치가 보인 우리는 숨소리도 죽이는 한편, 순서를 놓치거나 탄성을 지르는 친구에게 눈총을 줘 가며 게임은 계속했다. 그런 걸 보면 주인 내외는 참 너그러운 분들이었다. 자녀들을 생각해서라도 자제했어야 했는데 그땐 머리가 안 돌아간 건지, 모자란 건지 별로 선량치 못한 하숙생들이었다고 밖에 달리 표현할 길이 없다.

이제 현관문을 열고 바깥으로 나가 보자. 이 문을 열면 계단이, 그 아래에는 뜰이, 또 그 오른편엔 얼마간의 거리를 두고 대문이, 왼편 담장 구석엔 재래식 화장실이 있었다. 뜰은 콘크리트로 포장이 되었으며 화단과는 얕은 경계 블록으로 구분되어 있었다. 이것은 화단 안의 흙은 밖으로 나오지 못하게, 뜰의 빗물은 화단 안으로 들어가지 못하게 하는 역할을 한다. 이 양식은 어느 주택이나 비슷하니 별로 주목할 게 없지만 우리의 화단엔 중요한 물건이 놓여 있어서, 수시로 이 블록을 넘지 않을 수 없는 점이 유별나다고 할 수 있다. 그곳엔 역기가 놓여 있었다. 화단이 하숙생들에겐 꼭 필요한 시설인 헬스장 역할도 겸했던 것이다. 향나무를 비롯하여 키 작은 나무 몇 그루가 심어져 있는 화단의 오른쪽 즉, 대문 쪽에 역기를 앞집과의 담장에 평행하게 두었다. 역기와 뜰 사이엔 사람들이 들어서서 편하게 활동하도록 아무것도 심지 않았다. 이 맨땅 위의 좁은 공간이 우리의 헬스장인 것이다. 운동 기구라곤 이것 하나밖에 없었으니 무척 검소한 헬스장이다. 이 공간은 모여서 담소하기에도 적당했다. 날씨만 나쁘지 않으면 이곳이 거실보다 나은 사교 공간이 되어 주었다. 햇빛과 맑은 공기 말고는 제공되는 게 없다는 점이 아쉽긴 했지만 말이다.

이제 이 헬스장의 유일한 운동 기구인 역기를 살펴보자. 당시의 역기는 경제적인 이유로 돌을 많이 썼는데 우리의 것도 돌 역기였다. 좀 엉성하게 가공된 두 개의 돌을 철봉의 양쪽에 끼워 놓은 것이다. 철봉에 꽂힌 두 돌의 엉성함을 표현하자면, 박물관의 간석기 보단 뗀석기에 더 가깝다고 할 수 있다. 무게는 적당해서 웬만한 성인이면 두 손으로는 쉽게 들 수 있을 정도였다.

일단 철봉을 어깨높이까지만 올려놓으면 한 손으로 들어올릴 수도 있는데 이때는 무릎과 허리를 적당히 활용해야 하는, 다소 부담스러운 무게였다. 그러나 우리 집 네 청년들은 모두 이 동작을 해낼 만큼 체력이 좋은 편이었다. 역기를 한 손으로 드는 동작은 균형을 맞추는 데 제법 주의가 요구된다. 따라서 체력 단련에는 별로 권장할 만한 게 아니지만 혈기가 넘치는 젊은이들에겐 그런 건 문제가 되지 않았다. 역기를 자신의 어깨까지 올리는 데 두 손을 쓰느냐 아니면 한 손을 쓰느냐가 문제였다.

당시에 우리가 보통 사용하던 방법인 두손방법을 오른손잡이의 경우로 설명해 보자. 일단은 두 손으로 철봉의 중심부를 잡는데, 오른손은 철봉의 아래에서 왼손은 위에서 잡는 게 보통이다. 즉, 오른손은 손바닥이 위를 향하게, 왼손은 아래를 향하게 한다. 먼저 일어서서 역기를 허리까지 올린 다음, 무릎을 약간 굽혔다가 힘을 불끈 주어 어깨까지 올리면 된다. 이 동작의 마지막에는, 몸통이 철봉과 수직이 되게 발의 위치를 잡아야 한다는 것이 중요하다. 또한 오른손이 정확히 철봉의 중심에 있는지 확인해야 한다. 철봉이 기울면 들어올리기도 어렵고 다치기 십상이기 때문이다. 이 자세만 완성되고 철봉이 완전히 균형을 유지하면 들어올리는 것은 다소 쉬운 일이다. 약간 무릎을 굽혔다가 몸을 위로 솟구치면서 팔을 쭉 뻗으면 바로 끝이 난다. 말로 설명을 하자니 좀 복잡해 보이지만 실제로 해 보면 그렇게 어려운 동작은 아니다. 아마도 숙녀들에겐 나의 묘사가 다소 부족한지 모르겠다. 물론 체력이나 기량이 뛰어나면 한 손으로도 역기를 어깨까지 올려놓을 수도 있겠지만 이것에 성공한 하숙생은 없었다.

어느 날은 네 명 모두가 화단 부근에 모였다. 누군가는 예의 그 시도를 했을 테고, 나머지는 잡담하며 그가 실패하는 모습을 지켜보고 있었던 것 같다. 그때 갑자기 "그걸 한 손으로 들어올릴 수 없단 말인가?"라는 음성이 들려왔다. 고개를 들어 보니 그날의 주인공인 아저씨가 계단 꼭대기에서 우리를 내려다보고 있었다. 흰 러닝셔츠에 하얀 인조견 파자마를 입고 샌들을 신은 채 두 손을 허리에 걸친 그가 순간 낯선 사람처럼 여겨졌다. 아마도 40세 전후였을 그는 키는 좀 작은 편이었지만 몸매는 다부지고 균형이 잘 잡혀 있었다. 허리는 잘록했고 어깨는 딱 벌어져서 소싯적에는 운동을 해 본 가락이 엿보였다. 햇빛에 그을린 구릿빛 피부와 짙은 눈썹은 그의 흰 복장과 대조를 이루었다. 그의 외모는 그 시절 한창 인기가 있던 드라마인 〈형사 콜롬보〉의 주연 배우 피터 포크를 연상시켰다. 짧은 정적에 이어 누군가 그에게 손수 해 보일 수 있겠느냐고 물어보았고, "당연하지!"라는 말과 함께 아저씨는 계단을 내려왔다. 우리는 그에게 자리를 양보했고 그는 역기 앞에서 발의 위치를 가늠하고 자세를 잡더니 드디어 철봉의 한가운데에 오른손을 얹었다. 여기서 얹었다는 표현이 중요한데 손바닥이 아래로 향하게 잡았다는 말이다. 우리의 방식에서 위로 향하게 잡은 것과 다르다는 걸 알아낸 것은 한참 후였다. 그것도 고심을 거듭해서 말이다. 잠시 뒤 철봉이 들어올려져서 옆으로 살짝 숙인 고개를 넘어, 무릎이 굽혀진 그의 오른쪽 어깨 위에 오는 동안 어느새 그의 두 발은 철봉과 수직한 자세로 완벽한 조화를 이루었다. 순식간에 철봉이 사람의 머리를 넘어 온 것이다. 그 후에는 보나마나 한 결과였다. 이내 역기는 땅으로 내려왔다. 그는 우리가 제대로 그 과정을 알아채기도 전에 성공적으로 끝내 버렸다. 우리로서는 상상조차 할 수 없던 방법으로 해치운 것이다. 그야말로 전광석화라 할 만했다. 그러자 청년들로부터, 우레와 같은 환호와 박수가 아니라 야유와 탄식이 쏟아져 나왔다. 소란스러운 가운데 아저씨에게 전달된 청년들의 불만은 왜 역기를 머리 위로 넘겨서 드는 방식을 취했느냐며 그건 반칙이라는 것이었다. 즉, 저희들이 여태껏 시도해서 실패한 방식으로 하지 않았다는 것이다. 나는 아저씨가 "내가 한 방식이 쉬워 보이면 자네들도 그렇게 한번 해 봐라"라는 말을 했는지는 기억나지 않는다. 그러나 계단을 올라 거실로 들어가던 그의 쓸쓸한 뒷모습은 잊을 수가 없다. 그 후로도 우리들 중 어느 누구도 아저씨의 시도가 성공이라고 인정한 사람은 없었다. 내가 보기에 그 후에 누가 아저씨의 방식으로 시도해서 성공했는지는 중요한 게 아니었다. 내 기억엔 그런 사람도 없었지만 말이다. 질시에 눈이 멀어 남의 성공을 인정하지 못하느라, 자신들이 인격의 장애인임을 깨닫지 못한 게 문제였다.

독자 중에는, 아직 인격이 제대로 형성되기 전인 청년기였으니 불가피한 일이었을 거라고 나를 위로하는 분이 있을지 모르겠다. 그분에게 묻겠다. 그러면 어른들은 어떠한가? 남의 작은 성공에도 질시하는 어른은 없던가? 남이 무슨 성취를 하면, 자신이 그 입장이면 훨씬 더 큰 성공을 거둘 수 있었을 것이라고 장담하는 어른은 없던가? 갈채를 받아야 마땅했던 작은 거인이 자신의 영광스러운 무대에서 야유와 함께 퇴장하고 만 장면은 아직도 마음에 걸린다.

같은 학과에 다니는 세 명이 한집에 살다 보니 친구들도 종종 드나들게 되었다. 학과 친구들뿐만 아니라 고향 친구, 서클 친구 등이 오게 되는 경우도 있었을 것이다. 그러나 우리의 학업을 방해하거나 주인댁에 피해를 줄 정도였던 것 같지는 않다. 그중에 두드러지게 기억에 남는 두 친구의 방문을 소개한다.

어느 휴일 오전이었다. 밖에서 누군가를 부르는데 내 이름도 들어 있어서 나가 보니 같은 학과에 다니는 친구였다. 동행도 있었는데 여자 친구인 듯 보였다. 친구는 갑자기 필요해서 그러니 돈을 좀 빌려주면 곧 갚겠다고 했다. 버스비 정도가 아니었나 싶다. 셋 중에 누군가는 집에 있을 것이라고 짐작하고 무턱대고 찾아온 모양이었다. 어려운 부탁도 아닌데 동행까지 있었으니 바로 주었다. 되돌아서 가는 두 사람의 모습을 보니 친구의 등에 매달린 기타까지 꼭 세 사람이 골목을 빠져 나가는 것 같았다. 그 후로 시간이 지나도 친구는 돈을 갚지 않았고 나도 그 일을 잊어버리고 말았다.

시간이 20년 정도 지난 후, 친구의 친상 소식을 듣게 되었다. 두 시간을 운전해서 장례식장으로 가면서 그동안 친구와의 마주침을 더듬다 보니 그 골목에서의 장면까지 생각이 닿았다. 식장에 도착하자 친구는 나를 자신의 부인에게 소개하였다. 그때 부인의 입에서 나온 말은 나를 깜짝 놀라게 했다. "아, 전에 돈 빌려주신 분!"이라고 하는 게 아닌가. 나는 친구의 손을 잡고 위로의 말을 건네는 한편 '그 여자 친구하고 결혼했구나. 여태껏 그 일을 기억하고 있었단 말인가?' 하는 등의 생각이 머리를 스쳤다.

조문을 마치고 되돌아오는 내내 생각은 이어졌다. 살아오면서 누군가에게 되돌려주지 않은 돈이나 물건이 없는가를 스스로 묻게 되었다. 그러자 오래 생각할 것도 없이 대학원생시절 스승에게 빌린 책이 생각났다. 석사 학위 논문을 지도해 주셨던 원자력 연구소의 이해 박사님의 책 한 권이 너무 탐나서 졸업 후에도 반납하지 않았던 것이다. 잊은 게 아니라 의도적이었던 처신에 대해 불편한 마음을 숨겨 오다가 언젠가 고백했더니, 스승께서는 "잘 봤으면 됐어. 나는 이제 그 책이 필요하지 않아"라고 하셨다. 내가 과거의 처신에 대한 불편함을 기억에서 떨쳐내지 못 했듯이, 친구의 부인도 바로 그 골목길에서 느낀 잠시 동안의 불편함을 여태껏 떨쳐내지 못 한 건 아닐까 하는 생각이 들었다.

겨울 방학이 끝나갈 무렵, 학교 신문사의 기자로 활동하고 있던 같은 과의 이준식이 놀러 왔다. 서로 방학을 어떻게 보냈는지 등의 안부를 묻는 가운데, 내가 독후감을 하나 써 둔 게 있다고 했더니 그는 원고를 보자고 했다. 고향인 상주에서 지내는 동안, 지금은 폐간된 시사 월간지 〈세대〉에 실린, 이화여대의 안인희 교수가 쓴 〈여성교육 무용론〉이란 논문을 읽었다. 그 내용은 여자들을 대학교육까지 시켜 봐야 졸업과 동시에 시집가느라 사회 활동은 거의 하지 않으니 아무 소용이 없다는 다소 자조적이고 역설적인 글이었다. 그걸 읽고 독후감을 써 두었던 것이다. 독후감이라고 해 봐야 논문의 내용을 요약한 정도였을 것으로 짐작된다. 준식이는 그걸 가지고 갔고, 3월 초 어느 날 〈여성교육 무용론을 읽고〉라는 제목으로 학교 신문에 실은 것이다.

세월이 흘러 사회의 전 분야에 걸쳐 여성들의 활동이 맹렬한 걸 보자니 안 교수의 그 글이 이러한 결과에 어떤 영향을 미쳤을까를 생각해 보게 된다. 아무리 생각해 봐도, 사회가 변화해 감에 따라 여성 개

개인의 노력의 총체가 쌓여 이루어 낸 것이지 글 하나가 영향을 미쳤다고 보기는 어렵다. 다만 안 교수의 그 글이 나에게는 독후감을 쓰게 해서 평생을 글 쓰는 직업으로 살아가도록 첫걸음을 떼게 해 준 셈이니, 나의 삶에는 얼마간 영향을 미쳤다고 말해야 할 것 같다.

밤마다 소파에 모여 앉아 노동을 한 대가가 제법 쌓였으니 이제 집 밖으로 나가야 할 때가 되었다. 노력을 게을리했을 경우엔 더 많은 몫을 부담했을지도 모르니 가히 노동의 대가라 할 만한 것이다. 하란 공부는 안 하고 카드 게임으로 시간을 보낸 자식들의 실상을 고향의 부모들이 알았으면 기가 막힐 노릇이었지만 말이다.

대문 밖의 골목에서 왼쪽으로 꺾어 나가서 한 50m쯤 가면 오른쪽에 막걸리집이 하나 있었다. 이 집의 주인은 안주를 만들고 음식을 나르고 계산까지 겸하는, 요즘 말로 일인 사장이었다. 나이가 우리 나이의 두 배는 되어 보인 그의 성별이 여성임은 걸친 치마나 입술에 칠한 루주로나 겨우 판별할 수 있는 정도였다. 홀에는 둥근 탁자 몇 개와 그 주변에 의자들이 놓여 있었다. 그의 침실을 겸한 방에도 술상이 하나 놓여 있었는데 말하자면 이 집의 일등석인 셈이다. 이 집에 갈 때는 거의 여기에 들 수가 있었던 것은 우리가 대단한 손님이어서가 아니라, 비용을 줄이기 위해 저녁은 늘 하숙집에서 해결하고 가다 보니 시간이 제법 늦은 것이 주된 이유였을 것이다. 주인의 나이와 외모 덕분에 그 집을 찾는 손님이 별로 많지 않기 때문일는지도 모른다. 처음 이 집에 갔을 때 우리가 먼저 청했는지 자신이 스스로 합석했는지는 모르겠으나 그 후로는 갈 때마다 그도 우리의 일행이거나 한 것처럼 한 자리를 차지하곤 했다. 하긴 우리가 주문한 안주라고 해 봐야 두부 정도이니 주방 일이라고 할 것도 없기 때문에 혼자 홀을 지키기는 무료했을지도 모른다. 술집 주인으로서 나이와 외모 말고도 그에겐, 손님의 입장으로서는 흠이 하나 더 있었으니 주량이 우리 중 어느 누구 보다 세다는 점이었다. 그러다 보니 자기의 술잔이 비게 되면 남이 채워 주기도 전에 스스로 채우고(우리 중에 그와 대작할 사람이 없었으므로), 그러다가 주전자가 비게 되면 우리가 주문을 하기도 전에 술을 가지러 나가곤 했다. 그것이 두어 번 반복되면 우리도 자리에서 일어나게 마련이었다.

몇 달간을 공들여 기록한 자료를 바탕으로 노임인지 벌금인지를 모으게 된 날도 우리는 하숙집 안주인이 차려 준 저녁을 든든히 먹고 대문을 나섰다. 우리는 재빨리 그 가게를 지나쳐 큰 길로 나왔다. 우리 중 어느 누구도 그날은 그 새빨간 루주를 보고 싶어 하지 않은 것이다. 일단은 안지랑 네거리까지 걸었다. 거기서 1번 버스를 타고 한일극장 앞에서 내려서 조금만 걸으면 중앙통이 된다. 별로 지체하지도 않고 우리가 향한 곳은 향촌동이었다. 이곳은 일제 강점기부터 대구의 문인들이 모여들던 곳인데, 이상화가 자금을 대고 공초 오상순이 운영했다던 술집 '아시아 오뎅집'도 여기서 가까이에 있었다고 한다. 또한 전쟁 시에는 유치환, 조지훈, 박두진, 양주동, 마해송, 구상을 비롯해 화가 이중섭, 작곡가 김동진에 이르기까지 전국 각지에서 몰려든 문화 예술인들로 붐볐다던 음악 감상실 '녹향'도 있는 곳이다. 이곳에서 문인들은 자신의 원고를 다듬기도 했고 이중섭은 스케치를 했을 것이다. 그 원고료나 그림 값으로는 이 동네에서 술 마시는 데 다 써

버렸다고 한다. 파는 술보다 먹는 술이 더 많아 결국 자신이 운영하던 술집을 망하게 했다던 공초는 이미 고인이 된 지 10년도 넘은 그날 우리가 향했던 곳은 막걸리집도 음악 감상실도 아니었다. 중앙통과 평행하게 나 있는 골목의 중간쯤에 위치한 '물레방아'라는 경양식집이었다. 건물 외벽에는 이름과 어울리게 물레방아가 돌아가고 있었다. 그곳에서 우리는 파라다이스라는 사과주 한 병과 마른안주 하나를 주문했다. 거기서 나눈 대화의 내용은 기억에 남는 게 없다. 하긴 그곳에 무슨 대화할 게 있어서 갔겠는가? 시내를 한번 거닐어 보고 분위기가 있는 곳에서 그냥 숨을 한번 쉬기 위해서 갔다는 표현이 더 어울릴 것이다. '한 잔 또 한 잔 저 달 마시자'라며 단지를 비워 그 속에 비친 달까지 없애 버리자고 노래했던 공초와는 달리, 우리는 거기서 달 대신에 백열등을 마셔 버렸을 것이다. 그리곤 다시 하숙집으로 돌아왔겠지. 청춘의 그렇고 그런 하루가 지나갔을 것이다.

이왕 집을 나섰으니 학교까지 가 보자. 우리 하숙생들의 본업이 학업이니 배움터의 장면을 소개하는 것이 온당해 보이기 때문이다. 당시의 시국은 민청학련과 인혁당 사건 등이 말해 주듯이 반유신 분위기가 사회의 긴장감을 높여 주던 때였지만, 신입생인 우리는 그 의미를 잘 알지 못했다. 물론, 대통령이 설립자이자 교주인 우리 대학에서도 불경한(?) 운동이 없었던 건 아니었다. 그런 가운데도 10월 초순부터 시작된 한 달여간의 휴교를 제외하면 수업은 그나마 순탄히 진행되었던 걸로 기억한다. 교실에서의 두 장면을 소개한다.

먼저 대수기하란 과목이 생각난다. 기하란 말은 붙었지만 그 내용은 선형대수에 가까웠다. 수업 시간의 장면은 강의 내용이 어려웠다는 기억밖엔 없고, 다만 복습을 하다 보니 벡터의 일차종속이니 일차독립이니 하는 말이 무슨 뜻인지 몰라서 쩔쩔맨 기억은 생생하다. 이 기본적인 용어의 정의를 놓쳤으니 그 과목으로부터 배운 것이 적었음은 말할 것도 없다. 고등학생 시절 국어 교과서에서 읽은, "나는 일인칭, 너는 이인칭, 그 외의 세상 만물이 다 삼인칭"이란 설명을 듣기 위해 삼십 리 길을 걸어 일본 선생을 찾아갔다"라던 양주동의 글이 생각난다. 대학 신입생 시절 나는 벡터의 일차 종속성과 독립성을 깨우치기 위해 몇 걸음이나 걸으려 했던가?

김상무 교수님의 영어 독해 시간도 기억에 남아 있다. 교과서는 영국과 미국 작가들의 수필, 단편소설, 유명인의 연설문, 논설문 등이 주된 내용이었을 것이다. 수업은 늘 그가 읽고 번역하는 방식이었다. 어느 날은 수업을 마치면서 "혼자만 수업을 해 나가자니 재미가 없다"라며, 다음 시간에 누가 미리 내용을 공부해 와서 수업을 자기 대신해 보는 게 좋겠다고 했다. 그 일을 수행할 지원자를 찾은 것이다. 시간이 얼마간 흐른 후 어느 순간 나도 모르게 손이 올라갔다. 다음 시간까지 나름대로 준비한다고는 했지만 미심쩍은 부분이 있었는데, 가장 심각한 부분은 'bean(콩)'이 나오는 대목이었다. 수필이었던 것 같은데 작가 자신이 bean을 핀에 끼워서 자신의 가슴팍 즉, 군인으로 치면 이름표가 붙어 있는 곳에 꽂고 외출한다는 대목이었다. 나로선 콩을 가슴에 달고 나다닌다는 게 무슨 의미가 있는 것인지 상상할 수가 없어서 예습할 때 난감했던 것이다. 아마도 bean에는 다른 뜻도 있는데 내 사전이 부실하여 문맥에 맞는 번역어를 찾지 못한 것이라고 단정하고 말았던 건 아닌지 모르겠다. 이윽고 수업 시간이 되었고 드디어 그 bean 대목에 이르렀다. 도저히 bean을 콩으로 번역할 수가 없어서 머뭇거리자 그는 "그냥 콩을 가슴에 단 거야"라고 했다. '아니, 콩은 가슴에 달아서 뭐 할 건데요?'라고 묻고 싶은 마음이 간절했지만 수업을 진행해야 할 사람이 나라는 생각에 그냥 시키는 대로 했다. 도중에 작가의 의도가 어떤 것인지에 대해 설명을 해 주셨는데도 그 콩 때문에 경황이 없던 내 귀에는 안 들렸을지도 모른다. 나는 지금도 그 콩 이야기에서 작가의 의도를 추측해 내기가 난감하다. 겨우 상상력을 발휘해 보자면, 전쟁 중 식량부족 등의 사유로 어느 식당에서나 콩을 음식에 섞어 주는 데에 진력이 난 작가가 항의의 표시로 가슴에 콩을 달고 다녔다는 해학적인 글이 아니었을까 하고 짐작해 볼 뿐이다.

어쨌거나 나의 어설픈 수업이 끝나자, 그는 "하는 걸 보니 시험은 잘 칠 것이고"라며 내 이름을 묻더니 펜을 꺼내 출석부에 무언가를 적었다. 친구들은 "와!" 하고 탄성을 지르며 나를 부러워했던 기억이 난다. 곧 다음 수업을 대신할 학생을 찾자 이번엔 지원자가 빨리 나왔다. 내가 보기엔 그 친구는 무난히 수업을 진행한 것 같았다. 수업이 끝나고 교수님이 책과 출석부를 챙겨서 나가려고 하자, 앞줄의 친구들이 이번에는 왜 발표자의 이름을 묻지 않느냐고 물었지만 그는 말없이 교실에서 나가고 말았다. 그 후로는 학생들에게 수업을 맡기지 않았다. 교육자로서 학생들을 공평하게 대우해야 할 처지였지만, 그날 그의 태도에는 학생들에게 전해 주려는 어떤 메시지가 담겼을지 모른다. 남을 가르치는 일이란 이렇게 묘한 것이어서 교육자가 교실에서 한 언행을 두고 단정적으로 뭐라고 말하기는 어려운 것이다. 만약 사회가 교육자의 이런 자율성을 용인하지 못 한다면 그 사회의 교육은 배가 산으로 가는 형국이 되고 말 것이다. 그 수업 덕분인지 나에게 A 학점을 준 그는 이미 고인이 되신 지 여러 해가 되었다. 큰 키에 유머를 섞어 가며 수업을 진행하셨던 모습을 머리에 떠올리며 교수님의 명복을 빌어 본다.

이제 내일이면 정든 하숙집을 떠나야 한다. 1975년 2월 말의 어느 날이었을 것이다. 이곳 대명동은 교양 학부와 야간 대학만 있으니, 2학년부터 다녀야 할 공과 대학이 있는 경산까지는 통학하기가 불편해서 그곳 조영동에 새 하숙집을 구해 두었다. 그동안 가족처럼 지냈던 주인댁 식구들뿐만 아니라 여기에 남기로 한 세 명의 하숙생과도 헤어지게 되었다.

단출한 하숙생 살림으로, 이름뿐인 이삿짐을 정리하다 보니 이 집에 머문 1년 동안 즐거운 일도 많았지만 불편한 점도 머리에 떠올랐다. 그건 추위였다. 당시의 집이 대부분 그러했듯이 그 집은 단열이 제대로 되지 않았고, 우리 방은 큰 반면에 보일러에서 가장 멀리 있다 보니 유난히 추웠다. 추위를 견디지 못해 스탠드를 이불 속으로 끌어들인 밤도 있었다. 전구에서 나오는 열의 덕을 보려고 그런 바보짓을 했던 것이다. '몸이 좀 녹을 동안만 이러고 있자'라며 졸다가 눈을 떠보니, 벌써 인조 캐시밀론 이불이 거슬려 구멍이 나고 말았다. 이러다가 큰일 나겠구나 싶어서 스탠드를 꺼내 놓고 잠을 청했던 그 밤의 추위는 잊히지 않는다. 돌이켜 보면 그 방에서 겪은 추위는 방 탓이라기보단 내 탓이 더 컸다. 어머니가 그 이불로는 겨울을 날 수 없다고 경고했는데도, 이사를 자주 다녀야 하는 하숙생이 이불이 무거우면 이사하기가 힘들다고 내가 고집을 부리는 바람에 덮을 것이 부실했던 것이다. 머리가 아둔하면 몸이 고생한다는 말은 빈말이 아니다.

다른 하숙생들은 다들 어디 갔는지 혼자 저녁상을 물리고 난 얼마 후, 가까운 가게에서 술과 안주를 사 와서 안방 문을 두드렸더니 아저씨가 잠옷 차림으로 문을 열어 주었다. 내일 떠나게 되어 인사드리러 왔다고 했더니 그런 줄도 몰랐다며 들어오라고 했다. 방에 들어서자 아저씨는 주무시는 아줌마(우리는 그를 그렇게 불렀다)를 깨워 술상을 봐 오라고 일렀다. 나는 더 일찍 오지 못한 걸 후회했다. 이윽고 자그마한 상을 가운데 두고 세 사람이 둘러앉았다. 내일 아침에 인사를 해도 되는데 이렇게 인사를 와 주어 고맙다고 한 아저씨는 주인으로서 더 잘 해주지 못해 미안하다고 덧붙였다. 나의 장래에 행운을 빌어 주었음은 물론이다. 어느새 아줌마는 치마로 눈물을 찍어 내고 있었다. 아저씨의 '잘 해주지 못해서 미안하다'는 말에 목이 메었던 모양이다. 오히려 미안해진 나는 그동안 가족처럼 대해주신 점에 대해 감사 인사를 했을 것이다.

추억을 더듬느라 흐릿해진 눈의 초점을 맞추니 주인댁 막내아들의 이름과 전화번호가 또렷해졌다. 두어 번의 시도 끝에 통화하게 된 그의 음성은 바리톤이었다. 그도 나이를 먹은 것이다. 나를 기억하느냐고 물었더니 두말할 나위가 있느냐면서 나를 부르는 호칭도 아저씨에서 형님으로 바뀌어 있었다. 자신은 경기도 고양에서, 형은 부천에서 살고 있다는 얘기도 했다. 이런저런 얘기 끝에 그는 '마침 오늘이 어머니의 제삿날이라서 곧 형 집에 가기로 되어 있다'라며 형도 반가워

할 거라고 말했다. 나는 속으로, '우리의 안주인께서 이런 봄날에 돌아가셨구나'라면서 부모처럼 나를 돌봐 주신 분의 제삿날이라는데 그냥 있을 수가 없으니 계좌 번호를 가르쳐 달라고 말했다. 그는 몇 번을 사양했다. 내가 "삶은 유한해서 육신은 먼지가 되지만 혼은 남아 있으니 고인을 기리는 것인데 그것이 우리가 이 땅의 삶을 진지하게 살아야 하는 이유가 아니겠는가?"라고 간청했더니 그가 마지못해 문자로 보내 주겠다고 했다. 그가 가르쳐 준 계좌로 30만 원을 부치고 은행 문을 나서니 이슬비가 초목에 물기를 더해 주고 있었다. 오늘 옛인연들을 이어준 휴대폰을 바라보다 보니 밤은 점점 깊어져 갔다. 하숙집 안주인의 혼백이 흠향하실 시간을 향해서.

논어를 읽다가

(2016. 6. 8)

친구들 잘 지내지? 난 한 스무날 미국 엘에이에 있는 작은 아들네 집에 다녀왔다네. 낯선 곳에서 좁은 집에 갇혀 지내자면 지루할 게 틀림없을 테니 읽을거리가 필요했는데 마침 류종목이라는 이가 쓴《논어의 문법적 이해》라는 책이 있다고 해서 주문했더니 출국 날 오전에 도착한 거야.

우리 부부가 서부 삼대 캐니언(브라이스, 자이언, 그랜드) 버스 관광이란 걸 다녀오자 들려 준 아들의 얘기야. 우리가 없는 동안 아들 내외는 어느 회식에 참석했는데, 아들이 옆 테이블에서 넘어온 오징어에 대한 사례로 삼겹살을 건네주면서, "맛이 못한 오징어를 받고 맛있는 삼겹살로 보답한다"라고 농담을 했다는 거야. 그러자 며느리가 "원한을 은혜로 갚을 것 같으면 은혜는 무엇으로 갚으려 하는가? 오직 곧음으로 갚아야 하거늘"이라고 했다네. 무슨 말이냐는 일행의 물음에, 아들이 "공자의 말이라고 우리 아버지한테 들었다"라고 답했대. "우리 할아버지가 그런 말씀을 했다고?"라고 되물은 사람은 공 씨 성을 가진 사람이었다네. 아침에 시부모가 먹을 걸 찾아 부스럭거리거나 말거나 늦게 일어나 눈을 부비며 잘 잤느냐고 태평스레 인사하는 며느리지만, 시아버지의 말을 귀에 담아 두었다가 인용했으니 어찌 밉기만 했겠는가?

오늘 저녁에 읽은 한 구절을 소개하자면, 자로가 "옳은 일을 들으면 곧 실행해야 합니까?"라고 묻자 공자는 "아버지와 형이 있는데 들었다고 어찌 바로 실행하겠는가?"라고 답했고, 염유가 같은 질문을 하자 "바로 행하라"라고 했다네. 이걸 지켜 본 공서화가 같은 질문에 다른 대답을 한 연유를 묻게 되었는데, '앞의 사람은 너무 나대어서 늦추었고 뒤의 사람은 주춤거려서 떠민 것'이라고 스승이 답했다는 얘기야. 사람의 처신에서 어려운 점이 언행에 일관성을 유지해야 하는 것이라고 흔히들 말하지만 경지가 성인에 이르면 사고의 자유로움이 이 정도라는 말인가 싶기도 했다네. 한편으론 큰 스승이어서 얽매이지 않은 게 아니라 얽매이지 않다 보니 큰 스승이 된 게 아닌가 하는 생각도 해 보게 되었다네. 모두들 잘 지내게.

성인의 실수

(2016. 7. 28)

논어의 〈양화 편〉에는 공자가 실언하는 장면이 나온다. 그 내용은 다음과 같다.

공자께서 무성에 가셨을 때 현악기에 맞추어 부르는 노랫소리가 들려왔다. 선생님께서 빙그레 웃으시면서 "닭을 잡는 데 어째서 소 잡는 칼을 쓰느냐?(割鷄焉用牛刀?에서 割鷄牛刀(할계우도)라는 사자성어가 나왔다)"라고 하시자 자유가 대답했다. "옛날에 저는 선생님께서 "군자가 도를 배우면 사람을 사랑하고 소인이 도를 배우면 부리기 쉽다"라고 말씀하시는 것을 들었습니다." 그러자 공자께서 말씀하셨다. "얘들아! 언(偃은 자유의 이름(名)이고 子游는 자(字)이다)의 말이 옳다. 내가 좀 전에 한 말은 그를 놀려 준 것일 뿐이다."

주자는 집주(集註, 성백효 역)에서 이 대목을 다음과 같이 설명하였다.

다스리는 데에 크고 작은 차이가 있으나 그 다스림에 있어서 반드시 예악(禮樂)을 써야 하는 것은 그 도(道)가 마찬가지이다. 다만 많은 사람들이 대부분 예악(禮樂)을 쓰지 않고 있는데, 자유만이 실천하였기 때문에 공자께서 갑자기 들으시고 매우 기뻐하신 것이다. 그리고 그 말씀을 뒤집어서 희롱한 것인데, 자유가 정도로써 대답하므로 다시 자유의 말을 옳다고 인정하시고 스스로 그 농담을 실증하신 것이다.

　무성은 노나라의 자그마한 읍인데 당시에는 자유가 다스리던 곳이다. 작은 읍을 다스리는 데에 불과하면서 큰 고을을 다스리는 데 쓰는 예악으로써 백성들을 교화하는 제자를 비웃었다가, 제자가 정색하고 응대하자 얼른 '농담이었노라'고 스승이 수습한 것이다. 이 짧은 대화에는 성인이 제자에게 무심코 말했다가 당황하는 모습이 드러난다. 이처럼 스승이 실언한 장면도 기록한 걸 보면 제자들도 대범했던 모양이다. 제자들의 대범한 자세가 논어를 특별한 책으로 만들었는지도 모른다.

　사마천이 쓴 사기의 〈중니제자 열전(仲尼弟子 列傳, 김원중 역)〉에는 공자가 스스로 실수를 자인하는 대목이 나온다. "나는 말로 사람을 골랐다가 재여 때문에 실수했고, 외모로 사람을 보았다가 자우에게 실수했다(吾以言取人 失之宰予 以貌取人 失之子羽(오이언취인 실지재여 이모취인 실지자우))"라며 공자가 두 제자 때문에 탄식했다는 대목이 그것이다. 말을 잘 한다는 이유로 기대했던 재여에게 실망하게 되자 말로 사람을 판단해서는 안 된다는 걸 뒤늦게 깨닫게 되었고, 보잘것없는 외모 때문에 기대하지 않았던 자우가 매우 뛰어남을 알게 되고는 외모로 사람을 잘못 판단한 자신을 후회했다는 말이다. 공자의 이 탄식을 이해하기 위해선 먼저 두 제자에 대해 알아야 한다.

　논어의 〈선진 편〉에는 공자가 '진나라와 채나라에서 나를 따라다니며 고생하던 제자들' 열 명을 꼽는 대목이 나온다. 후세 사람들은 그들을 십철(十哲)이라고 부른다. 재여는 자공과 더불어 말을 잘 한다는(외교에 능하다는) 이유로 여기에 뽑혔다. 그 결과 이웃 나라의 문묘에서는 스승의 곁에서 배향을 받게 된 인물이다. 그는 부모의 삼년상은 너무 길고 일 년이면 충분하다고 했다가 스승한테 어질지 못하다는 꾸중을 들었고, 낮잠을 자다가는 "썩은 나무로는 조각할 수 없고 더러운 흙으로 쌓은 담에는 흙손질을 할 수가 없다"라는 질책을 받기도 했다. 그 후 그는 제나라의 대부가 되었다가 난을 일으키는 데 가담하여 그 일족이 모두 죽음을 당하게 되어 공자가 매우 부끄러워했다고 한다.

사마천은 자우(子羽는 자이고 이름은 담대멸명(澹臺滅明))에 대해 다음과 같이 말하고 있다.

자우는 매우 못생겨서 공자는 그가 가르침을 받으러 왔을 때 재능이 모자라는 사람이라고 생각하였다. 그러나 그는 가르침을 받은 뒤 물러나면 덕행을 닦는 일에 힘쓰고, 길을 갈 때는 절대로 지름길로 가지 않았으며, 공적인 일이 아니면 경대부들을 만나지 않았다. 그가 남쪽으로 내려가 장강 근처에 이르렀을 때, 그를 따르는 제자가 300명이나 되었다. 그는 제자들에게 물건을 주고받는 것과 벼슬에 나아가고 물러나는 도리를 이치에 맞게 가르쳤기 때문에 제후들 사이에서도 이름이 널리 알려졌다.

이 이야기를 듣고 공자가 한 탄식이 앞에서 본 내용이다. 몇 년 전 나는 신문에서 제자의 외모 때문에 성인이 실수했다는 기사를 읽고는, 복사해서 큰 아들에게 보여 주어야겠다고 생각한 일이 있다. 당시에 선을 수십 번이나 보느라 결혼 적령기를 넘기는 아들을 지켜보던 나는 아들이 외모에 치중하여 사람을 판단하는 게 아닌가 하고 염려하던 때였다. 학부 행정실에 갔더니 마침 복사기가 고장이 나는 바람에 직원의 도움을 받을 수밖에 없었다. 그러는 가운데 직원은 신문을 들고 있던 나에게 무슨 특별한 기사가 실렸는지를 묻게 되었고 '아버지의 근심'을 들은 그는 '한번 데어 봐야 정신을 차리게 된다'라고 하였다. 데지 않고 배우자를 고르길 바라는 아버지의 소망을 무색하게 만드는 말이었다. 지금 이 글을 읽는 며느리의 입장이 어떨지 궁금해진다.

글로 계몽하라니

(2016. 9. 6)

어제 오후의 일이다. 목욕탕이 있는 건물의 엘리베이터에 올랐더니 보일러 기술자가 먼저 타고 있었다. 그는 양손에 대나무 막대기를 하나씩 들고 있었는데 그 굵기가 근방에서 볼 수 있는 것보다 굵어 보였다. 농담으로 그에게 "누구를 혼내시려는 건 아니지요?"라고 했더니 그는 "내가 혼이 나야 할 사람인데 누굴 혼내겠습니까?"라고 했다. 우문에 현답이라고 생각하여 그에게 칭찬의 말을 건넸다. 목욕을 마치고 되돌아오면서도 머릿속에는 그에게서 들은 말의 여운이 남아 있었다.

저녁때에는 전광민이가 '글로 계몽해 달라'는 카톡을 보내왔다. 여기에는 '왜 한동안 글을 보여 주지 않는가?'라는 뜻이나 '글로라도 밥값을 하라'는 뜻도 담겨 있을지 모르지만, 십중팔구는 심심하게 지낼 벗을 격려하기 위해 한 덕담일 것이다. 하지만 바로 답하지 못하고 생각에 잠겼다. 아무래도 글로 계몽하라는 말이 마음에 걸렸던 것이다. 벽초 홍명희와 모윤숙의 대담이 생각났기 때문이다.

1990년대 초, 벽초의 작품이 해금되자 나온 열 권짜리 소설 《임꺽정》을 읽은 적이 있다. 그 소설은 원래 미완성이었는데, 마지막 권에는 그의 아들이 마무리한 부분이 요약되어 있었다. 아무래도 요약본이어서인지 부친의 글맛이 이어지지 않았다는 기억이 남아 있다. 바로 그 뒤에는 누가 쓴 것인지 해설이 붙어 있었는데 거기에는 젊은 시인이 작가를 찾아가서 면담한 내용이 실려 있었다. 객이 주인에게 '작가로서 사회적 의무나 도덕적 의무를 느끼지 않는가?'라고 물었다. '의무를 느껴가지고서야 어찌 예술 작품을 완성하는가? 정서가 우선이다'라는 답이 되돌아왔다. 객은 '정서가 우선이라 하더라도 인류라든지 사회를 향상시킬 작품을 써야 하지 않느냐?'라고 다그친다. '작가가 생각나는 대로 써야 하는 것이지 무슨 의도를 가지고 쓰면 작품이 되질 않는다'라고 주인도 자신의 주장을 굽히지 않는다. 젊은이가 고집을 굽히지 않자 작가는 "문학이 종교나 수신이 아니라니까요"라고 일축한다는 것이 내 기억에는 그 면담의 알맹이다. 왜 모윤숙은 고집을 부렸을까? 아무래도 톨스토이의 계몽주의 사상에 영향을 강하게 받은 춘원 이광수의 제자이다 보니, 생각의 범위가 스승의 틀에서 벗어나기는 어려웠을 것이다.

어쨌든 벽초 같은 큰 작가도 계몽한다고 자처하지 않았는데 작가의 책임도 없는 내가 남을 글로 계몽할 일은 없는 것이다. 결국 친구에게 이렇게 답하고 말았다. "내가 계몽되어야 할 사람인데 누굴 계몽하겠는가?"

유친(有親)과 유원(有遠)의 사이에서

(2016. 9. 28)

언젠가 큰며느리가 '아들이 아버지의 말을 잘 듣는다'라고 한 적이
있다. 호불호의 뜻을 담은 말 같지는 않았지만, 이미 가정을 이룬 데
에다가 제 자식까지 있는 마당에 아버지가 너무 자식의 일에 간섭한
건 아닌가 하고 반성하는 마음이 생겼다. 나름으론 조심한다면서도
군말을 하게 되는 경우도 있음을 뒤늦게 깨닫기도 하기 때문이다. 가
령 아들이 운전하는 차의 조수석에 앉게 되면 "속도를 줄여라"든지,
"클랙슨 사용을 자제하라"든지 하는 주문을 하기도 하고, 손녀를 키우
는 과정을 지켜보며 "아이를 더 사랑하는 마음으로 대하라"고 충고하
는 등, 옛날에 나의 아버지나 장인이 훈계하던 모습을 되풀이하기도
한다는 걸 알고 있는 것이다. 그러나 며느리가 구체적으로 어떤 경우
를 두고 한 말인지를 되물어보지는 않았다.

공자의 부자 관계를 보여 주는 대목이 논어의 〈계씨 편〉에 하나 보
인다.

어느 날 진항(陳亢)이라는 제자가 백어(伯魚)에게 "당신은 또 달리
들은 것이 있습니까?"라고 묻자 "아직 없습니다. 한번은 아버님께서
홀로 서 계시는데 제가 종종걸음으로 마당을 지나갔더니 "시를 배웠
느냐?"라고 하시더군요. "아직 안 배웠습니다"라고 대답했더니 "시를
배우지 않으면 말을 할 수가 없다(不學詩無以言)"라고 하셨습니다. 저
는 물러나와 시를 배웠습니다. 훗날 또 혼자 서 계시는데 제가 종종

걸음으로 마당을 지나갔더니 "예를 배웠느냐?"라고 하시더군요. "아직 안 배웠습니다"라고 대답했더니 "예를 배우지 않으면 설 수가 없다(不學禮無以立)"라고 하셨습니다. 저는 물러나와 예를 배웠습니다. 이 두 가지를 들었습니다"라고 대답하였다. 진항이 물러 나와서 기뻐하며 말했다. "한 가지를 물었다가 세 가지를 얻었다. 시에 관한 이야기를 들었고, 예에 관한 이야기를 들었고, 또 군자가 자기 아들을 멀리함에 관한 이야기를 들었다(又聞君子之遠其子也)."

　　질문의 문맥으로 보아 진항은 '스승이 우리한테 가르치지 않은 것을 자식에게는 전하는 게 따로 있는 건 아닐까?'라는 의구심을 감출 수가 없었던 모양이다. 군자가 제자와 아들을 대하는 것에 차별이 없다는 걸 확인하고서야 '부자 관계에는 멀리하는 도가 있다'라는 걸 깨달았다는 말이다. 이렇듯 부자간에는 가까이함(有親)과 멀리함(有遠)의 도가 다 있는 것인데, 다 큰 자식한테 '이건 옳고 저건 그르다'라는 훈계를 수시로 해대면 곧 그 부자간에는 가까움은 사라지고 멂만 남게 될 것이니 경계하지 않을 수 없다. 결국 건강한 부자 관계의 요령은 유친과 유원의 사이에서 중(中)을 잡는 것이 아니겠는가?
　　혹시 며느리의 말에는 "주인이 바뀐 지가 언젠데 아직도 주인 행세를 하십니까?"라는 뜻이 담겨 있을지도 모른다. 그럴 경우, 내가 할 수 있는 대답은 아마도 다음과 같을 것이다. "며늘아, 미안하구나. 늙은이가 아직 적응이 안 되어 그런가 보다. 앞으론 더 조심하마."

르누아르 전시회에서 만난 사람

(2017. 3. 17)

김사라은경 교수는 반도체를 연구하는 재료 공학자다. 서울과학기술대학교에 재직 중인 그는 동료들로부터 자서전을 써 달라는 요청을 받았다고 한다. 그 요청에 따라 《감사하는 맘으로 하루를(서울과학기술대학교, 2013)》을 썼단다.

그가 자신이 '저시력 시각장애인'으로 태어났다는 사실을 알게 된 것은 초등학교에 입학했을 때였다. 칠판에 커다랗게 적힌 'ㄱ, ㄴ'이 잘 보이지 않는 바람에 병원을 찾게 되어 알게 된 것이다. 의사로부터 '고칠 수도 없고 악화되면 실명할 수도 있다'는 말을 들으면서 그의 부모는 자식의 삶에 먹구름이 덮였다고 여기게 되었다. 악화를 늦추려면 학교를 그만두어야 한다는 의사의 충고에도 그의 멈출 줄 모르는 노력은 시작되었고, 결국 시집이라도 보내려면 고등학교는 마치도록 해야 한다는 부모의 소원은 성취되었다. 눈을 책에 갖다 대다시피 해야 겨우 보이는 정도였으니 친구들의 노트를 빌려서 공부한 결과였다. 곧 목회자인 부친을 따라 미국으로 이민을 간 그는 전문 대학부터 시작하여 RPI(렌슬러 공과 대학)에서 학사, MIT에서 석사를 거쳐 RPI에서 공학박사 학위까지 받았으니 부모의 소원을 초과하여 성취한 셈이다. 그 후 그는 인텔과 한국과학기술연구원을 거쳐 지금의 직장에 이르렀다.

그는 자신이 장애를 극복하게 된 요인을, 책의 제목에서도 드러내었듯이 작은 일에도 감사할 줄 아는 마음이라고 했다. 나는 그것 말고도 김 교수가 성공한 요인은 무엇이 더 있을까, 하고 생각해 보았다. 그 결과 그것은 눈물이라는 결론에 이르게 되었다. 장애인 중학교에 입학하는 게 낫겠다는 6학년 때의 담임 선생님의 권유에도 울었고, 미국에서의 첫 화학 실험 수업 시간에는 영어가 통하지 않아 위험을 초래한다는 이유로 교수로부터 쫓겨난 뒤에도 울었고, 장애인 등록 후 받은 소형 망원경을 쓴 자신의 모습이 꼭 외계인처럼 보여서도 울었고(그는 결국 그 안경을 받지 않았다), 학교 식당이 문을 닫는 계절 학기 중 간이매점에서 파는 식품만으로 여름을 버티다가도 울었고, 인텔에서는 업무 중 회사 건물을 몇 바퀴고 돌면서도 울었고, 평생을 따라다닌 편두통 때문에 복도에 쓰러져서도 울었고, 헤아릴 수도 없는 많은 날들은 특별한 이유도 없으면서도 울었다. 자신이 흘린 눈물을 다 모아 두었으면 목욕을 하고도 남았을 것이라는 말은 과장이 아닐 것이다. 눈은 그에게 장애라는 고통도 주었지만 눈물을 통해 그것을 극복하는 투지도 주었으니 정상인에게나 마찬가지로 그에게는 눈이야말로 보배였던 것이다.

김 교수는 주원종의 동료다. 얼마 전 르누아르 전시회에서 만나기로 한 친구는 약속 시간보다 좀 늦게 나타나서는 "귀한 분을 모시고 오느라 늦었다"라면서 그를 소개했다. 교문에서 우연히 마주쳐서 함께 오게 되었다고 했다. 그날 김 교수는 집시사진 전시회에다가 동료의 친구의 고향 친구들과의 저녁 식사에까지 동행했다. 눈물만큼이나 유연성이 풍부한 그의 장래에 즐거움이 가득하길 빌어 본다.

시를 잘못 인용한 일에 대하여

(2017. 4. 20)

지난 주말 영월 가잿골에 다녀왔다. 이곳에 집을 지은 전광민이가 친구들을 다시 부른 것이다. 재작년에 비해 주변에는 집들도 더 들어섰고 개울 옆의 길도 가장자리에 테두리를 보태서 더 안전하게 되어 있었다. 그때는 텃밭에서 감자를 캐고 나서 상추와 들깨를 심었는데 이번엔 여러 작물이 고루 심어져 있어서 별로 할 일이 없어 보였다. 그래도 객이 다녀간 흔적이라도 남기려면 무언가 해야 했는데 마침 주인이 잔디를 깎아 달라고 했다. 일손이 많아서 곧 잔디밭이 다듬어졌다. 그러자 빗방울이 떨어져 야외에서 즐거움을 이어 가려던 계획을 바꿀 수밖에 없었다. 모두들 집안으로 들어가서 삼겹살을 굽는 한편 안주인이 마련해 준 음식과 주인이 중국에서 가져왔다는 술을 들며 이런저런 이야기를 나누기 시작했다. 학창 시절 추억담에서, 선본 여성의 부친이 사윗감의 성씨가 당시 권력자의 것과 같은 점을 못마땅하게 여기는 바람에 혼담이 깨진 사연이며, 그동안 못 만난 친구들 이야기, 최근 정치 이야기 등 화제가 끊임없이 이어졌다. 그중엔 몇 번이고 들었지만 처음 듣는 것처럼 박진감이 넘치는 얘기도 있었으니 우리도 어쩔 수 없이 늙어가나 보다 하는 생각도 들었다.

술 한 병을 다 비우자 주인은 새 병을 내어 왔다. 계속 마셔도 병은 비워지지 않았고 취기가 오르지도 않았다. 무슨 말끝에 나는 "술의 향기에 취하다 보니, 술을 들면서 '뱃속에 향기를 전한다'라고 읊은 백호 임제의 시가 생각난다"라고 말했다. 나중에 확인해 보고는, 머금은 것은 '술'이 아니고 '화전'이었으며 뱃속에 전한 것은 '술 향기'가 아니라 '한 해 봄빛'이었다는 것을 알게 되었다. 하기야 술을 마시면서 뱃속에 향기를 전한다고 읊은 시인이 없었겠는가마는, 친구들에게 시를 잘못 인용한 일이 미안하여 아래에 그 원문과 번역문을 보인다.

煎花會(전화회)　　林悌(임제)

鼎冠撑石小溪邊 (정관탱석소계변)
白粉清油煮杜鵑 (백분청유자두견)
雙箸挾來香滿口 (쌍저협래향만구)
一年春色腹中傳 (일년춘색복중전)

화전을 부치는 모임

작은 개울가에 돌 고여 솥뚜껑 걸고
기름 두르고 쌀가루 얹어 참꽃 지지네
젓가락으로 집어 오니 입 안에 향기 가득
한 해 봄빛을 뱃속에 전하네

웬일인지 이 시는《신편 백호 전집(신호열, 임형택 역, 창비, 2014)》에는 보이지 않는다. 언젠가, 어느 일본인이 쓴《백호 임제 시 연구》라는 책을 읽은 적이 있다. 거기서 이 시와, 관련된 일화를 읽은 것이 어렴풋이 생각난다. 백호가 길을 가다가, 개울가에서 화전을 부치며 시를 짓는 선비들의 모임을 만나게 되었다는 이야기다. 마침 허기도 지고 목도 마르던 참에 그는 자신의 신분을 밝히지 않은 채 합석하게 되었다. 드디어 자기 차례가 되자 그는 "소생은 글을 몰라 시를 지을 수는 없으나 뜻으로 읊을 테니 글자는 선비들이 맞추어 주시오"라고 부탁했다. 그의 뜻에 맞추어 적고 보니 위의 시가 되었다는 것이다. 이것이 정해 둔 운과 잘 맞고 격도 높아 결국 좌중이 백호를 알아보게 되었다는 이야기다.

그나저나, "무슨 생각으로 이 외진 곳에 집을 지을 생각을 했는가?" 라는 객들의 질문에 친구는 "벗들이 찾아 주지 않으면 이곳에 집을 지은 의미가 없다네"라고 짧게 답하고 말았다. 그의 말을 되짚다 보니 친구는 '함께 나눌 친구가 없다면, 가진 것이 아무리 훌륭해도 즐길 만한 게 못 된다(Without a friend to share them, no goods we possess are really enjoyable)'라는 금언을 지키며 사는 사람이라는 생각이 들었다.

게으른 독서인의 변명

(2017. 8. 21)

삼 년 반 가까이 백수로 지내 온 사람으로선 "요즘 뭐하고 지내는 가?"라는 친지의 물음에 매번 "독서로 소일한다"고 답하기가 여간 찜 찜한 일이 아니다. 이 입장이 이해되지 않는 분은, 몇십 년 만에 만난 사람이나 불과 두어 달 전에 만난 사람에게도 똑 같은 물음에 똑같이 대답하는 사람의 입장이 되어 보길 바란다. 화제가 "요즘 읽는 책은 어떤 것이 있으며, 그 주된 내용을 소개해 줄 수 있는가?"로까지 이어 지는 경우는 거의 없다. 묻는 사람의 의도가 예의상 그냥 안부를 물어 주기 위한 것이지 진정으로 나의 일상사나 관심사가 궁금해서가 아니 란 게 뻔히 전해진 것이다. 그러니 대답하는 사람의 성의도 질문자의 그것에 상응하여 대답이 형식적인 것에 그치는 것을 탓할 수도 없을 것이다. 내가 소일거리를 친지들에게 언급하기를 꺼리는 데에는 자 신의 독서에 자부심을 가지지 못한 탓도 있다.

퇴직을 앞둔 무렵에 연구실의 책을 어떻게 처분하느냐, 하는 문제 로 고민하던 때부터 이야기를 시작해야겠다. 보통의 경우라면 장차 무엇으로 소일할 것인지가 주된 관심사였을 테지만, '아무것도 안 하 기'가 퇴직의 유일한 목표였던 나로서는 책을 처분하는 문제가 당시 에는 가장 심각한 고민거리라고 이를 만했다. 여유 공간이 없으니 집 으로 옮기는 방안은 맨 먼저 배제되었다. 그나마 믿고 있던 학교 도서 관도 돌파구는 아니었다. 장서가 넘쳐 나서 희귀본이 아니면 퇴직 교 수의 책을 수용할 수 없다는 걸 알게 되었기 때문이다. 또한 소장한 책이 도서관이 필요로 하는 희귀본인지를 확인받기 위해 목록을 만드는 수고를 감당하고 싶지도 않았다. 기가 막히는 일이지만 책을 모조리 버릴 생각까지 하던 차에 구원자가 나타났다. 천안에서 사업체를 운영하는 옛 제자인 박해동 사장이 자기네 회사에는 여유 공간이 있으니 책을 일단 그곳에 옮겨서 활용하는 방안을 제안해 온 것이다. 두말 않고 그의 뜻에 따랐다. 그 결과 연구실의 거의 모든 자료가 내 손을 떠났다.

서른네 해 동안 일하던 직장을 뒤로하고 책가방 두어 개 정도의 짐만 가지고 집으로 돌아온 가장을 가족이 어떤 심정으로 맞았는지는 모르겠지만 내 마음은 홀가분했다. 세상사라는 것이 매순간 선택하지 않고 다음 행보를 정할 수는 없는 일이 아니던가? 비록 그렇게 '아무것도 안하기'를 향해 시작한 퇴직 생활이었지만 막상 시작해 보니 말 그대로 그 모토를 실행할 수는 없다는 것이 곧 드러났다. 심심해서도 그렇게 될 수는 없는 일이었다. 평생 해오던 일이 책읽기였던 사람이 차마 그 일을 빼고는 무료한 삶을 이어갈 수가 없다는 걸 비로소 깨닫게 되었으니 이른바 퇴직신조란 걸 좀 양보하기로 했다.

그동안 집에서도 책들을 내다 버리는 일은 반복되어 왔었다. 그러다 보니 아쉬운 점이 한두 가지가 아니었다. 언젠가는 아파트 쓰레기장에 성백효가 번역한 《논어집주》를 내놓은 걸 뒤늦게 깨닫고는 도로 찾아온 일도 있다. 결국 작년에는 그 책을 요긴하게 활용했다. 다시는 이런 염치없고 마음 아픈 일은 하고 싶지가 않았다. 그게 바로 인근의 도서관을 이용하게 된 계기이다. 집 인근의 용학도서관은 내게 맞춤한 곳이었다. 이 도서관을 이용한 지 일 년이 채 되기도 전에 이런 독서에 문제가 있다는 게 드러났다. 남의 책에는 아무 표시도 할 수가 없으니 책을 읽는 기분이 나질 않은 것이다. 소설로 치면 눈이 머무는 구절에 줄도 긋고 주인공의 이름이나 관계도 혹은 공간 배경의 지도 같은 걸 책에 표시해 가면서 읽어야 도움이 되듯이 수학, 과학, 경제학 관련 서적을 읽을 때는 책의 여백에 공식을 유도하거나 그림도 그려 보아야 직성이 풀리는 습관이 몸에 배었기 때문이다. 그걸 할 수가 없으니 독서의 즐거움이 반감되고 만 것이다. 결국 다시 책을 구입하기 시작했다. 곧 서가는 넘치게 되었고 주변에 쌓인 책과 더불어 독서인의 스트레스도 고조되었다. 겨우 가족의 허락을 얻어서 서가의 한두 칸을 얻어 봐야 잠시면 책이 발에 채일 지경이 되고 만다. 최근에는 작은 아들이 아버지의 서가에 문제가 있음을 알아보고 도움을 주겠다고 나섰다. 그 결과 서가는 얼마간 정리되었지만 상당한 희생을 다시 치르고야 말았다. 또 많은 책을 내다 버릴 수밖에 없었던 것이다. 그 중에는 지난겨울에 읽다가 만 《동주 열국지》도 포함되었다. 아무리 재미없는 책이라고 하더라도 열 권짜리 전집을 내다 버리는 일은 속상하는 일이다. 온전히 다 읽은 책이라도 한번 내 손을 떠나면 아쉬운 때가 허다하다. 그런데 읽지도 않을 책을 왜 자꾸 구입한다는 말인가? 그래서 찾아낸 묘책은 구입한 책이 읽지 않은 채로 네 권이 쌓이면 주문을 멈추는 일이었다. 다음 책을 주문하기 전에 무조건 인내를 발휘해서 다 읽기로 마음을 먹은 것이다. 이쯤 되니 즐거워서 하는 건지 읽었다는 만족감을 위해 독서를 하는 건지 헷갈릴 정도에 이르렀다. 이 자존심이 상하는 방식이나마 두어 해 잘 지켜 오고 있긴 하지만, 퇴직 전에 구입한 책이나 수필집 등 수시로 도착하는 수필 잡지 같은 건 아직 읽지 않은 책이 잔뜩 쌓여 있다. 이게 다 천성은 게으르면서 욕심은 넘치는 수준을 벗어나지 못한 탓이다.

오늘 새벽에는 눈을 뜨자 발치에 있는 작은 책꽂이에 눈이 닿았다. 먼저《한무제(漢武帝) 평전》이 보인다. 반도 못 읽고 남겨 둔 것이다. 저 책을 무슨 생각으로 구입했다가 버려뒀는지 내 속을 알 수가 없다. 《조선의 문화 공간》제4권도 보인다. 앞의 세 권은 어디로 갔는지 모르겠다.《동주 열국지》제1권도 보인다. 지난번에 서재에 있던 다른 형제들이 버려질 때 우연히 따로 떨어져 있는 바람에 남은 것이다. 안 길환이 번역한《세설신어(世說新語)》세 권도 보인다. 언젠가 중간까지 읽다가 만 일이 생각나 몸을 일으켜 중(中)권을 뽑아 들었다. 책의 가운데에는 포스트잇이 붙어 있었다. 책을 펼쳤다. 포스트잇의 위치로 보아 전에 왼쪽 면의 중간쯤까지 읽다가 만 모양이었다. 눈길이 그 오른쪽 면에 이르니 알려진 인물에 대한 이야기가 실려 있었다. 그 본문과 주해를 아래에 옮겨 놓는다.

본문: 차윤(車胤)의 아버지(車育)가 남평군(南平郡)의 공조(工曹)로 있을 때 태수인 왕호지(王胡之)는 사마무기(司馬無忌)의 화를 피하기 위해 군의 관소를 풍수 남쪽으로 옮겼다. 그때 차윤은 열 살 남짓이었는데 왕호지는 외출할 때마다 언제나 담 너머로 그를 보고 비범한 아이라고 생각했다. 그래서 차윤의 아버지에게 말했다. "이 아이는 틀림없이 높은 이름을 얻게 될 것이야!" 그 이후로 연회를 열 때면 어김없이 차윤을 불렀다. 차윤은 성장한 다음에도 환선무(桓宣武: 桓溫)에게 인정을 받았으며 다사제제(多士濟濟: 훌륭한 인물이 많음)한 세상에서

빼어난 이름을 드날렸다. 벼슬은 선조상서에 이르렀다.

주해: 《속진양추(續晉陽秋)》에 이런 이야기가 있다.

차윤의 자는 무자(武子)이며 남평 사람이다. 아버지 차육은 군주부(君主簿)였다. 태수인 왕호지는 사람을 감별하는 눈이 있었는데 차윤을 보고 그 아버지에게 말했다. "이 아이는 틀림없이 그대의 가문을 일으킬 것이오. 잘 길러 내고 학문을 가르치시오." 차윤은 학문에 임하여 성실하고 부지런했으며, 학문을 널리 섭렵하되 게으르지 아니했다. 집안이 가난하여 자주 기름이 떨어졌으므로 여름철에는 베로 만든 자루 속에 수십 마리의 반딧불이(螢)를 잡아넣어서, 밤낮으로 공부에 힘썼다. 성장한 다음에는 풍모가 아름답고 재지(才智)가 명민했다. 환온은 형주자사였을 때 그를 불러 종사로 삼았는데 1년 안에 치중(治中)이 되었다. 차윤은 박학다식할 뿐만 아니라 남을 인정해 주고 격려해 주었다. 당시 성대한 모임이 있으면 차윤은 반드시 참석했다. 사람들은 모두 "차공(車公)이 없으면 즐겁지 않다"라고 말했다. 태부 사공(謝公: 謝安)은 잔치를 베풀 때면 자리를 마련하고 그를 초대했다. 단양윤, 호군장군, 이부상서(吏部尚書)에 누천(累遷: 여러 번 옮김)되었다.

위에 나오는 차윤은 동진(東晉) 사람으로, 눈(雪)에 비추어 글을 읽었다는 손강(孫康)과 더불어 형설지공(螢雪之功)이라는 고사성어가 생겨나게 한 인물이다.

지난달 친구들이 집에 왔을 때 전광민이가 벽에 걸린 액자를 가리키며 뜻풀이를 청했다. 그 액자에는 아래의 한시가 쓰여 있었다.

할아버지는
왜
회사 안 가요?

車胤螢窓吏部成(차윤형창이부성)

孫康映雪大夫明(손강영설대부명)

光陰虛送何無惜(광음허송하무석)

竹帛芳名記錄榮(죽백방명기록영)

壬申 炎天節 牧人(임신 염천절 목인)

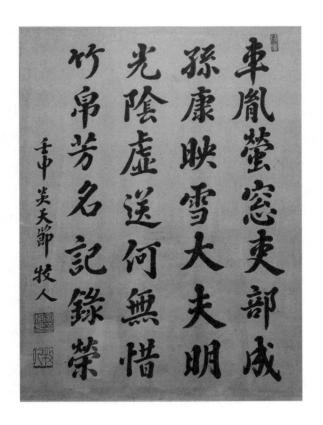

이 칠언절구가 누구의 시인지는 모르겠으나 牧人(목인)은 내 장인

(兪相根)의 호이니 그 분이 생시에 외손자들을 위해 써 준 것인데, 임신년 한더위 그러니까 지금부터 꼭 25년 전에 쓴 것이다. 당시에 들려준 풀이를 더듬어 보면 대강 이런 내용이다.

차윤은 반딧불이의 빛에 기대어 이부(吏部)가 되었고,
손강은 눈 더미에 비추어 대부(大夫)로 빛났네
세월을 허송하는 일은 어찌 애석하지 아니한가
역사에 아름다운 이름을 남기는 영예가 있거늘

장인이 이 글씨를 쓰신 때는 나의 아버지가 돌아가신 지 겨우 서너 달이 지난 후였다. 그분이 손자들의 훈육에 대해 사돈을 대신하여 두 몫의 부담을 느꼈는지는 모르겠다. 그렇지만 손자들이 독서인이 되어 주길 바라는 염원을 이 글씨에 담은 것은 분명해 보인다.

책을 내려다보며 생각에 잠겼다. 여태껏 버려지지 않고 남은 이 책이 오늘 다시 눈에 뜨인 것은 우연에 불과한 일인가? 아니면 고인이 게으른 사위를 애석하게 여긴다는 걸 알려 주려는 것일까?

엿과 우는 아이

(2017. 9. 26)

며칠 전 저녁 식후에 동네 주택가의 골목을 걸을 때의 일이다. 음악 소리에 이끌려 살펴보니 조그마한 수레를 앞에 두고 한 여인이 엿을 팔고 있었다. 한적한 골목에 어울리지 않는 정경에 끌려 다가갔다. 주변 가게의 불빛에 기대어 장사하는 사람이 딱해 보였거니와 대로변을 놔두고 하필 이런 곳에 자리 잡은 모습이 안돼 보이기도 했다. 견본으로 풀어 놓은 봉지의 것을 맛보고는 종류별로 세 봉지를 골랐더니 그는 천원을 깎아서 팔천 원을 받겠다고 했다. 만 원을 건네며 제 값을 다 받으라고 했더니 그는 머뭇거리다가 검은 봉지에 엿을 담아서 천원짜리 한 장과 함께 내밀며 "복 받으실 거예요"라고 인사했다. 이미 받은 것만으로도 분수에 넘칠까 봐 조심스러운 사람에게는 뜻 없는 말에 불과했던 그 인사는 어린 시절의 한 추억을 떠올리게 해 주었다. 울다가 복이 아니라 엿을 받은 이야기 말이다.

내가 여덟 살이던 무렵, 상주읍 서성동에 마련한 우리 집은 도로를 뒤로 둔 남향이었다. 집 오른편은 엿집이어서 겨울밤이면 엿 자르는 가위질 소리가 '철커덕, 철커덕' 하고 들리던 곳이다. 그 집에는 내 또래의 아이도 있었다. 곧 친해진 친구 덕분에 인부들이 큰 가마솥의 엿물을 삽으로 연신 젓던 모습을 지켜보면서 자랐다. 그 시절 나는 한번 울기 시작하면 도무지 그칠 줄을 모르던 아이였다. 어머니가 제 뜻을 들어주지 않은 데 대한 분풀이를 나름의 방식으로 한 것이다. 어머니도 그 속셈을 아는지라 달래도 들을 아이도 아니니 그냥 내버려 두었던 것 같다. 물론 아무 때나 그럴 수는 없었다. 아버지가 집에 없는 시간에만 가능한 일이었다. 아이한테도 때를 가릴 줄 아는 정도의 눈치는 있었던 것이다. 어느 날도 무슨 일로 한참 목을 놓아 울고 있던 중에 대문간에 누가 왔다. 엿집의 안주인 즉, 친구의 어머니였다. 우는 한편 곁눈질로 살피니 손님의 등에는 친구의 동생인지 조카인지 어린아이가 업혀 있었다. 친구네 어머니는 엿집 주인의 후실이었는데 전실 자식들은 장성했으니 친구는 동생과 조카를 비슷한 또래로 두게 된 것이다. 마중을 나온 어머니에게 친구의 어머니는 "우는 소리가 하도 시끄러워 도대체 어떤 아이인지 얼굴이나 한번 보고 우는 입을 막으러 왔다"라며 어른 주먹만한 검누런 갱엿을 한 뭉치 내밀었다. 내 기세가 한풀 꺾인 것은 그 엿 때문이었는지 등 위에서 빤히 내려다보던 어린아이 때문이었는지는 모르겠다. 어머니의 손을 거쳐서 엿은 내 손에 쥐어졌고 이내 손님은 자신의 계략이 성과를 거두는 모습을 보게 되었다.

친구의 아버지가 돌아가시자 친구네 네 모자(친구는 동복 삼형제의 가운데였다)는 불쌍한 처지가 되었다. 중학교 입학시험의 합격자 발표를 보는 날 우리가 합격증을 받아 오는 동안, 두 어머니는 운동장 저 끝에서 무슨 이야긴지 끊임없이 주고받던 모습이 떠오른다. 곧 친구네는 어디론가 이사를 갔고 '엿집 안주인이 혼자 삼형제를 건사하기가 어려워 개가했다더라'는 소문이 들렸다. 어느 여름날 냇가에 물놀이를 갔다가 오는 길에 방천길에서 친구를 만났다. 친구는 방천 아래를 가리키며 자기네 집이라고 했다. 그 집은 읍내에서 방천을 따라 걷다 보면 철길과 교차하기 조금 전에 위치한 초가였다. '방천에 거의 붙어, 삼면이 논으로 둘러싸여 있는 이 외딴집이 친구네 집이었구나'라고 생각하는 순간 친구는 자기네 집에서 놀다 가라며 내 손을 잡아끌었다. 집에 들어서니 어른은 아무도 없었다. 화단엔 키가 큰 풀과 꽃들이 잔뜩 심어져 있었고 물을 넉넉히 주었는지 모두들 무성했다. 집안은 짙은 그늘로 가득해서 무척 시원하다는 느낌을 주었다. 주변에는 별로 큰 나무도 없었던 것 같은데 집채와 방천 말고는 그 그늘의 원인이 무엇이었는지는 모르겠다. 친구가 이끄는 대로 안방에도 들어간 기억이 난다. 돌이켜 보면 그즈음 좁은 상주 바닥에서 고등학생에서 초등학생에 이르는 세 아들을 거느린 여인이 개가를 결심하기란 여간 어려운 일이 아니었을 것이다. 아마도 그 외딴집은 친구 어머니의 그런 처지를 감안한 선택이 아니었을까 하는 생각이지만 내가 전혀 잘못 짚은 것인지도 모른다.

몇 해를 갈아 주지 않았던지 늘 짙은 잿빛이던, 그 외딴집의 초가지붕이 눈에 선한 요즈음도 길을 가다가 마구 우는 아이를 보게 되면 걸음을 멈추고 그 동태를 살피곤 한다. '그래, 이 할아버지도 한때는 꼭 너 같은 아이였는데 그 행실의 결말이 항상 복되지만은 않더라' 하는 심정으로 말이다.

눈물아, 나와다오

(2017. 9. 30)

영화를 보다가 울었다는 말을 이해할 수 없던 시절이 있다. 학창 시절, 바브라 스트라이샌드가 주연한 영화 〈스타 탄생〉을 보고 하염없이 눈물을 흘렸다는 어떤 스승이 있었다. 주변을 둘러보니 우는 사람이 자기밖에 없더라며, '요즘 사람들은 눈물이 그렇게 메말랐나?'라고 생각했다는 얘기를 그가 해 주었을 때도 이해가 되지 않기는 마찬가지였다. 언젠가 이런 입장을 털어놓았을 때 아내인지 어머니한테인지 '사람이 차갑고 모질어서 그렇다'라는 말을 들은 적도 있다. 어릴 땐 잘 울던 사람이니 나이가 들면서 눈물이 없어진 이유로 그만한 게 없겠다고 인정할 수밖엔 없었다.

이십오 년 전 아내가 전화로 '아버님이 돌아가셨다'라고 알려 왔을 때도 눈물이 나지 않았다. 폐암을 일 년 가량 앓으신 후였으니 병수발을 하던 어머니마저 어떻게 될까 걱정되던 때였다. 집에 가서 장롱 안에 있는 수의를 챙겨 오라는 어머니의 당부를 이행하면서, 아버지가 불과 며칠 전까지 누워 있던 이부자리를 내려다보면서도 눈물은 나지 않았다. 마지못해 따라나선 벚꽃 구경에서 돌아와, "좀 잘 테니 너희는 이만 가거라" 하고는 사위어 가는 불길마냥 조용히 누우시던 바로 그 자리였는데 말이다. 마지막 헤어짐이 될 줄 미처 몰랐던 그날처럼 천천히 방문을 닫고는 수의를 안고 집을 나설 때에도 눈물은 나지 않았다.

조문객을 맞는 내내 눈물이 나지 않는 데도 아버지의 영정 앞에서 민망한 줄을 몰랐다. 상황이 돌변한 것은 사흘 째 아침 영구차가 떠나기 전, 차 옆에서 지낸 노제에서였다. 눈에 눈물이 그렇게 많이 들었는지 처음 알았다. 한번 터져 나온 눈물이 멈추질 않았다. 육친을 잃은 슬픔 때문인지 그동안 애를 태우던 눈이 원망스러웠기 때문인지 쉴 없이 흘러나왔다. 이윽고 차에 오르자 겨우 마음도 진정되었고 눈물도 멈췄다. 생각에 잠겼다. 그동안 아버지의 면전에서 했던 매정한 말들, 아버지의 부탁을 들어 드리지 않았으면서도 별로 미안해하지 않았던 일 등 숱하게 저지른 잘못이 떠올랐다. 그러면서도 속죄하는 마음보다는 "아버지, 떠나시기 전 저를 울게 해 주셔서 감사합니다"라는 마음이 앞섰다.

그때 눈물을 다 쏟았기 때문인지 성격을 고치지 못해서인지 그 후론 눈시울을 젖게 할 만한 일도 없었다. 그러다가 나이가 쉰 줄 중반에 들어서면서 눈이 자꾸 뻑뻑해지더니 아예 샘이 말랐는지 안과의 도움을 받게 되었다. 눈물을 사다가 채워 넣어야 하는 신세가 된 것이다.

어제는 영화관에 갔다. 어둠 속에서 찾아낸 좌석에 앉자 눈에 인공눈물부터 넣었다. 〈아이 캔 스피크〉는 영화의 제목이기도 하고, 주인공 나옥분 여사가 남의 나라 국회의 청문회에서 사회자의 요청에 처음으로 응대한 대사이기도 하다. 그가 우리말로 연설을 할 때만 해도 견딜 만하더니, 남의 나라말로 하면서부터는 눈물이 넘쳐 뺨을 타고 흘러내렸다. 그 어설픈 문장과 발음이 마음속의 어디를 건드렸는지는 모르겠다. 드디어 나도 영화를 보다가 눈물을 흘리는 사람이 된 것이다. '이젠 차갑고 모진 성격을 고치고 새로 태어나는가 보다'라는 생각과, 일부러 훔치지 않고 내버려 둔 눈물이 얼굴을 간지럽게 하는 묘한 감각 때문에 영화에 몰입하기가 어려울 정도였다.

영화관 건물을 빠져나오니 서쪽으로 향한 도로의 끝에서 발한 햇살이 눈으로 잔뜩 들어왔다. 눈이 부셔서 고개를 돌릴 수밖에 없었다. 사다 놓은 눈물이 다 떨어져 가니 조만간 안과를 다녀와야겠다고 생각하며 걸음을 옮겼다.

매미

(2018. 2. 20)

지난여름이 끝나갈 무렵이었다. 해거름에 인근의 초등학교에 갔다. 더위와 함께 성가시게 하던 매미 소리는 잦아들었고 서쪽 도로 건너편의 높은 아파트를 겨우 피한 석양빛이 운동장 한 귀퉁이에 내려앉았다. 늘 하듯이 운동장 둘레를 돌았다. 바로 앞에서 자전거를 타던 사내아이가 멈춰서 뭔가를 찾는 몸짓을 하더니, 건너편에서 자전거를 타는 남자를 향해 "아빠, 물!" 하고 소리를 질렀다. "안장 밑에 있잖아"라는 답이 돌아왔다. 그제야 깨달은 듯, 열 살은 되어 보이는 아이는 제 사타구니 아래의 프레임에 꽂힌 물병을 뽑아 들었다. 저번에 남자는 부인과 남매를 대동했는데, 이번에는 부인은 보이지 않았고 예닐곱 살쯤 돼 보이는 딸은 또래의 사내아이와 자전거를 타고 있었다. 전에 그는 운동장의 가운데서 앞바퀴를 드는 묘기를 선보이느라 흙바닥에 홈을 만들곤 하더니 이번엔 남들처럼 타고 있었다. 부자를 바라보며 '참 친절한 아버지로구나' 하는 생각을 하다가 '나도 저런 아버지였던 적이 있던가' 하는 생각을 해 보게 되었다.

생각이 2005년 2월에 다다랐다. 직장 산악회에서 마련한 한라산 등반에 맏아들을 데려갔을 때의 일이다. 나로선 직장모임에 가족을 동반하는 게 조심스러웠는데, 동료들은 군복무를 마치고 복학한 아들을 스스럼없이 맞아 주었다. 둘러보니 다른 동료들도 동반한 친지들이 있었다. 어떤 동료는 자신의 선배라는 분도 동반했다. 동료는 그 노인을 지역의 유명 문인이라고 소개했다. 눈이 밟히는 소리를 들으며 성판악에서 출발한 지 얼마쯤 지났을 때 아들이 화장실을 찾는다는 뜻을 전해 왔다. 사라 대피소나 진달래 대피소와의 거리를 짐작해서 도달할 때까지 예상되는 시간과 두 곳의 규모를 알려 주었다. 정 급하면 주변에서 적당한 곳을 찾으란 말까지 덧붙였다. 곧 아들은 등산로를 벗어나게 되었다. 나는 동료들을 먼저 보내고 길가에 서서 아들을 기다렸다. 얼마 후 우리 부자는 사라 대피소에서 휴식 중인 일행을 따라 잡았다. 나로선 헤어진 일행과 재회하게 되어 반갑고도 미안한 마음이 교차했을 것이다. 그때 그 문인이 '얼마쯤 가면 무슨 대피소가 있고, 또 얼마 더 가면 무슨 대피소가 있고, 정 급하면 어떻게 해라' 하며 아까 내가 아들에게 한 말을 흉내 내어 말하기 시작했다. '다 큰 아들에게 그냥 "네가 알아서 해 인마"라고 하면 그만일 것을 그렇게 친절하게 말하는 아버지가 어디 있겠느냐?'라며 우리더러 웃기는 부자라고 했다. 그의 말은 조롱을 가장했지만 실제론 온기를 담고 있다고 여겨서 묵묵히 듣고 말았다. 다소 말이 못마땅히 여겨졌다 한들 즐거워야 할 등반길에서 동료의 선배라는 노인에게 뭐라고 대꾸했겠는가?

몇 차렌가 운동장을 돌고 나서 담장을 따라 놓인 벤치 중 하나에 걸터앉았다. 앞에는 느티나무가 벤치와 나란히 열을 지어 서 있었다. 이제 그 남자는 딸과 함께 자전거를 타고 있었고 부녀의 뒤를 딸의 친구로 보이는 사내아이가 따랐다. 남자는 줄지어선 느티나무 사이를 지그재그로 빠져 나가는 묘기를 선보였고 아이들은 서툴지만 그를 따라 흉내 냈다. 나무들의 열의 끝에는 가로등이 서 있었는데 나무와의 간격이 좁아 보였다. 마침 그 가로등이 내가 앉은 벤치의 앞에 있어서 그들의 행동을 쉽게 관찰할 수 있었다. 남자는 속도를 줄여서 그 작은 간격을 무사히 빠져 나갔다. 아이는 브레이크를 사용하지 않는 바람에 앞바퀴가 가로등에 쿵하고 부딪치고 말았다. 뒤의 사내아이는 무사히 빠져나가며 즐거워했고 이걸 알아차린 아이는 자극을 받았을 것이다. 운동장을 한 바퀴 돌아 남자는 다시 왔고 이번엔 아이가 무사히 통과했다. 나도 모르게 환호를 지르며 박수를 쳤다. 짜릿한 기쁨을 맛보았을 아이의 상기된 모습을 느낄 수 있었다. 남자는 뒤를 돌아보지는 않았지만 딸의 성공을 알아차렸을 것이다. 그들은 다시 왔고 이번에도 모두 성공했다. 나는 아이에게 두 번째 박수를 보냈다. 아까처럼 부녀가 멀어져 갈 무렵 아이가 뭐라고 했던지 남자가 "한 손 같은 소리 하고 있네"라고 퉁명하게 소리를 지르는 게 아닌가? 귀를 의심하게 한 그 말로 부녀 사이의 공기가 갑자기 얼어붙는 듯했고 두 자전거 사이의 거리가 멀어지는 느낌이었다. 저 아버지는 여태껏 잘해 놓고 어린 자식한테 왜 저렇게 모나게 대한 것일까? 위험한 묘기를 보여 주기로는 자기가 더 심한 편이었으면서, 방금 작은 묘기를 익힌 아이가 들떠서 한 말을 너그럽게 받아 주지는 못 했을까? 마음이 불편해진 나는 그만 벤치에서 일어나고 말았다. 교문을 나와 길을 걸으면서도 생각은 이어졌다. 저 아버지도 알게 될 것이다. 자식이 부모의 친절을 필요로 하는 시간이 곧 끝나리라는 것을. 한 번 그러고 나면 다시는 그들을 붙잡을 길이 없다는 것도 말이다.

　이제 막 한살이를 마친 매미의 잔해가 가을날의 알밤처럼 길바닥에 드문드문 누워 있었다. 저들도 얼마 전 자신의 기대를 잔뜩 담은 유전자를 무사히 남겼을 것이다. 그렇게 또 한 세대가 흘러간 것이다. 우리네 인생이 그러하듯이.

친구 부인의 큰 손

(2018. 2. 21)

산천재(山天齋) 이함형은 나이 스물에 도산으로 퇴계 이황을 찾아가 제자가 되었다. 스승의 종명을 불과 한 해 앞두었을 때였으니, 산천재는 퇴계의 만년제자(晩年弟子)이자 손자보다 어린 제자였다. 그는 부부간의 금슬이 좋지 않았는데 스승의 간곡한 충고로 뉘우친 후 부부 사이가 원만해졌다고 알려진 인물이다.

젊은 제자가 집으로 돌아가기 위해 하직 인사를 왔다. 제자의 처지에 대해 심사숙고해 온 스승은 집에 가는 길에서 읽으라고 당부하고는 편지를 하나 쥐어 주었다. 이상하의 《냉담가계(冷淡家計, 현암사)》를 참고하여 그 편지의 일부를 아래에 보인다.

…그대가 부부간의 금슬이 좋지 않다고 들었는데 나로선 그 연유를 알지는 못합니다. 세상사를 들여다보면 이런 문제가 있는 사람이 적지 않으니, 아내의 성품이 나빠 고치기 어려운 경우도 있고, 아내의 얼굴이 못생기고 우둔한 경우도 있고, 남편의 호오(好惡)가 괴상한 경우도 있습니다. 그 경우가 많아 일일이 거론할 수가 없을 정도입니다. 그러나 대의(大義)로 말한다면 그 중 아내의 성품이 나빠 교화하기 어려워 스스로 소박을 당할 만한 죄를 지은 경우를 제외하고는, 모두 남편이 스스로 반성하고 애써 아내를 잘 대해 주어 부부의 도리를 잃지 않으면 됩니다. 그렇게 하면 부부의 인륜이 무너지는 데 이르지는 않을 것입니다. 성품이 나빠 고치기 어렵다는 것도 몹시 패역(悖逆)하

여 인륜의 도리를 어지럽힌 경우가 아니라면, 마땅히 상황에 따라 대처할 일이지 갑자기 인연을 끊어 버리지 않는 것이 좋습니다.

옛날에는 아내를 버려도 다른 데 시집갈 수 있었기 때문에 칠거지악을 저지르면 아내를 바꿀 수 있었습니다. 그러나 오늘날의 아내는 한 지아비만 따르니, 어찌 정의(情義)가 맞지 않는다는 이유로 남이나 원수처럼 대하여, 한 몸처럼 살아야 할 사이가 서로 반목하게 되고 한 이부자리에 기거하면서 천리나 떨어진 것처럼 되어, 집안의 도리가 시작될 곳이 없고 만복이 길어질 뿌리가 없어지게 해서야 되겠습니까?

《대학》에 '자신의 잘못이 없는 뒤에야 남의 잘못을 지적한다'라고 했으니, 부부간의 문제에 대해 내가 옛날에 겪은 일을 말해 보겠습니다. 나는 두 번 장가들었는데 하나같이 불행이 지극히 심했습니다(滉曾再娶 而一値不幸至甚). 그렇지만 이러한 처지에도 감히 박절한 마음을 내지 않고 애써 아내를 잘 대해 준 것이 수십 년이었습니다. 그동안에 마음이 몹시 괴로워 번민을 견디기가 어려운 적도 있었습니다. 그렇지만 어찌 마음 내키는 대로 행동해서 부부의 인륜을 무시하여 홀어머니께 걱정을 끼칠 수가 있었겠습니까? 후한(後漢) 때의 사람인 질운(郅惲)이 '부부간의 정은 아버지도 아들에게 마음대로 하지 못하는 것이다'라고 한 것은 참으로 인륜의 도리를 어지럽히는 간사한 말이니, 이런 말을 핑계 삼고 그대에게 충고하지 않을 수는 없습니다. 그대는 반복해 깊이 생각하여 잘못을 고쳐야 할 것입니다. 이런 잘못을 끝내 고치지 않는다면, 학문은 해서 어디다 쓸 것이며 행실은 무엇에 근거해 할 수 있겠습니까?

퇴계가 제자에게 충고한 내용의 고갱이는 부부간의 도리는 세상의 모든 도리의 근본인데 사사로운 마음으로 그 도리를 저버리고 만다면, 위로는 조상님 뵐 면목은 있겠으며 아래로는 볼 후손이나 있겠는가, 라고 볼 수 있겠다. 그가 말한 '두 번 장가들었는데 하나같이 불행이 심했다'란 사정은 다음과 같다. 퇴계는 스물일곱에 허 씨 부인을 잃고 다섯 살짜리와 젖먹이 즉, 두 어린 아들을 거느린 홀아비가 되었다. 그가 두 번째 부인인 권 씨를 맞은 것은 그 3년 후였다. 이 부인은 정신이 온전치 못하여 집안에서 '바보 할매'로 불리었다는데 제상에서 굴러 떨어진 배를 치마폭에 감추었다고도 하고, 남편의 흰 도포를 빨간 천으로 기워서 주변이 다 알아보게 했다고도 한다. 그때마다 그는 부인을 두둔했다고 한다. 중요한 것은 수양이 보통 사람을 훨씬 뛰어 넘는다고 알려진 퇴계도 이 결혼 생활을 무척 괴로워하며 참아 냈다는 것이다. 그가 어진 분이어서 참을 수 있었다기보다는 참다 보니 어진 분이 되었다는 말이 더 적절할지 모르겠다. 어쨌든, 문제는 '우리같이 평범한 사람들이 퇴계를 따라할 수 있겠느냐?'이다. 이 점에 대해선 우리들 각자가 사색과 실천을 통해 답을 찾아낼 수밖에 없겠다. 다만 나로선 너무 높고 멀어서 실천하기 어려워 보이는 사례에서 잠시 눈을 돌려, 가까이서 목격한 사례를 하나 공유함으로써 독자의 사기를 북돋우고 싶다.

얼마 전 친상을 당한 어느 친구를 조문하는 자리에서였다. 여느 곳에서와 마찬가지로 예를 마치고는 음식상을 사이에 두고 먼저 온 친구들과 인사를 나누었다. 나중에 온 어떤 친구 부부는 나와 같은 편한 사람 건너에 자리를 잡았다. 음식을 들며 담소를 나누는 가운데 대

64

할아버지는
왜
회사 안 가요?

화에 열중했는지 그 친구의 손이 맞은편에 있는 상대를 향하게 되었는데 검지가 삐져나온 게 얼핏 보였다. 순간 뭔가가 그 손을 거둬 갔는데 잠시 후 그 일이 한 번 더 반복되었다. 나는 그제야 상대방에게 삿대질하는 것처럼 보이는 남편의 처신을 염려한 부인이, 작은 두 손을 내밀어 문제의 손을 거두어 간 것이란 걸 알아차렸다. 그 솜씨의 교묘함을 표현하자면 꼭 하늘에 뜬 매를 발견한 암탉이 제 병아리를 순식간에 채어다 날개 밑에 감추는 것과 같았다. 물론 그 일로 대화가 방해받지도 않았고 그 사실을 알아챈 시늉을 한 사람은 없었지만, 부인으로서는 이미 미안한 데다 그 일이 반복될까봐 안절부절못했을 것이다. 나로선 같은 줄에 앉게 되어, 난처한 상황에 놓인 부인의 얼굴을 똑바로 바라보지 않아도 되어 다행이었다. 집에 돌아와서도 그 장면이 말해 주는 바를 이리저리 생각해 보았다. 먼저 배우자의 허물을 감싼 부인의 손이 무척 크게 느껴졌다. 세상의 많은 부부가 그녀의 현명함을 배울 수만 있다면 결혼 생활이 더 순탄해지지 않을까, 하는 생각도 해 보게 되었다.

퇴계를 배우기는 어려울지 모르지만, 노력하면 친구의 부인으로부터는 배울 수 있지 않겠는가? 우리 모두 배필이 실수할 때뿐만 아니라 수시로 배필의 손을 두 손으로 감싸 보자. 그러다 보면 그녀의 손처럼 우리의 손도 점점 자라지 않을까?

진밭골 정경

(2018. 2. 22)

내가 사는 대구시 지산동에서 시내와 반대 방향 즉, 산 쪽으로 더 들어가면 범물동이다. 거기서 더 안으로 들어가면 주거지가 끝나고, 오르막길을 따라 십리를 더 들어가면 진밭골(옛 이름으로는 수전 혹은 물밭)이라는 동네에 이른다. 임진왜란 때 피난민들이 들어와 살기 시작했다는 이 마을은 산으로 둘러싸인 작은 고원 분지인 셈이다. 그러다 보니 물이 잘 빠지지 않아 밭이 질다고 붙여진 이름이다. 한때에는 번듯한 초등학교가 있을 만큼 제법 많은 호가 살던 마을이었다. 산 아래에 아파트촌이 들어서는 바람에 그 학교는 이름을 빼앗기고 분교가 되었다가 그만 폐교되고 말았다. 말하자면 큰집이 작은집이 되었다가 없어지고 만 셈이다. 이 폐교 자리에 청소년 수련원이라는 게 들어서는 바람에 도로가 버스가 다닐 수 있는 길로 바뀐 게 이 년 반 전의 일이다. 양쪽에는 인도까지 만들어져 비가 오는 날이나 눈이 쌓여 등산하기 곤란할 때 걸어 보면 제법 운치 있는 길이 되었다. 이 동네를 찾을 때, 나는 주로 산길을 이용한다. 사는 곳 인근까지 이어진 산세를 따라 먼저 용지봉에 오르고 거기서 경산까지 이어지는 능선 길을 걸으면 이내 땅이 진 마을에 이른다. 인도로 걸으면 한 시간 반이 걸리는 곳을, 곱절을 써서 걷게 되는 이 길이 나로선 언제나 손쉽게 갈 수 있는 등산로인 셈이다.

십수 년 전 어느 겨울날도 산길로 이곳에 왔다. 처형 내외를 포함한 우리 일행은 점심을 들기 위해 식당을 찾게 되었다. 겨우 두어 개 남

66

할아버지는
왜
회사 안 가요?

은 지금과는 달리 그때는 마을의 집집마다 간판을 달고 식당을 하던 때였다. 폐교로 향하는 골목길 입구에 들어선 일행이 어느 집으로 들어갈까를 망설이던 중이었다. 한 집의 높다란 장독대에서 우리를 조용히 내려다보던 젊은 부인이 고개를 든 내 눈에 들어왔다. 서로의 눈길이 마주친 지 얼마쯤 지난 후 나는 고개를 낮추고는 '이 집이 어떠냐?'라며, 여인의 존재를 미처 알아채지 못한 일행에게 동의를 구했다. 쉽게 동의해 준 일행을 인도해서 집의 마당으로 오르는 계단을 다올라서자 그제야 그는 인기척을 내며 우리를 맞아 주었다. 마당을 지나 방으로 인도한 그가 주문을 받고 주방으로 간 후에야, 일행에게 아까 이 집을 선택하기 전 여인과 눈이 마주친 사실을 고백했다. 손님이 자기네 집으로 와 주길 바라는 마음이야 인지상정이었을 것이다. 분명히 손님과 눈이 마주쳤는데도 그윽한 눈길로 말없이 기다리기만 하던 여인의 성정이, 불현듯 어린 시절의 한 추억을 떠올리게 해 주어 마음을 굳히게 되었노라고 말해 주었다. 호기심이 발동한 일행은 어서 이야기를 계속하기를 재촉했다.

고향인 상주에서 초등학교 오 학년이던 무렵이었으니 반세기도 더전의 일이다. 당시 읍내에는 변변한 상하수도도 없었으며 집집마다 아이는 많아서 저녁 먹을 쯤이나 되어야 빠진 식구를 알아차리던 때였다. 이웃에 쌀이나 보리를 꾸러 다니는 일이 별로 낯설어 보이지도 않았다. 그런 시절이니 간식 같은 건 구경하기도 어려웠고 외식이라는 말은 들어 본 적도 없었다. 영화관 말고는 문화 시설이라고 할 만한 것도 없어서 저녁이면 이웃들이 라디오 있는 집 마당에 모여들었다. 저녁 7시 40분과 9시 10분의 연속극, 그 사이의 '재치문답' 등은 내가 애청하던 프로그램이었다. 여름 방학이 왔다. 숙제 같은 건 아무도 신경 쓰지 않았다. 어차피 개학해도 제대로 해 오는 아이도 없을 때였으니 부모들도 별로 채근하지 않았다. 그냥 노는 일이 주된 관심사였지만 집밖에 나가기만 하면 친구들이나 놀이는 얼마든지 있었으니 뭐하고 노느냐에 신경을 쓰는 아이는 없었다. 정 아쉬우면 냇가로 물놀이 가는 일도 남았으니 말이다.

그렇게 방학이 거의 끝나 갈 무렵이던 어느 날이었다. 또래 친구들과 철길 주변의 웅덩이에서 물놀이를 마치고 방천 꼭대기에 앉아 해바라기하며 몸을 말리고 있었다. 목도 마르고 배도 고팠지만 집까지 갈 힘이 남아 있지 않았으니 어차피 쉴 수밖에 없기도 했다. 방천 아래에는 커다란 과수원이 펼쳐져 있었는데 나무에는 늦여름 햇볕에 불그스레 익어가는 사과가 아이들을 유혹하고 있었다. 나무에 매달린 것 말고도 풀밭에는 먹을 만한 사과가 얼마든지 떨어져 있었다. 마침 우리가 앉은 곳에 열쇠로 잠긴 철조망 여닫이문이 있었다. 문은 다소 허름하여 얼마간의 틈이 보였지만 우리 같이 큰 아이들이 빠져나갈 정도로 보이지는 않았다. 옷이 찢어질 염려 말고도 우리를 철조망 너머의 열매를 넘볼 수 없게 한 것은 과수원에서 기르는 두 마리의 셰퍼드였다. 십여 년 후 남의 나라 어느 기업의 이름이 될 열매가 어린 우리에게 발산한 유혹은 하늘에서 내려 쏟는 햇볕만큼이나 강렬했다.

밭의 중간쯤에는 과수원 주인집이 있었고 이 집에서 밭을 가로지르는 샛길이 하나 나있었다. 우리가 금단의 열매를 하염없이 내려다본 지 얼마나 되었을까, 집 쪽에서 샛길을 따라 누가 오고 있었다. 어린 애였다. 점점 가까이 오자 대여섯 살은 되어 보이는 단발머리 여자아이임을 알게 되었다. 그때 우리 중 누군가가 아이에게 사과 하나를 달라고 부탁했다. 곧 우리는 이구동성으로 그 부탁을 애걸로 바꾸었다. 아이가 바닥의 열매를 하나 집어 들었을 때 그 애걸은 철조망 가까이 가져오라는 아우성으로 바뀌었고, 우리 쪽으로 다가와 조그만 문틈으로 단발머리가 빠져나왔을 때는 그것이 환호로 바뀌었다. 서로 저한테 달라고 고함을 지르던 우리가 어느 순간 조용해졌다. 그건 바로 방천을 다 올라온 아이가 앉아 있는 우리 중 하나에게 손에 든 걸 내밀었을 때였다. 이내 나머지는 '왜 얘한테 주느냐?'라고 묻게 되었고 아이는 잠시 뜸을 들이더니 '소리치지 않고 가만히 있어서 준다'라고 했다. 그제야 우리는 한 알의 열매가 누군가의 자제력 혹은 무의식의 결과물인 걸 깨닫게 되었다. 우리가 조용해진 사이 아이는 다시 문틈으로 들어갔고 또 애걸하려던 누군가는 옆 사람으로부터 제지를 받게 되었다. 모두 숨을 죽이고 아이가 돌아서기를 기다렸지만 아이는 뒤도 돌아보지 않고 저희 집 쪽으로 걸어가고 말았다. 그 열매를 한 입씩 베어 물면서 우리는 더 멀게 느껴지는 집으로 터덜터덜 걸어왔을 것이다.

그날 내 얘기가 일행에게 어떤 감흥을 주었는지 들은 게 기억나지 않는다. 이내 여인이 정성껏 마련한 음식을 내어 왔을 것이다. 그리고 얼마 후 점심을 마친 우리는 오가는 차량을 피해가며 십리 길을 걸어 내려왔을 것이다.

두해 전 눈이 잔뜩 쌓여 산에 오르기가 어려웠던 어느 날은 인도를 따라 진밭골로 올라갔다. 이미 예전의 그 식당은 폐업한 지 한참이 되었고 주차장에 가까운 곳은 대형 식당이 자리하고 있었다. 주차장에서 조금 더 올라가 '할매집'이란 곳을 찾아냈다. 이미 은퇴한 할매의 딸과 외손자가, 눈길에서 몸이 언 길손을 맞아 주었다. 길이 넓혀진 뒤 마을이 많이 달라 보인다고 했더니 모자는 그렇다고 대답했다. 폐교된 학교의 일회 졸업생이라는 어머니는 재학 중에 벽지학교의 재정을 보충하기 위한 유실수 가꾸기 사업의 일환으로 주변의 산에다 밤나무 심는 일에 열심이었다고 했다. 그 학교의 마지막 졸업생이라는 아들은 근래에는 가구가 줄어 가을에 밤이 넘쳐나도 주울 사람이 없다고 했다. 폐교의 동창인 모자로부터 점심 대접을 받고 '할매집'을 나섰다.

눈이 덮인 내리막길을 조심스럽게 내디디며 생각에 잠겼다. 그 겨울 골목 초입에서 어떻게 나는 어린 시절의 장면을 떠올리게 되었을까? 두 장면에 무슨 공통점이 있었던가? 소년과 여인은 나름의 절실함 앞에서 왜 가만히 있었을까? 체면인가? 자존심인가? 자제력인가? 어느 시인은 푯대라는 현실에 묶여 해원이라는 이상을 바라보며 몸부림치는 깃발의 처지를 '소리 없는 아우성'이라고 묘사했다고 한다. 그러면 단발머리 여자아이와 내가 들은 것이 바로 그 아우성이었던가? 그럴 경우 소년과 여인의 현실은 무엇인가? 소년에게는 목마름과 시장기가 되겠고, 여인에게는 생업의 유지가 될지 모르겠다. 그러면 두 사람의 이상은 무엇이었을까? 애써 봐야 알아낼 길도 없는 상념에서 헤어나 정신을 차려 보니 이미 아파트촌에 다다랐다.

친구를 통해 보내온 시화집

강기원 시인이 주원종을 통해, 자신이 쓰고 이창분 화백이 그린 시화집《내 안의 붉은 사막》을 보내왔다. 모두 마흔 다섯 편의 시와 쉰 점의 그림으로 이루어진 이 시화집에서 시 한 수가 눈에 들어왔다. 백 편에 가까운 예술 작품에서 겨우 한 편이 눈에 들어왔다니 미안할 뿐이다. 아래에 그 시를 옮겨 둔다.

經

벗은 허물
뒤돌아보지 않고

없는 발과
없는 날개로
사라진
푸른 뱀아

내 화사한
경전아

봄날

갈라진

숲길에

서서

허물뿐인

탈피할 수 없는 내가

너를 읽는다

　시의 화자는 미물처럼 탈피로 허물을 벗어 버릴 수 없는 자신을 처연하게 바라보며 경을 읽는다. 달리 할 수 있는 게 없기 때문이었을 것이다.

　얼마 전, '허물이 갖는 두 의미를 사용해서 쓸 수 있는 시는 어떤 모습일까' 하는 생각을 해 본 일이 있다. 겹겹이 둘러쓴 허물로 몸이 무겁다고 느꼈을 때였다. 그러다가 이 시를 마주하게 되었으니, 남에게 선수를 빼앗겼다는 느낌보다는 내가 생각하지 못한 시어는 무엇인가, 하는 호기심이 앞섰다. '갈라진 숲길'이란 단어가 눈에 들어 왔다. 읽던 경이 성경이라면 화자는 어느 부분에서 만난 '갈라진' 길을 보고 이 시어를 떠올리게 되었을까? 먼지 묻은 서가에서 성경을 찾아내어 〈잠언〉 부분을 펼쳤다.

　'바른 길로 행하는 자는 걸음이 평안하려니와 굽은 길로 행하는 자는 드러나리라(잠 10:9)'를 찾아냈다. 이상하다. 평안하다의 반대는 불안하다인데, 왜 '드러나리라'라고 했을까? 이 구절은 또 하나의 경인

〈중용〉제1장의 '숨은 것보다 더 잘 나타나는 것은 없으며, 작은(微)
것보다 더 잘 드러나는(顯) 것은 없다. 그러니 군자는 혼자 있을 때 삼
간다'를 떠올리게 했다. 남들은 몰랐으면 하는 게 자기의 허물이지만
그럴 수는 없다는 뜻이다. 아무리 숨어서 지은 허물도 다 보인단다.
현미경(顯微鏡)으로 보이듯 작은 허물도 다 보인단다. 하늘에다 대고
굽은 것을 바른 것이라고 우길 수는 없기 때문이다. 곳곳에서 만나는
'갈라진' 길 앞에서 알게 모르게 굽은 길을 선택하게 된다. 곧 후회하
고 불안해할 거면서.

  알 수 없다. 시인도 나와 비슷한 심정으로 이 시를 썼는지는. 귀한
시화집을 감상하고 그냥 있을 수 없어 적어 둔다. 시인과 화가의 앞날
에 많은 정진이 있길 바란다.

할아버지는 왜 회사 안 가요?

-맏손녀 언행록-

(2019. 10. 24)

어느 해 여름, 강의실에 들어온 여학생들의 하의 차림이 신경에 자꾸 거슬렸다. '저걸 말해 줘야 하나? 그냥 모른 체해야 하나?' 속으로 궁리만 할 뿐 답을 알 수가 없어서 그냥 보고 지냈다. 하루는 갑자기 수업을 중단하고, 모든 여학생에게 수업 마치자마자 연구실에 와줄 수 있는지를 물었다. 그들에게 확답을 받고는 다시 수업을 이어갔다. 곧 연구실에 다섯 명과 마주 앉았다. 그들을 부른 이유를 설명하고 '우리 학부는 남학생이 많은 곳임을 감안해서 여학생들은 옷차림에 주의해야 한다'라는 뜻을 전했다. '글쎄, 이런 말이 요즘 젊은이들에게 먹히기나 할까?'라는 생각이 들기도 했지만 나름 고민 끝에 한 말이었다. 이내 세 명은 얼굴이 붉어지더니 고개를 수그렸다. 사안과 무관하게 오게 된 두 명에게는 사과의 뜻을 건네며, 강의실에서 해당자에게만 말할 수가 없어서 모두를 부르게 되었노라고 변명했다. 학생들이 모두 수긍하는 듯해서 면담은 짧게 끝났다. 곧 어느 동료에게 그 일을 언급하며 내가 잘 한 일인지 모르겠다고 말했다. 그는 학교 근방에서 자취하는 자녀들의 옷차림을 모를 학부모로서는 교수의 처사를 고맙게 여길 것이라고 했다. 또한 여학생들의 옷차림에 대한 나의 입장은 아들만 키워 봐서 눈에 익숙하지 않은 탓도 있을 거라고 했다. 그때만 해도 딸만 둘인 동료의 말이 별로 실감나지 않았다. 손녀 덕분에, 다래에서 막 터져 나온 솜으로 지은 이불을 덮은 듯 포근한 늘그막을 보내게 될 줄은 더욱이 몰랐다.

네 해 전의 일이다. 포대기에 싸인 손녀를 안고 온 큰아들 내외가 출생 신고를 해야 하니 이름을 정해야 한다고 했다. 소리로는 저희가 지었으니 한자를 정해 달라고 했다. 즐거운 마음으로 그들과 함께 옥편을 들추었다. 그래서 찾아낸 이름이 물 하(河)에 갈 연(硏)이었다. 연 자에 연구한다는 뜻도 있고 벼루라는 뜻도 있으니, 이름대로 물을 연구하는 사람이 되어도 좋고 강물을 끌어다 벼루에 먹을 가는 사람이 되어도 좋겠다 싶었다. 이름이 운명에 영향을 미친다는 생각 따위는 개의치 않는 사람이 되면 좋겠다는 마음이 더 컸을지도 모른다.

손녀의 돌잔치에서 사회자가 '할아버지는 손녀가 무얼 잡으면 좋겠느냐?'고 물었다. 외할아버지에게도 차례가 돌아갔고, 같은 대답을 들었을 때도 기쁨을 드러낼 정도는 아니었다. 그러나 정작 손녀가 붓을 잡자 나도 모르게 큰 소리로 환호를 지르며 박수를 치고 말았다. 두 아들이 그들의 돌날에 무엇을 쥐었는지는 가물가물하다. 그때는 그들이 무얼 잡으면 좋겠는지를 미리 생각해 두었는지도 기억나지 않는다. 그런 일에 그다지 관심이 있었던 것 같지 않다. 그런데 손녀의 돌날에는 왜 그런 반응을 보였을까?

손녀가 아직 말을 하기 전의 일이다. 하루는 내가 기침을 여러 차례 거듭하면서 힘들어하자 아이가 내 눈을 빤히 들여다보았다. "할아버지, 괜찮아?"라고 말하는 것 같았다. 또 한 번은 몸을 긁적이자 아이는 나를 따라 겉옷을 들추고서 몇 차례 긁어 주고는 "할아버지 이제 시원해?"라는 듯 바라보았다. 속으로 '아, 이 아이가 나와 교감하고 있구나'라는 생각이 들었다. 말 없는 가운데 손녀로부터 받은 그 두 번의 눈길은 오래 잊을 수 없을 것이다.

손녀가 말을 하기 시작하면서 상황은 많이 달라졌다. 어른들의 말을 따라하는 수준에서 수정해 주는 데에 이르기까지는 얼마 걸리지 않았다. "할아버지 머리 잘랐어요?"라며 할아버지의 헤어스타일의 변화를 할머니보다 먼저 알아차리기도 한다. "할아버지 집도 밤이에요?"라고도 한다. 자주 해외로 출장 가는 제 아빠와의 통화를 통해 느낀 걸 확인해 봐야겠다는 것이다. "좀 보여 주세요. 아니, 그렇게 하지 말고 밖에 나가서요." 화상 통화를 하다 보니 좋기도 하지만 불편한 점도 있다. 아이는 할아버지가 거실에 앉아서 창밖을 보여 주는 걸로는 만족할 수 없었던 것이다. 할 수 없이 베란다 창을 열고 바깥이 어두운 걸 보여 주어야 한다.

친구들과 청송의 어느 고택에서 하루를 묵을 때다. 손녀에게 걸려온 화상 전화를 할아버지는 벗들에게 보여 주며 기쁨을 감추지 못 한 일이 있다. 할아버지의 친구들과 소란스러운 인사를 나누고 난 후에, 아이는 "할아버지, 친구들하고 사이좋게 노세요. 싸우지 말고요"라고 당부하기를 잊지 않았다. 그날 할아버지가 친구들과 단란하게 저녁을 보낸 것은 손녀의 간곡한 당부 덕분이었음이 분명하다.

명절을 쉬러 고향의 큰집에 오자 곧 아이가 증조할머니를 찾았다. 아이로서는 지난 명절까지 봤던 식구가 안 보이니 당연한 행동이었다. 하지만 할아버지는 가슴이 철렁 내려앉는 기분이었다. 증조할머니를 이번엔 요양원에서 모셔 오지 못 했기 때문이다. 명절을 보내는 내내 아이가 어른의 어른임을 절감해야 했다.

우리 내외가 저희 집에서 하루를 묵었을 때의 일이다. 아이가 저 방에서는 조부모가 궁금하고, 이 방으로 데려오면 제 부모를 찾는 바람에 밤새 아이를 옮기느라 어른들이 선잠으로 밤을 보냈다. 아침이 되어 할머니가 외출복으로 갈아입자 "할머니 왜 옷 입어요? 가지 말고 우리 집에서 살아요"라고 하더란다. 밤새 잠을 설친 할머니가 환청을 들었는지도 모른다.

아이가 거의 매일 전화하다시피 하는데도 할머니는 녹음까지 해 두었다가 반복해서 듣기도 한다. 두 늙은이가 눈만 뜨면 아이 이야기로 하루를 시작하고, 밥을 먹으면서도 아이 이야기를 하며 웃곤 하는 지경이다. 어쩌다 하루 아이가 전화를 하지 않으면 조바심이 난 할머니는 아이에게 전화하고 싶어서 못 참아 한다. 아이가 전화를 너무 자주 하는 건 아닌지 염려가 되기도 하던 참이라서, 나는 아이가 할 때까지 기다리자며 말리는 편이다. 조손이 서로에게 지나치게 의존하는 것 같았기 때문이다. 어느 날은 아이가 "엄마가 전화 못 하게 해요"라고 불평했다. 저절로 웃음이 터져 나왔지만 상황은 짐작할 만했다. 수시로 화상 통화를 해서는 "엄마 바꿔 줄까요? 아빠 바꿔 줄까요?"라고 해대니 어른들이 난감하기도 했다.

덩치가 커지면서 아이에게 가하는 제약도 늘어났다. 자동차의 안전벨트는 말할 것도 없고 자전거와 킥보드 탈 때 헬멧을 쓰는 일 등의 제약을 말한다. 그러다 보니 어른들은 아이에게 가하는 이런저런 제약이 당연하다고 여기게 된다. 가령 아이가 구슬을 꿰다가 가위를 찾아서 실을 자르려고 하면, 어른들은 아이가 왜 그렇게 하려는 건지 알아보기도 전에 못 하게 한다. 그 실로는 목걸이 두 개가 될 수는 없다는 것이다. 그러나 손녀의 입장에서는 머리에 떠오르는 동생이 둘(사촌과 육촌)이니 뭐를 만들든 두 개가 되어야 한다는 것이다. 왜 어른들은 구슬로 만들 수 있는 게 목걸이 말고 팔찌여서는 안 된다는 걸까? 버트런드 러셀이 어린 시절에 겪었다는 일이 생각난다. 집에서 어른들이 대화하는 가운데 "오늘 라이언이 온대"라는 말을 어린 러셀이 들었다. 아이가 "정말로 사자(Lion)가 와요?"라고 물었다. 그러자 어른 중의 하나가 웃으며 "그렇단다"라고 대답했다. 아이는 온종일 흥분해서 기다렸지만 사자는 보지 못했고 저녁에 청년이 하나 왔을 뿐이었다. 다만 그의 이름이 Rion이라는 것을 안 러셀은 '어른들은 아이들의 정서를 이해하는 데 무능한 재주가 있다'라는 말을 남겼다. 아이로선 어른들의 제약에 매번 공감하는 것은 아닐 것이다. 그럼에도 아이가 그 제약을 따르는 것에 어른들은 감사해야 할 일이지, 제약을 확대하는 일을 당연시해서는 안 된다는 걸 꼭 누가 가르쳐 줘야 할까?

지난 주말에는 손녀를 데리고 가까운 'Nature Park'에 갔다. 삼십여 년 전 아들들을 데리고 갔을 때는 '자연 공원'이던 것이 이제는 이름이 바뀌었다. 여러 동물들을 관찰하고 먹이 주는 체험을 거쳐 정글 체험하는 곳을 지나게 되었다. 아이가 해 보겠다고 고집하는데도 관리인이 아이의 키가 기준보다 작아서 안 된다고 했다. 그만 속이 상한 아이가 제 엄마 품에 안겨 울음을 터뜨렸다. 겨우 달래서 이동하는 가운데 카약 타는 곳에 이르렀다. 즐거운 물놀이를 기대하며 줄을 서게 되자 조손의 행복한 기다림이 시작되었다. 아이는 할아버지의 품에 안겨 안경을 벗었다가, 다시 씌웠다가, 할아버지의 뺨을 두 손으로 쓰다듬다가 제 입술을 갖다 대는 등, 제가 하고 싶은 대로 했다. 즐거운 카약 체험을 마치고 주차장으로 이동할 때에도 아이는 할아버지의 품에서 내리기를 싫어했다. 제 엄마가 "네가 무거워서 할아버지 힘들어하신다"며 내리라고 하자, 아이는 "할아버지 나 무거워요?"라고 물었다. 대답을 들은 아이가 "엄마, 할아버지가 나 안 무겁대"라고 말했다. 결국은 아이를 걸렸지만 조손이 더 가까워진 하루였다.

지난번 화상 통화 중에는 아이가 "할아버지, 자주꽃 핀 건 해 볼까요?"라고 했다. 동의를 구한 아이가 "자주꽃 핀 건 자주 감자, 파 보나 마나, 그러면 김지연, 예, 선생님, 저희 선생님 성함은 심영희 선생님입니다. 그러면 박한솔, 예, 선생님, 저희 선생님 성함은…"라고 했다. 시를 외다가 갑자기 유치원에서 출석 부르는 장면을 열다섯 명의 동무들 이름이 끝날 때까지 반복하는 이유는 밝혀지지 않았다. 할아버지와 할머니가 동시를 하나씩 따라 외게 했는데, 할머니가 가르쳐 준 〈기러기〉는 잘 외면서, 할아버지가 가르쳐 준 〈감자 꽃〉을 욀 때면 꼭 저렇게 소파에서 뒹굴면서 하고 싶은 대로 한다.

아이가 외던 시를 할아버지도 따라 외어 본다. '기럭 기럭 기러기 떼 날아가네 / 기러기 앞에 기러기 / 기러기 뒤에 기러기 / 기러기야 기러기야 / 뚱뚱한 거위도 좀 데려 가렴.' 생각해 봐도 모르겠다. 거위가 사촌인 기러기와는 달리 왜 뚱뚱해져서 함께 날아가지 못하는지를 언제쯤 가르쳐 줘야 하는 건지. 굳이 가르치려 들지 말고 내버려 두는 게 나을지도 모르겠다. 할아버지가 해 줄 수 있는 것 중에서 최선은 기다려 주는 것이 아닐까? 나머지는 세월이 해결해 줄 테니 말이다.

비즈니스석보다는 독서를

(2019. 10. 26)

아들이 비즈니스석을 타게 된 일이 이야기거리가 되는지 모르겠다. 해야 한다면, 그가 비즈니스석이 아니라 일등석을 타게 된 이야기부터 해야겠다.

그렇게 대단한 요구도 아니었다. 비행기를 갈아타지 않고, 즉, 같은 비행기로 목적지인 샌프란시스코까지 가게 해 달라는 게 내가 대구 시내 서라벌 여행사에 찾아가서 한 유일한 요구였으니 말이다. 서른 살이나 먹도록 비행기를 한 번도 타 보지 못 한 데다가 영어도 서툰 사람이 가족과 함께 커다란 이민 가방 여섯 개를 들고 태평양을 건너게 되었을 때, 그 정도면 제법 합당한 요구로 여겨졌던 것이다. 여행사 직원은 '가능하다'라는 말로 나를 안심시켰는데, 그가 결코 거짓말을 한 건 아니었다. 하지만 그는 그때, 우리가 탈 비행기가 동경에 먼저 들르게 되는데 거기서 아홉 시간을 기다려야 하고(나중에 들으니 그동안 그 비행기는 괌에 갔다 온다고 했다), 다시 그 비행기를 타게 되면 경유하게 될 하와이에서 일단 내렸다가 서둘러 입국 수속과 세관 통과를 거친 후 다시 같은 비행기를 타야 한다는 말을 해 주어야 마땅했다. 비록 당시 나로선 입국 수속이니 세관 통과니 하는 말이 무얼 뜻하는지도 모르는 처지였지만 말이다.

겨우 하와이에 도착하자, 무슨 줄인지도 모르고 서 있던 우리 가족을 발견한 노스웨스트 항공사 직원은 서둘러 입국 수속을 거쳐 세관에 데려다 주었다. 그곳 직원에게 '가방에 왜 이리 큰 망치가 들었는가?'라는 말을 들었을 때도, 그가 치켜든 종이봉투에서 쌀이 술술 새었을 때만해도 그리 난처하진 않았다. '어딜 가든 못 박을 벽은 있을 것이고, 당분간 먹을 쌀은 준비해야 할 것 아닌가?' 하는 심정이었으니. 그러나 탑승 직전 항공사 직원이 우리에게 '좌석을 바꿔 주겠다'라고 했을 때는 달랐다. '아니, 이 사람들이 우릴 동양인이라고 얕보는 건가?' 하는 마음에 나는 원래 자리에 앉고 싶다고 당당히 요구했다. 그러자 그 직원은 미소를 띤 얼굴로 '당신 가족은 서울에서 샌프란시스코까지 온전히 이 여객기를 이용해 준 유일한 고객'이라며 감사의 표시로 좋은 좌석을 제공하는 것이라고 했다. 그래서 앉게 된 일등석이 충분한 보상으로 여겨지지는 않았던 모양이다. 유학 기간 내내 그때의 고생을 되새길 때마다, '비행기를 갈아타지 않게'해 준 그 여행사 직원을 괘씸하게 여긴 걸 보면 말이다. 그러나 어쩌랴! 모든 게 아둔한 사람이 자초한 일이었으니.

그때 부모와 함께 일등석에 앉은 네 살짜리가 지금은 자동차 부품 회사에서 영업을 맡고 있다. 한동안 부지런히 출장을 다니던 아들이 미국의 어느 자동차 회사와 큰 계약을 성사시켰다고 했다. 그 일을 자축할 겸 고객과의 친교를 위해 회사의 여러 중역들과 출장을 가게 되었는데 아들을 제외하고는 모두 비즈니스석을 탄다고 했다. 앞뒤 가릴 틈도 없이 아들에게 '아버지가 대줄 테니 이번엔 비즈니스석을 예매하라'고 일렀다. 아들은 항공료가 너무 비싸다며 두 번이나 전화를 걸어 와 번복하도록 아버지를 설득했다. 항공료는 예상보다 훨씬 비쌌다. 하지만 그만한 일로 번복할 수는 없었다. 도리어 이번에 아들이 비즈니스석을 타는 데에는 두 가지 의미가 있다고 설득했다. 첫째는, 경험이 없는 아버지에게 소감을 전하라는 것이었다. 둘째는, 대신 비행기 안에서 읽으라며 책 두 권을 보내 주겠다고 했다. 평소 양이나 질에서 아들의 독서가 탐탁지 않았던 아버지로서는, 아들이 평생 일반석에 앉더라도 독서하는 사람이 되면 좋겠다는 염원을 이해해 주길 바라서였다. 아들은 비행기 안에서 책 읽는 모습을 담은 사진을 보내 왔다. 그 후의 출장에서, 그는 한 번 편해진 몸이어선지 일반석이 더 불편하게 느껴졌노라고 고백했다.

어제 손녀와 통화하는 사이에 며느리가 화면을 바꿔 책 한 권을 보여 주었다. 아는 책이었다. 며느리는 아들이 그동안 쌓인 마일리지로 이번 출장에서 비즈니스석을 타기로 했다며 비행기에서 읽을 책으로 구입한 것이라고 했다. 간혹 아들에게 책을 보내 주면서도 부담스러워 할까봐 조심스러웠다. 그래서 최근에 보내 준 책은 다 읽었는지 물어보지도 못했다. 그런데 며느리가 보여 준 책은 내가 아들에게 안성맞춤이라며 적절한 때 보내려고 점찍어 두었던 신간이다. 이제는 아들이 독서에 대한 관심도 늘었고 책을 고르는 안목도 향상된 증거라고 생각하며 내심 흐뭇해했다.

"아들아, 네가 승진해서 비즈니스석을 타는 일은 어려운 일에 속할 것이다. 다이어트로 몸을 일반석에 맞게 줄이는 일은 더 어려울지 모른다. 그러나 독서하는 사람이 되는 일은 상대적으로 쉬운 일이다. 부디 이번 출장에서 비즈니스석보다는 독서를 즐기길 바란다."

오랜 약속

　미국에 사는 두 친구가 거액의 복권 당첨금을 나누게 되었다는 뉴스를 보았다. 28년 전의 약속에 따른 것이란다. 그 금액의 크기는 비현실적이지만 긴 세월동안 약속을 묵혀 온 친구가 있다는 건 부러워할 만한 일이었다. 내게도 그렇게 오래 묵은 약속이 있던가 하는 생각에 잠기게 되었다. 이건명이가 생각났다.

　파정사는 40여 년 전 우리가 몸담은 기숙사의 이름이었는데, 파 자는 무슨 잔지 모르겠고 정 자는 솥 정(鼎) 자였던 게 확실하다. 건물이 솥발처럼 세 갈래로 펼쳐져 붙여진 이름이기 때문이다. 엘리베이터가 없는 6층 건물 꼭대기의 북쪽을 향한 우리 방과는 달리, 친구네 방은 남향이어서 언제나 햇볕이 넘쳐 났다. 언덕이라기보다는 산의 정상 못미처에 서 있는 건물이다 보니, 창밖이 숲으로 막힌 우리 방과는 달리 친구네 방은 저 아래의 캠퍼스를 굽어보는 전망이 볼만했다. 햇볕과 전망을 핑계로 자주 친구네 방을 찾기는 했지만 나는 우리 방이 주는 아늑함이 좋았다. 학년말에 방을 재배정 받게 되었을 때, 각자의 방에 만족스러웠던 우리는 장난삼아 약속을 했다. 서로 상대의 방을 뽑게 되면 이사하지 말고 그냥 살기로. 확률적으론 사만분의 일(방이 이백 개라면)쯤 되니 그야말로 장난에 불과했던 것이다. 각자의 룸메이트로부터 위임받은 우리는 추첨하러 갔다. 먼저 친구가 우리 방을 뽑았다. 필요로 하는 확률에 도달하기 위한 절반의 과정이 완수된 것이다. 곧 우리는 약속을 수정하기로 했다. 이제 내가 어느 방을 뽑든 친구네가 그리로 이사하기로. 어차피 우리 방은 햇볕이 적은 곳이니 친구네는 잃을 게 없었다. 장발에 곱슬머리 덕분에 베토벤으로 불렸던 룸메이트(물리학과의 이주열)가 뭐라고 할까 신경 쓰였지만 이사하는 게 번거롭게 여겨졌던 나는 일단 그건 나중의 일이라고 본 것이다. 결국, 내 손이 사만분의 일을 완성시키지는 못했지만 친구에게는 다른 햇볕 있는 방을 뽑아 주었다. 곧 식당 앞의 유리창에 관련 게시물이 붙자 나는 긴 화살표로 수정해 놓아서 베토벤이 알게 했다. 햇볕 있는 방을 선호한 그는 곧, 내 만년필에서 나온 흔적을 보고 떨떠름해 했을 것이다. 어쨌거나 물리학도의 무던함 덕분에 우리의 약속은 수정된 형태로나마 지켜진 셈이다.

일 년이 지나갔다. 각자의 취향대로, 나는 아늑한 북향 방에서 그리고 친구는 햇볕도 전망도 좋은 방에서 쌓은 노력 덕분인지 우리는 무사히 졸업을 앞두게 되었다. 나는 경산으로, 친구는 부산으로 가기로 직장이 정해진 후였다. 또 친구에게 제안했다. 나중에 각자가 제자들을 동반해서 지리산 정상에서 만나기로. 이내 친구도 수락했다. 그렇지만 그 약속은 지켜지지 않았다. 그것은 각자가 사느라 바빠서였지 확률의 문제는 아니었다. 그런데 돌이켜 보니 그 비슷한 일은 있었다. 언젠가 학생들의 졸업 여행에 동반한 제주도 여행길에서였다. 성산 일출봉의 정상을 향해 오르던 중 내려오던 친구를 만났다. 친구도 나와 같은 처지였던 것이다. 각자가 맡은 책임 때문에 잠시 인사만 나누고 우리는 헤어질 수밖에 없었다. 거기서 우리가 왕년의 약속을 기억해 냈는지는 모르겠다.

친구야, 그 약속은 아직도 유효한 걸까? 이젠 우리의 다리 힘도 믿기 어렵지만 동행할 제자나 구할 수 있을지 모르겠다. 그들도 이젠 머리가 허예졌을 테니 말이다.

후기: 전광민은 KAISTAFF News를 인용하여, 파정사의 파 자가 芭(파초 파) 자이며 우리의 네 해 위인 생물공학과의 정승화 선배가 건물의 외벽이 푸른색임에 착안하여 제안함에 따라 작명된 것이라고 알려 왔다.

'오랜 약속'을 이행하기 위해 10월 17일 지리산 천왕봉에 올랐다. 정상석 왼편에서
시계 방향으로 주원종, 김재수, 나, 이건명, 민찬기, 김준석, 신갑철, 전광민.

2부

소설 읽는 즐거움

《Sweet Thursday(달콤한 목요일)》를 읽고

(2016. 7. 21)

1. 존 스타인벡을 찾아서

미국에 유학 온 지 일 년이 다 되어 갈 무렵인 1985년 여름의 일이다. 내가 버클리를 선택한 것은 '비선형진동'이란 좁은 분야에 머물러야 하고, 그중에서도 오로지 C. S. Hsu(쑤)라는 분의 지도를 받지 않으면 안 된다는 고집 때문이었다. 그땐 그럴 만한 나름의 간절한 이유가 있었던 것이다. 이렇게 유연성이 부족한 출발이었지만 지난 한 해를 돌아보면 제법 만족스러운 유학 생활을 보낸 셈이다. 학과목 성적도 괜찮은 편이었고 박사 과정 진입시험도 몇 달 전에 합격해 두었다. 학생을 고르는 데 매우 신중하다고 알려진 분으로부터 이제부턴 연구조교 장학금도 받게 되었으니 만족스럽다고 할 만한 것이다. 희망적인 면만 보자면 그렇다는 말이다. 그 진입시험의 동역학이란 학부 과목에서 길을 잃고 헤매는 바람에 실패할 뻔한 일을 생각하면 지금도 입맛이 쓰다. 기본 과목이었으니 과락 제도라는 게 있었더라면 더 힘든 유학 생활을 맞이했을지도 모른다. 전에 나는 명색이 그 과목을 가르치던 교수였다. 네 해 반이나 가르치던 과목의 시험에서 길을 잃었으니 자존심이 상했다. 게다가 그동안 쌓아올린 지적 능력의 실체가 허무하게 여겨진다는 걸 인정하기가 괴로웠다. 출발이 이 모양이니 앞으로 무슨 일을 겪게 될지 막막해졌던 것이다. 마련해 간 학비가 거의 바닥을 보인 것도 걱정이었는데 이제 장학금을 받게 되었으니 어떻게 버텨 본다 하더라도, 말이 생각만큼 늘지 않는 점에 대해선 뚜렷한 해결책도 보이지 않았다. 이렇게 밝음과 어두움이 뒤섞여 있던 시절이었지만 아마도 내 마음은 후자 쪽에 더 쏠려 있었던 것 같다.

비록 그렇기는 하지만 유학 후 처음 맞은 긴 방학을 연구실에서만 보낸다는 건 가장의 체면이 서지 않는 일이었다. 학생도 견문을 넓혀야 하니 틈을 보아 여행길에 나섰다. 먼저 버클리 남서쪽 해안에 위치한 해군도시 몬트레이로 가서, 막 건립된 수족관과 17마일 드라이브란 곳을 구경했다. 거기서부터는 1번 해안도로를 따라 내려가 빅서를 거쳐, 신문 재벌의 저택인 허스트 캐슬까지 내려갔다. 되돌아올 때에는 101번을 따라 올라오다가 살리나스라는 곳의 도서관에 들렀다. 그곳은 존 스타인벡의 기념관 역할도 겸하고 있었기 때문이다. 그때까지 나는 그의 유명 작품인 《분노의 포도》니 《에덴의 동쪽》은 소설은커녕 영화로도 접해 본 적이 없었다. 다만 관광 안내책자에 살리나스가 노벨상 수상 작가의 고향이라고 나와 있으니 막연한 호기심에 그 한적한 농촌 도시를 찾은 것이다. 작가와 작품에 대한 식견을 미리 갖추지 못해서인지 거기서 무엇을 눈여겨봤는지는 기억에 남아 있는 게 없다. 다만 많은 부모들이 아이들을 도서관으로 데려와 책을 고르던 모습은 기억이 난다. 거기서 집으로 오던 길에 엔진이 과열되는 바람에 차를 세우고 냉각기를 식히던 일은 뚜렷이 기억난다. 농토밖에는 별로 볼 게 없던 고속도로 갓길에서 마냥 기다릴 수밖에 없었다. 이윽고 해가 기울자 차도 곧 원기를 회복했고 우리 가족은 무사히 기숙사로 돌아왔다. 전쟁 중에는 훈련받던 장교들이 숙소로 쓰던 곳을 대학이 인수받아 기혼학생 숙소로 사용해 오던 곳이다.

그때로부터 일 년 반쯤 지나서 태어난 작은 아들은, 십여 년 전에 이곳을 찾았다가 그 열악한 환경에 깜짝 놀랐다고 한다. '이런 곳을 부모가 4년이나 터전으로 삼아 우리 형제를 키웠다는 말인가?' 하는 생각이 들었을 것이다. 그건 신세대의 생각일 뿐이고 옛날에는 다들 그렇게 유학 시절을 보냈다. 물론 아내의 생각은 조금 다르다. 택지 안쪽으로 더 들어가면 경제적으로 더 윤택한 학생들의 거주지는 따로 있었다는 게 그의 주장이다. 그런데 나로선 당시에 그런 게 중요하게 여겨지지가 않았다. 무능력이 드러나서 학교에서 쫓겨나지만 않으면 다행이라는 입장에서 보자면 더 나은 주거 환경이라는 게 관심사가 될 수는 없었던 것이다.

지난 5월 우리 내외는 미국에 다녀왔다. 엘에이에서 공부하는 작은아들의 졸업식에 참석하기 위해서다. 아들은 자신의 고향인 캘리포니아 북쪽을 한 주일에 걸쳐 부모와 함께 여행하기로 계획해 두었다. 예전에 살던 곳 주변을 부모가 다시 둘러보고 싶어 할 거라고 짐작했기 때문이다. 그 여행의 첫 이틀을 보낸 곳이 바로 몬트레이다. 예전에 가 보았던 수족관과 17마일 드라이브에도 갔다. 시간을 제일 많이 보낸 곳은 어항 부두였다. 그곳에는 해산물 식당이 즐비했는데 선교에서 휴식하는 바다사자들도 가까이서 볼 수 있었다.

갈고리처럼 생긴 몬트레이 만의 서쪽 끄트머리 부분을 차지하는 퍼시픽 그로브란 도시와 몬트레이와의 경계에 수족관이 있고, 거기서 부두 쪽으로 나 있는 약 1킬로미터의 해변 도로가 Cannery Row(통조림 공장 골목)라는 길이다. 여기는 제이 차 대전 중에 어획물을 가공해서 통조림으로 만들던 공장들이 즐비했던 곳이다. 전후에는 전투 식량의 수요도 줄고 연근해에 고기도 씨가 말라 공장들도 문을 닫아서 결국은 황폐해진 곳이라고 한다. 이번 여행 중에 이곳을 둘러보지 않은 걸 후회한 건 시간이 좀 지나서였다. 몬트레이를 떠나자 곧 살리나스를 지나가게 되었다. 두 도시가 바로 인근에 있었다는 것을 예전엔 몰랐다. 작가의 고향을 찾았던 한 때의 추억만 되새긴 채 이번에는 곧장 북쪽으로 향하고 말았다.

귀국 전날, 아들 내외와 우리는 엘에이 시내 구경에 나섰다가 헌책방에 들렀다. 그곳에서 나는 존 스타인벡의 소설을 아홉 권이나 골랐다. 영어로 된 소설책을 읽어 낼 수 있을지 자신할 수는 없었지만 이젠 시간도 많으니 시도해 보자는 욕심에서였을 것이다. 귀국 후 며칠 동안 책상에 쌓아 놓은 책을 바라보기만 하다가, 국내에서 번역본을 구할 수 있는 책 중에서 고른 책이 바로 《Sweet Thursday》다. 이번에 다녀온 몬트레이를 배경으로 삼은 소설이다. 작가가 52세에 이르던 1954년에 썼으니 솜씨가 원숙해졌을 때의 작품이라고 볼 수 있다. 문학동네란 출판사에서 2008년에 《달콤한 목요일(박영원 번역)》이란 제목으로 번역되어 나온 책도 구했다. 여기까지가 20세기 미국을 대표하는 작가의 작품을 내가 처음으로 접하게 된 사연이다.

2. 작가

존 스타인벡은 1902년 캘리포니아의 살리나스에서 태어났다. 살리나스의 도심은 태평양에서부터 10여 킬로미터 떨어진 곳에 있다. 작가의 고향은 태평양에서 40킬로미터 떨어진 농업 지역이라 하니 도심에서 남동쪽으로 난 계곡을 따라 얼마 정도 더 내려와야 할 것이다.

양쪽의 산줄기 사이에 형성된 평평한 계곡을 따라 곧게 난 101번 길이 우리 가족이 옛날 살리나스를 찾아 올라간 길이다. 그는 공무원인 아버지와 교사인 어머니 사이에서 외동아들로 태어났으며 농업 지역에서 자라나다 보니 자연적으로 농민의 어려운 삶을 목격하게 되었다. 그는 대학생(스탠퍼드대학)이 되자 집안의 형편이 어려웠는지 목장, 도로 공사장, 목화밭, 제당 공장 등에서 일하기도 했다. 이러한 경험은 나중에 작가로서 밑바닥 삶을 사실적으로 묘사하는 데 요긴하게 쓰였다. 대학을 중퇴한 그는 뉴욕으로 가서 〈뉴욕 타임스〉지의 기자로 일했는데, 객관적으로 사실을 보도하는 게 아니라 기사를 주관적으로 쓴다는 이유로 해고되는 바람에 갖가지 막노동으로 생계를 이었다. 처녀작인 《황금의 잔(1929)》은 주목받지 못했으며, 결혼 후 고향에서 가까운 퍼시픽 그로브로 이주하여 별장지기로 일하며 쓴 두 작품 《하늘의 목장(1932)》과 《알려지지 않은 신에게(1933)》도 주목받지 못했다. 대중적 성공과 경제적 안정을 안겨 준 작품은 《토르티야 대지(1935)》란 소설과 《긴 계곡(1938)》이란 중단편집이었다. 작가의 소년 시절을 그린 《긴 계곡》에는 《붉은 망아지》란 중편소설도 실렸는데, 이것은 오바마 대통령이 감명 깊게 읽은 소설로도 알려져 있다.

스타인벡은 자신의 작가 경력 내내 실험 정신을 잃지 않았는데 30년대 후반에 쓴 세 작품은 캘리포니아 노동 계급에 초점을 맞추었다. 《승부없는 싸움(1936)》, 《생쥐와 인간(1937)》, 《분노의 포도(1939)》가 그것이다. 그중 마지막 작품은 은행한테 토지를 빼앗긴 농민의 고통을 통해 자본주의 사회의 모순과 결함을 고발한 그에게 퓰리처상을 안겨 준 출세작이 되었다. 하지만 미국 연방 수사국(FBI)에선 그를 공산주의자로 의심하고, 작품이 반미선전에 이용될 것을 우려하게 되었으며 오클라호마에선 그의 책이 불살라지기도 했다. 《통조림 공장 골목(1945)》(이 골목은 앞에서, 내가 이번 여행 중에 가 보지 못한 게 아쉽다는 걸 나중에 깨달았다고 말한 바로 그곳이다) 등의 작품을 포함하여 40년대에도 그의 실험 정신은 계속되었다. 곧 그는 자신의 가족사가 포함된, 남북전쟁에서부터 일차대전 때까지 살리나스 계곡에서 일어난 일을 그린 대하소설 《에덴의 동쪽(1952)》이라는 기념비적 작품을 완성하였다. 많은 사람들은 그가 1962년에 노벨상을 받은 건 바로 이 작품 때문이라고 본다. 그 외에도 《통조림 공장 골목》의 속편에 해당하는 《달콤한 목요일(1954)》과, 《피핀 4세의 짧은 치세(1957)》 등 가벼운 기지가 넘치는 작품도 발표했다. 《우리네 불만스런 겨울(1961)(이 작품으로 그가 노벨상을 받게 되었다고 보는 사람도 있다)》 등을 비롯한 여러 소설 외에도 그는 《찰리와 함께한 미국 여행(1962)》과 《미국과 미국인(1966)》 등 수필집도 썼으며 1968년에 사망했다.

인물을 이해하는 데 일화만큼 요긴하게 여겨지는 게 있을까? 《분노의 포도》 이후에는 작가에 대한 연구가 쏟아져 나왔는데, 그 전의 일이다. 1938년에 오하이오 대학의 멀 댄포드(Merle Danford)가 쓴 석사 학위 논문에는 작가와의 인터뷰 내용이 실려 있다고 한다. 이 자료가 귀하게 여겨지는 이유는 작가로부터 직접 답변을 들은 최초의 인터뷰를 담고 있기 때문이라고 한다. 그녀가 보낸 질문지에 작가가 답변한 일이 몇 번이나 반복되었는지는 나로선 아는 게 없다. 일일이 답변하는 데 인내심이 바닥난 작가가 어느 순간엔가 폭발하고 말았다.

"이봐요, 이건 너무 복잡하군요. 나는 그냥 이야기를 쓰는 사람일 뿐이요", "어떤 구절을 내가 왜 썼는지, 나의 철학은 무엇인지에 대해선 나는 조금도 모르겠소. 그리고 내가 하나를 말하면 그건 이미 진실이 아닌 게 될 거요(And if I told you one, it wouldn't be true). 미안하지만 나는 학구적인 토의를 더 이상 끌고 나갈 수가 없다오." 작가로부터 답변을 하나라도 더 끌어내고자 안간힘을 쓰는 학생의 입장도 이해가 되지만, 일생의 대작이 될《분노의 포도》의 완성을 앞에 두고 시간을 아껴 써야 했던 작가의 입장도 이해가 되는 대목이다. 작가는 연구자 혹은 비평가의 질문에 답변하는 일이 어느 순간 부질없는 일이라고 느꼈을지도 모른다. 한편, '하나를 말하면 그건 이미 진실이 아닌 게 될 것'이라는 말은 노자가 말한 '道可道非常道(도가도비상도)'를 연상케 하는 대목이다. 도덕경의 맨 처음에 나오는 이 말은 그의 중심사상이라고 볼 수 있는 말인데, '도를 말할 수 있으면 늘 그러한 도가 아니다' 쯤으로 번역될 수 있을지 모르겠다. 노자의 이 말에는 '절대적인 진리는 존재하지만 이건 말로 온전히 포착되는 게 아니다'라는 뜻을 담고 있다고 한다. 미루어 짐작해 보자면 작가는 '내가 작품을 쓸 때는 분명 나름의 이유나 철학이 있어서 쓴 것이지만, 그렇다고 해서 지금 그걸 끄집어내 말한다 해도 이미 그때의 그것이 될 수는 없는 것이라오'라고 말하려던 게 아니었을까?

작가가 독자의 질문에 답하는 일화를 소개하다 보니 생각나는 옛일이 하나 있다. 내가 대학 신입생이던 1974년에 루마니아 출신 소설가인 콘스탄틴 게오르규가 방한했을 때의 일이다. 모교는 그를 초청하여 우리가 있던 대명동 캠퍼스의 강당에서 강연회를 개최하였다. 나는 얼마 전 읽은 《25시》의 내용을 상기하며 강연회에 참석했다. 큰 키에, 검은 옷을 입은 작가는 신부의 차림이었는데, 작가가 직업에 맞추어 옷을 입었다는 걸 당시에 내가 인식했는지는 분명치 않다. 강연이 끝나고 통역이 청중으로부터 질문지를 받게 되었을 때, '나도 질문을 적어 내볼까?' 하고 망설였던 일이 있다. 책을 다 읽고 났을 때, '작가는 평범한 농부였던 주인공 요한 모리츠가 유대인도 아니면서 유대인으로 오인되어 고난을 겪은 이야기를 그려 냈는데, 그럼 같은 시기에 진짜 유대인들은 무슨 이유가 있어서 고난을 당했다고 본다는 말이냐?'라는 의문을 가지게 되었기 때문이다. 지금 돌이켜 보면 논리에 맞지도 않는 질문이지만, 그땐 작가의 입장에 대해 나름대로는 상당히 궁금하게 여겼던 것 같다. 나는 결국 망설이다가 질문을 하지도 못하고 강연장을 빠져나왔다. 그날 내가 질문을 했더라면 작가는 어떤 대답을 해 주었을까? 그의 직업으로 보나 인품으로 보나 동양의 젊은이가 한 어리석은 질문에 친절하게 응대해주지 않았을까?

3. 작품

작품의 개요, 배경과 인물, 줄거리, 제목의 의미 등의 순서로 이야기하겠다.

작품의 개요: 이 작품은 1945년 작품인 《Cannery Row(통조림 공장 골목)》의 속편에 해당한다. 남자 주인공들이 참전을 위해 입대하기 전까지의 이야기를 다룬 전편에 이어서, 속편에서는 전쟁이 끝나고

이들이 제대해서 돌아온 후의 이야기이다. 이 작품은 1954년에 출판 되었지만 시간적 배경은 1947년이다. 작가의 작품 세계를 강렬한 사회의식과 온화한 휴머니즘으로 구분할 때 이 작품은 후자에 속한다고 한다. 전후에 통조림 공장 골목에서 방황하는 가난한 젊은이들이 자아를 찾아 가는 과정을 많은 인간상과 주변 풍물을 배경으로 그린 소설이다.

배경과 인물: 캘리포니아의 연안도시인 몬트레이의 통조림 공장 골목(구글에서 찾아보니 폭이 5미터인 직선도로이니 말이 골목이지 왕복 2차선은 될 만한 도로이다)이 주된 배경이지만 그 안에는 세 개의 주된 공간이 있다. 먼저 닥이 운영하는 생물 연구소가 있다. 남과 함께 일하는 것을 참아 내지 못하는 성격인 그는 이 연구소를 홀로 꾸려 나간다. 그는 시카고 대학에서 박사 학위(그가 이 골목에서 불리는 이름 닥터도 닥터의 줄임말이다)를 받은 생물학자이면서 인성도 훌륭하여 주변에 어려운 일을 당한 사람이 있으면 도와주지 않고는 못 배기는 휴머니스트이다. 다만 그도 인간인지라 방황하기도 하고, 법의 한계를 넘나드는 이웃의 상담 요청에 고민도 하고 욱하면 화를 내기도 한다. 골목사람들은 그를 사랑하고 존경하기를 거의 숭배하듯 한다. 닥이야말로 보잘 것 없는 자기들을 인간으로 대접해 주는 소위 제대로 배운 사람이기 때문이다. 입대 전 그는 연구소를 백만장자이자 생물학자인 친구 징글볼릭스에게 맡겨 둔다. 그러나 제대 후 돌아온 그의 앞에 놓인 연구소는 폐허나 다름이 없었다. 무책임하고 게으른 친구를 닥이 과신했던 탓이다. 여기서 그는 다시 일어서기로 마음먹는

다. 실험 기구를 정비하고, 생물을 주변에서 잡아 와 수족관에 넣고, 배양하고, 판매하고, 강연도 나간다. 게다가 인생을 걸만한 연구 업적을 한 편의 논문에 담아내고자 하는 야심도 있어서 연구도 꾸준히 해나간다. 이 일에 어려움이 닥쳤다. 겨우 하나 남은 현미경이 작고 낡아서 연구의 진척에는 별 도움을 주지 못한다. 현미경 말고도 그의 연구를 위협하는 게 또 생겼다. 바로 연구에 대한 회의가 찾아온 것이다. 그래서 그는 깊은 우울증에 빠져 논문을 쓰는 일에 집중할 수가 없게 되었다. 동네 사람들은 모두 그의 이러한 변화를 크게 걱정하며, 자신들을 그토록 열성적으로 돌봐 주던 그를 도울 방법을 찾느라 전전긍긍한다.

두 번째의 공간은 베어 플래그(캘리포니아 주의 상징인 곰을 그린 깃발이란 뜻 즉, 본 업소는 우리 주(州)를 사랑한다는 뜻이 담겨있다)라는 매춘업소. 여주인인 포나는 사업 수완도 뛰어나지만 훌륭한 스승의 자질도 갖추고 있다. 그녀는 종업원들을 교육시켜서 숙녀로 만들고 결혼을 잘 시키는 일을 자랑으로 여기고 있다. 다만 제자들은 스승의 교육을 달갑게 여기지만은 않는다. 스승이 조금 엄격하기 때문이다. 독서에다가, 말씨, 걸음걸이, 식탁매너, 수많은 포크 등 용품의 용도를 익히는 교육 프로그램은 업무에 지친 아가씨들이 소화하기엔 여간 고역이 아니다. 그러나 포나는 진정으로 아가씨들을 돌봐 주는 훌륭한 주인이며 주변의 어려움도 함께 고민해 주는 착한 이웃이다. 포나의 또 다른 특징은 점성술에 일가견이 있다는 것이다. 정작자기는 이걸 믿지도 않으면서 남들에게는 자신의 능력을 십분 활용하도록 종용하며 점괘에 따라 충고하기를 서슴지 않는다. 이제 이 업소의 아가씨들을 소개할 차례다. 우선 수지와 베키가 있다. 이 소설의 여주인공인 수지는 가장 최근에 들어왔으니 업소의 신참직원인 셈이다. 그녀는 결혼에 실패하고 고향을 떠나 이곳까지 흘러왔다. 배움은 부족하나 개성이 뚜렷하여 업무에 적응하지 못하고 있어서 포나의 관심을 듬뿍 받게 되는 아가씨다. 베키는 마음씨가 착하여 수지를 많이 도와준다. 아그네스와 메이블이란 아가씨도 있다. 업소에는 조 엘리건트란 요리사도 있다. 그는 나름으로는 소설가여서 업무 시간 외에는 꾸준히 글을 쓰고 있다.

마지막에는 팰리스 플롭하우스(Palace Flophouse)가 있다. 이 이름을 직역하면 '궁전 여인숙'이지만 이곳은 사내들끼리 꾸려 가는 허름한 합숙소이다. 이름만 거창할 뿐이지 낡은 창고를 개조해서 만든 곳에 불과하다. 하나의 공간에 침대가 흩어져 있다. 유사시엔 이 침대들을 한 군데로 밀쳐놓으면 제법 큰 파티도 열 수 있다. 이제 이곳의 식구들을 소개할 차례다. 먼저 맥이 대표인 격이다. 그래서 이 숙소의 식구들을 맥 패거리라고 부른다. 그렇다고 해서 이들이 불량배라거나 이들 사이에 위계질서 같은 게 있다는 말은 아니다. 맥은 연구소의 닥과는 유별난 사이다. 그 다음엔 약간 모자라긴 하지만 닥을 존경하는 데는 아무에게도 뒤지지 않는 헤이즐이 있다. 어느 날 헤이즐에 관한 점괘를 뽑아 본 포나가 그에게 대통령이 될 운명이라고 하자 그는 심각한 고민에 빠진다. 그는 고민 끝에 타임지를 구해 읽으며, 나라의 수도로 가야 할 만일의 경우에 대비하기도 할 만큼 순진하기도 하다. 그밖에 에디, 휘트니 1, 휘트니 2까지 포함해서 모두 다섯 명이 궁전의 식구다. 술집 종업원인 에디를 제외하면 모두 베어 플래그와 공생

하는 관계이다. 궁전은 애초에 식료품점 전주인인 리청의 소유였다. 그가 떠나면서 식료품점을 멕시코 출신인 조지프 앤 메리에게 팔고 갔으니, 궁전도 그에게 팔고 떠났을 거라고 맥 패거리들은 짐작하고 있다. 어느 순간 그들은 왜 아무도 자기들한테 집세를 독촉하지 않는지 궁금히 여긴다. 사실은 이들의 불안정한 미래를 염려한 리청이 골목을 떠나기 전, 이곳의 명의를 맥으로 바꾸고 이 사실을 닥에게만 알려 두었다. 혹시 궁해지면 이 건물을 팔아먹을지도 모른다고 염려해서 맥에게는 사실을 알리지 않은 것이다. 이 골목에서의 삶이 공동체적 삶에 가까워진 것은 우연한 일이 아니라는 것을 알 수 있는 대목이다. 이런 설정은 작가가 당시 사회주의에 대한 기대가 컸음을 말해 준다.

이외에도 소개할 만한 곳은 에디의 직장인 술집이다. 이곳 여주인인 와이드 이다는 밀주를 팔아도 되겠는지를 닥에게 상담하기도 하지만, 에디가 술잔 같은 용품을 궁전으로 몰래 빌려 가는 행위를 묵인해 주기도 하고, 파티 같은 게 있으면 맥주도 회사할 줄 아는 등 공동체의 일원으로서의 역할도 마다하지 않는다. 또한 여주인 엘라가 운영하는 카페 겸 간이식당 골든 포피가 있다. 나중에 수지는 이곳에 취직해서 새 삶을 시작한다. 마지막으로 언급할 만한 공간은 철길너머에 있는 공터이다. (구글 맵에 찾아보니 골목으로부터 내륙쪽으로 반블록 더 들어간 곳에 골목과 평행하게 몬트레이 베이 코스틀 트레일이란 철길이 지나간다) 고양이 다음으로 이 공터를 자주 찾는 존재는 고민이 있는 사람들이다. 가령 헤이즐이 대통령이 되어 워싱턴 D. C.에서 굴을 먹게 되는 걸 상상할 때와, 닥을 도우려면 어떻게 해야 하는

가를 고민할 때 찾던 곳이다. 이곳엔 낡은 보일러가 한 대 있다. 원래 증기 기관차용으로 쓰이던 것인데 통조림 공장으로 옮겨져 생선을 삶는 데 쓰이다가 공장이 문을 닫자 이곳에 버려지게 되었다. 나중에 업소를 나온 수지가 이곳을 거처로 삼는다. 머지않아 떨리는 가슴에 꽃다발을 안고 이곳을 찾아오는 사람이 있다. 마지막으로 소개할 사람은 파출소장인 조 블레이키다. 그는 치안을 위한 최선의 대비책은 예방이라고 믿는 유능하고 인간적인 경찰관이다. 수지가 독립할 수 있게 돈을 빌려 준 사람도 그다.

줄거리: 닥의 변화를 맨 처음 눈치 챈 사람은 맥이다. 맥은 닥이 논문 때문에 고민한다는 걸 알게 되지만 도울 길이 막연하다. 골목사람들을 모아 상의해 봐도 해결책은 나오지 않는다. 결국 맥은 포나를 찾아간다. 포나는 닥이 결혼을 해야 일이 잘 풀릴 거라고 짐작하고는 수지에게 케이크를 들려 연구소로 심부름을 보낸다. 수지를 닥에게 시집보내는 게 모두를 위해서 최선이라고 섣불리 판단했기 때문이다. (이런 설정은 작가의 견문과도 관련이 있다. 당시 스탠퍼드대학의 어떤 교수가 전직 매춘부와 결혼한 사실이 있다고 한다) 그러나 두 사람은 '논문을 써야 한다느니, 못 쓴다느니' 하며 서로 싸움만 하고 만다. 결국 포나의 점성술 등을 동원하여 둘을 데이트하게 한 날이 목요일이다. 이 데이트로 수지는 드디어 사랑에 빠지게 되었지만 닥의 미지근한 반응 때문에 상심하게 된다.

한편 같은 날 맥은 식료품점 주인인 조지프 앤 메리를 찾아간다. 조지프 자신이 궁전의 소유자라는 걸 인지하고 있는지 확인하기 위해서다. 전혀 아는 게 없는 눈치다. 그래서 맥은 조지프가 리청으로부터 식료품점을 매입할 때 궁전도 같이 매입했다는 걸 깜빡 잊고 있는 걸로 짐작하고는 속으로 기뻐한다. 다시 말하자면 궁전의 소유권은 맥 자신이라고 조지프 앤 메리가 잘못 알고 있다고 확신하게 된다. 이제야 맥은 자신의 계획을 털어 놓는다. 자신의 소유인 궁전을 걸고 복권을 팔아서(조지프네 가게에서) 그 수입금 400불로 닥에게 줄 현미경을 구입하는 데 쓰고, 닥이 당첨자가 되게 하여 궁전의 새 주인이 되게 하자는 계획이다. 닥을 격려하자는 뜻일 뿐 어차피 닥이 궁전을 팔아버릴 위인은 아니라는 이유로 말이다. 실제로는 맥 패거리들은 이렇게 소유권이 닥에게 넘어가면 사람 좋은 닥이 자기네한테 평생 월세를 요구할 일도 없을 테니 모두에게 이로운 일일 거라고 짐작한 것이다. 사기 복권에 대해선 맥 자신과 조지프만 알고 있기로 했다. 남들도 알면 아무도 복권을 안 살 테니까.

이 복권 판매 행사 소식은 골목 안에 삽시간에 퍼진다. 복권 추첨일은 토요일로 정하고 추첨 행사를 겸한 파티는 궁전에서 하기로 한다. 한편 포나는 파티를 가장무도회로 하기로 하고 주제를 '백설 공주와 일곱 난쟁이'로 정한다. 당일 닥과 수지를 결혼까지 시킬 계획을 세우고 수지를 설득한다. 수지는 미심쩍어 하면서 포나의 뜻대로 백설 공주가 되기로 결심한다.

이윽고 토요일이 되었다. 그러나 일은 맥과 포나의 계획대로 풀리지 않았다. 먼저 닥이 되어야 마땅할 왕자를 헤이즐이 맡겠다고 나선 것이다. 맥 패거리들이 아무리 말려도 듣질 않았다. 그 분장을 도운 사람이 베어 플래그의 요리사 조 엘리건트다. 중심부에 사람의 눈이 그려진 바지를 입고 헤이즐이 나타났으니 왕자의 복장치고는 가관이랄 수밖에 없는 차림이다. 요리사가 행사를 망치려고 작정한 것이다. 게다가 닥의 복권을 잘 감추어 두었어야 할 꼬마 큐피드 조니는 모두가 보는 무대 한가운데에서 그걸 떨어뜨렸다. 이 꼬마가 그걸 다시 주워서는 미리 정해 놓은 각본대로 "이게 내가 뽑은 복권이다"라고 외치고 말았다. 저 멀리 있는 복권 통엔 아직 가까이 가지도 않았으면서 말이다. 맥은 얼른 꼬마 큐피드로부터 복권을 넘겨받아 "이 집이 닥의 소유가 되었습니다"라고 선언해 버린다. 진행에 문제가 있다는 걸 눈치 챈 참석자들이 소란해진 가운데 이윽고 백설 공주인 수지가 등장하고 신부를 맞아들여야 하는 순간, 영문도 모르고 갑자기 파티에 참석하게 된 닥이 분위기에 휩싸여 마지못해 응하자, 수지는 '다리 밑의 거지하고는 살 수 있어도 닥하고는 결혼할 수가 없다'면서 궁전을 떠난다. 철길까지 따라간 포나는 '그를 사랑한다'는 수지의 고백을 듣게 된다. 수지는 자신이 닥을 사랑하기는 하지만 도저히 닥과 어울리는 사람이 아니라는 걸 시인하고만 것이다. 그동안 궁전에서는 가장무도회가 엉망진창인 채로 끝나고 말았음은 말할 것도 없다.

골목사람들은 그날 이후 아무도 가장무도회와 복권 추첨을 입에 올리지 않게 되었다. 그 행사를 통해 얻은 거라곤 부끄러움 말고는 없었기 때문이다. 수지는 곧 업소를 나와 엘라의 카페인 골든 포피에 취직하고, 경찰관 조 블레이키한테 돈을 빌려 공터의 보일러에서 새 삶을 꾸리게 된다. 뒤늦게 자신이 사랑에 빠졌다는 걸 깨달은 닥은 꽃다발을 들고 공터로 수지를 찾아가 화해를 청한다. 닥은 연구를 재개하기 위해 한사리가 되면 혼자 라호야로 채집 여행을 떠날 계획도 세웠다. 한편 헤이즐은 자신 때문에 행사가 망쳐진 일로 상심하고 닥을 위해 무얼 할 수 있을지 고민한다. 그러던 어느 날 밤 그는 야구방망이를 들고 연구소를 찾아가 닥의 팔을 내려친다. (헤이즐은 왜 닥의 팔을 부러뜨렸을까?) 닥이 다쳐 그의 채집 계획에 차질이 빚어지자 드디어 수지가 돕겠다고 나섰다. 둘이 함께 떠나는 날 맥 패거리들은 닥에게 선물할 멋진 물건을 준비했다. 그들이 사기 복권을 통해 모은 돈으로 의기양양하게 구입한 물건이다. 물건을 보자 닥은 입이 딱 벌어졌다. 그 물건은 그가 그토록 원했던 현미경이 아니라 대형 망원경이었던 것이다. 작가는 몇 가지 힌트만 주었을 뿐 어떻게 된 영문인지에 대해서는 아무 말도 없었다. 번역가는 telescope(망원경)를 현미경으로 번역했다. 그것도 세 군데에서나. 맥 패거리는 어째서 망원경을 구입하게 되었으며, 번역가는 왜 이걸 현미경으로 번역했을까?

어쨌든 두 사람은 함께 라호야로 떠난다. 그날도 마침 목요일이다.

제목의 의미: 작가가 왜 목요일을 '무슨 일이든 잘 풀릴 것 같은 날, 마법 같은 날'로 꼽았는지는 불분명하다. 그냥 인생을 살다 보면 그런 특별한 날은 있게 마련이고 우연히 그날이 목요일이더란 것밖에는 말할 수가 없다. 그날은 맥 패거리에게는 자기네 삶의 터전인 궁전이 식료품점 주인 조지프 앤 메리의 소유인지 아닌지 판가름이 나는 날이고, 수지와 닥이 데이트를 시작하는 날이고, 조 엘리건트가 포나에게 자신의 소설에 대해 얘기하는 날이고, 두 사람이 라호야로 떠나는 날도 목요일이라는 것밖엔 나도 모른다.

이렇게 생각하면 어떨까? 수요일은 주중에 가장 힘든 날이고, 금요일은 주말이 기대되는 날인데 목요일은 그 사이의 날이니 이만하면 달콤한 날이 아니겠는가? 그러고 보니 오늘도 목요일이다. 모두들 달콤한 목요일을 보내시길.

4. 번역에 대하여

머칠 전, 원본과 번역본을 대조해서 읽으면서 발견하게 된 오류(엄밀히 말하자면 오류로 여겨지는 것이라고 해야 하겠다. 내가 잘못 판단했을 수도 있으니 말이다) 50개를 정리해서 출판사로 보냈고, 그들로부터 감사 인사와 함께 개정판을 준비할 때 참고하겠다는 답신도 받았다. 글쎄, 그들이 나의 의견을 얼마나 진지하게 받아들일지는 모르겠다.

언제부턴가 나는 번역을 생각할 때면 의미와 문체란 단어를 함께 떠올리게 되었다. 번역에서 의미의 전달은 최소한 갖추어야 하는 것이고, 거기에 더해서 작가의 문체까지 전달되는 번역이라야 상급의 번역이라고 평가하게 되었다. 바꾸어 말하면 문체를 놓쳐서 중급으로 떨어질지언정 의미를 놓쳐서는 제대로 된 번역이라고 할 수가 없다고 보게 된 것이다. 그런 관점에서 나는 2008년 '문학동네'에서 출간된 《달콤한 목요일(박영원 역)》을 실패한 번역으로 규정했다. 번역가는 부정의문문에 대한 대답 Yes를 긍정의 뜻으로, telescope(망원경)를 세 차례나 현미경으로 번역했으니 오타가 아닌 게 분명하다. 이런 일은 중학생쯤만 되어도 하지 않을 일이다. 이런 오류가 전문가의 손에서 나왔으니 그런 번역을 어떻게 받아들여야 할까?

그러나 번역에 오류가 좀 있다고 해서 책의 가치를 너무 낮게 평가하는 것은 온당치 않을 것이다. 누군가는 그 책을 통해 뭔가를 깨달은 사람도 있을 테고, 누군가는 다음 번 번역에서 그 책을 참고할 수도 있을 테니 가치의 관점에선 달리 봐야 한다는 말이다. 나만해도 이 책이 없었더라면 내용을 이렇게 빨리 파악하지도 못했을 것이고 번역이 감탄할 만큼 잘된 부분도 많았다. 다만 어느 분야나 예술의 완성에 이르는 일은 어렵다는 걸 다시 느꼈을 뿐이다. 젊은 세대들은 이 점을 꼭 명심해 주길 바란다.

번역본에 대한 아쉬운 점을 자꾸 되새기다 보니 이런저런 생각이 떠올랐다. 원작이 국내에 잘 알려져 있지 않아서 출판사나 번역가가 일을 가볍게 본 건 아닌가 하는 생각부터 해 보았다. 그런데 출판사는 이 작품의 전편인 《통조림 공장 골목(정영목 역)》도 이 책과 동시에 출판했다. 정 씨는 베테랑 번역가로 알려진 사람인데 굳이 두 작품을 출판사가 차별했을 것 같지는 않다. 즉, 박 씨의 능력을 의심할 만한 타당한 이유는 없어 보인다. 그럼 결과는 우연히 발생한 일인가? 기껏 생각해 봐도 '번역가나 출판사가 시간을 충분히 들이지 못한 게 아닐까?'라는 정도가 내 추측의 한계라는 점을 시인할 수밖에 없겠다.

번역에 대한 얘기를 하다가 보니 생각나는 분이 있다. 옛 직장의 영문학과에 재직하다가 나보다 10여 년 먼저 퇴직한 김종철 교수다. 그는 영문학자로도 잘 알려져 있지만 〈녹색평론〉이란 계간지를 자비로 발간하는 환경주의자로도 유명하다. 언젠가 나는 그에게 "영문에 모호함을 느낄 때는 없습니까?"라고 물은 일이 있다. 어떻게 보면 좀 우스운 질문이지만 그때는 무척 궁금하게 여겼던 점이었는데, 마침 우연히 그를 마주치다 보니 묻게 된 것이다. 그전에 그와는 무슨 위원회에선가 몇 번 만나서 대화를 나눠 본 적이 있었는데 아마도 그의 열린 자세가 어떻게든 나한테 전해졌으니 그런 뜬금없는 질문을 편히 하게 되지 않았나 싶다. 그는 "많지요"라며 "그래서 중요한 외교문서는 반드시 불어로 병기하는 것 아닙니까?"라고 반문했다. 관련된 이야기를 이어가다가 내가 '앞으로 우리 번역 문학계의 전망이 밝아 보인다'라고 했더니 그는 '왜 그렇게 말하느냐?'고 물었다. 그래서 '젊은 세대의 영어 실력이 이전 세대보단 나아졌을 테고, 국내에 통, 번역 대학원이 많이 생겼으니 자연히 관련 인력이 많이 양성되지 않겠느냐?'라고 했다. 대뜸 그는 '천만의 말'이라며 '번역가는 그런 식으로 길러지는 게 아니다'라고 단언했다. 그는 지금 젊은 세대의 영어 실력이 옛날 세대보다 나아진 것도 없는 데에다가 그들의 우리말 실력이 보잘 것 없어서 오히려 전망이 어둡다고 말했다. 한 예로, 자기 지인도 어느 번역 대학원에 다니는데 글을 한번 봤더니 솜씨가 딱하더라고 하면서 실망스러워하던 모습이 기억난다. 그제야 나는 '번역가도 하나의 예술가이니 대학에서 쉽게 양성되기는 어렵겠구나'라고 짐작하면서 나의 식견이 부족했음을 깨달았다. 비쩍 마른 외모에 날카로운 눈매의 소유자인 김 교수의 안부가 궁금해진다.

《Sweet Thursday(달콤한 목요일)》의
번역에 대한 의견

(2016. 7. 17)

문학동네 편집진(《달콤한 목요일》 담당자)께,

저는 존 스타인벡의 《Sweet Thursday(Penguin Books, 2000)》와 귀사에서 2008년 출간한 《달콤한 목요일(박영원 역)》을 비교하며 읽었습니다. 그 결과 번역본이 수정되었으면 좋겠다는 의견을 갖게 되었습니다. 그 50개의 내용을 번역본과 원본의 페이지 순서에 따라 번호를 붙였습니다. 내용은 해당 번역문, 원문, 더 나아 보이는 번역, 경우에 따라서는 제가 판단한 근거를 덧붙여 놓았습니다. 그 중에는 심각한 오역으로 보이는 부분도 있고 사소해 보이는 부분도 있습니다. 물론 번역가가 훌륭하게 번역한 부분도 많습니다. 그러나 그 부분은 이 글의 취지가 아니므로 언급하지 않았습니다. 저의 의견을 번역가에게 전해 주시고 개정판을 준비할 때 참고하길 바란다는 뜻도 전해 주시길 바랍니다.

대구의 지산동에서 이원경

1. p. 12(번역본의 페이지)(1, 원본의 페이지)

번역문: 통조림공장의 진줏빛 골함석은 퇴색해버렸고

원문: The pearl-grey canneries of corrugated iron were silent

더 나아 보이는 번역: 잿빛 골함석을 인 통조림 공장은 적막에 들었고

2. p. 15(3)

번역문: 손님들이 술잔에 남긴 술을 작은 단지에 모아두었다가

원문: he emptied the wining jug into a series of little kegs,

더 나아 보이는 번역: 손님들이 주전자에 남긴 술을 작은 단지에 모아 두었다가

근거: jug는 주둥이가 벌어진 병이니 술잔일 리는 없고 주전자에 가깝다. 술집 종업원인 에디가 나중에 친구들과 함께 마시려고 손님들이 남긴 술을 모은 것인데, 아무려면 남의 입이 닿은 '술잔'에 남긴 것까지 모았을 리가 없다.

3. p. 19(5)

번역문: 독립기념일 만큼이나 (원자폭탄 실험에 관심을 가졌다.)

원문: in a Fourth-of-July kind of way

더 나아 보이는 번역: 애국적 견지에서 (원자 폭탄 실험에 관심을 가졌다.)

근거: 7월 4일이 미국의 독립기념일이기는 하지만 그것과 원자 폭탄과는 아무 상관이 없다. 원자 폭탄은 지긋지긋한 전쟁을 끝내고 평화를 회복하게 해 주었으니 애국정신이 연상되는 수단이므로 그 날짜를 들어 말한 것이다.

4. p. 19(6)

번역문: 여자는 버스를 타려고 달려오다가 손목시계를 망가뜨렸고

원문: the girl lunged at a fly on the bus and broke her watch

더 나아 보이는 번역: 여자는 버스에서 파리를 쫓다가 손목시계를 망가뜨렸고

5. p. 43(21)

번역문: 실험용 쥐가 다시 우리 안에서 뛰어다니기 시작했고

원문: New generations of cotton rats crawled on the wire netting of the cages,

더 나아 보이는 번역: 새끼 솜털 쥐들이 우리의 철망 위를 기어 다녔으며

6. p. 46(23)

번역문: 닥은 그 젊은 여자가 무척추동물에 흥미를 갖고 있다고 생각했지만, 아니었다.

원문: a young lady companion whose interest in invertebrate zoology Doc thought might be flexible-and it was.

더 나아 보이는 번역: 닥은 그 젊은 여자가 무척추동물 외에도 흥미를 가질 만한 게 있을지도 모른다고 생각했는데, 그의 예상이 들어맞았다.

근거: 닥의 채집 여행에 따라나서기로 한 젊은 여자가 흥미를 갖고 있는 건 학문(무척추동물학)이 아니라, 오로지 닥이란 걸 닥 자신은 조금도 모르고 있다. 다만 닥은 그녀가 이번 채집 여행을 통해 무척추동물 외에도 많은 견문을 쌓을 수 있을 거라고 짐작하고 있다.

7. p. 54(28)

번역문: "그 삼촌은 부자였어. 그런데 자네처럼 차가운 눈을 가진 사람이 어떻게 나보다 돈이 많은지 알 수가 없어.", "친척을 기준으로 판단하는 건 자기보호야."

원문: "Rich old bastard too. I wonder why, when you get rich, you get a cold eye."; "Self-protection,"

더 나아 보이는 번역: "그 삼촌은 부자였지만 지랄 같은 노인이었어. 나는 사람들이 돈만 있으면 왜 눈빛이 차가워지는지 모르겠어."; "그런 걸 자기 방위라고 하지."

근거: 앞의 말은 맥의 말이고 뒤의 말은 닥의 대답이다. 차가운 눈을 가진 사람이 돈이 많은 게 아니라, 돈이 많은 사람의 눈빛이 차가워지더라고 맥은 말하고 있다. 원문의 you는 일반적인 사람을 의미하는 것이지 맥의 상대인 닥과는 아무 상관이 없다. 그러니 닥의 눈이 차갑다는 등의 말은 어이없는 오역이다. 친구의 불평에 대해 닥은 가난한 친척으로부터 돈을 뜯길 걸 염려한 부자의 처세라며 공감하고 있다.

8. p. 53(27)

번역문: 감정과 유사한 반응을 평가하기란 항상 어려운 법이지.

원문: It is always difficult to evaluate responses that approximate emotions.

더 나아 보이는 번역: 반응을 보고 감정을 짐작하기란 항상 어려운 법이지.

9. p. 56(29)

번역문: 또 닥의 체스 실력이 뛰어나다는 걸 알고는 체스를 가르쳐 달라고 부탁했다.

원문: and being good at games, he asked Doc to teach him.

더 나아 보이는 번역: 또 게임이라면 자신이 있는 그는 닥에게 체스를 가르쳐 달라고 부탁했다.

근거: being good at games의 주어는 닥이 아니라 그(조지프 앤 메리)다. 게다가 작가가 언급하지도 않은 닥의 체스 실력을 그가 알았을 리가 없다.

10. p. 59(31)

번역문: 메이벌 앤드류스가 강도사건에 대해 보고하면 그 범인이 식당의 쥐인지, 정말 강도가 맞는지, 아니면 아마 강도일 것이라고 메이벌 앤드류스가 섣불리 판단한 건지 이미 알고 있다.

원문: Usually he knows, when Mabel Andrews reports a burglar, whether it is a rat in the dining room, a burglar, or just wishful thinking.

더 나아 보이는 번역: 그는 자신의 부하 메이벌 앤드류스가 절도 사건이 발생했다고 보고하게 되면 그 범인이 식당의 쥐인지, 정말 절도가 맞는지, 아니면 절도일 것이라고 부하가 섣불리 판단한 건지 보통 감을 잡게 된다.

근거: 번역문은 주어가 생략되었다는 점 말고도 독자를 혼동시키는 게 더 있다. burglar를 강도로 번역한 것이 그것이다. 이 단어는 사전

에는 주거 침입과 관련한 강도와 절도 모두에 해당한다고 나와 있긴 하지만 이 문장의 문맥에서는 절도를 의미한다. 아무리 그의 부하가 무능하다고 해도 강도와 쥐를 분간하지 못하기야 하겠는가?

11. p. 72(40)

번역문: 목화나무 쥐

원문: the cotton rats

더 나아 보이는 번역: 솜털 쥐

근거: 번역문 5에선 실험용 쥐라고 번역했다.

12. p. 75(42)

번역문: 나는 왜 인간과 별 상관도 없는 동물을 이렇게 열심히 관찰하는 걸까? 바보짓을 하는 건 아닐까?

원문: Why should I presume that an animal so far removed from the human-perhaps I'm fooling myself.

더 나아 보이는 번역: 나는 왜 동물이 인간과 영판 다르다고 추정하는 거지? 나 자신을 속이고 있는 건 아닐까?

근거: 이 문장은 연구자인 닥이 주제에 집중하지 못하는 이유를 찾는 과정에서 독백한 내용이다. 결과가 예측 가능한 내용을 연구하는 건 스스로를 속이는 건 아닌지를 고민하고 있다.

13. p. 86(48)

번역문: "아이스박스에 넣어놓지 그래요."

원문: "Why don't you put in an icebox?"

더 나아 보이는 번역: "아이스박스를 하나 들여놓지 그래요."

근거: 닥의 연구소엔 맥주를 시원하게 보관하게 해 줄 아이스박스가 없다.

14. p. 90(51)

번역문: 주민들은 이런 법이 실제 집행되는 사태가 일어나지 않도록 늘 조심해야 했다.

원문: It must be admitted that most of these laws are not enforced to the hilt.

더 나아 보이는 번역: 이 법들의 대부분이 철저히 집행되는 것은 아니라는 점은 인정해야 한다.

근거: 이 문장은 몬트레이와 더불어 몬트레이만을 끼고 있는 또 하나의 도시 퍼시픽 그로브의 현실을 말해 주는 대목이다. 종교적 경건주의를 받아들이는 주민들이 주동이 되어 만든 법이 현실에서 온전히 적용될 수는 없다는 점을 말하고 있다.

15. p. 103(60)

번역문: "아마 닥도 마찬가지일 거야."

원문: "Sure I'll do Doc."

더 나아 보이는 번역: "물론 닥을 위해 점을 쳐 줄게."

근거: 포나는 자신도 미심쩍어하는 점성술을 똑똑한 닥이 믿을지 의심스럽긴 하지만, 그를 위해 점은 쳐 주겠다고 하는 말이다.

16. p. 119(70)

번역문: 서로 손을 잡은 연인들이 거닐고 있었지만 헤이즐의 관심을 끌진 못했다.

원문: and even the brown young men standing on their hands for the girls did not hold interest.

더 나아 보이는 번역: 볕에 잘 그을린 젊은 사내들이 여자들 앞에서 물구나무를 서고 있었지만 헤이즐의 관심을 끌진 못했다.

근거: 사내들의 손이 닿은 것은 여자들의 손이 아니라 해변 모래사장이다. 또한 사내들과 여자들이 서로 연인 관계인지는 아무도 모른다.

17. p. 133(79)

번역문: 그녀는 라벨이 붙지 않은 갈색 술 한 병을 종이봉지에서 꺼내들고

원문: She put an unlabeled pint bottle of brown liquer in a paper bag

더 나아 보이는 번역: 그녀는 라벨이 붙지 않은 갈색 술 한 병을 종이 봉지에 집어넣고

18. p. 135(80)

번역문: 맥주 한 병만이 덩그러니 남았다.; 맥주를 목에 콸콸 부어 댔다.

원문: leaving the pint behind.; and took a swig.

더 나아 보이는 번역: 그녀가 가져왔던 병만 덩그러니 남았다.; 밀 주를 꿀꺽꿀꺽 들이켰다.

근거: 술집 주인인 와이드 이다는 밀주를 한 병 가지고, 이런 걸 자기네 가게에서 팔아도 되겠는지를 물어보러 닥을 찾아왔다. 닥은 이처럼 난처한 상담도 쉽게 거절하지 못한다. 결국 이다는 가져온 병을, 상담에 대한 사례라고 생각해서인지 연구소에 남겨 두고 갔다. 그러니 이것은 곡물 발효의 부산물인 퓨젤유가 포함된 밀주다. 닥이 이걸 한번 맛을 확인하고 나서는 들이키기 시작한 것이다.

19. p. 136(81)

번역문: 아이들은 태연하게 거짓말을 해대거나

원문: children ordinarily honest tell lies,

더 나아 보이는 번역: 보통 때는 정직하던 아이들이 거짓말을 해대거나

20. p. 140(83)

번역문: "아직 시간은 있어"

원문: "He ain't done it yet."

더 나아 보이는 번역: "그 사람은 아직 아무 짓도 안했어."

21. p. 149(89)

번역문: "제가 먼저 할 게요!"

원문: "Goddam it, it's my turn!"

더 나아 보이는 번역: "젠장, 이번엔 내 차례야!"

근거: 포나가 아가씨들에게 식탁 예절을 가르치는 장면이다. 아그네스가 먼저 실습하겠다고 나서자 메이벌이 "(넌) 어제 했잖아"라는 말에 이어서 한 말이다. 곧 '포나가 엄한 표정으로 말했다'라는 문장이 이어진다. 메이블이 번역문에서처럼 아그네스에게 조신하게 말했더라면 포나가 엄한 표정으로 말했을 리가 없다.

22. p. 150(90)

번역문: "국자를 쓸 수 있다면 그런 포크 따위는 안 쓸 거예요."

원문: "I wouldn't eat a clam if you was to give me a scoop shovel."

더 나아 보이는 번역: "삽을 준대도 조개 따위는 안 먹을 거예요."

근거: 포나가 수많은 포크 중에 하나를 가리키며 "이건 조개를 먹을 때 쓰는 포크야"라고 일러 주자 많은 포크들의 기능을 일일이 외는 일에 진력이 난 수지가 속이 꼬여 한 말이다. scoop shovel은 국자가 아니라 날이 사각형에 가까운 삽이다. 수산 시장에서 조개를 퍼 담는 데 필요한 도구가 식탁에서 쓰일 일은 없다. 수지는 자신이 조개를 좋아하지도 않는다는 뜻과, 포크 설명에 진절머리가 난다는 뜻을 한꺼번에 그것도 상스럽게 말한 것이다. 가정법으로 표현된 이 문장에서 was는 were가 올바른 표현인데 수지가 스승의 교육을 아직 따라가지

못하고 있음을 말해 주고 있다.

23. p. 151(90)

번역문: "아그네스, 바구니를 쓰고 걸어봐."

원문: "Agnes, put the basket on your head."

더 나아 보이는 번역: "아그네스, 바구니를 머리에 얹어."

근거: 포나는 지금 아가씨들에게 머리에 얹고 걸어도 바구니가 떨어지지 않도록 조신하게 걷도록 교육하고 있는 것이다. 지금은 아그네스가 실습할 차례이다. 쓰는 것과 얹는 것의 차이가 불분명하다면 아그네스처럼 한번 실습해 보시길 바란다.

24. p. 177(107)

번역문: 손가락이 잘린 한 꼬마는 손가락을 싸매고 닥에게 가기도 했어.

원문: a kid cuts his finger on the row and he goes to Doc to get it wrapped up.

더 나아 보이는 번역: 아이가 길에서 손가락을 베어 찾아오면 닥이 싸매 주기도 하지.

근거: 손가락이 잘린 게 아니라 베었을 뿐이며, 닥은 생물학 박사이지 의사가 아니다. 게다가 손가락을 싸매 주는 사람은 아이가 아니라 닥이다.

25. p. 187(113)

번역문: "같이 자드릴 수도 있어요, 당신이 원한다면."

원문: "Maybe give you a kick in the ass. Maybe that's what you need."

더 나아 보이는 번역: "본때를 보여줄 거예요. 그래야 정신을 차릴 테죠."

근거: 수지가 연구소로 닥을 찾아갔을 때의 일이다. 닥에게 논문을 쓰라고 간절히 충고하던 중에, 자신의 충고를 닥이 계속 무시하자 수지가 화가 나서 한 말이다. 그런데 '같이 자드릴 수도 있다'라는 번역은, 이치에 맞는 말도 아닐 뿐만 아니라 매춘업소에서 일하는 수지의 처지를 고려해 보면 터무니없는 말이다.

26. p. 187(114)

번역문: "당신이 있던 곳으로 가요!"

원문: "Get on back to the whorehouse!"

더 나아 보이는 번역: "가서 몸이나 팔라고!"

근거: 수지가 몰아붙이자 화가 난 닥이 그녀에게 남의 일에 참견하지 말고 매춘업소로 돌아가라고 고함지르는 장면이다. 직전에 수지는 "you lousy stiff(이런 치사한 인간)"라는 욕설에 가까운 말에 이어서, '논문을 못 쓰는 건 자기 잘못인데 왜 남 탓만 하느냐?'라고 닥을 몰아세운 것이다. 결국 순간적으로 욱한 닥은 자신에게 충고하기 위해 온 사람에게 해서는 안 될 말을 한 것이다. 이내 어이가 없어진 수지는 '정말 바보가 따로 없다'라고 하고는 문을 쾅 닫고 닥의 연구소를

떠난다. 닥의 말은 수지의 직업으로 보면 더할 수 없는 모욕을 안겨주었다. 따라서 이 말은 그녀의 처지와 관련지어서 더 강하게 표현해야 한다.

27. p. 193(117)

번역문: 아직은 아무 말도 하지 않는 편이 낫겠다고 직감적으로 생각했던 것이다.

원문: Still, he had nothing to lose by going along with it.

더 나아 보이는 번역: 아직은 상대의 말에 동조해도 손해될 게 없었다.

근거: 이것은 약삭빠른, 식료품점 주인 조지프 앤 메리가 상대인 맥의 속셈을 파악하기 위해 조심하는 장면을 묘사한 대목이다.

28. p. 194(118)

번역문: 빗자루에서 '줄' 하나를 뽑아 이빨을 쑤시며

원문: He up-ended a broom and tore out a straw with which to pick his teeth.

더 나아 보이는 번역: 이를 쑤시려고, 빗자루를 거꾸로 세워 '지푸라기'를 하나 꺾으며

근거: 짚으로 만든 빗자루는 이를 쑤실 때 쓸 만한 가느다란 지푸라기가 자루 쪽이 아니라 비 부분에 있으므로 빗자루를 거꾸로 세운 것이다.

29. p. 216(132)

번역문: 모두들 침묵을 지켰지만

원문: They departed quietly, but

더 나아 보이는 번역: 모두들 조용히 헤어졌지만

30. p. 219(134)

번역문: 베키가 수지 뒤에 있는 의자로 올라가 머리를 빗어주며 정성들여 손질했다. "귀가 크네요. 내가 숨어도 안 보이겠는데요?

원문: Becky stood behind Suzy's chair, brushing and combing and molding. "She got big ears," Becky said. "Maybe I can kind of hide them a little."

더 나아 보이는 번역: 베키는 수지가 앉은 의자 뒤에 서서 머리를 빗어 주며 정성들여 손질했다. "귀가 크네요. 내가 귀를 덜 보이게 해 볼게요."

근거: 원문에 의자위로 올라간다는 말이 어디 있으며, 아무리 귀가 크다 해도, 사람이 '숨어도 안 보인다'라는 말은 너무 심한 말이 아닌가? 자신의 미용 기술을 써서 머리카락으로 큰 귀를 가려 보겠다는 말을 이렇게 번역했으니.

31. p. 221(135)

번역문: 애초부터 그런 건 느껴지지도 않아

원문: You didn't invent it.

더 나아 보이는 번역: 너만 그런 걸 느끼는 건 아니야.

근거: 닥과 데이트하게 수지를 내보내며, 두렵다는 그녀에게 포나가 해 준 말이다. "네가 닥에게 관심이 없으면 두려운 마음이 생길 리가 없어"라면서 힘을 북돋아 준 말이다.

32. p. 231(142)

번역문: 처음의 놀라움은 상당히 가신 상태였지만 닥은…

원문: The shock of a necktie was leaving Doc. He…

더 나아 보이는 번역: 넥타이가 준 불편함은 상당히 가신 상태였지만 닥은….

근거: 닥은 평소에 넥타이를 매는 사람이 아니다. 닥은 편한 차림으로 데이트에 나서려고 했다가 수지가 멋지게 차려 입은 걸 보고 깜짝 놀라 다시 연구소에 들어가서 옷과 넥타이를 제대로 갖춰서 나온 것이다. 그러니 익숙하지 않은 넥타이가 불편할 수밖에 없다.

33. p. 237(146)

번역문: "브랜디 한 잔 더 합시다."

원문: "Let's have some brandy too."

더 나아 보이는 번역: "브랜디도 한 잔 합시다."

근거: 데이트를 위해 멋진 식당에(포나가 주선해 놓은) 간 닥과 수지는 오늘 샴페인과 와인만 마셨다. 따라서 브랜디 한 잔 더 하자는 말은 어울리지 않는다. 사소한 차이라고 볼 수도 있지만 식사하던 자리에서 종류를 바꿔 마시자는 말이니 구분하는 것이 옳다.

34. p. 239(147)

번역문: 조 엘리건트는 베어 플래그의 금요일 저녁식사로 가자미를 준비하라는 지시를 받았다.

원문: Joe Elegant ordered sand dabs for supper at the Bear Flag.

더 나아 보이는 번역: 조 엘리건트는 베어 플래그의 금요일 저녁 식사 재료로 가자미를 주문했다.

35. p. 243(149)

번역문: 수지가 세 알을 꺼내 커피에 적셨다.

원문: Suzy took three and washed them down with coffee.

더 나아 보이는 번역: 수지가 세 알을 꺼내 커피와 함께 삼켰다.

근거: 수지가 아스피린을 커피에 적시는 이유에 대해 독자들은 의아해했을 것이다.

36. p. 243(149)

번역문: "특별한 말은 없었어요.", 수지가 숨 가쁘게 말했다. "모래 언덕에 갔지만 아무 말도 않더라고요."

원문: "He didn't make no pass," she said breathlessly. "Went out on the sand dunes and he didn't make no pass."

더 나아 보이는 번역: "그가 집적대지는 않았어요." 수지가 숨 가쁘게 말했다. "모래 언덕에 가서도 집적대지는 않더라고요."

근거: 닥이 저녁 식사 후에 수지를 해변으로 데려갔다. 수지는 이 데이트 후에 돌아와 포나에게 결과를 보고하는 중이다. pass에는 구

애라는 뜻도 있다. 그러니 여기서 특별한 말이 없었다느니, 아무 말도 없었다는 표현으로는 부족하다. 한편, 수지는 부정을 강조하기 위해 이중 부정을 쓰고 있는데 그러면 긍정을 의미하게 되는지를 모른다. 스승인 포나의 교육이 아직 거기까지는 미치지 못 한 것이다.

37. p. 268(165)

번역문: 포나가 말했다.

원문: "Help yourself," said Fauna.

더 나아 보이는 번역: "얼마든지"라며 포나가 말했다.

근거: 술을 더 마셔도 되겠느냐는 맥의 질문에 포나는 분명히 대답을 했다.

38. p. 294

번역문: 파티가 달아오르기 약 한 시간 전에 도착한 손님들은⋯

원문: for maybe an hour before the party warms up.

더 나아 보이는 번역: 파티가 달아오르기 약 한 시간 전까지는 손님들은⋯

근거: 파티의 분위기가 무르익으려면 한 시간 정도는 걸린다는 의미이다.

39. p. 310(191)

번역문: 이는 지난 십여 년간 전혀 볼 수 없던 태도였다.

원문: it hadn't varied in ten years.

더 나아 보이는 번역: 집배 서비스는 지난 십 년 동안 조금도 바뀐 게 없었다.

근거: 친구 올드 징글볼릭스 때문에 화가 난 닥이 애꿎은 집배원에게 분풀이를 하고 있다는 말이다. 즉, 서비스는 십 년 동안 조금도 바뀌지 않았는데 이 문장의 앞부분에서 닥은 그게 나빠졌다고 집배원에게 불평한 것이다. 사실 집배서비스가 나빠진 것이 아니라, 엄청난 유산을 물려받은 친구가 가난한 자기에게 빌붙어 지내는 바람에 닥의 심기가 나빠진 것이다.

40. p. 318(196)

번역문: 포나는 늦은 화요일 밤 베어 플래그의 문을 닫고 거리로 나섰다. 마침 그 날은 손님도 없었다.

원문: she went secretly, late on a Teusday night, when the Bear Flag was closed for lack of customers.

더 나아 보이는 번역: 포나는 화요일 밤 늦게 베어 플래그의 문을 남몰래 나섰다. 손님이 없어서 업소의 문을 평소보다 일찍 닫은 날이었다.

근거: 손님이 없는 날이어서 포나가 문을 일찍 닫은 것이다.

41. p. 326(201)

번역문: 그는 타임지의 모든 단어를 일일이 베껴 쓴 뒤 처음으로 돌아가 다시 읽었다.

원문: He read every word of a copy of Time magazine, then

went back to the beginning and read it again.

더 나아 보이는 번역: 그는 타임지 한 권을 한 단어도 빠짐없이 읽고는 처음으로 돌아가 다시 읽었다.

근거: 자신을 제법 괜찮은 점성술사라고 믿는 포나는 헤이즐에게 그가 대통령이 될 운명이라고 말해 준 일이 있다. 이 말을 믿게 된 헤이즐은 고민을 거듭하다가 만일의 경우에 대비해서 스스로 시사에 대한 상식이 필요하다는 생각에서 이 잡지를 읽게 된 것이다. 여기서 'a copy'는 번역자가 인식한 필사본을 말한 게 아니라, 그냥 타임지 한 권을 말한다. 아무리 아둔한 헤이즐이지만 타임지를 베껴 쓴 일이 없다. 이미 헤이즐이 보통 사람과는 다르다는 걸 알게 되었으니 독자들은 그의 노력을 가상히 여겼을지언정, 번역문 때문에 혼동을 일으키진 않았을 것이다. 그러나 터무니없는 오역이다.

42. p. 342(210)

번역문: "나도 내가 무슨 말을 하는지 모르겠구나."

원문: "I don't know what we are coming to."

더 나아 보이는 번역: "앞으로 일이 어떻게 될지는 나도 모르겠구나."

43. p. 352(216)

번역문: "그래."

원문: "Yes,"

더 나아 보이는 번역: "아니, 피웠어."

근거: 헤이즐의 "Didn't they smoke?(그들이 담배를 피우지 않으셨나요?)"라는 질문에 대한 수지의 대답이다. 앞에서 수지는 어린 시절에, 흡연 부모를 위해 재떨이를 만들어 주었는데 부모는 그걸 사용하지도 않더라고 말했다. 즉, 그들은 아무 데나 재를 털고 꽁초를 버리는 사람들이었으니 재떨이가 필요하지 않았던 것이다(물론 수지가 이 말을 하지는 않았다). 그만큼 양식이 없을 뿐만 아니라 자식에게 무관심한 부모로부터 양육 받았다는 슬픈 과거를 고백한 것이다. 그런데 아둔한 헤이즐은 부모가 재떨이를 사용하지 않더란 수지의 말에 대하여, 담배를 안 피웠다는 말이냐고 물은 것이다. "Yes"를 "그래"로 번역해 놓았으니, 수지가 이 대화를 통해 드러낸, 어린 시절에 겪은 암울함을 감지한 독자는 얼마나 될까?

44. p. 372(229)

번역문: 그는 곧 베어플래그로 돌아와 쟁반에 커피와 도넛을 들고 가던 포나에게 이 소식을 전했다.

원문: He carried his news into the Bear Flag and served it to Fauna on a tray along with her coffee and cruller.

더 나아 보이는 번역: 그는 곧 베어플래그로 돌아와 쟁반에 커피와 도넛을 담아가지고 가서 포나에게 이 소식을 전했다.

근거: 커피와 도넛을 가지고 간 사람은 포나가 아니라 그(조 엘리건트)였다.

45. p. 396(245)

번역문: 호러스 도모디 의사는 다른 사람과 마찬가지로 밤에 일하기를 싫어했다.

원문: Dr. Horace Dormody hated night calls, like everybody else.

더 나아 보이는 번역: 호러스 도모디 의사는 다른 사람과 마찬가지로 밤중에 걸려 오는 전화를 싫어했다.

근거: 헤이즐의 느닷없는 폭행으로 팔이 부러진 닥은 밤중이라서 미안하지만 친구인 도모디 의사에게 전화를 걸 수밖에 없었다. 야근은 night call이 아니라 night shift(duty)이다.

46. p. 400(247)

번역문: 마른 오아시스

원문: dry oasis

더 나아 보이는 번역: 술이 없는 오아시스

근거: 퍼시픽 그로브는 매년 봄 수백만 마리의 주황색 모나크 나비(orangy Monarch butterflies)가 날아오는 곳인데, 교외의 소나무 숲에서 수액을 실컷 먹고는 취해서 휴식한 후 다른 곳으로 날아간다. 그러니 나비에겐 오아시스가 분명하다. 그러나 이곳은 종교적 경건주의자들이 주도권을 행사하는 곳인지라, 정작 인간들은 알코올 농도가 낮은 술밖에 마실 수가 없었다. 그래서 술다운 술이 없는(dry) 오아시스라고 한 것이다. '마른 오아시스'를 이해한 독자가 있을지도 모르지만 명확히 해 두는 것이 낫겠다.

47. p. 406(251)

번역문: 수지는 맥미니민 씨와 그로스 씨를 부르고

원문: She called Mr. MacMinimin Mr. Gross, and she called Mr. Gross "you"…

더 나아 보이는 번역: 수지는 맥미니민 씨한테는 그로스 씨라고 부르고, 그로스 씨한테는 "너"라고 불렀으며

근거: 소설의 클라이맥스에 해당하는 큰 소동 후에, 수지는 업소에서 나온 후 카페에 취직하여 새로운 삶을 살아가고 있다. 그런데 닥이 간밤에 다쳤다는 소식을 전해 들은 수지는 지금 정신이 하나도 없어졌다. 그러다 보니 평소 같으면 하지 않을 실수를 연발하게 된 것이다.

48. p. 408(252)

번역문: "헤이즐이 닥의 다리를 부러뜨리지 않도록 감시해. 이게 웬일인가."

원문: "I want you should notice Hazel didn't bust Doc's leg. That was good judgment."

더 나아 보이는 번역: "헤이즐이 닥의 다리를 부러뜨리지 않은 것만 해도 다행이야."

근거: 헤이즐은 닥이 부상당하면 수지의 도움을 받게 되리라고 보았다. 헤이즐은 자기 때문에 행사를 망쳤으니 미안한 마음에 두 사람이 잘 되게 하고 싶었던 것이다. 그래서 일부러 닥의 팔을 부러뜨렸고 그 때문에 양심의 가책으로 정신을 못 차릴 정도인데 다시 닥의 다리

를 부러뜨릴 일은 없는 것이다. 이 말은 닥이 팔을 다친 게 그나마 다행이라는 뜻으로 맥이 자기네 패거리들에게 해 준 말인데, 번역가의 오해가 너무 심하다. 원문을 직역하면 "나는 헤이즐이 닥의 다리를 부러뜨리지는 않았다는 점을 너희들이 유의해야 한다고 봐. 그건 헤이즐이 판단을 잘 한 거야"에 가깝다.

49. p. 414(256)

번역문: 하지만 피곤해 보이는군요.

원문: But you'll be a tired kid.

더 나아 보이는 번역: 하지만 당신이 피곤해질 거요.

근거: 닥은 한사리 때를 맞추어 멀리 있는 라호야에 도착해야 하는 채집 여행을 떠나려고 한다. 그동안에 그는 수지와 화해했다. 부상당해서 운전할 수가 없는 그를 돕기 위해 수지가 나섰다. 밤새 운전도 해야 하고, 현지에 가서도 팔이 불편한 닥을 도우려면 수지가 힘들어질 것을 닥은 염려한다. 즉, 수지가 지금 피곤해 보이는 게 아니라 장차 피곤하게 될 거란 뜻이다.

50. pp. 412(255), 418, 419(259)

번역문: "가장 큰 현미경이야"(p. 412); 삼각대와 긴 검은색 현미경 (p. 418); 현미경(p. 419)

원문: "Biggest one in the whole damn catalogue,"; the tripod and the long black tube; a telescope

더 나아 보이는 번역: "젠장맞을 전 카탈로그에서 제일 큰 거야.", 삼

각대와 긴 검은색 튜브, 망원경

근거: 맨 앞의 말은 맥이 한 말이다. 긴 카탈로그를 샅샅이 뒤지느라 고생한 끝에 주문한 결과가 비로소 도착한 것이다. 사기로 들통이 나긴 했지만 맥 패거리들은 복권 행사를 통해 400달러에 가까운 돈을 마련했다. 닥에게 희망을 불어넣어 주는 데 필요한 새 현미경을 사려고 준비한 돈이었다. 이 돈으로 구입한 물건을, 부상당한 몸으로 채집 여행을 떠나려는 닥에게 전달하는 장면이다. 그러나 닥에게 전달된 물건은 현미경이 아니라 '삼각대'가 딸린 망원경이었다. 그런데 번역문은 어찌된 영문인지 "달도 무릎으로 가져올 수 있을 만큼 크고 강한 '현미경'이었다. 닥의 입이 쩍 벌어졌다. 이어 터져 나오는 웃음을 참느라 닥이 꺽꺽거렸다"라고 하고 그 뒤에는 "저렇게 크니 아래를 보든 위를 보든 아무 문제가 없을 것 같군 그래"라고 닥이 말했다고 되어 있다. 닥이 한 이 말의 원문은 "After all, I guess it doesn't matter whether you look down or up-as long as you look(보는 건 마찬가지이니 아래를 보느냐 위를 보느냐는 어차피 중요한 게 아니지)"이다. 닥의 이 말은 친구들의 헛된 노력을 보고 어이가 없어서 스스로를 위로하기 위해 한 말이었으며 아무도 그 의미를 알아들은 사람도 없었다. 문제는 앞에서 망원경으로 번역했어야 할 'a telescope'를 '현미경'으로 번역했으니 삼각대니, 달을 무릎으로 가져온다느니, 닥의 입이 쩍 벌어졌다느니, 웃음을 참느라 꺽꺽거렸다느니, 아래를 보든(현미경이든) 위를 보든(망원경이든) 아무 문제가 없을 것 같다느니, 하는 말하고 전혀 어울리지 않게 된 것이다. 게다가 p. 411(255)에서는 '커다란 검은 관에 지름이 이십 센티미터인 반사경이 달려있고(the great black tube of an eight-inch reflector)'라고 번역했다. 번역가는 여기서도 기회를 놓쳤다. 커다란 검은 관에 지름이 이십 센티미터인 반사경이 달려 있는 현미경이라는 게 말이나 되는가? 어쨌든 번역가는 스스로 께름칙하게 여기면서 왜 망원경(telescope)을 현미경으로 바꾸었을까? 이것은 맥 패거리들이 무지하여 현미경과 망원경을 분간하지 못해서 주문을 잘못하는 바람에(이게 사실인지 작가가 밝히지는 않았다) 생겨난 해프닝을 묘사한 것이다. 그 점을 놓쳐 버린 번역가는 망원경으로 번역해서는 말이 안 된다고 보고, 주인공의 소망 즉, 원하는 연구를 수행하기 위해 새 현미경을 갖는 것을 들어주기로 작정하고는 작품을 바꾸어 버렸다고 추측할 수밖에 없다. 그것도 세 군데(pp. 412, 418, 419)에서나 현미경이라고 했으니 오타였다고 변명할 수도 없다. 아마도 번역가는 작가가 오타했거나 착각했다고 여겼을지도 모른다. 소설의 결말에 이르러 고개를 갸우뚱해 했을 독자들만 불쌍하다.

박경리 문학상 수상자 결정 소식을 듣고

(2017. 9. 28)

영국 작가인 앤토니아 수전 바이엇의 소설 《소유(윤희기 역, 열린책들)》에 관심을 갖게 된 것은 한 달여 전 〈동아일보〉에 실린 '박경리 문학상' 수상자 후보를 소개하는 기사를 통해서였다. 19세기 중엽의 두 시인의 사랑(역자의 해설에 따르면 이들의 실제 모델은 로버트 브라우닝과 크리스티나 로제티였다고 한다)을 추적하는 젊은 남녀 영문학자의 활약을 담은 이 소설은 1990년에 출판되었다. 전체적으로는 1986년의 시점에 과거의 기록 즉, 시집, 편지, 일기, 전기 등을 추적하면서 두 연인의 사랑을 더듬어 보는 방식이지만, 드물게는 작가의 전지적 시점을 동원해서 갑자기 과거의 장면으로 들어가기도 한다.

두 영문학자는 130여 년 전의 두 시인 랜돌프 헨리 애쉬와 크리스타벨 라모트가 북 요크에서 가진 밀회 직후, 크리스타벨이 아버지의 고향인 프랑스의 브르타뉴를 방문한 사실을 알아낸다. 그녀의 흔적을 좇아 이곳을 찾아간 두 사람은 그녀의 사촌 동생인 사빈느의 일기를 손에 넣는다. 이 일기에는, 사촌이 작가가 되고 싶다고 하자 이미 시인으로 활동하던 크리스타벨이 충고한 내용이 담겨 있다.

"어떤 작가가 진정한 작가가 되기 위해서는 끊임없이 재능을 훈련하고 언어에 대한 실험을 계속해야 해. 위대한 화가가 진흙과 유화 물감으로 계속 실험을 한 끝에 마침내 그 도구들이 제2의 천성이 되어 그 자신이 바라는 대로 주무를 수 있게 되듯이 말야." 그녀는 또한, 내가 글을 쓰고 싶은 욕망은 큰데 일상에서 내 흥미를 끄는 사물이나 사건 혹은 감정, 즉, 소설의 주제가 될 만한 것들을 발견할 수 없다고 말하자 일상에서 관찰하는 것이면 무엇이든, 그것들이 아무리 진부하고 무미건조하다 할지라도 꾸준히 써 내려 가는 일이 필수적인 훈련이라고 말했다. 그녀의 말에 의하면, 이런 일상의 기록은 두 가지 장점을 지니고 있다고 한다. 하나는 내 스타일이 유연해지고 관찰 또한 정확해진다는 점이다. 그래서 때가 되면(모든 삶 속에는 그런 때가 반드시 찾아오기 마련인데) 어떤 중요한 것이 소리를 지를 때면(그녀는 '소리를 지른다'라고 표현했다) 그것을 기록할 수가 있다는 얘기였다. 그리고 또 하나는 본질적으로 그 무엇도 무미건조한 것은 없으며, 또 그 자체로 흥미를 지니고 있지 않은 것은 아무것도 없다는 사실을 일기가 일깨워 준다는 점이다. …늘 재능은 충분하다고 여기고 작가가 할 수 있는 일이 무엇인지 생각하라고 말했다.

아침에 배달된 신문은 작가가 '제7회 박경리 문학상' 수상자로 결정되었다는 소식을 전해 주었다. '시대의 틀 안에서 개인의 삶을 진지하게 성찰했다'라는 심사평과 "내 글이 어렵다고요? 맞습니다. …삶 자체가 어려운 거니까요"라는 작가의 말도 담았다. 또한 그녀는 "글을 쓸 때 살아 있음을 생생하게 느낍니다. 글이 잘 써지지 않는 순간 조차도요. 글쓰기는 어떤 것에서도 얻을 수 없는 생의 강렬함을 선사합니다"라고 덧붙였다. 글이 잘 써지지 않는 순간에도 살아 있음을 생생하게 느끼게 된다는 건 도대체 어떤 경지인지 궁금해졌다. 81세의 나이에도 작품 활동에 열심이라는 작가의 다음 작품을 기대해 본다.

《리스본행 야간열차》를 읽고

(2018. 3. 15)

지난 연말 서점에서 이 책을 고른 이유가, 제목의 도시가 못 가 본 곳이기 때문이었는지, 십수 년 동안 꾸준히 진열대에 버젓이 놓여 있다는 게 뭔가를 말해 준다고 여겼기 때문이었는지, 겉표지에 실린 동명의 영화 광고 때문이었는지는 모르겠다. 이 책을 구입하게 된 계기는 생각난다. 서점 한가운데 마련된 책상과 의자에서 편히 책을 살펴볼 여유를 가졌으니 빈손으로 나오기가 미안했다는 점 말이다. 집의 책상에는 읽지 않은 책이 여러 권 쌓여 있어서 이 책의 차례가 오는 데는 시간이 걸렸다. 겨우 읽기를 마치고 맨 먼저 한 일은 바흐의 〈골든베르크 변주곡〉 듣기였다.

소설에는 포르투갈 사람들이 오랜 독재의 막바지에서 신음하던 1970대 초의 장면이 나온다. 피아노를 칠 줄도 모르는 약사인 조르지는 그랜드 피아노를 집에 들여놓으면서 자신이 그 곡을 연주할 일은 없으리라는 것을 알고 있었다. 그 곡은 그가 사랑하는 에스테파니아가 그에게 연주해 주었던 곡이다. 머잖아 그는 사랑하는 여인을 죽여야겠다고 결심하게 된다. 리스본에서 다녔던 중등학생 시절 조르지에게는 아마데우 드 프라두라는 친구가 있었다. 농부의 아들인 자신과는 달리 프라두는 이름에 드러나듯이 귀족 집안에서 태어난 데에다가, 나중에 대법원 판사가 되는 분의 아들이다. 게다가 이 귀족 자제는 천재여서 교사들도 가르치기를 두려워하는 범상치 않은 존재다. 신부도 포함된 교사들이 지켜보는 가운데 이 천재가 졸업식에서 한 연설은 이렇게 끝난다.

　난 대성당이 없는 곳에선 살고 싶지 않다. 유리창의 반짝임과 서늘한 고요함과 명령을 내리는 듯한 정적이, 오르간의 물결과 기도하는 사람들의 성스러운 미사가, 말씀의 신성함과 위대한 시의 숭고함이 필요하니까. 나는 이 모든 것이 필요하다. 그러나 이에 못지않게 자유와, 모든 잔혹함에 대항할 적대감도 필요하다. 한쪽이 없으면 다른 쪽도 무의미하다. 아무도 나에게 둘 중 하나를 선택하라고 강요하지 말기를.

　가톨릭이 지배적이던 종교계와 독재 정권, 어느 쪽에서도 불경스럽게 들릴 말이다. 파스칼 메르시어라는 필명의 소설가가, 졸업식에서 스승들의 간담을 서늘하게 만든 인물, 나중에는 아버지의 소원대로 의사가 되어 "내 병원에 일단 들어오면 세상이 비난하는 악인이라도 그냥 죽게 내버려 둘 수 없다"라고 외치는 인물, 한 사람의 무고한 생명을 지키기 위해서 우정도 버린 인물, 언어에 정신을 잃고 언어에 강박 관념을 지니게 되는 바람에 잘못된 단어 하나에 칼로 찔린 것보다 더 큰 상처를 받았던 인물을 창조한 시기는 2004년이다. 곧 국내에는 번역본(전은경 역, 들녘)이 소개되었고, 그 10년 후에는 영화로도 만들어졌다.
　이 소설은 스위스 베른의 어느 중등학교의 고전어(그리스어, 라틴어, 히브리어) 교사인 그레고리우스의 관점으로 일관한다. 그러니 말이 삼인칭 소설이지 실은 일인칭 소설이나 마찬가지다. 그는 수업에서 조금이라도 실수를 하게 되면 온 학교에 큰 소동이 일어날 만큼 전문 분야에 대한 지식이 해박할 뿐만 아니라, 학생과 동료들로부터 사랑과 존경을 한 몸에 받고 있는 인물이다. 어느 날 57세의 이혼남인 이 교사가 수업 중에 갑자기 아무 말도 없이, 교탁에 책과 가방도 남겨 둔 채 교실을 떠난다. 무작정 시내를 쏘다니던 그는 평소에 드나들던 서점에 들어간다. 1975년에 출판된 수상록 한 권이 우연히 그의 눈에 들어온다. 이 책의 저자가 바로 아마데우 드 프라두다. 교사에게 다가온 서점 주인이 포르투갈어를 할 줄 아느냐고 묻는다. 고개를 저은 교사에게 책 제목이 《언어의 연금술사》라고 말해 준다. 모르는 언어로 쓰인 책을 들여다보는 그레고리우스에게 주인은 "번역해 드릴까요?"라고 묻는다. 그가 잠시 번역해 준 부분 중에는 다음과 같은 대목이 있다.

우리가 우리 안에 있는 것들 가운데 아주 작은 부분만을 경험할 수 있다면, 나머지는 어떻게 되는 걸까?

책을 사겠다는 그에게 주인은 선물로 주겠다고 한다. 그가 다음 날 포르투갈어 사전과 이 책을 들고 리스본으로 가기 위해 열차에 오른 것은 저자의 삶이 궁금했기 때문이다. 하지만 이 소설은 어느 날 갑자기 익숙한 삶과의 결별을 단행한 중년의 교사가, 아직 실현되지 못한 자기 안의 경험을 통해 자아를 찾아 나선 이야기라고 볼 수도 있겠다.

열차에 오르기 전부터 그의 포르투갈어 공부는 시작되었다. 고전어 특히 라틴어 문헌의 전문가인 그에게 이 언어를 독해하는 일은 듣고 발음하는 것만큼 어려운 게 아니었다. 종착역에 도달하기도 전에 이미 독자는 연금술사가 빚어낸 언어의 광채에 눈이 부시게 된다. 교사가 번역한 문장을 몇 번이고 반복해서 읽어야 희미하게나마 연금술사의 뜻을 짐작할 때도 있다. 뿐만 아니라 독자들도 프라두의 인간적 매력에 점점 빠져들게 되어 교사의 발걸음을 재촉하는 입장이 된다.

리스본에 도착하여 호텔에 여장을 푼 그가 맨 먼저 찾은 곳은 서점이다. 여기서는 저자나 출판사에 대해 알아낸 게 아무것도 없다. 실망한 채 길을 걷던 그의 눈에 우연히 들어온 곳이 '프라두 가족묘지'다. 그 중에 아마데우란 주인도 있었지만 의사의 생사를 모르는 교사는 긴가민가해 한다. 이웃 주민들로부터 그 묘지의 주인이 바로 책의 저자인 의사란 걸 듣게 된다. 아마데우 드 프라두는 30년 전 52세로 삶을 마친 것이다. 일은 갑자기 풀리기 시작한다. 의사가 일하던 병원에는 그의 여동생이 살고 있고, 그의 부모의 집에는 막내 여동생이 살고 있다. 그들로부터 오빠의 삶에 대해 듣게 되고 그가 남긴 일기와 편지를 비롯한 많은 글을 받아서 역시 번역에 착수한다. 프라두와 함께 독재에 저항하다가 붙잡혀 고문당해서 죽음 문전까지 갔다 오느라 수족을 제대로 쓰지 못하는 인물도 만난다. 아직도 약사로 일하는 조르지도 만난다. 프라두의 학창 시절 스승이었던 신부도 만난다. 그 시절 여자 친구도 만난다. 그가 다녔던 학교에도 간다. 공산주의자를 길러낸다는 이유로 학교는 오래전에 폐교되고 말았다. 그럼에도 그곳의 교장실 즉, 폐허나 다름이 없는 곳에 그만의 아지트를 차린다. 거기만큼 프라두를 알아가기에 적당한 장소가 없기 때문이다. 또한 그레고리우스는 리스본 구석구석을 숱하게 누비고 다니는 동안 언제나 마음속으로 의사와 대화를 나눈다. 한 인물에 대한 퍼즐이 조금씩 맞추어져 갔다. 이윽고 미진한 구석이 있는 가운데 그는 귀국길에 오르기 위해 완행열차를 탄다. 열차는 스페인의 살라망카에 정거한다. 갑자기 그는 짐을 챙겨 예정에도 없이 열차에서 내린다. 삼십여 년 전, 프라두의 친구였던 조르지를 위해 〈골든베르크 변주곡〉을 연주해 준 여인인 에스테파니아가 살라망카 대학의 역사학 교수로 일하고 있다고 들은 게 생각이 났기 때문이다. 그녀로부터 조르지, 프라두와의 삼각관계를 자세히 듣는다. 드디어 마지막 남은 퍼즐도 풀린다. 얼마 후 다른 열차에 오른 교사는, 근래에 더 심해진 현기증의 원인이 밝혀져서 치료가 되고 나면 포르투갈의 저항 운동사에 관한 책을 써 보겠다고 다짐한다.

내가 포르투갈 북쪽의 항구 도시인 포르투에 위치한 포르투대학을 찾은 건 2007년 여름이었다. 출장 목적인 회의가 있는 첫째 날 일면식도 없었던 초청인인 페드로 리베이로는 나를 보자마자 이메일이 닿지 않아 힘들었다고 말했다. 뭐라고 얼버무리긴 했지만 나로선 자세히 연유를 털어놓을 수는 없었다. 당시 외국에서 유입되는 바이러스로 고충을 겪던 전 직장에서는 많은 메일을 스팸메일로 분류하기 시작했다. 스팸메일을 자세히 살핀 수신자가 필요한 메일이라고 알려 주면, 그제야 메일을 보내 주는 방식이었다. 이런 사정에 무지했던 내가 포르투갈에서 온 초청장을 발견한 건 행운이었다. 전산 정보 관련 부서에 문의하니 '미심쩍은 나라'에서 온 메일은 무조건 스팸메일로 분류해 둔다고 했다. 인도 항로를 개척한 바스코 다 가마의 고향인 데다가, 한 시절 브라질을 비롯해서 아프리카와 아시아의 곳곳에 식민지를 확보했던 나라가, 동양의 조그만 나라에서 요즘은 '미심쩍은 나라'로 분류되고 있다는 얘길 어떻게 할 수 있었겠는가? 이름 가운데에 '드'가 들어 있지 않았으니 귀족 출신은 아닌듯한 초청인의 선해 보이는 얼굴이 선명히 떠오른다.

어느 친지에게, 그동안 미처 살펴보지 못한 책이나 영화가 많더라고 했더니 그는 '모든 직장인의 처지가 비슷하지 않겠는가'라고 대답했다. 그게 현실이기는 했겠지만 이 소설을 진작 읽었더라면 십여 년 전 책을 들고 리스본 거리를 누비며 그레고리우스를 흉내 내지 않았을까? 하는 생각도 해 보게 되었다. 평민 출신인 그는 귀족 출신인 전 부인의 친지 모임에서 "돈으로 귀족칭호를 사려면 얼마면 되나요?"라고 물었다가 좌중의 분위기를 싸늘하게 만든 일이 있다. 그런데 이 유럽 대륙 끄트머리의 도시에서 어느 귀족 가문에 초대받아 같은 질문을 했을 때는 좌중이 모두 폭소를 터트렸다고 한다. 그는 고문 후유증으로 차라리 죽는 게 낫겠다고 회고하는 늙은 저항 운동가의 질녀에게 노인이 차지한 요양원의 공간이 너무 좁아 보인다고 말해 주었다. 가족도 아니면서 말이 너무 나갔다고 그가 후회하게 된 건 상대의 눈살이 찌푸려지는 걸 보고 난 후였다. 고전 문헌 전문가로부터 사람 냄새가 나는 이야기를 듣다 보니 가 보지 못한 도시가 더 친근하게 느껴졌다.

'전해 주는 지식이 별 게 없다'는 이유로 소설을 읽지 않는다고 말한 사람이 있다. 그러나 나는 소설을, 버거운 독서에 지친 자신을 격려하기 위한 선물로 활용한다. '그는 명소를 찾아다니는 사람이 아니었다. 사람들이 뭔가에 몰리면 그는 고집스럽게 바깥에 머물러 있었다.

베스트셀러라는 책들을 몇 년이 지난 후에야 읽는 것도 이런 성격 때문이었다.' 그렇다! 그레고리우스는 이런 사람이었다. 이 전직 교사가 번역해 준 '인생은 우리가 사는 그것이 아니라, 산다고 상상하는 그것이다'라는 언어 연금술사의 글이 들어 있는 이 소설이 내게는 제법 푸짐한 선물이었다.

친구 사이에 필요한 거리

-Fiona Neill(피오나 닐)의 《The Betrayals(배신)》를 읽고-

(2018. 2. 7)

1. 친구가 책을 보냈다

지난 가을 전광민이가 스페인에 출장 갔다가 Fiona Neill(피오나 닐)이라는 영국 작가의 소설 《The Betrayals(배신)》를 두 권 사 왔다고 했다. 그중 한 권을 부치겠다니 두껍지 않기만 바랐다. 곧 도착한 책은 400여 쪽이나 되었다. '선데이 타임즈가 정한 베스트셀러'라는 안내를 동반한 책의 표지에는 '여기 한 이야기에 네 가지 측면이 있는데, 당신은 어느 것을 믿겠는가?'라는 부제가 붙어 있었다. 표지의 바탕은 사진인지 그림인지 분간하기가 어려울 정도였는데 먹구름이 잔뜩 긴 하늘 아래, 정면의 바다를 향한 벤치에 앉아 서로 다른 방향을 바라보는 두 여인의 뒷모습을 보여 주고 있었다. 두 사람은 모두 청바지 차림으로, 왼쪽에 앉은 여인은 고개를 돌려 왼쪽 얼굴을 보여 주고 있는데 바람에 날리는 긴 생머리에 희고 검은 줄무늬 반팔 셔츠를, 정면을 바라보고 있는 오른쪽의 여인은 머리를 말아서 단정히 뒤통수에 올려붙이고 주황색 긴팔 셔츠를 입고 있다. 두 여인을 둘러싼 갈등을 암시하는 겉장을 넘기며, '읽을 책도 밀렸는데 어느 세월에 이 책을 다 읽겠는가?'라는 심정이었지 보내 준 사람에게 고마워하는 마음이 생기지는 않았다. 게다가 감상평까지 기대하는 친구의 얼굴이 떠올라 여인들 머리 위의 검은 구름이 나와 무관해 보이지 않았다.

침침해진 눈을 달래가며 글씨도 작은 사전을 뒤지다 보니 책을 읽는 건지 사전을 읽는 건지 모를 일이었다. 내 신세를 이렇게 만든 장본인을 향한 불평이 터져 나왔다. 그렇게 40여 일을 보내고는 전화했더니 이제 상대는 '어서 감상문을 써 보내라'는 부탁인지 압박인지를 드러냈다. 빚 중에는 글 빚이라는 게 있다는 걸 새삼 깨닫게 되었다.

처다보기도 싫어진 책을 서가에 꽂아 둔 채 두 달이 지났다. 친구와 남편한테 한꺼번에 배신당한 여인(로지)을 중심으로 펼쳐 놓은 이야기의 내용도 가물가물해졌다. 소설의 끄트머리에 나온 '리사(로지의 남편을 빼앗은 친구)는 라파엘전파(前派)에 사로잡혀 있었는데 그 이유는 그들의 불미스러운 삶이 자신의 삶에 울림을 주었기 때문이다'라는 로지의 말이 인상에 남아 있지 않았다면, 빚 독촉이 심했더라도 이 글을 쓸 엄두를 내지는 못 했을 것이다. 라파엘전파는 무엇이며, 리사의 삶에 울림을 주었다는 '그들의 불미스러운 삶'이란 도대체 무엇인가? 객지에서 나를 생각해 준 친구의 우정에 답하기 위해 마지못해 쓰는 글이라도 뭘 알아야 쓸 게 아닌가? 어쩔 수 없이 관련된 책을 사 모으고 읽었다. 이제 일을 더 미루었다가는 우정이고 독서고 모두에서 벗어나 버리고 싶어질지도 모르겠다는 생각이 들었다. 남녀간의 사랑을 주제로 한 문학 작품 중에 규범을 벗어난 사랑을 담지 않은 게 과연 몇이나 될까? 남편을 친구한테 빼앗긴다는 설정이 심해 보이긴 하지만, 코믹한 막장 소설인지 지적인 치정 소설인지 분간도 모호한 그렇고 그런 소설을 한 권 읽었으면 한 때의 재미로 여기면 그만이지 감상문은 왜 필요하단 말인가? 한 인사의 고상한 취미에 부응하기 위해 쓴 이 글은 보기에 따라서는 산만한 맛이 있으니, 읽다가 불평하는 마음이 생기거든 그건 모두 필자의 친구를 향해야 마땅하다는 점을 잊지 마시길 바란다.

2. 소설 《배신》에 대하여

이 작품은 로지와 전 남편(리사와 눈이 맞은 닉), 그들의 딸(데이지)과 아들(맥스) 등 네 사람이 다섯 차례에 걸쳐 요 근래의 이야기는 현재형 시제로, 훨씬 지난 일은 과거형으로 풀어내 보이는 독백체의 소설이다. 이야기하는 순서는 주로 자식들의 이야기가 먼저 나오고 뒤에 어른들이 이야기하는 방식이지만 마지막 회에서는 어머니의 이야기에 이어서 아들이 마무리를 지었다. 한 여인의 마지막 모습을 지켜보는 사람이 맥스이기 때문이다.

마흔 여섯 살인 로지는 유방암 전문의이다. 교도소에서 일하는 심리학 전문가인 닉과는 이혼하고 대학생인 자녀와 런던에서 살고 있다. 영문학을 전공하는 데이지는 스물 두어 살쯤이고 대학 졸업반인데 아직 논문을 마무리하질 못했다. 어머니와 동생의 안전에 대한 염려로 고심하느라 강박 장애(OCD)를 겪고 있다. 가령, 숫자에 유난히 민감해서 3은 안전하고 좋은 수이니 주변에서 볼 수 있는 물건의 수나 일의 횟수는 3과 그 배수여야 하고, 4와 그 배수는 불길한 수이니 피해야 한다는 생각에 얽매여 있다. 자다가도 부엌의 칼들이 제대로 놓여 있는지 내려와서 확인해 봐야 하고(집에 숨어든 강도가 하나를 몰래 빼돌렸다가 어머니나 동생을 해치는 데 쓸지도 모르니) 그것도 반드시 3의 배수만큼 실행해야 한다. 자신이 할 수 없으면 동생이라도 해야 한다. 그게 정 힘들면 따로 칼을 감추어 두기라도 해야 한다.

데이지가 졸업이 늦어지는 것은 이 장애와도 관련이 있다. 아직 십대인 맥스는 갓 의예과에 입학해서 해부학 실습 등의 과목을 배우기 시작했는데 누나의 장애로 덩달아 고충을 겪고 있다.

30년 전, 런던에서 북동쪽으로 약 2시간 거리에 위치한 노퍽에서 고등학생 시절을 보내던 로지는 리사와 처음 만났다. 리사가 공군 조종사인 아버지의 근무지를 따라 이곳에 전학해 온 것이다. 대학시절 리사는 전 남편인 바아니와 먼저 연애를 시작했고, 바아니와 함께 연극반에서 활동하던 닉을 로지한테 소개해 주었다. 로지의 딸 데이지와 리사의 둘째인 딸 애나(첫째는 몇살 위인 아들 렉스)가 비슷한 시기에 태어나게 되어 두 젊은 엄마는 노퍽의 해변에 위치한 로지네 친정집에서 함께 산후 휴가를 보내기도 했다. 이 집은 로지가 성장한 곳으로 나중에 부모로부터 물려받게 된다. 이후 두 가족은 매우 가까워져서(데이지와 애나도 친구였다) 늘 함께 휴가를 보낼 정도였다. 8년 반전 마지막 여름휴가를 함께 보낸 곳도 노퍽의 로지네 집이었다. 그 몇달 후인 겨울에 모든 게 엉망진창이 되었다. 리사와 닉이 눈이 맞은 것이다. 결국 두 가정은 깨어졌고 이혼과 재산 분할 과정에 로지는 자녀 교육을 위해 닉이 소유한 런던의 집과 노퍽에 있는 자신의 집을 맞바꾸게 되었다. 결국 로지로서는 추억이 어린 친정집이 자신을 버린 전남편의 소유가 되는 바람에 배신한 옛 친구가 단꿈을 꾸는 곳이 되고만 것이다.

소설의 초입에는 강박 장애를 겪고 있는 데이지가 문간에 떨어진 우편물을 하나 주워드는 장면이 나온다. 리사가 로지에게 이혼 소동 후 즉, 거의 팔 년 만에 처음으로 보낸 편지다. 데이지는 화장실로 가서 봉투를 조심스럽게 열어 본다. 혹시라도 리사가 어머니한테 무슨 해를 더 끼칠지 모르니 대비하기 위해서라고 자신의 행위에 대해 속으로 변명한다. 편지의 전문은 다음과 같다.

　로지에게,

　내가 유방암 4기 판정을 받았다는 걸 알려 주려고 이 편지를 써(5기란 게 없다는 걸 네가 누구보다 잘 알고 있으니 하는 말이야). 잡히는 덩어리가 물혹이거나 예전에 수유하고 남은 찌꺼기라고만 생각했었지. 노퍽의 해변에서 보낸 아름답고 한가로운 나날들 생각나니? 그런데 최근의 조직 검사에서 그렇지 않은 걸로 판명이 났고 더 나쁜 건 암이 전이됐다는 거야. 너의 동정을 기대하는 건 아니야. 지금 너한테 연락하는 이유는 간단해: 마지막으로 너를 한번 보고 싶어. 내가 너에게 주었던 고통에 대해 용서를 빌고 싶고, 너무 늦기 전에 알려 주고 싶은 게 있어. 네가 집에 들어올 때 사용할 수 있게 열쇠를 봉투 안에 넣어 두었어. 닉한테는 이 편지에 대해 말하지 않았고 점점 너무 피곤해져서 누가 와도 문까지 나갈 엄두가 나지 않아. 당분간은 병을 남들한테 알리고 싶지 않은데 이 마지막 바람을 존중해 주면 좋겠어.
　언제나 한없이 사랑하는 리사가.

　데이지는 봉투를 교묘하게 다시 붙여 문간에 갖다 둔다. 곧 봉투를 열어 보게 된 로지는 왜 열쇠가 들어 있지 않은지 궁금히 여긴다. 어머니가 더 이상 리사에게 고통을 당하지 않게 하려면 한때는 자기네가 마음대로 드나들던 집의 열쇠를 감추어야 한다고 믿은 데이지의 소행이란 것을 독자들은 안다.

작가는 두 가정이 깨어지는 과정 즉, 옛 이야기는 최소화하고 그 결과 가족 구성원이 겪게 되는 현재의 삶을 자세히 비춘다. 독자로서는 몇 가지 의문이 어떻게 해소될지를 궁금히 여기며 결말을 기다린다. 그것은, 로지가 리사를 만나러 갈 것인가? 그녀가 자신에게 고통을 준 친구를 돕기 위해 전문가로서 어떤 역할을 할 것인가? 데이지의 장애는 부모의 이혼과 관계가 있는가? 데이지와 아버지의 기억 사이의 간극을 메꿀 장치를 작가는 마련했는가? 등이다. 물론 이외에도 독자들의 관심을 끌만한 대목은 더 있다. 현재 영국인들이 즐기는 대중문화 특히 수많은 팝송에다가 라디오나 TV에서 방송되는 프로그램 같은 것 말이다. 그런데 나로서는 그 방면으로는 별로 아는 게 없으니 많은 걸 놓쳤을 것이다.

그렇다고 실망할 것은 없다. 우리에게 익숙한 것도 있다. 작가가 언급한 문학 작품들이 바로 그것이다. 이 소설에서 언급된 문학 작품들을 널리 알려진 것만 꼽아 보면, 셰익스피어의 희곡 《햄릿》과 《로미오와 줄리엣》, 서사시 《비너스와 아도니스》, 리처드 도킨스의 《만들어진 신》, 조지 오웰의 《?》, 최근에 노벨상을 받은 가즈오 이시구로의 《남아있는 나날》과 《나를 보내지 마》, 칼릴 지브란의 《예언자》, 그 외에도 《누가 버지니아 울프를 두려워하랴》, 《하워즈 엔드》, 《바람과 함께 사라지다》, 《드라큘라》 등이다. 기존의 문학 작품을 작가가 자신의 작품에서 언급하는 데에는 다 이유가 있다고 한다. 왜 이 대목에서 특정 작품을 언급하는지 굳이 말하지 않아도 웬만한 독자들과는 이심전심으로 통할 만한 작품들을 선택한다는 것이다. 가령, 작가는 조지 오웰의 소설에 대해서는 제목을 언급하지 않았다. 왜냐하면 그게 환자인 데이지가 질겁하는 수 즉, 4의 배수인 《1984》라는 걸 독자가 안다고 여기기 때문이다. 마찬가지로 작가는 오필리아가 《햄릿》의 불쌍한 여주인공인 걸 모르는 독자는 없다고 본다.

한편, 이시구로의 소설 《나를 보내지 마》를 소개한 것은 영문학도인 데이지가 특히 관심을 갖게 된 문장 '이것은 오래전의 일이니 내가 잘못 기억하고 있는지도 모른다'를 인용하기 위해서다. 데이지가 이 문장에 끌리기는 하지만, 팔 년 반 전의 휴가 때 자신이 해변에서 목격한 장면에 대한 기억에는 의심할 여지가 없다고 여기는 건 하나의 아이러니다. 즉, 작가는 독자로 하여금 데이지가 겪고 있는 장애가 그녀가 옛날에 받은 어떤 충격에서 비롯한 기억과 관련이 있을지도 모른다는 것을 되새기게 하는 한편, 이 문장이 소설의 주제와 밀접하게 관련이 있음을 암시하고 있다. 사실은 이게 작가의 의도인지는 밝혀진 게 없다. 그냥 한 독자가 그렇게 생각하는 것일 뿐이다. 작품의 줄거리만 급히 따라가는 것은 너무 단조로우니 이런저런 생각을 하면서 천천히 읽어 나가는 게 작품에 대한 이해를 더 풍요롭게 해 줄 거라고 믿는 독자 말이다. 자부심이 있는 작가라면 자신의 작품에 대해 콩이니 팥이니 하고 스스로 설명하기보다는, 독자의 다양한 상상과 해석을 오히려 즐기지 않겠는가?

《예언자》의 경우는 이야기가 좀 길어진다. 리사와의 결혼을 앞두고 닉은 그 계획을 자녀에게 밝히며 결혼식에 하객으로 참석할 뿐만 아니라 축시를 낭송해 주기를 바라고 있다. 그 시가 바로 이 시집에 수록된 〈결혼에 대하여〉이다. 다음은 딸과 아버지의 대화이다. "그 시는 몇 연으로 되어 있나요?", "세 연이다.", "그건 잘 됐군요(또 그녀가 환자임을 독자에게 환기시킨다. 이쯤 되면 독자도 좀 지겨워진다)", "그런데 네 사람(리사의 자녀도 포함하면)이 세 연을 어떻게 나누어 낭송하죠?" 입장이 난처해진 닉은 딸에게 "두 개의 시를 낭송해도 되고, 원하면 너는 세 번째 연을 낭송하렴(닉도 딸의 증세가 심상치 않다는 걸 안다)"라며 타협책을 제시한다. 이 시가 이십 수 년 전 리사와 바아니의 결혼식에서 신부의 요청으로 신랑 측 들러리인 닉이 낭송한 시란 걸 알게 되면 우리 독자들이 좀 어지러워질지 모르겠다.

언젠가 동료가 번역한 이 시집을 서점에서 우연히 발견하고 구입한 적이 있다. 나중에 그를 만나서는 번역이 좋았다며 칭송의 말을 건넸다. 그가 반가워하며 자녀의 수며 이름을 물어서 대답했더니 두 권을 연구실로 보내겠다고 했다. 이미 한 권이 집에 있으니 아들들의 이름을 한 권에 써 주면 고맙겠다고 사정해서는 겨우 그렇게 하겠다는 다짐을 받았다. 정작 소설에서는 결혼식이 있던 노픽의 해변에서 아무도 시를 낭송하지 않았지만 그 내용이 궁금하여 책을 찾아보았다. 샀던 책은 보이지 않았고 두 아들의 이름과 2007. 10. 역자 朴哲弘이라고 서명된 것이 서가에 요행히 남아 있다. 아래에는 아버지의 제안을 따랐더라면 데이지가 낭송했을 제3연만 동료의 번역에서 옮겨 온다.

결혼에 대하여

서로에게 따스한 마음을 주라.
그러나 모든 것을 내맡기지는 말라.

오직 하나님의 손길만이

그대들의 가슴을 온전히 간직할 수 있다.

함께 서 있으라.

하지만 서로에게 그림자가 될 만큼

너무 가까이 하지는 말라.

사원의 기둥들도

일정한 거리를 두고 서 있는 법이다.

아무리 생명력이 강인한 나무라 할지라도

어두운 그늘 속에서는

마음껏 자랄 수 없다.

'함께 서 있되 너무 가까이 하지 말라'는 말은 부부간뿐만 아니라 친구간에도 지켰어야 하는 게 아니던가? 이 시의 뜻을 잘 새겨서 삶의 기준으로 삼았더라면 두 친구의 관계가 이렇게 되었을까?

앞에서 이 소설에는 '여기 한 이야기에 네 가지 측면이 있는데, 당신은 어느 것을 믿겠는가?'라는 부제가 붙어 있다고 했다. 답을 알겠는가? 아직 뭐라고 말할 단계가 아니라고 하기가 쉽겠다. 그러면 한 단어 즉, '측면'을 '입장'으로 바꿔 보자. 다소 객관적으로 여겨지는 단어를 주관적인 뉘앙스를 가진 단어로 바꿔 보자는 말이다. 그러면 답이 보이는가? 그렇다. 내가 보기에는 '네 사람의 말이 다 믿을 만하다'는 것이다. 다시 말하자면 그 부제는 과장되었다. 즉, 각자의 입장이 조금 다를 뿐 사실과 다르게 말하는 작중 인물은 없다는 것이다. 만약 작중 인물들이 다른 기억 때문에 시도 때도 없이 서로 다른 얘기를 해 댄다면 독자는 헷갈려서 더 이상 독서할 의욕을 잃을 것이다. 우리의 일상사를 감안해서 좀 너그럽게 보면 작중 인물들 사이에 심각한 입장의 차이라고 할 만한 게 별로 없다는 느낌이다. 마지막 휴가 때 닉 부녀가 해변에서 목격하고 경험한 일에 관한 기억을 빼면 말이다. 이 점은 소설의 전개 과정상 중요하니 언급하고 넘어가야겠다.

  팔 년 반 전의 노픽으로 돌아가 보자. 한꺼번에 엄청나게 몰려든 무당벌레 떼도 어디로 몰려갔는지 보이지 않는다. 방, 거실, 문틈에 남은 잔해만 먼지더미처럼 쌓여있다. 별로 재미도 없는 휴가도 끝나 간다. 휴가의 분위기를 해친 것은 대체로 리사의 남편 바아니의 탓이 크다. 그는 한때는 〈더 타임즈〉와 같은 신문에 글도 싣는 등 잘 나가는 대중음악 평론가였다. 근래에는 맨날 어디어디에서 청탁받은 글을 쓰는 중이라고 말은 하는데 정작 그의 글을 받아 주는 곳은 별로 없다. 술주정꾼에다 유머 감각도 없으면서 남의 속을 긁어 놓는 말이나 내뱉는 사람을 좋아할 사람은 아무데도 없다. 휴가의 마지막 날이나 다름이 없는 오늘 그는 위층에서 아직 일어나지도 않았고 로지는 그동안의 휴가로 병원의 업무가 밀려 런던에 갔다. 닉은 평소 바쁜 주부를 대신해 가사에 큰 몫을 감당해 왔지만 두 가정이 모인 요즘은 할 일이 더 많아졌다. 골칫거리인 남편 때문에 친구네 가족에게 눈치가 보인 리사는 닉을 도와 집안일을 대충 해 놓고 함께 장보러 나갔다. 데이지는 애나와 사이가 틀어져서 서로 본체만체한다. 대신 친구의 오빠인 렉스를 좋아하는 마음은 숨길 줄 모른다. 동생 맥스는 누나를 골리려고 렉스가 주란다며 쪽지 하나를 건넨다. '세 시에 해변에서 보자'라는 쪽지를 받은 데이지는 기쁨을 감추지 못하고 시간에 맞춰 나간다. 해변에는 전쟁 때 콘크리트로 만든 사격 진지가 있다. 그 안으로 들어가 사격을 위한 자그마한 틈새에 다가서면 정면의 모래 둔덕을 둘러싼 갈대숲 너머 펼쳐진 해변과 북해로 퍼져 나가는 푸른 바다가 한눈에 들어온다. 한편 쇼핑을 마친 닉과 리사는 돌아오는 길에 더위를 식힐 겸 수영하기 위해 해변에 나온다. 곧 옷과 몸을 말릴 적당한 장소를 찾아서 진지 근방 모래 둔덕 아래로 온다. 닉은 당시 부인의 친구인 리사에게 성적으로 끌린 건 사실이지만 그때는 서로 가까워지기도 전이어서 몸이 닿지 않으려고 오히려 조심했다고 기억한다. 데이지의 기억은 다르다. 기다리던 렉스는 오지도 않았고 아빠와 엄마의 친구가 거기서 섹스하는 장면을 똑똑히 목격했다는 것이다. 불쌍한 데이지는 해변에서 목격한 내용을 동생한테만 털어놓았다. 차마 엄마한테는 말할 수가 없었기 때문이다.

다시 근래의 일로 돌아오자. 아직 엄마는 병원에서 돌아오지도 않았고 누나는 자고 있는 어느 날 밤이다. 맥스는 집으로 찾아온 아빠한테 그만 참지 못하고 다그치듯 누나의 말을 전했고 닉은 깜짝 놀라며 그때는 두 사람이 서로 가까워지기도 전이니 전혀 사실무근이라고 대답했다. 그는 〈네이처〉, 〈미국심리학회지〉 등과 같은 유명한 잡지에 논문도 기고하는 나름 진지한 심리학자이다. 그런데 언급하는 전문 분야의 지식이라고 해 봐야 '기억은 불완전하다'의 반복에 불과하다. 예를 들자면 '기억은 완전한 진실도 완전한 거짓도 아니다'라든지 '중요한 것은 우리의 기억이 엉터리냐 아니냐가 아니라 얼마나 엉터리냐

이다'라는 식이다. 그러면서도 그 대단한 이론이라는 게 자신의 기억에도 적용되어야 하는 줄은 모른다. 단단하기가 부전여전이다. 이쯤되면 독자는 누구의 편을 들어야 할지 난감하다. 부녀가 심리학과 문학을 왜 공부한다는 건지 의아해지기까지 한다.

데이지의 마지막 회로가 보자. 문제 부모의 결혼식 전날 하객으로 온 데이지와 렉스는 집의 정원과 헛간 옆 쪽문을 지나고 황량한 벌판을 지나서 마침내 해변에 도달한다. 내일이면 남매가 될 두 사람은 입구가 거의 모래에 뒤덮인 사격 진지의 지붕으로 쉽게 올라가며 시간이 많이 지났음을 실감한다. 데이지가 지난날의 쪽지에 대해 얘기를 꺼내며 그때 왜 여기 오지 않았느냐고 묻는다. 렉스는 도무지 모르는 일이라며 당시에 자기는 가슴도 생기지 않은 열세 살짜리 여자애에게 조금도 관심이 없었다고 대답한다. 게다가 그 시간에 이 장소에 오기는 했다고 한다. 다만 다른 여자애하고. 그리고는 그렇고 그런 행동을 했다고 고백한다. 비로소 데이지는 그 쪽지가 동생의 소행이란 걸 눈치 채지만 아직 나머지는 확신할 수가 없다. 헷갈리기는 독자도 마찬가지다. 최대한 관련 인물들의 착오를 줄이려면, 부녀가 말하는 시간이나 장소가 일치하지가 않고 데이지가 렉스를 아빠로 착각한 것일지도 모른다고 짐작해 보지만 더 이상은 알 수가 없다. 어차피 깨진 가정인데 그게 뭐 그리 대수냐고 할지 모르지만 데이지에겐 대단히 중요한 문제다. 최근에 그녀는 엄마의 채근으로 다시 전문가의 도움을 받기 시작했다. 오늘 이 해변에서의 대화가 치유의 어떤 실마리를 주게 될지도 모른다. 저 멀리 북해에서 불어온 바람을 맞으며 데이지는 마음도 조금 후련해졌고 수평선 너머 하늘도 아까보다 더 밝아진 것 같다고 느낀다.

미국의 어느 영문학자는 작가들은 작품 속에서 배경이나 날씨를 묘사할 때도 많은 생각을 한다고 했다. 데이지가 자신의 미래를 어떻게 내다보는지가 독자에게 제대로 전달되지 않았다면 그건 나의 묘사가 부족한 탓이다. 작가가 묘사한 날씨의 의미가 나한테는 전해졌으니 하는 말이다.

일본의 어느 영문학자는 경험이 적은 지인이 영문 소설을 읽고 싶다고 하자 그냥 대역본을 읽으라고 조언했다고 한다. 많은 걸 생각하게 하는 대답이지만 일리가 있다고 생각한다. 모르는 단어를 일일이 찾기도 힘들거니와 전문가도 아닌 사람으로서는 남의 나라글로 쓰인 문장의 참뜻에 다가가기는 얼마나 어려운가를 감안한 답이었을 것이다.

미국의 고등학교에서는 소설을 읽을 때 사전을 사용하지 말기를 권한다고 한다. 아마도 문맥을 통해 이해하도록 노력하라는 말이지 전혀 금하라는 뜻은 아닐 텐데 또한 일리가 있는 방법이라고 생각한다. 우린들 국어사전을 찾아 가며 김동인의 《배따라기》며 홍명희의 《임꺽정》을 읽은 건 아니지 않은가? 내가 이번 소설을 읽을 때는 두 가지 방식을 다 쓴 셈이다. 처음엔 사전 없이 대강 10여 페이지를 먼저 읽는다. 모르거나 적절한 번역어가 생각나지 않는 단어나 이해되지 않는 문장에는 줄을 긋는다. 대충 이야기의 줄거리만 파악한다. 대화가 많은 부분이면 이대로도 충분히 재미를 느끼며 읽을 수 있다. 그 다음엔 사전을 찾아서 다시 읽는다. 공책에 발음 기호와 해당 문장에서 번역에 가장 적합한 단어를 적어 둔다. 물론 이 공책을 평생 다시 들춰 보는 일이 없으리란 걸 잘 알고 있다. 그냥 넘어가기엔 허전해서 하는 일이다. 이렇게 템포를 늦추면 작중 인물의 심경이나 전후 사정을 짐작하면서 문장을 음미하는 데에도 도움이 된다. 지금 이 글을 쓰면서도 책을 간혹 펼쳐 보기는 하지만 이마저 참고하고자 하는 부분을 찾아내기도 어려워 만만하지가 않다. 공책을 다시 뒤져 보는 수고는 아예 하지 않는다. 제대로 써야 한다고 하면 아예 쓰지도 않을 게 뻔하니 어쩔 수가 없다.

이제 로지의 입장을 들어 보자. 그녀는 이혼의 아픔에 오래 휩싸일 만큼 한가할 수 없는 사람이다. 그 속은 독자가 알 수 없는 것이지만 겉으로 보기엔 그렇다는 말이다. 직장에서는 유능한 암 전문의로서 많은 동료 의사들과 함께 화면의 사진을 살펴보며 환자의 상태를 판단해야 하고 젊은 의료진을 훈련시키는 일도 맡고 있다. 또한 전 세계에 흩어져 있는 해당 분야의 전문가들과 상의하기 위해 학술회의에도 부지런히 다녀야 한다. 물론 환자의 고충을 들어주고 그들이 의료진을 믿고 치료에 따르도록 격려하는 것도 그녀의 몫이다. 가사에는 별 재주가 없는 편이지만 언제나 집에는 주부가 할 일이 쌓여 있다. 아들인 맥스는 제 일을 잘 알아서 하는 편이지만 데이지로 말하자면 걱정이 이만저만이 아니다. 다급할 때는 제 아빠를 불러다 딸의 병수발을 들게 한 적도 있다. 물론 그동안 자녀가 아버지와는 꾸준히 만나도록 배려해 왔다. 그러나 그녀도 인간인지라 밤이면 집에 들어가기가 싫어진다. 외롭기 때문이다. 그래서 찾은 방법이 틴더(Tinder) 즉, 소개

팅 앱을 이용해서 남자를 만나는 것이다. 다만 아들을 생각해서 상대의 나이가 너무 적지 않도록 신경 쓴다. 그러다가 직장의 젊은 후배를 만나게 되어 정이 드는 바람에 아무래도 찜찜해서 정리하고 싶지만 쉽게 그러질 못한다. 최근에는 이 21세기 문명의 최첨단 도구를 통해 바이니 즉, 옛 친구의 전남편도 만나 봤다. 기가 막히는 일이지만 그게 로지의 현실이다. 그동안 그는 알코올 중독 치료도 받았으며 전에 하던 일은 포기하고 피아노 교사 겸 자서전의 익명 저자로서 새사람이 되었다고 한다. 그렇지만 로지로서는 그를 남자로 받아들일 엄두는 나지 않는다.

드디어 로지는 옛 친구를 만나 보기로 결심한다. 닉이 찾아와서 리사의 치료에 대해 상의하기도 했고 과거에 자신에게 고통을 준 사람들이지만 어쨌든 환자와 그 가족 아닌가? 자신은 의사이고 해당 분야의 전문가이니 모른 척하는 것은 양심상 할 수가 없다. 닉을 통해 들으니 리사는 그동안 보통의 환자들과는 달리 대체 의학이란 데 빠져서 참으로 어리석은 치료를 받느라 귀중한 시간을 허비했다. 그대로 두면 옛 친구는 죽고 말 것이다. 게다가 그들은 곧 결혼도 한다고 한다. 결혼식을 며칠 앞둔 어느 새벽에 로지는 운전해서 노픽의 옛집에 도착한다. 여덟 해 만에 돌아온 정든 고향집이 왠지 낯설고 쓸쓸해 보였다. 문은 열려 있었고 닉은 없었다. 두 집안이 망가지고는 서로 만난 일이 없었으니 팔 년 만의 상봉이다. 우선 로지는 리사로부터 자기네 병원에서 제대로 된 진단을 받아 보기 위해 진단 동의서를 이메일로 보내 주겠다는 약속을 받아 낸다. 편지에 썼듯이 이제 리사가 로지에게 뭔가를 말해 줘야 할 시간이다. 리사는 컴퓨터에 다가가 어떤 젊은 여자의 사진을 보여 주며 닉이 요즘 몰래 만나는 사람이라고 했다. 자기네 딸들보다 조금 더 나이가 들어 보이는 정도였는데 예쁜 얼굴이었다. 로지가 런던으로 돌아와 생각해 보니, 리사는 충고나 동정을 구하려 했던 건 아니고 다만 닉이 자신한테 한 행동은 그가 예전에 로지한테 한 것과 다를 바가 없다는 걸 말하고자 한 것이었다. 만감이 교차했지만 리사를 설득한 일에 대해선 만족스러웠다. 그건 배신자를 돕는다는 자기만족 때문이 아니라, 누구나 기회를 가질 자격이 있다는 믿음 즉, 의사의 객관적 입장 때문에 한 일이었다.

두 사람의 결혼식이 있던 날 런던의 로지네 집에 어떤 남자가 찾아온다. 틴더로 만난 사람이 집까지 찾아오는 일은 이례적이다. 딸과 아들은 하객으로 노퍽에 가 있으니 그나마 다행이지만 조심스럽다. 이런저런 과정을 거쳐 결국 두 사람은 음악을 틀어 놓고 조촐한 파티를 열게 된다. 다음날 새벽 언제나 그랬듯이 로지는 자신의 침대에서 눈을 뜬다. 그런데 이번엔 혼자가 아니다. 자신과 살이 맞닿은 채 잠이 든 사람의 얼굴을 살펴보니 리사의 전남편 바이다. 로지는 간밤에 무슨 일이 있었는지 잠시 생각을 더듬어 보고는 남자를 깨우지 않기 위해 조심스럽게 침대에서 내려온다. 그제야 자신이 남자의 셔츠를 걸치고 있다는 걸 깨닫는다. 연락 온 게 있나 싶어 확인하려고 폰을 찾으려니 남자를 깨울까 봐 포기하고는 데이지의 방으로 간다. 데이지의 컴퓨터가 부팅되는 동안 살펴보니 자판의 몇 문자는 종이로 가려져 있다. 무슨 글잔지 확인하려니 풀로 붙였는지 종이를 떼어 보기가 쉽지 않다. 공연히 딸의 신경을 건드리고 싶지 않아서 그냥 둔다. 아래에는 이후의 한 문단을 번역해 둔다.

컴퓨터를 켜고 이메일 계정에 들어가 보니, 꼭 반시간전에 리사가 마침내 첨부물과 함께 메시지를 보내온 걸 발견하고는 놀라운 한편 반갑다. 누군가에게 올바른 선택을 하도록 설득하게 된 것이 스스로 만족스럽다. 첨부물을 열고 확인해 보니 신청서의 모든 항목이 다 완비되었지만 검진 동의서의 사본은 없다. 대신에 그녀가 노력의 침실에 걸어 두곤 했던 포스터의 사진이 들어 있다. 나는 단번에 그걸 알아본다. 리사는 라파엘전파(前派)에 사로잡혀 있었는데 그 이유는 그들의 불미스러운 삶이 자신의 삶에 울림을 주었기 때문이다. 그렇지만 나는 검은 물속으로 가라앉고 있는 오필리아를 그린 이 그림에 늘 혼란을 느껴 왔다. 왜냐하면 이 그림이 꼭 누군가가 물에 빠져 죽는 모습을 보여 주는 듯했기 때문이다. 그림의 밑 부분에는 '고마워'라는 말이 적혀 있다. 서둘러 마무리한, 리사의 과장된 키스 표시도 이어진다.

오필리아는 《햄릿》의 비극적인 여주인공이다. 처녀가 집밖에서 남자를 사귄 것도 죄가 가볍지 않던 시절에 애인이 아버지를 죽였으니 이 세상에서는 뭘 더 해 볼 수가 없게 된 여인이다. 일부 안목이 있는 독자는 이 그림이 라파엘전파인 존 에버렛 밀레이가 그린 1852년 작품 〈오필리아〉이며 현재 런던의 테이트 미술관에 전시돼 있다는 점과, 소설가가 이 그림으로 이제 갓 결혼식을 올린 여인의 운명을 암시하고 있다는 점을 눈치 챈다. 그러나 대다수의 독자들처럼 이를 모른 채 여주인공은 답장을 쓰려고 서두른다. 동의서가 없으면 자기로서는 할 수 있는 게 아무것도 없으니 환자로부터 어떻게든 빨리 그걸 받아 내야 하기 때문이다. 친구의 이름을 쓰려고 자판을 찾으니 비로소 자판의 가려진 글자가 LISA(리사), 네 글자라는 걸 알아챘다. 그제야 딸에게 리사가 얼마나 큰 짐이었는지를 깨닫고 부모의 이혼이 딸의 장애와 밀접한 관련이 있음을 절감한다. 그러나 냉정히 따져 보면 그 마지막 휴가가 시작되기 전에 데이지의 증상이 시작되었다는 것을 기억하는 독자들은 어머니의 판단이 섣부를지도 모른다고 짐작하는 한편 그녀의 처지에 대해 동정심을 금할 수 없게 된다. 한편 그녀는 동의서를 요구하는 이메일 쓰기를 단념한다. 이제 막 결혼한 사람에게 꼭두새벽부터 무언가를 독촉하는 일은 아무래도 지나치다는 생각이 들었기 때문이다.

혹시 문학 작품을 읽다가 차마 더 읽을 수 없어서 고개를 돌려 본 경험이 있는가? 나는 강경애의 《지하촌》이란 소설을 읽으면서 우리나라에 이런 작가가 있었구나, 하고 놀란 적이 있다. 에밀 졸라의 《목로주점》을 읽을 때의 경험은 유별나다. 건물 옥상에서 지붕을 손질하는 가장의 일터에 찾아온 딸 나나, 부인 제르베즈와 저 꼭대기에서 일하던 함석공의 눈이 마주치는 장면에서는 책장을 가린 손을 조심스럽게 한 줄씩 내려가며 읽은 적도 있다. 졸라의 출세작인 이 소설은 책으로 나오기 전에 먼저 잡지에 연재 되었는데 독자들의 항의가 심해서 연재가 중단되는 바람에 결국 잡지를 바꿔서 연재를 이어갔다고 한다. 당시의 화제작이었던 이 작품에 대해 빅토르 위고는 '비참과 불행을 그토록 적나라하게 묘사할 권리가 있는가'라고 비난했다고 한다. 그 자신이 제목 자체가 비참한 사람들을 의미하는 《레미제라블》을 써서 비참 소설의 교과서가 되게 했으면서, 정작 동료의 작품에 대해서는 그렇게 심한 평가를 내렸다니 믿기가 어렵다. 도스토예프스키의 《카라마조프 형제들》을 읽을 때는, 재산과 한 여자를 사이에 두고 일어난 부자간의 갈등에 관한 이야기를 도저히 더 읽을 수가 없어서 중단했다가 일 년쯤 뒤에 읽기를 마쳤다. 예술 감상에서 중요하다고 알려진 '심리적 거리두기'에 실패했기 때문이다. 독서의 경우엔 작중 인물과의 감정 이입이 지나치게 되는 걸 경계해야 하는 것인데 나로서는 경험이 부족한 바람에 그 점을 놓쳤던 것이다. 로지가 잠에서 깨어나는 장면에서 아무렇지도 않았던 독자는 다음 회를 기다려 주길 바란다.

맥스의 입장을 들어 보자. 그는 대학생이 되고는 집을 나와 방을 구해서 동급생인 친구와 함께 쓰고 있다. 그러면서 틈틈이 집에도 들른다. 엄마보다 누나가 걱정되기 때문이다. 어릴 때는 누나가 왜 그러는지 영문도 모르고 그냥 시키는 대로 했다. 부엌에 있는 칼을 헤아려 보고 와서 분명히 말해 줬는데도 또 두 번을 더 가야 했다. 누나가 의식(儀式)이라고 여기는 행동을 다 맞추려면 삼의 배수만큼 횟수를 채워야 한다니 어쩔 수가 없었다. 그동안 오르내린 계단만 생각하면 신물이 난다. 이제는 머리도 제법 굵어졌고 의대생이 되어 들은 게 있다 보니 누나의 상태가 심각하다는 걸 눈치 챘다. 물론 요즘엔 어린 시절과는 달리 그런 의식이란 게 도무지 어머니의 안전에 도움이 되지 않는다고 누나에게 훈계하는 일도 서슴지 않는다. 그렇기는 하지만 불쌍한 누나를 위해 웬만하면 참는다. 그녀는 한동안 남자친구를 불러 들여 동거를 시작했다. 다 엄마의 안전을 위해서인데 맥스 대신 고생할 사람이 생긴 셈이다. 얼마 전엔 그 사람도 지쳤는지 그만 집을 나가 버리고 말았다. 맥스도 근래에 코니라는 여자를 사귀기 시작했는데, 누나보다 몇 살 위인데도 좋기만 한 저와는 달리 상대가 무덤덤하게 대해서 무척 속이 상한다. 뿐만 아니라 어디에 사는지, 직업은 무엇인지 속 시원히 말해 주는 게 없다. 그러니 한 번 연락을 끊으면 제가 연락을 할 때까지 기다려야 하니 속만 태우고 있다. 그러다가 맥스가 외출했을 때 불쑥 찾아와서는, 보고 싶으면 빨리 오라고 폰에 불이 나게 한다. 연애가 의대 공부보다 어렵다는 걸 실감한다. 여자 친구의 존재를 알게 된 아빠는 결혼식에 데리고 오라고 한다. 코니에게 그 뜻을 전했더니 혼자 노퍽에 찾아오겠다고 한다.

결혼식 전날 맥스 남매가 노퍽의 집에 도착하니 생각보다 집안이 북적거린다. 신랑 신부 말고도 리사의 자녀인 애나와 렉스도 있고 리사의 친구로는 어떤 부부와 키가 작은 인도인도 와있다. 그 인도인이 내일 결혼식의 주례를 맡을 거라고 한다. 위층으로 올라간 맥스는 예전에 자기 방이었던 곳의 서랍을 열어 본다. 그 안에는 많은 상자가 있고 그 속에는 수많은 무당벌레의 잔해가 들어 있다. 마지막 휴가 중 방학 숙제를 위해 관찰 일기를 쓰느라 마련해 둔 것이다. 이런 게 버려지지 않고 아직도 남아 있는 게 신기하다고 여기며 맥스는 옛날 생각에 잠긴다. 그때 아빠는 운동도 함께 해 주고 숙제도 도와주고 뭐든 물으면 친절하게 대답해 주는 참 자상한 분이었다는 걸 새삼 깨닫는다. 하지만 팔 년 전 아빠가 짐을 챙겨 런던의 집을 나갈 때의 모습도 떠오른다. 그때 맥스는 문간에서 아빠의 바짓가랑이를 붙잡고 울면서 얼마나 가지 말라고 사정했는지 모른다. 엄마와 누나는 방에서 내다보지도 않았지만 자기로서는 아빠를 이대로 보낼 수 없다고 믿었기 때문이다. 모든 게 다 꿈처럼 여겨진다.

누가 왔는지 문간에서 소리가 들린다. 다른 사람들은 모두 식당이나 응접실 등에서 대화에 정신이 팔려 있어서 닉이 문으로 다가간다. 문을 열고 보니 젊은 여자다. 리사가 로지에게 보여 주었던 사진 속의 인물 즉, 닉이 틴더를 통해 사귀게 된 여인이자 맥스의 수수께끼 같은 애인인 코니였던 것이다. 눈이 마주친 두 사람은 순간 멍해진다. 곧 정신을 차리고 상황을 파악한 닉은 돌아서려는 코니의 가방을 빼앗아 들고 그녀를 앞세워 이층으로 올라간다. 손님용 침실에 들어선 닉은 그냥 가면 남들이 이상하게 생각할 테니 잠자코 있으라고 신신당부하고는 맥스를 찾으러 방을 나온다.

지금쯤 독자 중에는, 많은 독서 경험으로 단련이 되어 아무렇지도 않은 분도 있을 테고, 진정한 독서인이 되기 위해 '심리적 거리두기'를 실천하느라 차제하는 분도 있을 것이다. 잘 하고 계신다. 아무쪼록 끝까지 평정심을 유지하시길 바란다.

마침내 결혼식 날이다. 해변의 그 사격 진지를 마주한 모래 둔덕위에 선 주례 앞에 신랑 신부와 하객이 모였다. 이 인도인은 리사가 그동안 받아 온 대체 의학 치료의 전문가인데 닉은 그가 돌팔이가 아닌지 의심해 왔다. 환자에게 맨날 열대과일 주스만 권하면서 늘 '우주의 기운이 어쩌고 저쩌고' 해대니 도무지 신뢰가 가지 않는다. 어쩌다가 닉이 정말 이런 치료가 환자에게 도움이 된다고 생각하느냐고 정색하고 물으면, 금방 심기가 불편해진 그는 '우주의 기운을 모두 모아서 환자의 치료에 전념해야 되는데 그런 말을 해서 기를 흩뜨리면 치료가 되지 않는다'라며 리사에게 눈치를 보낸다. 이내 리사한테 눈총을 받게 되는 닉은 조용해질 수밖에 없다. 그렇지만 오늘은 어쩐지 그 인도인이 믿음직스러워 보인다. '우주의 기운'이 몇 번이나 나오는 긴 주례사가 별로 귀에 거슬리지 않는다. 이윽고 주례사도 끝이 났다. 하객들이 박수치는 가운데 맥스가 주머니에서 무언가를 꺼내 신랑 신부 머리 위의 공중에 뿌린다. 자녀가 결혼 선물로 아무것도 준비해 오지 않은 게 서운했던 닉은 그나마 아들이 종이 꽃가루를 준비했나 보다 하고는 내심 흐뭇하게 여긴다. 얼마나 많은 양을 준비했는지 맥스는 계속해서 뿌린다. 그런데 자세히 보니 그건 종이 꽃가루가 아니고 날개, 다리, 까만 반점이 있는 빨간 등딱지 등 한 여름에만 날아오는 무당벌레의 잔해가 아닌가? 옷 안은 물론 입안과 콧구멍까지 날아든다. 늙은 신랑이 소리친다. "맥스, 그만해. 퉤. 에잇, 입에 다 들어갔어. 그만하래도. 퉤, 퉤." 신랑의 팔을 꽉 잡은 신부는 그냥 놔두라고 소리친다. 맥스가 나머지를 상자 째 제 아빠의 머리에 들이붓는다. 딱하게도 닉은 제대로 눈도 뜨지 못한 채 리사에게 붙잡혀 발만 동동 구른다. 이미 멀찌감치 뒤로 물러선 하객들은 이들의 모습을 물끄러미 바라본다.

다음날 새벽이다. 맥스는 잠이 깨이자 옆자리를 더듬어 본다. 코니가 없다. 아차, 싶은 그는 겉옷을 집어 들고 방을 나와 계단을 뛰어 내려간다. 문을 열고 밖에 나오니 희미하지만 저쪽엔 이미 택시가 하나 와있고 트렁크 뒤에 코니와 아빠가 보인다. 고맙게도 아빠가 손님을 배웅하러 나왔구나 하고 다가간다. 그런데 둘의 자세가 심상치 않다. 아빠의 품에 안긴 코니가 "당신 부인이 우리 둘의 관계를 알고 있어요"라고 하는 말을 듣는 순간 맥스는 온몸이 얼어붙는다. 잠시 후 정신을 차린 그는 돌아선다. 뭐라고 말할 수 없는 기분에 잠긴 그는 정원과 쪽문을 지나고 황량한 벌판을 지나 해변으로 나간다. 그런데 저 멀리 물가에 누가 있다. 리사다. 웬일인지 그녀가 옷을 벗고 있다. 벗기를 마친 그녀가 물로 들어선다. 수영하기엔 너무 추운 날씨다. 곧 물이 허리에 이르렀는데도 그녀는 멈출 줄 모른다. 왜 저러지? 이제 물이 가슴까지 왔는데 리사는 계속 앞으로 나아간다. 그제야 맥스는 그녀의 의도를 알아챈다. 그는 모범생이다. 늘 바른 처신을 해 왔다고 자부해 왔다. 그렇지만 지금은 그냥 가만히 있기로 한다. 그게 모두를 위해서, 특히 누나를 위해서 최선이라고 생각하기 때문이다. 이윽고 리사의 머리가 물에 잠긴다. 수면 위로 솟아 꼭 누군가에게 인사하듯 흔들리던 손도 이내 사라지고 만다.

책의 끝에는 작가인 피오나 닐의 말이 실려 있다. 소설의 실마리는 일간지인 〈인디펜던트〉의 인생 상담사에게 보내온 편지 즉, 독자 투고란에 실린 사연에서 비롯했다고 한다. 문제의 여인은 둘도 없는 친구의 남편과 사랑에 빠지는 바람에 결국 결혼까지 하게 되었다고 한다. 보통 문학 작품을 읽고 나면 전문가의 해설을 읽으면서 자신의 독서를 되돌아보기 마련인데 나로선 독자를 위해 더 이상 해 줄 수 있는 말이 없다. 꼭 그런 게 필요한지도 의문이다. 독자의 상상과 해석에 맡긴다.

3. 라파엘전파(前派)

라파엘전파는 1848년 단테 가브리엘 로제티(이후 로제티로 부른다), 존 에버렛 밀레이, 윌리엄 홀먼 헌트가 설립하고 윌리엄 마이클 로제티(로제티의 동생)를 비롯한 네 명이 더 참가하여, 모두 일곱 명이 결성한 예술 유파인 라파엘전파 형제회(Pre-Raphaelite Brotherhood)의 약칭이다. 당시 영국 사회는 노동 계급의 선거권 획득을 위한 차티스트 운동이 별 성과도 없이 소강상태에 빠져들던 시기였다. 화가, 조각가, 시인, 예술비평가인 이들은 전성기 르네상스 시대의 화가였던 라파엘로와 미켈란젤로를 계승한 미술가 즉, 매너리즘에 빠진 미술가의 원근법 등 기계적인 접근법을 거부했다. 다시 말하자면 이들은 라파엘로 이전으로 돌아가야 한다는 미술복고 운동을 시도한 것이다. 그러나 밀레이의 〈부모의 집에 있는 예수(1850, 런던 테이트 미술관)〉에서 묘사된, 힘든 육체노동으로 수척해진 성가족의 몸과 같은 사실적인 표현은 신성 모독이라는 혹평을 받았다. 가장 심한 비판을 가한 사람은 당대 최고의 문인이었으며 소설을 통해서 런던 하층민의 빈곤과 전염병에 대한 관심을 환기시켰던 찰스 디킨스였다. 그는 이 그림의 성가족 묘사를 '천박하고 끔찍하고 역겹고 혐오스럽다'고 비난했다. 이렇게 비판받던 라파엘전파를 변호하고 화단의 주류 세력이 되도록 이념적 토대를 제공한 사람은 미술비평가인 존 러스킨이었다. 화가이기도 한 그는 이후 밀레이를 포함한 라파엘전파 화가의 적극적인 후원자가 되었다.

아래의 글에서는 라파엘전파와 직간접적으로 관련이 있는 인물들의 예술과 '불미스러운' 삶을 간략히 소개한다. 원래, 소설 《배신》의 여주인공인 로지가 사용한 단어는 'messy'였다. 이 단어를 말 그대로 '지저분한'으로 옮기면 로지의 리사에 대한 못마땅함이 너무 노골적으로 드러나게 되어, 다소 중립적으로 여겨지는 '불미스러운'으로 바꾸어 놓았던 것임을 밝혀 둔다.

소설에서도 언급된 그림 〈오필리아〉를 위해 밀레이는 잉글랜드 서리 근교의 호그스밀 강가에서 넉 달 동안 머무르며 그림의 배경을 지나치리만큼 정확하게 그리려고 애썼다. 그 후 작업실로 돌아온 그는 모델 엘리자베스 시덜을 욕조에 눕게 하여 그림을 완성했다. 햄릿의 어머니인 왕비는 오필리아의 오빠에게, "냇가에 비스듬히 자란 수양버들에다가 미나리아재비, 쐐기풀, 들국화, 자주색 야생란으로 만든 화환을 걸려고 올라가다 실가지가 부러지는 바람에 그만 개울로 떨어져 익사했다"라고 알려준다. 그러나 관객들은 오필리아가 스스로 목숨을 끊었다고 짐작한다. 눈을 뜨고 입을 벌린 채 똑 바로 누워 두 손을 물 밖에 내밀고 있는 오필리아를 화가가 그림으로 옮긴 때는 겨울이었다. 욕실에 불을 피울 수밖에 없었는데 어느 날은 불이 꺼지는 바람에 이 모델이 감기에 걸렸다. 그녀의 아버지가 딸의 약값을 화가에게 청구했다는 얘기도 전해진다. 시덜은 요절했기 때문에 많은 작품을 남기지는 못했지만 칭송받는 화가이자 시인이기도 했다. 화가의 친구였던 로제티의 사랑을 받았고 후에는 그와 결혼도 했지만 불행한 삶을 산 그녀의 이야기는 잠시 후 이어진다.

밀레이가 자신의 후원자이자 친구인 러스킨의 부인이던 에피 그레이를 모델로 그린 첫 그림은 〈1746년의 방면령(1852, 런던 테이트 미술관)〉이다. 스코틀랜드의 역사에서 소재를 취한 이 그림은 제임스 2

세와 그 후손을 지지한 반란에 가담했다가 영국군에 체포된 후 감옥에서 풀려난 남편과, 방면 허가증을 간수에게 보여 주는 아내를 묘사한다. 이 여인은 왼팔로는 잠든 아이를 안고 있고, 부상당한 남편을 감싸 안느라 가려진 오른팔에서 나온 손으로는 증서를 간수에게 내밀고 있다. 내 것은 내가 지키고 만다는 결연한 의지가 전방을 비스듬히 응시하는 여인의 눈매에서 느껴진다. 이 그림의 원래 제목은 〈몸값〉이었는데 화가는 여인이 성적 대가를 주고 남편을 석방시켰다는 추측을 낳을 수 있는 원래 제목을 중립적인 제목으로 바꾸었다. 자신의 소중한 것을 지키기 위해서는 수단과 방법을 가리지 않겠다는 여인의 단호한 표정은 모델이 장차 하게 될 선택을 암시하는 듯하다.

스코틀랜드 고지대의 장엄한 풍경을 사랑한 러스킨은 1853년 여름, 부인 에피와 친구인 밀레이와 함께 이곳의 글렌핀라스 계곡으로 여행을 갔다. 밀레이는 이 계곡을 배경으로 〈글렌핀라스의 폭포(1853, 델라웨어 미술관)〉를 그렸는데 화면의 오른쪽 가장자리에는 바위 위에 앉아 무릎에 올린 두 손을 내려다보는 에피의 모습을 담고 있다. 이 그림은 장차 자신의 삶을 어떻게 이끌어 갈지 고민하느라, 폭포의 물소리에도 아랑곳하지 않고 골똘히 생각에 잠긴 여인을 연상케 한다. 이곳에서 밀레이와 사랑에 빠진 에피는 다음해이자 결혼 후 6년만인 1854년 러스킨에게 혼인 무효 소송을 냈다. 혼인기간 중 성관계가 없었다는 게 이유였다. 결국 그녀는 원하던 판결을 받아 냈고 그 다음해에 밀레이와 결혼했다. 한 해에 성사되는 이혼이 평균 네 건에 불과하던 시절에, 친구사이에 생긴 이 스캔들은 영국 사회에 큰 파문을 일으켰다. 이른바 '섹스 없는 스캔들(Non-sex scandal)'이 그것이다. 세상의 허다한 스캔들은 섹스가 원인이 되곤 하는데, 이 스캔들은 그것이 없었기 때문에 생긴 것이다 보니 이런 희한한 이름이 붙게 된 것이다. 비록 주변 사람들은 대부분 에피를 옹호했지만 당시의 윤리는 추문이 있는 여인에게 사회 활동을 용납하지 않았다. 빅토리아 여왕이 참석하는 어떤 행사에도 참석할 수 없었음은 물론이다. 여왕은 자신의 초상화가로 밀레이가 천거되자 퇴짜를 놓기도 했다. 화가가 유부녀인 모델을 유혹해서 결혼까지 했다는 소문 때문에 밀레이의 도덕성에 의구심을 가졌던 것이다. 그 후 밀레이 부부는 4남 4녀를 낳아 다복한 가정을 이루었으며 40년간 해로했다. 임종을 앞둔 화가에게 여왕은 시종을 보내 도와줄 일이 있는지 물었다. 밀레이는 석판에 "여왕 폐하께서 제 아내를 만나주시기를 간청합니다"라고 썼다. 여왕의 허락으로 이미 건강이 상하고 눈이 거의 보이지 않을 무렵이던 밀레이 부인은 윈저 궁에서 여왕을 알현했다. 40년 만의 해금이었다.

며칠 전 서울의 소마미술관에서 개최중인 누드 전시회에 다녀왔다. 런던의 테이트 미술관에 소장 중인 작품들이 전시된다는 점이 관심을 끌었다. 전광민과 주원종이 동행했다. 앞의 친구는 부인에게 같이 관람하기를 청했더니, 남성들과 누드를 관람하는 게 부담스럽다며 사양하더란다. 세 사람은 그 얘기를 나누면서 웃고 넘겼지만 다시 생각해 보면 이해가 되는 대목이다. 아무리 예술이라지만 남녀의 벗은 몸을 묘사한 그림이나 조각품을 남편의 친구들과 함께 감상하는 일은 불편했을 것이다. '심리적 거리두기'는 말처럼 쉬운 게 아니다.

입구에서 나눠 준 오디오 가이드를 시험해 보며 전시장에 들어섰다. 밀레이의 〈오필리아〉는 누드가 아니니 기대할 수도 없지만 혹시 라파엘전파의 작품은 볼 수 있을까, 하며 천천히 나아갔다. 있다! 그 것도 밀레이의 작품이! 〈의협기사(The Knight Errant, 1870)〉라는 작 품이었는데 화가의 유일한 누드 작품이란다. 화면 중앙에 아름드리 자작나무가 둥치만 보인 채 서 있고 왼쪽엔 벌거벗은 여인의 몸과 팔 이 밧줄에 감겨 나무에 묶여 있는데, 오른쪽엔 번쩍이는 잿빛 갑옷을 입은 기사가 긴 칼로 밧줄을 자르는 장면이다. 지금 이 기사는 강도들 에게 붙잡혀 온 여인을 구출하는 중이다. 거의 실물에 가까운 큰 그림 이다. 여인은 고개를 돌려 기사의 시선을 피하고 있다. 오디오 가이드 에서는 엑스선 투시 결과, 애초에 화가는 두 사람의 시선이 서로를 향 하도록 그렸음을 확인할 수 있었다고 한다. 이 점이 감상자를 불편하 게 하는 바람에 그림이 팔리지 않자 해당하는 부분만 다시 그린 것이 란다. 또한 당시에 이 그림은 여인의 나신이 너무 사실적이어서 누드 의 아름다움을 해쳤다는 평을 받았다고 한다. 그림의 인물을 화가 부 부로 바꿔 생각해 보면 어떨까? 그러면 나무와 밧줄은 제도와 관습이 되는가? 이런저런 객쩍은 생각을 하다가 둘러보니 친구들은 보이지 않았다.

시인 단테를 무척 흠모했나 보다. 로제티의 아버지 가브리엘 로제 티란 사람 말이다. 이탈리아 출신으로 영국에 망명한 혁명가이자 학 자였던 그가 아들의 이름에 단테를 넣어 지었을 때는 아들이 시인에 다가 화가까지 될 줄은 몰랐을 것이다. 젊은 시절 로제티는 단테가 마 음속의 연인에 대한 사랑을 담은 시집 《새로운 삶》을 번역했는데, 이러한 작업을 통해서 자신의 예술 영감을 자극해 줄 베아트리체를 찾기를 바라게 되었을 것이다. 라파엘전파 화가들의 모델로 일하던 시덜은 1852년 쯤 로제티의 베아트리체가 된 후 오로지 그만의 모델이 되었다. 당시 대부분의 직업 모델은 노동 계층 출신이었는데 시덜도 마찬가지였다. 런던에서 식탁용 제품을 만드는 일에 종사한 아버지를 둔 그녀는 모델이 되기 전 모자 가게에서 일했다. 그녀는 학교에 다녔다는 기록은 없지만 신문에 실린 시를 읽으면서 어릴 때부터 시를 좋아했다. 시덜과는 달리 중산층인 데다가, 성적으로 자유분방했던 로제티는 8년 동안 그녀와 약혼과 파혼을 반복하는 동안 여러 모델들과 외도를 해서 시덜을 고통스럽게 했다. 게다가 결혼하지 않고 동거하던 여인에 대한 당시의 편견까지 겹쳐서 스트레스를 받던 시덜이 우울증과 아편 중독으로 거의 죽을 지경에 이르자 1860년 로제티는 마침내 그녀와 결혼했다. 하지만 1862년 그녀는 아편과용으로 자살로 의심되는 죽음을 맞았다. 로제티는 부인의 죽음이 자기 때문이라고 자책하면서 자기가 쓴 시의 원고를 관에 넣었다. 그 원고를 출판하고 싶어진 그는 1869년에 사람들의 눈을 피해 한밤중에 관을 열게 했다. 이런 이야기의 전말은 그녀의 시동생 즉, 라파엘전파의 기록을 전담했던 윌리엄 로제티에 의해 남겨졌다.

시덜은 로제티를 만나면서부터 그의 권유로 그림을 그리기 시작하여 백 점이 넘는 소묘, 스케치, 수채화, 유화로 된 자화상을 남겼는데 생전 두 번의 전시회를 가졌다. 그녀의 재능을 알아보고 후원자가 된 러스킨은 분기당 150파운드를 지불하기로 하고 그녀의 모든 그림에 대한 선매권을 가지기로 했다. 그녀가 건강이 나빠지는 바람에 작품

을 제작할 수 없게 된 1857년까지 이 약정은 유효했다고 한다. 1893
년에 쓰인 조지 버나드 쇼의 희곡 〈워렌 부인의 직업〉에 따르면, 런던
의 군수부 창고에서 일하는 어떤 공무원이 부인과 세 아이와 살아가
는 데 술을 안 마시는 경우 한 주일에 18실링이 든다고 했다(일 파운
드는 20실링이다). 한편, 토마 피케티의 《21세기 자본》에 따르면, 일
차대전 이전까지는 파운드화의 가치가 거의 변하지 않았는데, 평균적
인 노동자의 한 주일 품삯이 일 파운드 정도였다고 한다. 러스킨은 화
가에게 연간 노동자 노임의 열두 배를 보장했다는 말이니 시덜의 재
능을 무척 높이 샀던 모양이다.

　월리엄은 《러스킨, 로제티, 라파엘전파》라는 책에 형수의 시도 담
았다. 그가 그녀의 시를 높이 평가하지 않은 것을 현대의 페미니스트
들은 무척 못마땅하게 여기는 모양인데, 나로서는 판단하기가 어려우
니 그녀의 〈눈의 갈망(The lust of the eyes)〉이라는 시의 일부를 직접
읽어 보자.

　　나는 내 여인의 영혼에는 관심이 없어요.
　　그녀의 미소 앞에서는 사랑에 흠뻑 빠지지만
　　그녀의 아름다움이 사라지면
　　그녀가 어찌되든 상관하지 않아요.
　　그녀의 발밑에 앉아서
　　그녀의 격정에 싸인 눈을 바라보다가,
　　별처럼 빛나는 두 눈의 아름다움이 사라지면
　　내 사랑이 얼마나 빨리 떠나갈지 생각하며 미소지어요.
　　…

여기서 시의 화자는 시인의 남편인 화가이고 여인은 모델이다. 시인은 지금 그 화자를 비웃고 있으며, 곧 그로부터 버림받게 될 모델 즉, 자신의 연적을 불쌍히 여기고 있다.

로제티가 그린 〈결혼 피로연에서 베아트리체가 단테를 만나지만 인사하지 않다(1855, 옥스퍼드 애쉬몰린 박물관)〉의 베아트리체는 시덜을 모델로 그렸음에도 어쩐지 밀레이가 그린 오필리아와는 닮아 보이지 않는다. 그렇게 갈망의 눈길을 보냈지만 밖으로만 나도는 화가한테는 이제 지쳤는지 멍해 보이기까지 한다.

로제티는 시덜이 살아 있을 때나 죽은 후에나 모델들과의 염문이 끊이지 않았다. 그 중 친구인 헌트와 약혼했다가 파혼한 애니 밀러와의 사연에 대해선 별로 말할 게 없지만 윌리엄 모리스의 부인 제인에 대해서는 이야기를 해야겠다. 시덜이 죽은 후 자책감으로 시름에 잠겨있던 로제티에게 활력을 불어넣어 준 이들이 모리스 부부였다. 옥스퍼드 대학을 나온 모리스는 런던의 부유층 출신이었다. 디자이너, 공예가, 화가, 시인, 성공한 사업가였던 그는 사회주의 개혁가로도 이름이 났는데, '피의 금요일'로 불리게 되는 1887년 11월 13일 트라팔가 광장 데모대의 선두에 섰던 사람이다(이 데모대의 선두에 서기를 피했다가 경찰의 예봉을 면한 쇼가 이 부부의 둘째 딸과 약혼할 뻔한 일은 나중의 일이다). 한편 마구간지기였던 아버지와 세탁부였던 어머니 사이에 태어나 빈곤 속에서 성장한 제인은 열일곱 살부터 라파엘전파의 모델을 시작했다. 당시 라파엘전파와 친해져서 그림을 막 시작한 모리스를 위해서도 모델을 섰다. 곧 제인에게 푹 빠진 모리스는 그녀와 결혼했으니 하류층의 딸로선 얼떨결에 신데렐라가 된 셈이다. 그러나 그녀는 여기에서 만족하지 않았다. 진정한 상류층 부인이 되기 위해 교양과 매너를 위한 수업 등 눈물겨운 노력 끝에 프랑스어와 이탈리아어 등의 외국어 실력에다 뛰어난 피아노 연주 능력까지 겸비했다. 결국 미천한 출신 성분을 진정으로 극복한 그녀는 '여왕 같다'는 찬사를 들을 만큼 귀부인의 자질을 갖추게 된 것이다. 작가 버넌 리는 그녀의 인생 역전을 모티브로 소설 《미스 브라운》을 썼고, 여기서 아이디어를 얻은 쇼는 희곡 〈피그말리온〉을 썼으며 이는 나중에 뮤지컬과 영화 〈마이 페어 레이디〉로 옮겨졌다. 즉, 쇼는 장모가 될 뻔한 여인을 염두에 두고 이 희곡을 쓴 것이다.

이런 제인에게 로제티가 관심을 갖게 된 것은 당연해 보인다. 처음엔 그녀의 외모에 끌렸지만 곧 그녀의 인간미에 빠진 로제티는 그녀로부터 영감을 받아 시를 짓고 그림을 그렸다. 곧 두 사람은 연인이 되었는데 모리스는 지성인다운 자제력으로 둘의 관계를 수용했다. 세 사람의 관계는 매우 이례적이라고 밖에 달리 표현할 길이 없겠다. 결국 그는 로제티와 여름 집을 임차해서, 부인과 두 딸과 함께 친구가 한 철을 보내도록 허락하기에 이르렀다. 그 후 제인은 신경 쇠약에 걸린 로제티를 극진히 간호한 적도 있으며, 남편을 기리는 기념사업에도 헌신했다.

밀레이와 로제티 말고도 우리의 주인공 로지의 눈총을 받았을 만한 인물로는 그들의 친구 헌트가 있다. 그는 재혼 상대로 처제를 선택했는데 부인의 형제와는 결혼할 수 없는 영국 법을 피하기 위해 이탈리아에서 결혼했다고 한다. 아마 당시로서는 영국 사회에 큰 파문을 일으켰을 것이다.

작년에 보인 글에서 소개한 앤토니아 수전 바이엇의 소설《소유》의 모델이라는 시인 로버트 브라우닝과 크리스티나 로제티에게도 로지의 눈길이 갔는지는 모르겠다. 전자는 워낙 알려진 시인이니 따로 설명할 필요가 없는 인물인데, 시덜은 그의 시에서 소재를 취해 그림 〈방탕한 여인들 곁을 지나가는 피파(1854, 옥스퍼드 애쉬몰린 박물관)〉를 그리기도 했다. 후자는 로제티 형제의 여동생으로 당대에 가장 뛰어난 여류 시인이었다. 충분히 살피지 못한 탓인지 두 시인 사이에 염문이 있었는지에 대해서는 알아낸 게 없다.

자, 이쯤이면 로지가 선택한 단어 'messy'를 '불미스러운'으로 옮긴 게 적절했다고 보시는가? 로제티한테는 그 단어로는 부족하다고 느끼는 독자도 있을지 모르겠다.

4. 친구는 흡족한가?

친구에게 농암 김창협이 쓴 글을 보여 주고 싶어졌다. 농암이 종명을 불과 두어 달 앞에 두고 친구에게 쓴 편지이다. 당시에 그는 병이 위중해졌는데 사방에서 부탁받은 글을 마무리하지 못해서 마음을 졸이던 때였다. 전라도 장성에 사는 김극광은 전에 그에게 기문을 하나 부탁한 일이 있는데, 아들에게 새해 문안을 겸해서 독촉 편지를 들려 보낸 것이다. 처지는 다르지만 글쓰기를 어려워하는 농암의 심정은 내 경험과 흡사하여 남의 일 같지가 않다. 농암이 친구에게 보낸 답장은 아래와 같다.

…부탁한 헌(軒)의 기문을 어찌 잠시라도 잊은 적이 있겠습니까마는, 병의 증세가 이러한데 어찌하겠습니까? 실로 착수하기가 어렵습니다. 그런데 형은 이러한 사정을 헤아리지 않고 매번 유감의 뜻을 보이니 정말 민망스럽습니다. …본래는 병든 몸이 조금 건강해지고 나서 붓 가는 대로 써 내려가 차례차례 다 해내려고 했습니다. 그러나 병은 낫지 않는데 부탁하러 오는 사람은 더 많아지니, 비유하자면 가난한 백성이 세금 낼 돈이 없어 해마다 빚이 쌓이다 보니 결국 갚을 길이 더욱 막막해진 것과 같습니다. 설령 다행히 병이 낫는다 하더라도 여기에 하나하나 부응하려다 보면 먹물 속에 빠져 죽는 것을 면치 못할 지경입니다. 이는 정말 작은 일이 아니어서 병중에도 이런 생각이 들면 병이 또 하나 더해지는 것 같습니다. 부디 불쌍히 여겨 너무 독촉하지는 말아 주셨으면 하는데 어떠한지요?

　학창 시절 어느 여름날이었다. 친구를 포함해서 여러 명이 태릉 수영장에 몰려갔다. 그 수영장은 다이빙장을 겸한 것이었는데 직사각형의 긴 변(50미터) 방향으로 있어야 할 줄은 보이지 않았다. 사람들은 주로 짧은 변(20여 미터) 방향으로 헤엄을 치다가 어쩌다 다이빙장에 가까이 가게 되면 호각 소리에 놀라 되돌아오곤 했다. 당시에 나는 수영을 제대로 배운 적이 없었으니 개헤엄 정도의 수준을 벗어나지 못했다. 물론 몸을 수평으로 유지할 줄은 몰랐고 고개를 물밖에 내민 채 몸은 45도 정도를 유지하는 형태였을 것이다. 그러니 자유형을 한다는 게 물을 발등으로 찬다기보다는 발바닥으로 민다는 느낌이었다. 힘은 힘대로 들고 속력은 나지 않는 딱한 수준이었던 것이다. 그러거나 말거나 즐거운 시간을 보냈다. 제법 시간이 지나자 지친 친구들이 하나, 둘 물 밖으로 나가기 시작했지만 아무도 그만 하자는 사람은 없어서 나는 수영을 계속했다. 한 번 오기가 어려우니 실컷 헤엄치고 싶었기 때문이다. 이럭저럭 기지맥진한 내가 물 밖으로 나오려는 즈음에, 누군가 마지막으로 모두 한 번만 더 왕복하되 이번엔 경영을 하자고 했다. 어쩔 수 없이 물 밖의 친구들도 다시 들어왔다. 이젠 경쟁을 하려면 저쪽 끝에서 쉴 수가 없으니 한꺼번에 40여 미터를 헤엄쳐야 했다. 한 번도 시도해 본 적이 없는 거리였다. 자신은 없었지만 경쟁심이 발동한 나는 그야말로 젖 먹던 힘을 다해 왕복했다. 경쟁이라기보단 사생결단에 가까운 발버둥이 아니었는지 모르겠다. 우리는 모두 순위 같은 것은 가릴 엄두도 못 낼 만큼 지쳐 버렸다. 그때 친구가 누가 한 번 더 왕복할 수 있겠느냐고 물었다. 나도 모르게 내가 하겠다고 대답하고 말았다. 미심쩍어하는 눈으로 바라보는 친구들을 뒤로하고 나는 출발했다. 그 뒤엔 물속에서 무슨 일이 일어났는지 잘 기억이 나지 않는다. 아마도 친구들은 오기부리지 말고 저쪽에서 쉬다가 오라고 고함쳤을 것이다. 어쨌든 돌아왔다. 친구들의 환호와 박수 소리 속에 거의 초주검이 되어 물 밖으로 끌려 올라온 나에게 친구가 한마디 했다. "너는 나중에 뭐가 돼도 되겠다." 친구의 말을 칭찬으로 받아들였는지, '병 주고 약 준다더니' 하며 불평했는지는 기억나지 않는다. 세월이 흐르고 보니 친구는 고마운 존재였다. 본인이 의도한 건 아니었겠지만 함부로 오기를 부리는 게 아니란 걸 깨우쳐 준 셈이니 말이다.

몇 년 전의 일이다. 책을 읽다가 속이 울렁거리는 느낌 때문에 더는 읽을 수가 없게 되어 중단해 보기는 처음이었다. 결국 한 해가 지나고 다시 시도해서 겨우 읽기를 마쳤다. 그런 도스토옙스키의 《카라마조프 형제들》을 친구는 고등학생 시절에, 영문으로, 그것도 방학 중 내쳐 읽었단다. 아마도 그는 강심장이든지 맹하든지 둘 중 하나였을 것이다. 40년 가까이 지켜봐 왔지만 아직도 그가 어느 쪽인지 알 수가 없다. 지금에 와서 그걸 알아서 뭐하겠는가? 넘치거나 아니거나 어차피 그의 분수인 것을. 친구가 그냥 이대로, 더 멀어지지도 말고 더 가까이 오지도 말고, 딱 요만한 거리에 머물러 주면 좋겠다.

〈참고한 책〉
글을 쓰는 동안 어떻게든 영향을 받게 된 책들을 아래에 정리했다. 특히 (6)과 (7)이 없었으면 이 글을 시작할 엄두도 못 냈을 것이다.

(1) 《The Betrayals》, Fiona Neill, Penguin Books, 2017.
(2) 《예언자》, 칼릴 지브란 저, 박철홍 역, 김영사, 2004.
(3) 《지적으로 나이 드는 법》, 와타나베 쇼이치 저, 김욱 역, 위즈덤하우스, 2010.
(4) 《교수처럼 문학 읽기》, 토마스 포스터 저, 박영원, 손영미 역, 이루, 2017.
(5) 《미학강의》, 이중톈 저, 곽수경 역, 김영사, 2006.
(6) 《그리다, 너를, 화가가 사랑한 모델》, 이주헌 저, 아트북스, 2015.
(7) 《라파엘전파 회화와 19세기 영국문학》, 손영희 저, 한국 문화사, 2017.

할아버지는
왜
회사 안 가요?

(8) 《햄릿》, 셰익스피어 저, 최종철 역, 민음사, 1998.

(9) 《조지 버나드 쇼-지성의 연대기》, 헤스케드 피어슨 저, 김지연 역, 도서출판 뗀데데로, 2016.

(10) 《21세기 자본》, 토마 피케티 저, 장경덕 외 역, 글항아리, 2014.

(11) 《워렌 부인의 직업》, 조지 버나드 쇼 저, 정경숙 역, 현대영미 드라마 학회 영한대역 18, 도서출판 동인, 2000.

(12) 《피그말리온》, 조지 버나드 쇼 저, 김소임 역, 열린책들, 2011.

(13) 《소유》, 앤토니아 수전 바이엇 저, 윤희기 역, 열린책들, 2010.

(14) 《마르셀 프루스트 독서에 관하여》, 유예진 역, 은행나무, 2014.

(15) 《농암집, 조선의 학술과 문화를 평하다》, 김창협 저, 송혁기 역, 한국고전번역원, 2016.

3부

길에서 마주한 사연

〈햄릿〉을 보고

(2016. 10. 11)

이달 초하루에 대학로에서 '유라시아 셰익스피어 극단'이 마련한 '셰익스피어 서거 400주년 기념 특별공연'이라는 〈햄릿〉을 봤다. 평생 본 연극이 한 손으로 꼽을 정돈데 공연 시간만 다섯 시간인 '우리나라 최초의 무삭제 햄릿'이란 걸 관람하러 서울을 다녀왔으니 그 소감을 남기지 않을 수가 없게 되었다.

지난해에 희곡 《햄릿(최종철 역, 민음사)》을 읽자마자 김무곤이라는 이(이후론 김 씨라고 부르기로 한다)가 쓴 평론을 접하게 되었다. 그 핵심은 '햄릿은 결코 우유부단하고 결단력이 없는 인물이 아니었다, 오히려 용의주도하고 어쩌면 잔인하기까지 한 무사였다'라는 것이다. 번역본을 한 번 읽는 것으로는 주인공의 정체를 파악하기가 힘들었던 나에게, 김 씨의 독특한 평은 제법 그럴듯하게 들렸다. 하지만 주인공에 대해서는 널리 알려진 평이 있는데 한 사람의 평에 쉽게 휘둘려서야 되겠는가, 하는 생각도 들었다. 아무래도 햄릿의 인물됨을 제대로 알려면 연극을 보아야 하겠다며 그 기회가 오기를 기다렸다.

그것이 당겨진 건 승득 씨 덕분이다. 그의 부인인 영애 씨는 아내의 친구이고, 세 사람은 영문학과의 동창이다. 학창 시절 그는 연극에 정신이 팔렸던 사람인데 생업이었던 금융 분야에서 은퇴한 지금도 연극계에 발을 담그고 있다. 지난달에는 대구 시립 극단에서 제작한 〈뇌우〉에 출연하기도 했다. 그는 그 공연에 우리 부부를 초대했는데, 객석에서 바라본 그의 모습은 배우를 평생의 직업으로 삼지 못한 사람의 응어리진 기상을 느끼게 해 주었다. 또한 이 사람이 자기가 하고 싶어 하던 일을 계속했더라면 어떻게 되었을까? 하는 생각도 하게 했다. 그 공연 직후 승득 씨는 '곧 대구에서 있을 햄릿 공연을 함께 보겠느냐?'라고 해서, 나는 김 씨의 평을 떠올리며 응낙했다.

내친김에 다른 번역본도 읽어 보는 게 낫겠다는 생각이 들어 영한 대역본(김종환 역, 도서출판 태일사)도 구입했다. 이 책의 앞부분에는 햄릿의 복수 지연, 딜레마 등에 관한 해설에 이어 '햄릿 비평 개요'라는 글이 실려 있었다. 여기에는 18세기 신고전주의 비평에서부터 19세기 성격 심리 비평, 20세기 시적 접근, 역사 비평, 신화 비평, 종교적, 실존적 해석, 20세기 후반의 구조주의 비평, 탈구조주의 비평, 정신 분석 비평, 페미니스트 비평, 신 역사주의와 문화 유물론 등 그야말로 백인백색인 비평의 역사가 간추려져 있었다. 나로선 문학사상 가장 논란이 많은 주인공이라는 인물에 관한 분석을 온전히 알아듣기도 수긍하기도 어려운 것이었다. 다만 김 씨의 평은 신고전주의 비평의 한 가닥과 유사해 보였다. 이쯤에서 나는 그의 평을 놓아 버리는 게 낫겠다는 결론에 도달했다. 여러 가닥의 실이 모여 하나의 직물이 완성되듯이, 각각의 비평이 모여 한 작품의 인물에 대한 이해를 풍성하게 하는 것인데, '구태여 그 중의 하나에 붙들릴 이유가 있겠는가?' 하는 자각이 생겼기 때문이다.

희곡 《햄릿》에서는 대체로 귀족의 대사는 운문으로, 평민의 대사는 산문으로 되어 있는데, 운문이 약 70%를 차지한다고 한다. 최종철의 민음사 판은 원문의 문체가 유지된 번역이어서 그런지, 대사를 이해하기가 다소 어려웠다. 그는 운문의 경우 우리말의 3·4조나 4·4조의 운율과 매우 흡사하다면서 가급적 그 기준에 따랐는데 그러다 보니 문장의 의미전달력이 위축될 수밖에 없었다. 한편 김종환의 번역에서는 글자 수도 더 늘어났으며 문장의 어순도 다소 자유롭게 배치하다 보니 이해하기가 더 쉬웠다. 게다가 원문과 비교해서 설명하는 가운데 많은 주를 달아 놓았으니 독자에게는 친절한 번역임이 분명했다. 반면에 대사의 분량이 늘다 보니 배우의 호흡이나 상연시간 등의 제약을 고려하면 연극 대본으로 사용하기엔 좀 곤란하겠다는 생각이 들었다.

두 번역본의 차이를 보여 주는 예를 두 개만 들어보자. 먼저, 아버지가 죽자 곧 숙부와 결혼한 어머니의 실절을 비꼬아서 햄릿이 친구인 호레이쇼에게 말한 부분이다. "Thrift, thrift, Horatio! The funeral baked meats did coldly furnish forth the marriage tables"를 최종철은 "절약이지 절약이야, 호레이쇼. 장례식 때 구운 고기, 혼례상에 차갑게 내놓았지"로 번역했고, 김종환은 "호레이쇼, 그게 바로 절약이야, 절약. 초상집 음식이 식을 만하니 그걸 다시 혼인 잔칫상에 차려 놓지 않겠나?"라고 번역하면서 역주에선 "장례식에 올린 음식이 채 식기도 전에, 절약하기 위해 그 음식을 그대로 결혼식 축하 테이블에 올려놓은 것이지"라고 설명하기도 했다. 엄연히 원문에 'coldly(차갑게)'로 되어 있는 부분을 '채 식기도 전에'라고 풀이한 걸 보면 번역자가 주인공과 지나치게 공감하는 바람에 균형을 잃지 않았나 하는 느낌을 주기도 했다. 번역문의 '식을 만하니'는 나은 편이지만 원문과는 여전히 어감의 차이가 있다. 한편, '햄릿의 딜레마'로 알려진 대사인 "To be, or not to be: that is the question:"을 최종철은 "있음이냐 없음이냐, 그것이 문제로다"로, 김종환은 "사느냐, 죽느냐. 그것이 문제로구나"로 번역했다. 글쎄, 내 생각엔 의미로만 보자면 '이대로 있을 건가 말 건가, 그것이 문제로다'에 더 가까웠을 것 같다. 이 대사 이후의 문맥은 '이 상황을 운명으로 여기고 묵묵히 버틸 건가 아니면 복수를 감행하기 위해 목숨을 걸 건가'로 고민하는 장면이니 말이다.

이렇게 원문과 두 번역본을 대조하며 읽다 보니 진도가 느린 게 문제였다. 곧 승득 씨가 해결책을 내놓았다. 집안 사정으로 대구 공연을 함께 관람할 수가 없게 되었다는 연락을 해온 것이다. 그 대신에 대학로의 '무삭제 공연'이란 걸 보지 않겠느냐고 물어 왔다. 승낙했다. 다만 날짜가 닷새나 당겨졌으니 책은 어떻게 다 읽느냐가 문제였다. 공연문화의 수용에 유연한 입장을 취하기로 마음을 먹은 나는 원문을 대충 살펴보는 방식으로 바꿨다. 그래도 더뎠다. 이번엔 번역문만 읽다가 눈에 띄는 대사만 원문을 살폈다. 공연 전날 읽기를 겨우 마쳤다. 그러고도 서울에 도착할 때까지 최종철 번역본은 손에서 떼질 못했다. 공연 중에 놓치는 대사가 있을까봐 안심이 되질 않았기 때문이다. 그 심정이 학창 시절 준비도 안 된 채 시험장을 향할 때의 것과 비슷했을지 모르겠다.

혜화역 2번 출구를 나오니 주변은 온통 스피크에서 울려 나오는 소음으로 가득 차 있었다. 무슨 건설 노조에서 주최하는 데모인 모양인데 군중이 아직 집결하기 전인지 소음과는 달리 주변은 한산했다. 우리 부부는 공원의 벤치에 앉아 가을 햇볕을 잠시 느껴 보기도 했다. 이내 공연장인 '문화 공간 엘림 홀' 인근의 커피 점을 찾았다. 승득 씨 부부도 곧 도착했다. 그는 《햄릿》을 한 권 들고 있었는데 이번 공연의 연출자인 남육현이라는 이가 번역한 책으로 오늘 공연의 대본이라고 했다. 이윽고 시간이 되자 '우리 집에는 햄릿 책이 세 권이 되겠구나'라고 생각하며 공연장으로 걸음을 옮겼다.

좌석은 계단식으로 되어 있었는데 아무데나 앉을 수가 있어서 무대와 가까운 곳에 자리를 잡았다. 옆 관객과 몸이 닿은 걸 깨닫자 소극장이란 곳에 와 있다는 걸 실감하게 되었다. 셰익스피어가 활동하던 시절의 극장은 원형이거나 정다각형의 구조로서 발코니가 가장자리를 차지하고, 중앙 쪽으로 튀어나온 무대의 정면 주변은 입장료가 싸서 입석 관객이 차지했다고 한다. 다만 머리 위가 하늘에 노출되어 있다 보니 이들은 별을 보게 되거나 비를 맞을 수도 있었다고 한다. 따라서 우리 좌석이 위치한 곳은 무대의 위치로 보자면 당시에 가난한 사람들이 서서 보던 마당에 해당하는 셈이다. 무대에는 궁전의 기둥을 모양낸 것이 세 개가 서 있었는데 출연진이 지나가다가 부딪히게 되면 끄덕이는 모습을 보여 주기도 했다. 이와 같이 소박한 설치는 셰익스피어 당시의 무대 모습에 가까운 것이라고 한다.

이윽고 연극이 시작되었다. 성벽에 유령이 나타나는 장면에서 스모그를 뿌렸는데 안개를 대신한 것이었다. 그런데 그 효과가 지나쳐 쉽게 잦아지지도 않았고 객석까지 넘치는 바람에 관람에 지장을 줄 정도였다. 닭의 울음소리에 유령이 물러난다는 장면에선 그 효과음은 들려주지도 않더니 왜 안개 효과에는 이리도 신경을 쓰는지 모르겠다고 생각했다. 내가 주의한 것은 책에서 본 대사를 배우들이 얼마나, 그리고 어떻게 전달하는가? 하는 것이었는데 발음이 정확하지 않은 배우의 대사를 듣기는 난감한 일이었다. 셰익스피어 이후 최고의 극 작가로 일컬어진다는 조지 버나드 쇼가 배우들의 발음과 발성을 교정해 주는 데 진력했다더니 그의 입장이 이해가 되었다. 또한 대부분의 젊은 남자배우들은 작은 극장에 어울리지도 않게 고함을 지르듯이 큰 소리로 대사를 하는 바람에 오히려 잘 들리지가 않았다. 특히 햄릿 역을 맡은 배우는 목이 심하게 쉬어있어서 그의 대사를 듣는 일은 거의 고역에 가까웠다. 열이틀간 지속되는 공연의 막바지이니 전체 대사의 40%를 소화해야 하는 그 역할을 생각해 보면 이해는 되면서도, 딱하기로는 연기하는 배우나 듣는 관객이나 마찬가지였다. 또한 상대의 대사가 끝나기도 전에 대사를 시작하는 배우도 있었고, 걸으면서 대사를 하는 경우에는 무대를 울리는 발자국 소리 때문에 거의 대사를 들을 수가 없어서 속으로 '배우들이 왜 이렇게 하지?' 하는 생각이 들었다. 아버지의 혼령을 대신하는 유령이 햄릿에게 복수를 당부하는 장면에서는 기둥 두 개와 햄릿의 주변을 일곱 바퀴나 돌았는데 그때마다 기둥 뒤로 돌아가면서 하는 대사는 더 전달되지가 않았다. 이점은 셰익스피어 당시의 극장의 형태로 보아 무대 뒤편의 발코니에 있는 관객도 고려한 연출일지도 모르겠는데, 관객이 무대의 전면에만 위치한 우리의 현실과는 맞지 않는 것이었다. 햄릿의 딜레마 '죽느냐 사느냐' 부분은 주인공이 무대에 드러누워 대사를 했는데, 마음이 심히 괴롭다는 걸 표현하기 위한 것이겠지만 이미 목이 쉰 배우에게는 발성을 더 어렵게 하는 연출임이 분명했다.

　3막 1장에 해당하는 이 부분이 끝나자 한 시간의 휴식 시간이 주어졌다. 우리는 그동안 저녁을 먹기로 하고 근처의 식당을 찾았다. 식사 도중에 각자의 감상평을 언급하기도 했지만 시간에 쫓겨 자세한 이야기는 뒤로 미룰 수밖에 없었다.

　이어진 3막 2장의 첫 장면은 왕과 왕비의 앞에서 공연하도록 궁으로 불러들인 배우들에게 햄릿이 당부하는 내용으로 시작되었다. 김종환의 번역에 따르면 이 부분은, "대사를 말할 때, 제발 내가 해 보인 대로 자연스럽게 해주게. 그렇지 않고 어떤 배우들처럼 과장하여 고래고래 소리 지르며 대사를 읊조릴 것 같으면 차라리 약장수를 데려와서 대사를 읊조리게 하는 것이 더 나을 거야"로 되어 있다. 이 문장의 "과장하여 고래고래 소리 지르며 대사를 읊조릴 것 같으면"에 해당하는 원문 "if you mouth it"을 최종철은 "소리만 내지른다면"이라고 한 반면에, 연출자는 "과장을 한다면"으로 간략히 하고 말았다. 주인공 역을 맡은 배우는 자신이 극중 배우들에게 부탁한 바와는 달리, 한껏 과장을 해서는 고래고래 소리를 내지르다가 목이 다 쉬었으면서, 여전히 악습을 반복했으니 자신의 스승인 셰익스피어에게 무엇을 배운 것인지 도무지 알 수가 없었다.

　극중극에는 왕을 살해하는 복면 배우도 등장했는데 입마저 가린 배우의 대사를 알아듣기 위해 나는 두 손을 귀에 대어 보기도 했지만 별 소용이 없었다. 연극을 보던 왕이 표정의 변화가 전혀 없다가 갑자기 일어서는 장면도 어색했다. 햄릿은, 연극이 진행되는 동안에 왕의 표정이 어떻게 변하는지 잘 지켜보라고 호레이쇼에게 단단히 일러두었다. 호레이쇼가 알아차렸다는 그 안색의 변화라는 것이 왕의 얼굴을 유심히 관찰한 나에게는 보이지가 않은 것이다. 그 장면에서 표정의 변화가 없기는 왕비도 마찬가지였다.

　극중극 공연을 통해서 숙부가 아버지의 원수임을 확신한 햄릿이 어

할아버지는
왜
회사 안 가요?

머니의 부름을 받고 왕비의 내실로 가는 장면이었다. 원수가 등을 보이고 꿇어 앉아 기도하는 장면을 보게 된 햄릿이 복수하려다말고 지금 결행해서는 안 되는 이유를, 속삭이는 발성으로 방백하기 시작했다. 가까이 있는 왕이 못 듣게 한다는 시늉임이 분명했지만 이것은 관객의 수준을 얕보는 제스처이니 어이가 없는 것이었다. 어쨌든 배우의 그 속삭임이 나한테는 들을 만하다고 여겨졌는데, 연출진도 그 정도의 성량이 극장의 곳곳에서 들릴 수 있다는 걸 연습과 공연을 통해 확인했을 것이다. 속삭여도 들리는 작은 공간에서 배우들은 왜 그렇게 고함을 치듯 큰 소리로 발성해서 관람을 방해한 것인지 참으로 이해하기가 어려웠다.

왕비의 내실에서 햄릿이 어머니를 꾸짖어 회개하게 하는 장면은 이번 공연의 백미였다. 상대 배우의 침이 얼굴에 날아와도 미동도 없이 여배우가 열연하는 장면도 있었다. 두 배우의 연기는 오랫동안 기억에 남을 것 같다.

이윽고 햄릿의 애인인 오필리아의 아버지부터 죽기 시작하여 그녀도 죽고, 왕비도 죽고, 왕도 죽고, 햄릿과 대결하던 오필리아의 오빠도 죽고, 햄릿도 죽었다. 영국으로 갔던 두 사신도 죽었다는 소식이 도달했다. 햄릿의 부왕까지 합치면 모두 아홉 명의 죽음에 관한 비극도 끝이 났다.

네 시에 시작한 공연이 열 시에 끝이 난 것이다. 어설픈 관객으로부터 불평을 사기는 했지만 '우리나라 최초의 무삭제 햄릿'을 감상하게 해 준 출연진과 '유라시아 셰익스피어 극단'은 마음에서 우러나온 박수를 받을 만했다.

네 사람은 연신 각자의 감상평을 주고받으며 걷다가 택시를 타고서
도 얘기를 멈추지 못했다. 평창동의 어느 막걸리 집으로 자리를 옮겼
다. 술잔을 부딪치며 배우들을 비판하다가 좀 미안해지면 칭찬하기
를 몇 차례나 반복했다. 오필리아 역을 맡은 배우가 가장 많은 칭찬
을 받았다. 세 사람은 학창 시절에 셰익스피어를 다소 읽은 사람들이
니 얘기할 밑천은 갖췄을 것이고 나는 최근에 공부했으니 기댈 데가
있었다. 좌석의 유일한 배우가 막걸리를 한 병 더 마시게 해주면《맥
베스》의 한 구절을 암송하겠노라고 했다. 부인의 눈치를 보는 시늉을
했지만 술은 핑계일 뿐이고 분위기에 젖어 흥이 솟아났던 것이다. 배
우의 소망대로 막걸리 한 병이 다시 왔고 세 사람은 짧은 공연의 관객
이 되어 주었다. 공연이 짧다고 박수가 빠질 수는 없었다. 경산의 압
량벌에서 한 시절을 보냈던 사람들이 서울의 북한산 자락에서 흥겨운
시간을 보내다 보니 금방 자정이 되었다. 영애 씨네 집으로 갔다. 거
기선 연극보다는 각자가 사는 모습을 이야기했을 것이다. 어차피 '우
리네 인생도 가련한 배우의 연기에 불과하다'니 말이다.
    집에 돌아와 최종철이 번역한 민음사 판《맥베스》도 읽었다. 평생
을 연극인으로 살고 싶어 했던 사람이 암송한 부분은 거의 맨 마지막
에 나온다. 원문과 번역문(내가 한 번역이 암송자의 마음에 들는지 모
르겠다)을 아래에 붙인다.

Life's but a walking shadow, a poor player
that struts and frets his hour upon the stage
and then is heard no more;

it is a tale told by an idiot, full of sound and fury,

signifying nothing.

인생은 걸어 다니는 그림자일 뿐, 가련한 배우처럼

잠시 동안 무대에서 으스대기도, 안달하기도 하지만

이내 퇴장하고 만다.

그것은 멍청이가 떠벌이는 이야기처럼 고성과 격정으로 가득하나

아무런 의미도 없는 것.

    셰익스피어는 왕위를 찬탈한 사람에게도 이런 대사를 안겨 주어 우리로 하여금 울림을 느끼게 해준 작가이다. 이제는 〈맥베스〉 공연을 기다리게 되었다. 저번엔 김 씨가 '복수하는 사람'을 보게 하더니 이번엔 박 씨가 '복수당하는 사람'을 보게 하는 셈이다.

억새와 갈대

(2016. 10. 31)

　흔히 사람을 알아보는 일은 쉬운 일이 아니라고 말한다. 그렇다고 해서 사물을 올바로 인식하는 일이 쉽다는 뜻일 수는 없다. 연암 박지원의 것인지는 분명치 않으나 까마귀가 검기만 한 것은 아니라는 글을 읽은 적이 있다. 까마귀의 깃을 가까이서 보았더니 여러 색이 뒤섞여 오묘한 빛깔을 띠고 있더라는 것이다. 나도 언젠가 살펴보니 그 깃털이 검은색 바탕에 옅은 보라색과 녹색의 광택을 갖고 있다는 걸 깨닫게 되었다. 이렇듯 인간이 거칠게 본 특징으로 이름을 얻게 된 까마귀는 사람이 분간하기는 어려운 그 미묘한 빛깔의 차이로 서로를 구분하는지도 모른다. 사물의 주된 특징만으로 이름을 짓게 되면 그 이름은 이미 사물의 본질과 다른 것이 되고 만다는 점을 일찍이 간파한 사람은 노자일 것이다. 그는 名可名非常名(명가명비상명)이라는 문구를 통해, '사물은 어차피 다양한 속성을 갖기 마련인데 이것을 하나의 고정된 이름으로 부르게 되면 그 이름은 이미 사물의 본질을 놓치고 만다'는 것을 말하고 싶었는지 모르겠다.

　두 주 전, 하나의 사물이 아니라 두 개의 사물을 옳게 분별하여 인식하는 일도 쉬운 일이 아님을 배웠다. 김천 청암사(靑巖寺)에서의 일이다. 학창 시절을 함께 보낸 친구들이 부부동반 모임을 가졌는데 이번엔 모교 근처의 장소를 택한 것이다. 이 절에 딸린 암자였던 수도사(修道寺) 아래의 동네에서 저녁을 먹고 나자 부인들은 이내 자기네 방으로 들어갔다. 우리도 먼저 자리에 누운 사람, 산책을 하는 사람,

대화를 나누는 사람 등, 이전에는 함께 하던 시간에 각자가 하고 싶은 대로 하게 되었다. 마흔 해가 넘게 만나는 동안 서로 마음이 편안해지기도 한 데다, 따라오던 아이들은 다 자라 뿔뿔이 흩어졌으며, 세상을 달리한 친구를 비롯해서 이런저런 일로 참석자가 줄다 보니 저절로 그렇게 된 것이다. 날이 밝자 몇몇은 절 입구의 못미처에 난 '인현 왕후의 길'이란 곳을 걸어 보게 되었다. 숙종의 비인 왕후가 폐위된 뒤 청암사에서 삼 년을 머무르다가 복위되어 환궁했다고 한다. 그런 사연을 바탕으로 시에서는 산 중턱에 길을 내서 관광객의 걸음을 붙잡는 방안을 마련한 모양이다. 어느 곳이나 나름의 역사는 있게 마련이다 보니 우리도 그 혜택을 입게 된 것이다.

아침을 먹고는 삼백여 년 전 왕후가 머물렀다는 절로 향했다. 주차장에서 절로 오르는 길 오른편에 '大施主 崔松雪堂(대시주 최송설당)'이라는 글씨가 새겨진 자그마한 돌이 눈에 띄었다. 돌에서는 샘물이 솟아 나오고 있었다. 이곳에서 목을 축이는 길손은 절에다 시주를 특별히 많이 한 최 씨의 고마운 처사를 아시라는 표시일 것이다. 우리는 그의 동상이 내려다보는 교정에서 한 시절을 보냈다. 그렇다. 그는 바로 85년 전 우리의 모교를 세운 분이다. 어린 시절 우리는 그를 뜻도 모르고 '고부 할매'라고 불렀다. 그 택호가 부친이 전라도 고부 출신이라는 데서 연유한 것을 나중에야 알게 되었다. 또한 내 나이가 쉰이 되어서야, 할매가 한때는 기생이었고 이름 '송설'은 기명이었다는 것, 김해와 창원의 군수를 지낸 남편이 부정 축재한 재물로 큰 재산을 일구었다는 것 등을 알게 되었다. 스승들이 할매의 자세한 이력을 어린 우리에게는 가르치지 않은 것이다. 할매의 숨겨진 과거를 알게 된 순간 나는 잠시 그도 평범한 인간이었구나! 하는 묘한 감상에 젖었지만 이내 할매가 더욱 사랑스럽게 여겨지기 시작했다. 남의 나라의 지배를 받던 시절에, 한갓진 땅에다가 전 재산을 쏟아 부어 인재를 기를 엄두를 낸 여인을 향해, 그 삶의 한 단면이 평범하게 여겨진다고 해서 어찌 사랑을 멈출 수가 있겠는가? 모교를 세우지 않았더라면 할매는 더 큰 시주가 되었을 것이라고 짐작하며, 흘러나오는 샘물 소리를 뒤로하고 절집을 향해 걸음을 옮겼다.

청암사는 비구니 절이다. 이끼가 낀 돌담에 가리어 절은 마지막 구비를 돌기 전에는 그 온전한 모습을 보여 주지 않는다. 요사채는 왼편의 축대 위에 있으니 계단을 오르기 전에는 볼 수가 없고 오른편의 개울 건너에 대웅전을 비롯한 주된 건물과 승가대학이 자리하고 있다. 이 절에는 올 때마다 뭐랄까, 미안한 느낌을 감출 수가 없다. 꼭 남의 안마당을 몰래 들여다보는 느낌을 안겨 주는 묘한 구조를 갖고 있는 것이다. 그것은 단지 비구니 절이라는 선입관 때문만은 아닌 것 같다. 절의 경내를 고루 구경한 일행은 다시 주차장에 모였다. 약간의 의견 차이가 생겼다. 점심을 먹기에는 이른 시간이니 여기서 헤어지자는 사람, 모처럼 만났는데 벌써 헤어지기는 아쉽다는 사람 등으로 의견이 갈린 것이다. 결국 늘 하듯이 점심 식사 후에 헤어지기로 정하고 원하는 사람만 산책을 더 하기로 했다.

나는 더 걷는 편을 따랐다. 방금 내려온 길을 다시 오르기 시작했다. 이번에는 절 왼편의 등산로를 따라갔다. 절이 나무에 가렸다가 보였다가 하더니 편하던 길이 갑자기 계곡에 가로 막히자 일행은 도로 내려가기로 했다. 곧 앞에 가던 일행들이 웅성거리기 시작했다. 억새

라느니, 갈대라느니, 둘 다 같은 거라느니 등 의견이 분분했다. 나는 다가가 그들이 품평하는 두 종류를 살펴보고는 어느 것이 억새고 갈대인지 분간해 주었다. 그런데 일행 중에는 나와 반대로 알고 있는 사람이 있어서 다시 의견이 분분해졌다. 이럴 때 해결책은 폰으로 인터넷에 검색하는 방법이다. 그 일을 맡은 사람이 '산에 자라는 것은 억새, 물가에 자라는 것은 갈대라고 되어 있으니 이 두 가지는 모두 억새!'라고 판정을 내리고 말았다. 꽃으로도 쉽게 구분할 수 있지만 풀잎이 가늘고 길어서 난초 잎처럼 휜 것은 억새고, 갈대 잎은 비교적 짧고 두꺼워 빳빳한 편이라며 그 차이를 설명했던 나로선 무안해져서 생각에 잠겼다. '과연 풀이 인터넷이나 교과서가 시키는 대로 제 살곳을 마련할까?'라는 생각도 해 보고, '나이가 예순이 넘도록 두 가지 풀도 구분하질 못하는가?'라는 낭패감도 맛보게 되었다. '사물을 올바로 인식하는 일이란 게 이렇게 어려운 일인가?'라는 생각과 함께, 일행과는 뒤처져 길을 내려왔다.

그 어려운 일이 한 주일 만에 해결되었다. 지난주에는 춘천의 마라톤 대회에 갔다가 공지천변을 걷게 되었는데 거기에서도 엄연히 두 종류의 풀이 자라고 있었던 것이다. 비로소 '산엔 억새, 물엔 갈대'라는 표현이 잘못된 것임을 알게 되었다. 이렇듯 두 가지 사물의 차이를 분간하는 일에서도 인간의 간편한 분류 방식은 실패할 수 있다는 점을 깨우치게 된 것이다. 하기야 비슷하게 생긴 두 종류의 풀을 잠시 분간하지 못한 게 뭐 그리 대수겠는가? 나라의 최고 공복이라는 인물이 오랜 시간 국민의 눈을 가려 사실과 거짓을 분간하지 못하게 하는 바람에, 자기를 그 자리에 앉혀준 사람들이 갈 바를 잃게 만들어 놓은

마당에 말이다. 이 세월 또한 지나갈 것이고 양자가 분명해지는 날은
반드시 오고야 말 것이다. (〈에세이 문학〉 2017년 봄호)

〈이중섭, 백년의 신화〉전에 다녀와서

(2017. 2. 10)

작년은 화가 이중섭의 탄생 100주년, 작고 60주년이 되던 해이다. 이를 기념하는 전시회가 서울 국립 현대 미술관에 이어 부산 시립 미술관에서 계속되고 있는데 이제 거의 막바지에 이르렀다. 좀처럼 마주하기 어려운 기회를 놓치게 될까 봐 조바심을 내다가 지난 주말 그곳에 다녀오고 나니 그 감회를 정리해 두고 싶어졌다.

내가 이중섭이란 이름을 처음으로 듣게 된 건 아무래도 고 맥타가트 선생(이후 맥 선생이라고 부른다)의 장학 사업과 관련이 있지 싶다. 맥 선생은 영남대학교의 영문학과에서 1976년부터 약 20여 년간 초빙 교수로 재직한 미국인이다. 월급으로 자신의 소속 학과와 미술 대학의 학생들에게 장학금을 주기 시작하다가 소장하던 이 화백의 그림 몇 점을 팔아서 그 사업에 힘을 보태게 되었다는 소식을 들은 것이다. 학창 시절에는 그를 먼발치에서만 바라본 적이 있을 뿐이고, 그와 대화를 나누기 시작한 것은 동료가 되어 사택에서 함께 통근 버스를 이용하면서부터였다. 그에게 화가의 작품을 소장하게 된 동기 등에 대해선 들은 게 없다. 그 후 화가의 전기를 통해, 전쟁 중 굶주리는 모습을 차마 볼 수가 없어서 부인과 두 아들을 일본에 있는 처가로 보냈다는 등 화가의 처량한 삶에 대해 조금 알게 되기는 했지만 작품을 직접 대할 기회는 드물었다. 마침내 그의 예술을 들여다볼 수 있는 기회가 온 것이다.

안내인이 목에 걸어 준 오디오 가이드를 작동해 보며 전시장에 들어서니 채색화와 연필화, 은지화, 엽서화, 편지, 표지화와 삽화를 담은 간행물의 순서로 약 200여점이 전시되어 있었다. 전시회와 이름이 같은 도록이 쌓여 있는 판매소를 빠져 나오니 거의 세 시간이 지나 있었다. 화가가 가족에게 보낸 일본어 편지의 번역문을 읽느라 시간이 가는 줄을 몰랐던 것이다.

이 글에서는 이번 전시회를 통해서 알게 된 것 중 외설관련 시비, 대구주변에서 그린 그림들, 맥 선생과 관련된 이야기 등 세 가지만 언급하려고 한다.

먼저, 화가의 외설관련 시비에 대해 듣게 된 것은 〈소와 아동〉이라는 유채화를 감상할 때 오디오 가이드를 통해서였다. 앞다리를 구부리고 엎드려 있는 황소의 뒷다리 사이에서 아이가 웃고 있는 그림이었다. 그런데 오디오에서는 화가가 춘화적 요소로 비난을 받은 일이 있다는 설명이 흘러나오고 있었다. 그림과는 어울리지 않는 설명에 의아하다는 생각이 들었다. 은지화 〈사랑〉과 〈아이들에게 둘러싸인 부부〉에는 다소 그런 요소가 보이긴 했다. 알몸으로, 마주보고 껴안고 있거나 서로 가까이 있는 남녀의 성기가 드러나 있었던 것이다. 은지화란 양담배의 속포장지인 은지를 철필로 긁고 그 위에 물감을 바른 후에 닦아 내면 긁힌 부분만 물감 자국이 남게 되는 그림이다. 상감청자의 방식을 연상시키는 그 제작 과정상 수정이 불가능하니 많은 선이 복잡하게 얽혀 있는 데에다가 종이가 접히는 바람에 만들어진 선까지 겹쳐서 나타난다. 그러다 보니 감상을 다소 방해하기 마련이지만, 전쟁 중 재료를 구하기가 어려웠던 시기에도 예술가 노릇을 중단할 수 없었던 화가의 투철한 작가 정신을 보여 주는 독특한 방식이다. 알고 보니 1955년 1월 서울 미도파 백화점 화랑에서 개최된 그의 개인전에서는 외설 관련 시비로 경찰로부터 은지화 몇 점을 떼어 내라는 요구가 있었다고 한다. 나로선 60여 년 전의 전시회에서 검열된 그림이 어떤 것인지 가늠할 수는 없다. 다만, 예술에 대한 평가를 소수의 개인이 독점할 수 없는 사회, 혹은 예술에 대한 관용이 어느 정도 일반화된 사회에 살게 된 점에 대해 감사해야 하는 건 분명해 보인다.

　서울 전시회를 성공적으로 마친 화가는 2월 말, 개인전 준비 차 대구로 와서 대구역 앞의 여관에 숙소를 정하고 근교인 왜관의 시인 구상의 집과 칠곡군 매천동에 살던 소설가 최태응의 집을 다녀오기도 했다. 4월 중순에는 미국공보원 화랑에서 열린 개인전에 26점을 전시했는데 기대와는 달리 판매가 거의 이루어지지 않았고 수금도 안 되었다고 한다. 그는 가족과의 오랜 이별이나 전시회의 성과에 실망한 것이 원인인지 알 수는 없지만 곧 영양실조, 정신 분열증세, 거식증세를 보이는 바람에, 7월 초 구상의 도움으로 대구의 성가 병원에 입원했다가 8월 말 서울로 옮겨갔다. 그리고 약 일 년 후인 1956년 9월 6일 적십자 병원에서 숨을 거둔 후, 무연고자로 분류되어 있다가 나흘이 지난 후에야 죽음이 세상에 알려졌다고 한다.
　화가가 대구 주변을 그린 그림 중 이번에 전시된 것은 모두 종이에 그린 유채화로 〈동촌 유원지〉, 〈왜관 성당 부근〉, 〈시인 구상의 가족〉 등 석 점이다. 뒤의 두 점은 앞에서 언급한 대구 방문에서 그려진 반면에, 첫 번째 작품은 제작연도를 특정하지 못한 것이다. 이 그림은 여름날의 금호강과 동촌의 풍경을 그린 것인데 화면 앞부분 좌우에 키가 큰 나무 일곱 그루와, 저 멀리 산을 배경으로 강에는 뱃놀이하는 사람들이 보인다. 모래사장에는 울긋불긋한 텐트를 치고 노는 사람들이, 더 가까운 곳에는 튜브를 한 팔에 끼고 혼자 공놀이하는 아이도 보인다. 화면 오른쪽 더 가까이에는 한 사내가 군인인 친구의 손을 잡고 있다. 화가 자신임이 분명한 이 사내는 지금 몹시 취해 있거나 자신의 불편한 마음을 친구에게 숨기고 있는지도 모른다. 얼굴과 몸이 관람객을 향한 채 고개를 110도 정도 비튼 모습은 다른 인물들과 조화롭지가 않다. 눈앞에서 공놀이하는 아이가, 멀리 떨어져 있는 두 아들을 연상케 하여 일부러 아이를 외면하고 있는 자신의 모습을 두드러지게 하고 싶었는지도 모른다. 푸른색으로 거칠게 칠한 빗줄기의 굵기가 사람의 팔다리만큼이나 되는 점도 화가의 심경이 예사롭지 않음을 말해 주고 있다. 나로선 어쩐지 이 그림이 앞에서 언급한 성가병원에 입원하기 직전에 그린 것이 아닌가 하는 느낌을 지울 수가 없다.

두 번째 그림인 〈왜관 성당 부근〉은 성 베네딕도 성당이 멀리 보이는 가운데 언덕길을 오르는 사람들의 모습을 담고 있다. 길의 경사가 급하다는 것은 길 왼편에 늘어선, 밭의 울타리가 말해 주고 있다. 이 그림은 이번에 전시된 그림 중에서 직선을 가장 반듯하게 표현한 그림이다. 색조나 그 터치로 보아 인상파 화가들의 화풍을 닮은 것 같기도 하다. 어설픈 감상자의 눈에는 전시된 그림 중 가장 이중섭의 작품답지 않아 보인다. 이것은 아마도 화가의 표현 능력이 다양함을 알아볼 안목이 부족하다 보니 생긴 느낌에 불과할 것이다.

마지막 작품의 배경은 왜관에 있던 친구 구상의 집 '관수재'의 앞마당이다. 뒤로는 낙동강의 지류와 수양버들이 보인다. 구상은 가족과 떨어져 사는 화가를 이 아름다운 곳으로 불러 머물게 했다. 화면 가운데에는 세발자전거를 타고 즐거워하는 아들을 구상이 흐뭇한 표정으로 돌보고 있다. 그 왼쪽에는 그의 부인과 또 다른 아들이 서로 손을 잡고 웃고 있는 모습도 보인다. 자신의 가족을 연상시키는 이 단란한 가족을 부러운 듯 바라보는 화가 자신도 화면의 오른쪽에 보인다. 그는 바다 건너 있는 아들들에게 자전거를 사주겠노라고 약속하는 편지를 보낸 일이 생각났을 것이다. 화가는 오른손을 내밀어, 핸들을 잡은 아이의 손에 닿아 봄으로써 자식을 그리워하는 마음을 달래고 있다. 이 그림에는 가족을 그리워하는 인물이 하나 더 있다. 화면 왼쪽 끝, 그러니까 구상의 부인 왼쪽에는 한 여자애가 관람객을 향해 등을 돌리고 서서 강 건너편을 바라보고 있다. 최태웅의 딸이 아버지를 기다리고 있다는 해설이 없었더라면 관람객들은 아이의 존재를 놓치고 말았을 것이다. 아이는 부러운 마음에 이 단란한 가족을 차마 볼 수가 없어서 아예 몸을 돌려 버렸다. 화가는 아이의 얼굴을 보여 주지 않음으로써 가족을 그리는 아픔을 한 번 더 보여 주고 있는지도 모른다. 모델이 되어 준 구상의 가족은 이 작품을 선물로 받았다.

1955년 2월 3일자 〈동아일보〉는 미도파 화랑에서 개최된 이중섭의 개인전에 대한 맥 선생의 감상평을 싣고 있다. 제목이 '두 가지로 구별되는 주제'인 글은 아래의 내용을 담고 있다.

이 씨의 작품은, 주제로 보아서 두 가지로 구분하여도 좋을 것이다. 즉, 하나는 동양화가 갖는 형식적이고 꿈에 잠긴 듯한 특질을 추구하는 것이며, 또 하나는 서구가 가진 바 색채와 형태의 난폭성을 가지는 것이다. 그러나 이렇게 작가의 태도를 구별할 수 있지만, 형태의 구성에 있어서 씨의 수법은 완전무결하다. …그러나 대체적으로 씨의 작품전은 볼만하며 또한 중요한 것은 씨의 작품은 수집할 가치가 있다는 것이다. (필자=서울문리대 강사)

맥 선생의 고희문집인 《맥타가트 박사 생애와 일화(동아출판사, 1985년)》에 따르면, 그는 1952년 부산에 있던 미국 대사관의 재무관(bursar)으로 전보되면서 우리나라와 인연을 맺게 되었다고 한다. 그 다음해 가을엔 그동안 부산으로 피란했다가 서울로 돌아온 서울대학교의 대학원에서 '미국현대시'를 가르쳤다는 증언도 있다. 또한 〈서울대학교 미술대학에 출강할 때(1954)〉라는 제목의 사진이 실려 있는 걸 보면 맥 선생은 미술 방면에도 조예가 있었던 모양이다. 이런 외국인으로부터 받은 평론에 화가가 고무되었을 것임은 분명하다.

내가 이번에 부산에서 본 '황소'란 제목의 그림은 모두 석 점이었다. 62년 전 〈황소〉에 관심을 보인 맥 선생이 "스페인 소를 닮았다"라고 하자 화가는 화를 내며 "내가 그린 소는 이 땅의 순한 소지 싸움소가 아니다. 당신한테는 이 그림을 팔지 않겠다"라고 했다고 한다. 결국 원매자를 위해 대신 그림을 사서 전해 준 사람이 바로 최태응이었다고 한다. 이런 인연으로 대구 전시회의 장소로 미국공보원을 사용하는 데에도 맥 선생이 도움을 주었다는 이야기도 전해진다. 그가 이

전시회에서 구입한 은지화 석 점을 뉴욕의 현대미술관(MOMA)에 기증했다는 이야기는 널리 알려진 이야기다. 제목이 〈도원(낙원의 가족)〉, 〈신문을 보는 사람들〉, 〈복숭아밭에서 노니는 아이들〉인 이 그림을 MOMA는 이번 행사를 위해서 빌려주었다. 나로선 이번에 이 작품들을 보지 못한 것이 못내 아쉽다. 이들이 부산까지는 내려올 수가 없었기 때문이다. 두 인물의 면모를 되짚다 보니, 평생 예술을 사랑하고 남을 돕는 데 있는 힘을 다한 맥 선생의 삶과 정직한 화공이라고 자칭했던 이중섭의 고집스런 삶이 어쩐지 닮아 보였다.

2012년 12월 8일 영남대학교의 문과대학에서는 거의 10년 전에 작고한 맥 선생의 흉상 제막식이 열렸다. 고인을 존경하는 벗들 앞에 공개된 미술품은 어쩐지 그를 닮아 보이지 않았다. 그러나 남다른 심미안을 가진 고인에게 그런 것쯤은 아무렇지도 않았을 것이다.

1990년대 중반의 어느 날인가 갑자기 연구실로 누가 들어섰다. 맥 선생이었다. 예고치 않은 그의 방문에 놀라 웬일이냐고 물었더니, 그는 강의하러 근방에 왔다가 잘 있는가 보러 왔노라고 하고는 선걸음에 돌아 나섰다. 공대 본관 앞까지 배웅하며 그와 무슨 이야기를 나누었는지는 기억나지 않는다. 다만 자신의 연구실이 있는 중앙도서관 쪽으로 힘차게 걸어가던 팔순 노인의 뒷모습이, 유난히 눈부시던 그날의 햇빛과 함께 아련히 떠오를 뿐이다.

애팔래치안 산맥에서 불어온 바람

-1996년 '비선형동역학 학술회의'에서 만난 사람들-

(2017. 9. 6)

1. 글쓰기를 부추기는 친구들

독서의 어려움을 풀어 놓은 글('게으른 독서인의 변명')의 필자에게
는, 읽기가 힘들었다는 불평만큼 소개하기에 적절한 독자의 반응도
없을 것이다. 본인들이 의식했는지는 모르겠지만 그런 불평이야말로
글에 공감한다는 것을 간접적으로 드러내 주고 있기 때문이다.

거의 넉 달간의 침묵을 깨고 보인 글에 대해 맨 먼저 며느리들의 환
호가 있었고 두 친구(주원종과 권순휴)가 보여 준 반응이 눈길을 머
물게 했다. 먼저 주원종은 "글 안 쓴다고 졸랐더니 되게 긴 글을 썼네.
이런 글은 둘로 나누어서 읽고, 제대로 이해하기 위해 두 번 읽어야
해. 쓴 사람은 열 배 힘들었겠지만"이라고 했다. 친구가 '열 배'라고 한
말은 계량을 해 보고 한 말일 수는 없겠지만, 쓰는 데 걸린 시간이 아
홉 시간 가량이었으니, 읽는 데는 넉넉잡아 20분 정도 걸렸다고 보면
대략 서른 배라고 정정해야 옳을 것이다. 백수가 기울인 하루의 노고
가 대수롭겠는가마는 시간과 노력만으로 글이 되는 것은 아니다. 전
업 작가가 아닌 나 같은 사람에게는 글을 쓰게 되는 계기는 불가결한
요소다. 흔히 우연이 중요한 계기로 작용하기도 하는데 이번 글은 두
개의 우연 즉, 오랫동안 거들떠보지 않던 책을 펼쳐든 것과 독서를 떼
어 놓고는 생각하기 어려운 인물에 대한 기사에 눈이 닿은 것이 공교
롭게 겹친 결과다. 좀처럼 이런 기회가 찾아오지 않는다는 점을 감안

하면, 글 쓰는 데 들이는 시간은 비교적 사소한 것이다. 그러니 조금만 틈이 보이면 전화해서는 "요즘은 왜 글을 안 써?"라고 하는 것은 우정을 방패로 삼아 저지르는 또 하나의 갑질이다. "무슨 기겐가? 전화만 받으면 글을 써 보내게?"라는 항의에, 속도 좋은 친구는 "자네는 하는 이야기를 쓰기만 하면 다 글이 되니 이것저것 가리지 말고 아무거나 써!"라고 느긋하게 응수한다. 잊을 만하면 이 속보이는 말을 해대는 친구는 다른 한 편으로 보면 내 글쓰기의 든든한 후원자 중의 하나다. 그런 자극이 때로는 격려로 작용하기도 한다는 점을 인정하지 않을 수가 없기 때문이다. 사정이 이렇다 보니 친구는 편안해야 할 노년을 성가시게 하니 병도 주고 글을 쓰게 하는 약도 주는 셈이므로, 뿌리칠 수도 없고 반길 수만도 없는 묘한 존재다.

한편 권순휴는 "이 긴 글 어떻게 다 읽으라고? 바쁜데 읽어? 말아?"로 시작하는 독후감을 보내왔다. "망설이다가 그만 한 자도 안 빠뜨리고 정독했다. 말할 때의 표정과 웃는 인상, 제스처와 눈동자 등을 기억하면서 친구의 뇌와 가슴을 분석하느라 순식간에 읽어 버렸다"로 이어진 친구의 독후감에는 장난기도 섞여 있지만 마음에서 우러난 것이라고 보는 것이 온당하겠다. 표현 중에서 '말할 때의 표정과 웃는 인상, 제스처' 운운한 대목은 '말하는 도중에 나만의 두드러진 특징이라는 게 과연 있기나 했던가? 그게 도대체 어떤 거였지?' 하는 호기심을 안겨 주었다. 이런저런 생각에 잠기다 보니 갑자기 이십여 년 전 출장 중에 만난 어떤 여인이 해 준 말이 떠올라 결국 컴퓨터 앞에 앉았다.

2. 1996년에 참석한 학술회의

1996년 여름 날씨가 어느 정도로 무더웠는지는 기억나지 않는다. 하지만 그 즈음에는 출장을 앞두고 마음이 들떠 있었음은 분명하다. 이제까지 가 보지 못했던, 미국의 동부에 가 볼 기회를 맞았기 때문이다. 그 출장은 버지니아 주의 블랙스버그에 위치한 버지니아 공과 대학(VPI)에서 개최되는 '비선형동역학 학술회의'에 참석하기 위한 것이었다. 이 대학의 공업역학과는 나이피(Ali H. Nayfeh)라는 학자가 있는 곳이다. 그가 개최한 이 회의는 관련 분야의 학자들을 한 자리에 모으는 의미도 있지만 몇 년 전에 창간한 잡지 '비선형동역학'을 홍보하자는 뜻도 있었을 것이다. 나에게는 여러모로 가 볼 만한 이유가 있는 회의였다.

그동안 학회 참석을 위해 미국에 두 번(1992년 미국 기계학회 응용역학 하계회의와 1994년 미국 응용역학 총회)이나 다녀갔는데도 사귀어 둔 사람이 없었다. 규모가 큰 학술회의에 참석하면 여러모로 이점도 있지만 사람을 사귀기가 어렵다는 단점도 있다는 것을 깨우치는 데는 시간이 걸렸다. 분야가 좁혀진 이번 회의에서는 덕분에 의미 있는 만남을 네 명과 가졌는데 나이피 선생 외에도, 오하이오 주립대의 로버트 파커, 일리노이 대학(어바나 샴페인)의 알렉스 바카키스, 퍼듀 대학의 A. K. 바자즈가 그들이다. 여기서는 앞의 세 사람만 소개하기로 한다. 세 사람의 나이를 정확하게 알 수는 없지만 나이피 선생은 나보다 스무 살 정도는 연장일 것이고, 파커는 나보다 몇 살 아래일 것이고, 바카키스는 내 또래가 아닐까 싶다.

3. 요르단 출신 학자, 나이피 선생

석사 과정 시절《섭동법》이란 책의 저자로 이름은 알게 되었지만, 나이피 선생의 연구에 관심을 갖게 된 건 그가 자신의 동료 묵(D. T. Mook)과 함께 지은 책《비선형 진동》을 통해서였다. 학생 시절부터 관심을 가져온 주제였지만 적당한 교재를 찾지 못했던 나는 이 책을 통해 그 분야에 눈을 뜨게 되었다. 그 과정을 통해 쓰게 된 두 편의 논문은 조교수로 승진하는 데에도 도움이 되었다.

더 나아가 이 분야를 평생의 연구 분야로 정하고 미국 유학을 결심하게 되었는데 대학을 결정하는 마지막 순간까지 버클리와, 선생이 있는 VPI를 두고 망설이다가 전자를 선택했다. 후자를 배제한 이유 중 하나는 책을 보고 혼자 공부할 수도 있는데 굳이 저자 밑에 가서 배워야 하겠는가, 하는 생각에서 비롯한 것이었다. 결국 선생과의 인연은 당분간 멀어졌다. 이 선택은 다소 겸손하지 못한 생각에 바탕을 둔 것이었지만 결과적으로 볼 때 올바른 선택이었다. 그렇게 보는 데에는 몇 가지 이유가 있지만 그와의 관계만을 놓고 볼 때 더욱 그러했다. 긴 시간에 걸친 그와의 관계를 살펴보면 불가근불가원의 관계야말로 바람직했다고 볼 수 있는데, 그 관계를 유지하는 데는 직접 사제 관계를 맺는 것이 방해가 되었을 것이라고 판단했기 때문이다. 물론 이것은 결과를 보고 나중에 내린 판단이지 대학을 결정할 때에는 생각할 수 없었던 것이다. 유학중 대역해석과 카오스 등 선생의 책이 다루지 않은 주제에 끌리게 되었지만 여전히 그 책을 손에서 놓지는 않았다.

학위를 받고 귀국한 후, 첫 번째 석사 과정 제자(소강영)와 함께 쓴 논문을 나이퍼 선생이 편집하는 〈비선형동역학〉에 투고했고 무난히 실렸다. 첫 번째 박사 과정 제자(김철홍)와 함께 쓴 논문을 미국 기계 학회의 〈응용역학 잡지〉에 투고했고 이번엔 그가 심사자로 개입했다. 심사자의 이름이 드러난 것은 아니지만 심사평으로 보건대 의심할 여지가 없었기 때문에 한 말이다. 게재가 거절되었다. 이 결과에 그의 평이 결정적으로 작용했다. 그는 논문이 온전하지 못한 이유를 설명했고 수정에 도움이 되도록 반송된 원고에는 그 내용을 연필로 상세히 적어 놓기도 했다. 게다가 수정 후에는 주제의 성격에 더 적합한 잡지인 〈비선형동역학〉 즉, 자기네 잡지에 투고하도록 안내해 주기까지 했다. 심사평의 논리가 워낙 정연하여 저자로선 변명할 여지가 없었다. 마지못해서가 아니라 적극적으로 그의 의견을 수용할 수밖에 없었다. 그러나 그의 의견을 절반만 따랐다. 그의 의견에 따라 원고를 수정하는 한편 그의 의견과는 달리 원래의 잡지에 다시 투고했다. 그러나 후자는 대가의 충고를 거스르는 처신이어서 조심스럽기도 했다. 곧 게재 허락을 받아 냈다. 유능한 편집인은 원고를 솎아낼 줄도 알아야 하지만 놓쳐서는 안 되는 원고도 분별할 줄 알아야 한다. 선생은 자신의 심사평이 원고의 질을 향상시키게 되리라는 점은 알고 있었을 것이다. 그러나 그것이 논문에 대한 저자의 자부심도 높여 주게 되리라는 점은 알지 못했을 것이다. 편집인은 이 점을 간파한 것 같았다. 내가 선택한 어긋남을 선생이 어떻게 받아들였는지는 알수가 없다. 미국학계에 낯선 신진이 제 고집을 한번 부렸다고 해서 큰 학자가 마음에 담아 두었을 것이라고 보는 것은 온당치 않다. 그는 그 원고에 대해서는 까맣게 잊어 버렸을지도 모른다. 어쨌든 그 일은 두

사람이 긴 시간에 걸쳐 여러 차례 마주하게 될 어긋남의 출발에 불과
했다.

내가 선생을 처음으로 대면하게 된 곳은 회의 첫째 날 아침 주발표
장인 대강당의 문 앞에서였다. 그는 회의의 초청인답게 누구나 쉽게
찾을 수 있는 곳에 서 있었다. 그에게 다가가 스스로 소개하자 그도
반갑게 맞아주었다. 그 후에 이어진 그와의 관계는 내 학문 여정에 특
별한 의미가 있는 것이므로 다음 기회로 미룬다.

4. 백악관에 스승을 초대한 젊은이, 파커

좁은 공간에 많은 사람들이 몰려들다 보니 혼잡하고 소란스러웠던
휴게 시간에 뜻밖의 인물을 만났다. 로버트 파커를 만난 것이다. 애칭
으로 랍 혹은 밥이라고 불리는데 자기는 후자를 선호한다던 그는 나
와 대학원 동창이다. 우리가 처음 만난 때는 내가 '중급동역학'이라는
과목의 강의 조교를 맡았을 때다. 그때 나는 유학 와서 두 해를 보낸
직후였는데 밥은 석사 과정에 갓 입학하여 그 과목을 수강하게 된 것
이다.

장차 '동역학 분야'를 전공하게 될 대학원생들에게 '중급동역학'은
피할 수 없는 과목이었다. 이 과목은 학교에 따라 '해석동역학'으로 불
리기도 하는 과목이다. 학부 시절 힘과 변위, 속도, 가속도 등 주로 벡
터 량을 가지고 대하다가, 일반화 좌표와 가상변위, 가상일, 에너지
등 스칼라 량으로 역학을 대하게 되었으니 학생들은 흔히 그 과목을
혼란스러운 것으로 받아들였다. 게다가 계산방법을 익히는 것만으로

는 만족하지 못하고, 개념이나 수식의 의미를 하나하나 뜯어보고 나름의 이해에 도달하지 않고는 도무지 다음으로 나아갈 수 없는 학생에게는 수렁과 같은 과목이었다. 밥이 바로 그런 학생이었다. 그의 특성을 어떻게 알아봤느냐 하면 내가 그 과목을 배울 때 꼭 같은 입장이었기 때문이다.

당시의 강의 조교는 숙제와 시험 답안지의 채점 업무 외에도 매주 두 시간의 의무 시간을 가졌는데 한 시간의 문제 풀이 시간과 한 시간의 면담 시간이 그것이다. 전자는 강의실에서, 후자는 대형 조교전용 면담실에서 이루어진다. 이 방에는 칸막이로 나누어진 수십 개의 구획이 있었는데, 그 중 하나에서 면담이 이루어졌던 것이다. 그러니 수강생이 조교의 연구실을 찾을 일은 없게 되어 있었다.

그런데 밥이 어떻게 내 연구실을 수시로 드나들게 되었는지는 기억나지 않는다. 아마도 그가 가져온 질문이 남달랐기 때문에 뿌리치기가 어려웠던 게 아닐까 싶다. 두 해 전엔 나도 어디에 물어볼 곳이 없어서 쩔쩔맸던 기억이 떠올라 동병상련 같은 걸 느끼지 않았나 싶다. 수강생 시절뿐만 아니라 예비 시험과 종합시험 등을 통해 많은 시간 고민한 끝에 깨우치게 된 개념을, 줄기차게 찾아오는 그에게 하나하나 풀어내 보이면서 내가 어떤 희열을 느꼈는지도 모른다. 어쩌다 미처 접해 보지 못한 질문에 부닥치기도 했을 것이고 결국 교학상장이 이루어지다 보니 우리 사이에 조교와 수강생이라는 구분도 희미해지지 않았나 싶다. 곧 학기가 끝나자 그의 방문은 줄어들었고 나도 논문 준비에 바빠 그를 잊어버리고 말았다.

나로선 아는 사람 하나 없던 회의장 주변에서, 힘들었던 시기를 함께 보낸 구면을 만났으니 사막에서 오아시스를 만난 셈이었다. 최고의 강의 조교였다며 10년 전의 나의 모습을 회상해 준 그는 석사 과정을 마치고 바로 취직했다가 박사 학위를 위해 돌아오니 내가 이미 떠났더라고 했다. 그는 오하이오 주립대학교 기계공학과 조교수라고 적힌 명함을 내밀었고 미처 명함을 준비하지 못한 나에게 이메일 주소를 물었다. 내가 기억나지 않는다고 하자 그는 "그게 기억해야 할 만큼 긴 거냐?"라며 의아한 듯이 되물었다. 지금 생각해 보면 좀 우스운 얘기지만, 당시에 나는 학교로부터 주소는 받아 두긴 했지만 이메일을 한 번도 써 본 적이 없었으니 그걸 기억하지 못하는 건 당연한 일이었다. 아마도 그는 나로부터 맨 처음 이메일을 받은 사람이었을 것이다.

1999년 스위스의 그린델발트에 이어 2001년 여름 미국 와이오밍 주 잭슨홀에서 그를 다시 만났다. 학술회의 일정에 따라 한 주일 동안 그랜드티턴 국립 공원의 숲과 호수로 둘러싸인 그림 같은 명소를 거닐며 우리는 많은 얘기를 나누었다. 그동안 그는 부교수로 승진해서 테뉴어도 받았으니 탄탄한 교수직에 접어든 셈이었다. 얼마 전 '젊은 연구자를 위한 대통령상'도 받았다고 한 그는 관련된 이야기도 들려주었다. 백악관에서는 수상자들에게 친지들을 시상식에 초대할 수 있게 했는데 그는 자신의 지도 교수였던 댄 모우트(C. D. Mote)를 명단에 넣고 싶어 했다. 나는 그에게 '연속계의 진동'이란 과목을 배웠는데 그는 그동안 행정 능력을 인정받았던지 버클리 총장을 거쳐 메릴랜드 대학 총장으로 재직 중이었다. 수상소식과 '영예로운 자리에 초대하고 싶다'라는 뜻을 담은 제자의 편지에 대해 스승은 다음과 같은 답장을 보내왔다고 한다. "자네의 수상을 진심으로 축하하네. 또한 그런 영광스러운 자리에 초대해 주어 고맙기가 한량없네. 그런데 그 시상식에 참석할 수 없게 되어 정말 미안하네. 그 시간에 우리 대학을 방문할 예정인 대통령님을 영접하게 되었으니 말일세." 이 이야기를 듣는 순간 나도 모르게 웃음이 터져 나왔다. 스승이 시상식에 참석하지 못하게 되었다는 사실을 알게 되었으니 애석했을 테지만, 대통령으로부터 직접 수상할 기회를 놓쳤다는 소식을 뜻밖의 인물로부터 듣게 되어 수상자를 어이없게 만들었을 상황이 너무 우스웠기 때문이다. 딱하게도 이 '젊은 연구자'는 백악관에서 빌 클린턴 대신에 당시의 부통령 혹은 다른 인사로부터 상을 받는 데 만족할 수밖에 없었을 것이다.

이어서 그는 최근에 진행 중인 자신의 연구 주제를 이야기하기 시작했다. 유성기어 문제를 해결하려고 노력중인데 거기에도 비선형진동 문제가 있다면서 연구의 어려움을 호소했다. 그리고는 이런 문제를 함께 연구할 유능한 대학원생을 구하기가 어렵다는 얘기도 했다. 가령 카이스트 등 한국의 유수한 대학 출신들과도 일해 봤는데 그들의 고국에서의 우수한 학과 성적에도 불구하고 그 성과는 시원치 않았다는 말까지 덧붙였다. 또한 비선형진동을 이해하는 박사 과정 학생을 추천해 달라고도 했다. 각 대학들이 학생들에게 성적을 후하게 주는 현상 즉, '학점인플레 현상'은 내가 직접 겪고 있는 문제라서 아무 말도 못하고 얼굴만 뜨거워졌다. 이른바 수요자 선택 원칙에 따라 필수 과목은 줄고 선택 과목은 늘어난 결과, 저절로 교수들이 경쟁적으로 학점을 후하게 주다 보니 제 발등 제가 찍은 꼴의 당사자인 셈이라 가슴이 찔렸던 것이다. 그러나 박사 과정 학생을 추천해 달라는 요청에 대해선 마음에 짚이는 게 있어서 적절한 대상자를 찾아보겠노라고 대답했다.

귀국 후 곧 현대중공업에 근무하는 K에게 전화했다. 6년 전에 석사 논문 지도를 받고 졸업한 그를 나는 꼭 박사가 되어야 할 제자로 꼽아 두고 있던 참이었다. 연구 조교를 찾고 있는 후배의 상황을 설명하고 가족과 상의해서 유학 의사를 알려 달라고 했다. 곧 그는 결과를 알려 왔고 일은 일사천리로 진행되었다. "나이가 좀 많다"라고 했을 때 밥은 "나이가 많으면 경험도 많겠지"라는 답도 보내왔다. 그 당연한 말에 왜 그가 더 미더운 사람으로 여겨졌는지는 모르겠다. 다음 해 연초에 나는 연구년을 위해 미국의 델라웨어 대학으로 갔고 계속해서 밥은 내게 "이미 K를 믿고 과제도 마련해 두었는데 꼭 올 사람이겠지?"라는 이메일을 보내왔으며 나는 그때마다 "이제 모든 준비를 마쳤으니 절대로 올 사람이다"라고 자신 있게 답했다. 2002년 5월, 그러니까 K가 가족과 함께 출국해야 할 시기를 두어 달 앞에 두고, 그한테서 "고민 끝에 가족과 다시 상의한 결과 유학을 포기하기로 했다"라는 이메일이 왔다. 몇 번을 읽고 또 읽었다. 말없이 생각에 잠겼다. 밥에게 보낸 추천서에 "K를 생각하면 맨 먼저 떠오르는 형용사 단어는 stable(안정한)이다"라고 쓴 일이 부끄러워지기 시작했다. '그렇게까지 쓰지 않아도 되었는데 내가 왜 그런 말을 썼던가!'라는 후회가 몰려왔다. 마지막 이메일에 '절대로 올 사람이다'라는 말만 안 했어도 좋았을 걸 하는 생각도 하게 되었다. 아무리 생각해도 밥에게 빨리 사실을 알리는 길 밖에는 달리 도리가 없었다. 곧 밥은 "고마웠어. 그리고 괜찮아. 다음에 또 좋은 대상자가 있으면 추천해 줘"라는 이메일을 보내왔다.

그 후 2005년 독일의 베르히테스가덴 즉, 히틀러의 '독수리 둥지'라는 별장이 있는 도시에서 밥을 다시 만났다. 나는 다시 그에게 지난 일에 대해 사과했고 그는 이메일에서 한 말과 똑같이 답해 주었다. 그리고는 그와는 연락이 닿은 기억이 없다. 그건 물론 내가 그와의 연락을 게을리했기 때문인 것은 두말 할 나위가 없다.

시간이 흘러감에 따라 내 마음도 차츰 정리가 되어갔다. 'K가 스스로 자신의 문제를 결정한 일은 잘 한 일이다. 만약 내 욕심에 당장 전화를 해서 그를 설득하려 했다면 내 체면은 뭐가 될 것이며, 그래서 그가 결정을 번복하는 일이 생겼다면 뒷일은 어떻게 감당했겠는가?'라는 생각을 하며 마음을 다잡았다. 그러나 이건 부동심을 유지했을 때의 일이고 잠시만 방심하면 '그때 이렇게 했더라면, 저렇게 했더라면' 하는 생각을 해 보다가 결국은 나의 수양이 부족함을 다시 뉘우치게 되곤 하는 것이다.

최근(8월 30일자) 〈동아일보〉에는 김호의 〈직장인을 위한 생존의 방식〉이란 칼럼에는 〈40대 이후, 불복종이 필요하다〉라는 제목의 글이 실려 있었다. 필자는 조이 이토와 제프 하우가 함께 펴낸 책《나인: 더 빨라진 미래의 생존원칙》을 인용하면서 '현재 20, 30대 직장인들이 40, 50대가 주도하는 과거 패러다임 내에서 말 잘 듣는 직장인으로 향후 10년을 보냈을 경우, 이들은 그동안 일부 승진을 할지는 몰라도 10년이 지난 뒤 자신만의 경쟁력을 갖기 힘들 수 있다는 점을 생각해 보자'라고 말하고 있다. '그렇지. 옳은 말이지. 우수한 인재라고 해서 반드시 박사가 되어야 한다는 생각은 우스운 것이지'라는 생각을 하며, 인연이 맺어질 뻔 했던 두 사람의 장래에 행운이 함께하길 빌어 본다.

5. 그리스인 바카키스

낯선 회의장에서 일행도 없는 참석자가 되었을 경우, 식사 때가 되면 '이번엔 어느 식탁에 앉아야 하나?' 하고 망설이게 되는 것은 피할 수 없는 일이다. 사람들과 사귀는 걸 어지간히 좋아하는 사람이 아니고는 말이다. 회의 몇째 날인지 저녁 식사 때였다. 강당만큼 큰 식당에서 로버트 파크를 찾기란 쉬운 일이 아니었다. 할 수 없이 가까이에 있는 원탁의 빈자리에 다가갔다. 임자가 없음을 확인하고 앉으니 남녀의 사이였다. 왼쪽에 앉은 남자의 명찰에서 'Vakakis'란 이름을 보게 되었다. '바카키스가 이렇게 생겼구나!'라고 생각하며 그와 통성명을 했다. 그는 좌중의 일행도 소개했다. 두 명의 남자는 그의 대학원생들이고 두 명의 여자는 그들의 친구들이었다.

비선형 정규모드의 전문가로 이름이 나있던 그와는 "당신의 이러저러한 논문을 읽은 적이 있다"라는 말로 대화를 시작했을 것이다. 곧 서로의 관심 주제나 알 만한 사람들의 안부를 주고받았을 것이다. 그는 나와 대화하는 사이에 일행과 스스럼없이 농담도 주고받으며 식탁의 호스트 역할을 한 기억이 난다.

그 다음날 저녁, 같은 장소에서의 연회 때였다. 식사가 끝나갈 즈음, 회의의 호스트인 나이피 선생의 사회로 각 지역을 대표하여 한 사람씩 나와서 우스갯소리를 하는 차례가 되었다. 회의가 몇 회를 거듭하면서 이게 연회의 단골 메뉴로 자리 잡은 모양이었다. 몇 사람을 거친 후 바카키스도 불려 나가게 되었다. 마이크를 잡은 그가 좀처럼 말문을 열지 않았다. 갑자기 주변에서 폭소가 터져 나오기 시작했다. 논문 발표장도 아닌 연회장에서 오버헤드 영사기(OHP)가 준비되는 모습을 보고 일부 참석자들이 눈치를 챘던 것이다. 세상에! 많은 우스갯소리를 소화할 욕심에 연회장에 OHP를 준비시키는 사람이 있다니! 바카키스는 그런 사람이었다.

그 다음 해 그러니까 1997년 초에 석사 과정 졸업생(여명환)과 함께 쓴 논문을 미국 기계학회의 〈진동 및 음향 잡지〉에 투고했다. 이 논문이 부편집인인 바카키스에게 배정되었다. 한편 그 해 여름에는 콜로라도에서 개최될 '연속계의 진동' 회의에 참석할 예정이었다. 그 회의 직후에는 인디애나의 바자즈와 일리노이의 바카키스를 방문할 계획까지 마련해 두었다. 이 과정에 바카키스가 자기네 학과에서 강연도 해 달라고 부탁해서 그러기로 했다.

콜로라도로 출발하기 직전에 바카키스로부터 논문의 심사 결과를 받았다. '게재를 포기하든지 원고를 대폭 줄여서 축약논문(brief note)으로 다시 투고하든지 하라'는 통보였다. 원고를 줄이는 일을 생각할 수 없던 나에게 그 통보는 '게재불가'나 마찬가지였다. 다소 불편해진 마음으로 덴버 행 비행기에 올랐다. 회의장에서 바카키스를 만나게 될 줄 알았는지는 기억나지 않는다. 당시 그와는 논문투고와 관련하여 공적서신 뿐만 아니라 방문 계획과 강연 일정 등 사신도 주고받았으므로, 그 정도의 내용은 공유했을 수도 있으니 말이다. 몰랐다면 무척 뜻밖이라고 여기게 되었을 것이다. '참석자가 겨우 서른 명 남짓한 소규모 회의에서 이 사람을 보게 될 줄이야!' 하는 느낌이었을 것이다.

내가 논문을 발표할 때 그는 맨 뒷자리에 앉아있었다. 발표를 시작한 지 얼마 되지 않아서 그는 "뭐가 미심쩍었다는 말이냐?"라고 대뜸 불평스런 어조로 질문했다. 나이피가 구한 어떤 해석해가 계산 과정에는 아무 잘못이 없음에도, 보여준 수치 결과는 직관적으로 미심쩍어 보여서 연구를 시작하게 되었다는 얘기를 하던 참이었다. 순간, '저 친구가 왜 나이피 선생을 두둔하듯 말하는 거지?'라는 느낌에 휩싸이는 바람에 말문을 잃었더니, 사회자가 "발표를 다 듣고 질문을 하는 게 좋겠다"라며 중재했다. 발표를 마치고 질의 시간이 되자, 나이피는 무언가 변명을 했고 내가 뭐라고 응수를 했을 때, 그의 동료 묵은 "이 교수가 옳다고 본다"라며 나를 편들어 주었다. 이윽고 내 차례가 끝나자 바로 휴식 시간이 이어졌는데, 바카키스가 다가와 "나이피 교수와 그런 논쟁을 벌이다니 이렇게 용기 있는 사람은 처음 봤다"라며 너스레를 늘어놓았다. 아까 발표를 중단시켜서 미안한 마음도 있었을 것이다. 그는 의문이 해소되었는지 관련된 질문은 하지도 않았다.

그날 나이피 선생은 나를 저녁 식사에 초대했고 그 자리에는 묵도 함께했다. 나로서는 이런 대학자들 앞에서 발표하는 것만으로도 영광이었는데 초대까지 받았으니 무척 고양된 기분이었다. 아까 발표 내용에 다소 당황했을 선생의 입장을 고려하여, "선생님의 연구를 비판한 셈이 되었지만 그 연구의 가치가 없다는 뜻은 아니었습니다"라고 조심스럽게 이야기를 꺼냈다. 그가 "알고 있네"라고 답하자 묵은

"그래서 아까 이 교수가 '해석해의 타당성을 검증하기 위한 수치 해를 구하는 과정에, 그 해석해를 이용해야만 했다는 점이 이 연구의 아이러니컬한 점이다'라고 말한 게 아니냐?"라고 말해 주었다. 나는 잠자코 묵의 말을 들으며 '이 분은 남의 말을 경청하는 분이구나' 하는 생각을 했다. 이 자리에 바카키스가 참석했더라면 내 입장을 더 잘 이해했을 거라는 생각도 해 보았다. 아까 발표장에서 나이피 선생을 두둔하듯 발언한 바카키스가 선생과 사적인 일로 연결돼 있다는 것을 아는 데는 며칠이 더 필요했다.

다음날 오전 산행 중에 바카키스를 다시 만났다. 아마추어 산악인이자 회의의 호스트인 아서 리사(Arthur W. Leissa)가 제안한 방식인 오전엔 산행, 오후엔 발표, 저녁엔 토의 등의 일정에 따라 로키산맥 국립 공원의 어느 봉우리를 향하던 중이었다. 바카키스는 남보다 앞서서 출발했다가 차츰 뒤처지게 된 모양이었는데 무척 지쳐 보였다. 좀 작은 키에 우람한 체구는 등산과 잘 어울려 보이지는 않았다. 그는 자기는 아무래도 정상까지 가기는 힘들 것 같다며 나보고 앞서가라고 했다.

며칠 뒤 시카고 공항 주변의 도로들을 갈아타는 도중, 통행료를 준비하는 한편 지도를 봐 가며 정신없이 차를 운전하던 생각이 난다. 바자즈가 있는 퍼듀 대학에서 하루 일정을 보내고, 다음날 일리노이로 향하던 중에는 갑자기 주변이 어두워지더니 멀리 검은 구름 아래로 토네이도가 보이기 시작했다. 구부러져 움직이는 기이한 형상을 바라보며 운전하는 내내 '도로에서 토네이도를 만나면 어떻게 해야 한다고 했던가? 차를 정지시키고 그냥 차안에 있어야 하나? 아니면 내려서 땅바닥에 엎드려야 하나? 지금 속력은 더 내야하나? 아니면 줄여야 하나?'하는 판단을 하느라 머리가 아플 지경이었다. 다음날 강연 주제의 토대가 되는 확률론 지식이 아무 도움이 되지 못한 것은 딱한 일이었다. 나름의 궁리를 해 가며 운전하다 보니 토네이도가 시야에서 사라졌다.

그날 저녁 바카키스는 나를 식사에 초대했다. 내일 강연장에 청중이 적을까봐 염려하기도 했다. 그즈음 연사를 구하기보다 청중을 구하기가 어려운 사정에 익숙해 있던 나로서도, 매우 특수한 주제에 대해 관심을 가질 사람이 이 대학에 몇이나 될까 하는 생각을 안 해 본건 아니었다. 속으로 '이 친구가 이렇게 소심한 면도 있었구나!'라는 생각을 하며 그에게 "그런 건 기대하지도 않으니 염려마라"라고 말해 주었다. 하기야 강연을 시켜 놓고 청중이 적으면 초청인의 체면이 서지 않는 건 동서양이 다를 리는 없는 일이다.

다음날 약속된 시간에 초청인의 연구실로 찾아갔다. 그는 연신 전화를 하고 있었는데 청중을 섭외하느라 애쓰는 것 같았다. 곧 어떤 젊은이가 나타났는데 바카키스는 나에게 '나이피 교수의 아들인 타릭(Tariq)'이라고 소개해 주었다. 이 아들 나이피가 자기 밑에서 박사 학위를 마치고 박사 후 연구원으로 남아 있다고도 말해 주었다. 나는 그 젊은이와 인사를 나누며 속으로 '아! 바카키스와 나이피 선생이 이런 관계였구나!'라고 뇌었을 것이다. 4년 후 어떤 회의에서 내가 발표를 마치자, 아버지 나이피가 '타릭과 바카키스가 쓴 논문'을 인용하는 바람에 논점이 흐려질 뻔한 일이 있었다. 물론 일리노이에서는, 장차 내가 그 부자와 그런 식으로 엮이게 될 줄은 상상도 못한 일이었다.

시간이 되어 우리는 강연장에 들어섰다. 초청인의 노력에도 청중은 얼마 되지 않았다. 발표를 마치면서 "공진을 포함하는 매개변수 공간에서 감쇠가 증가함에 따라 불안정한 영역이 커질 수도 있다'라는 기존의 연구 결과에 배치되는 결과를 보여드렸는데 혹시 관련 사례를 보신 적이 있습니까?"라고 질문했다. 바카키스는 일어서더니 "보통은 청중이 질문하는 법인데 연사가 청중에게 질문하는 경우는 처음 본다"라며 사회를 보기 시작했다.

강연 일정이 끝나자 초청인은 손님에게 캠퍼스 구경을 시켜 주었다. 곳곳에 헐리고 새로 세워지는 건물들을 둘러보면서 일리노이 대학이 성장하고 있다는 느낌을 받았다. 그러다가 커피점을 지나게 되었을 때 그가 "커피를 마시느냐?"고 물었다. 별로 좋아하지 않는다고 대답하자 그는 "여기 에스프레소가 훌륭하다"라며 아쉬워했다. "그렇지만 한 잔쯤은 마실 수 있다"라고 말하자 그는 갑자기 얼굴이 밝아지며 커피 점으로 안내했다. 그 모습이 꼭 어린애 같아 보였다.

그 다음해인 1998년에, 앞에서 말한 '게재불가 혹은 축약 후 재투고' 논문을 수정해서 부편집인의 의사와는 달리 원래의 분량 그대로 다시 그 잡지에 투고했다. 곧 잡지사로부터 '게재확인' 통보를 받았다.

우리는 1999년 스위스에서 다시 만났다. 그리고는 그를 더 만난 기억이 없다. 그 후 고국으로 돌아간 그와 2010년 그리스 외환위기 때 이메일을 한 번 주고받은 후로는 연락이 끊어졌다.

그를 회상하는 지금 웬일인지 니코스 카잔차키스의 소설 《그리스인 조르바(이윤기 역, 열린책들)》에 나오는 인물이 떠오른다. 조르바는 작가의 삶에 크게 영향을 끼친 실존 인물이었다고 한다. 그리스 사람이라는 것 말고는 무식쟁이 막노동꾼과 바카키스는 어떤 공통점이 있을까? "그 많은 책을 쌓아 놓고 불이나 싸질러 버리지. 혹시 아는가? 그러면 자네가 인간이 될지"라고 말하는 사람과, 청중을 즐겁게 해 주기 위해 OHP를 연회장에 준비하는 한편 "에스프레소 한잔쯤은 마실 수 있다"는 말에 얼굴빛이 갑자기 밝아지는 사람은 영혼이 맑다는 점에서 서로 통한다고도 볼 수 있지 않을까? '그와 더 가까워졌더라면 좋았을 걸' 하는 생각을 하며, 그와 그의 조국의 장래에 행운이 함께 하길 빌어 본다.

6. 나를 고무한 여인

다시 1996년 여름으로 돌아가자. 바카키스와의 대화가 뜸해진 무렵, 오른편의 여인과도 말을 나누게 되었는데 무슨 말 끝에 그가 "영어를 어디서 배웠느냐?"고 물었다. 미국에서 4년 유학한 적이 있다고 하자, 어디였냐고 물어서 대답했더니 "그럴 줄 알았다"라고 했다. "무슨 뜻이냐?"라고 했더니 그는 "당신의 영어에 그 지역의 억양이 들어 있다"라고 했다. 내가 "그걸 어떻게 알았느냐?"라고 물었다. 그는 대학에서, 영어를 모국어로 하지 않는 사람을 위한 영어 교육에 종사하고 있는데, 원래는 언어학을 전공했다며 미국 각지의 영어를 비교하는 공부를 계속하다 보니 저절로 지역 억양을 분간할 수 있는 귀를 갖게 되었노라고 말해 주었다.

처음에는 그의 말을 믿기가 어려웠다. 유학을 4년 했다고는 하지만 따져 보면 영어를 귀와 입으로 익히는 데 들인 시간은 얼마 되지도 않은 게 현실이었다. 다들 그러하듯이 학위 과정에 서둘러 들어가려고 미국에서는 영어를 따로 배우지도 않았다. 지금으로서야 그게 잘한 일 같지는 않지만 당시로서는 그럴 여유가 없었던 것이다. 그렇다고 해서 저절로 영어가 느느냐 하면 그럴 수도 없는 일이었다. 집에서는 당연히 우리말을 쓰는 것이고, 학교에 간들 교실에서 강의를 듣는 건 잠시였을 뿐이다. 대부분의 시간은 연구실이나 도서관에 있거나, 컴퓨터실에서 모니터와 자판만 들여다보는데 어떻게 말을 귀와 입으로 익힐 수가 있었겠는가? 또 고국에서 온 유학생은 좀 많은가? 종일 영어 몇 마디 못 해 보고 일과를 마치는 날도 허다했다. 그렇게 네 해를 보내며 익힌 영어에 해당지역의 억양이라는 게 들어 있다니 어찌 믿을 수가 있었겠는가?

그러나 이야기를 이어가면서 차츰 그의 말이 사실일 수도 있겠다고 여겨지게 되었다. 그렇게 된 데에는 그의 전문 지식, 경험, 화술뿐만이 아니라 나의 심리 상태도 일조했다고 봐야 할 것이다. 당시의 심리 상태를 이해하려면 영어 때문에 겪은 낭패감을 다 들어 봐야 할 텐데, 그런 이야기란 게 하기에나 듣기에 그렇게 유쾌한 일도 아니니 여기서 다 하고 싶지도 않다. 다만 정황을 전달하려면 필요한 것이니 몇 가지 사례만 소개하려고 한다.

영어 때문에 겪은 낭패감을 생각하면 맨 먼저 떠오르는 게 유학 시절에 수강한 과목인 '탄성론'이다. 미국에 온 지 반년이 지났을 때였는데 도무지 교수의 말이 들리지 않았다. 부전공 과목일 뿐만 아니라 예비 시험의 중요 과목이기도 했으니 수강을 포기할 수도 없었다. 집중하려고 애써 봤지만 소용이 없었다. 내 귀로는, 교수가 말을 그냥 물처럼 흘려버리니 뭘 잡아 보려 해도 잡히는 게 없는 형편이었다. 나중엔 들으려고 애쓰지도 않았다. 결국 교과서로 공부했다. 이럴 거면 유학은 왜 온 건가? 하는 생각이 들었을 것이다.

강의 조교 때의 경험도 빼놓을 수 없다. 학생들의 질문을 단번에 못 알아들은 적도 있지만 나름대로는 역할을 무난히 해냈다고 여겼다. 학기가 끝나고 강의 평가서를 펼쳐 보기 전까지는 말이다. 거기서 조교의 영어 능력에 대한 불평을 읽게 되었을 때는 나의 능력에 대한 자책감보다는 수강생들에게 일종의 배신감을 더 크게 느꼈던 것 같다. '저희들한테 해준 게 얼만데 나한테 하필 없는 능력을 탓한단 말인가?'라는 불만에서 벗어날 수가 없었다. 학생들에게 담당 교수와 조교를 마음 놓고 평가하라고 만든 게 강의 평가제도인데 그만 조교가 예민해진 것이다. 그 조교가 수강생들을 용서하게 된 것은 '외국인 조교가 영어를 못하는 건 당연하지'라는 뻔뻔함을 갖게 된 후의 일이었을 것이다.

1994년 크리스마스 무렵에 런던의 입국 심사대 앞에서 겪은 일도 있다. 런던대학(University College London)에서 연구년을 보내려고 가족과 함께 도착했을 때였다. 심사원의 입에서 나온 짧은 문장의 몇 개 되지도 않은 단어가 내 귀에는 들리지가 않은 것이다. 그곳을 빠져나오면서, 초청인의 편지 한 장으로 공항에서 일 년 체류 결정을 내리는 영국 제도의 유연함에 감탄하는 마음보다는, 아직 미국 영어에도 익숙하지 않은데 또 영국 영어로 한 해를 고생할 일이 막막하다는 느낌이었을 것이다.

좌중에서 누군가 농담을 했을 때 혼자만 웃지 못한 기억이 있으신가? 그 농담을 알아듣지 못해서 말이다. 이런 종류의 이야기는 워낙 진부하지만 하나만 해야겠다. 스위스의 그린델발트에서 개최된 회의의 일정을 마치고 마지막 날 관광할 때의 이야기다. 회의 참석자 중의 한 사람이 버스 운전수의 조수를 맡겠다고 자원했다. 말이 조수지 스스로 마이크를 잡고 싶었는지도 모른다. 어딜 가나 그런 사람이 꼭 있게 마련이다. 그는 구불구불한 산길을 운전하느라 마이크를 쥐기가 곤란한 운전수를 도와 안내하는 한편 농담도 섞어 가면서 일행을 즐겁게 해 준 고마운 조수였다. 그의 이야기를 하나만 소개한다.

외국의 어느 여성 견학단이 스위스의 농촌을 방문했을 때의 일이란다. 이 여성들이 울타리 안의 암소들을 유심히 살펴보니 목에 제각기 크기가 다른 종을 매달고 있었던 것이다. 궁금함을 참지 못한 한 여성이 젖을 짜고 있던 농부에게 물었다. "도대체 어떤 암소가 제일 큰 종을 차지하게 되나요?" 질문을 받고 잠시 생각하던 농부가 어떤 대답을 했겠느냐고, 조수가 퀴즈를 냈다. 응답자들은 모두 실패했고, 결국 그가 알려 준 정답은 'The most (   ) cow has the biggest bell(가장 (어떠한) 암소가 제일 큰 종을 차지하는 법이지요)'였다. 버스 안에서 폭소가 터져 나왔는데도 단어 하나 때문에 웃지 못한 사람이 있었으니 불쌍하게도 나였다. 아무리 태연한 척 궁리해 봐도 그 문장에서 폭소에 어울릴 만한 단어를 생각해 낼 수는 없었다. 어쩔 수 없이 옆자리의 일행에게 물었다. 그가 알려 준 단어는 experienced(경험 많은)였다. 그제야 아까 숙녀들의 웃음소리가 유난히 컸던 이유를 알게 되었다. 순간, 웃음코드는 동서양을 가리지 않는다는 걸 새삼 깨닫기도 했지만 정서의 동화에는 타이밍이 중요하다는 것도 느끼게 되었다.

늦게 알게 되었다고 해서 그 농담이 우습지 않은 건 아니지만 타이밍을 놓치고 난 뒤에 느낀 허전함은 뭐라고 형언할 수가 없는 것이었다.

애팔래치안 산맥의 한 자락에서 맞은 그날 저녁, 옆자리의 여인에게서 들은 "당신의 영어에 그 지역의 억양이 들어 있다"라는 말을 일단 받아들이자 나도 몰래 더 대담해졌다. '당신의 영어 능력은 그 지역 현지인의 평균 수준이다'라는 말로 의미를 확장하게까지 된 것이다. 무슨 연유에서인지 심리 상태가 온전하지 않았던 것이다. 그 여인의 식견과 화술이 아무리 뛰어났대도 그렇지, 어떻게 이런 논리의 비약이 가능했을까? 내가 여인의 용모나 민소매의 까만 이브닝드레스에 드러난 자태에 매혹된 것이 아니었음은 분명하다. 아무튼, 그는 영어 능력에 자부심을 갖지 못한 나를 외국어를 사용한다는 것도 잊고 대화하도록 이끌어 주었다. 그날 저녁 우리말이 통하지 않는 식탁에서 그처럼 편안하고 느긋하게 시간을 보내게 된 것은 그 여인 덕분이었다.

'말할 때의 표정과 웃는 인상, 제스처' 운운한 친구의 말이 어떻게 이십여 년 전 한 여인이 들려 준 말을 연상시켰는지는 알 길이 없다. 그러나 어쩌랴. 그 한마디가 나로 하여금 이렇게 긴 글을 쓰게 했으니 친구에게 사례할 일인지는 두고 볼 일이다. 은퇴를 앞두고 있다는 그의 앞날에 행운이 함께하길 빈다.

〈오빠생각〉남매 전시회에 다녀와서

(2018. 3. 29)

지난 주 목요일 수원 광교 홍재도서관에 마련된 〈오빠생각〉남매 전시회에 다녀왔다. 수원이 낳고 기른 남매를 기념하기 위한 전시물은 도서관의 로비에 임시로 설치된 자그마한 벽 세 개에 담겨있었다. 입구의 좌우에 각각 동생 최순애(1914~1998)와 오빠 최영주(본명: 신복, 1906~1945)에 대한 기록과 사진이, 나머지 한 벽에는 남매와 관련된 출판물의 표지 사진이 전시되었다. 수원군 수원면 화성 안동네인 북수리 과수원집에서 오빠는 일남 사녀의 맏이로, 동생은 그 둘째 여동생으로 태어났다. 동생을 먼저, 오빠는 나중에 소개하기로 한다.

동생이 '뜸북 뜸북 뜸북새 논에서 울고'로 시작하는 동시 〈오빠생각〉을 발표한 곳은 개벽사가 펴내던 잡지인 〈어린이〉 1925년 11월호였다. 오빠가 동생이 쓴 시에서 '비단댕기'를 '비단구두'로 바꾸어 이 잡지에 응모하게 했던 게 입선된 것이다. 오 년 후, 이 시는 〈동무생각〉의 작곡가 박태준을 만나 우리가 아는 노래로 태어나게 되었다. 이후 그녀는 1929년 배화여고에 입학했다가 곧 병으로 중퇴하고 말았다.

그동안 그녀는 계속해서 동시를 쓰는 한편 문학 동인 활동을 통해 여러 문학인을 사귀게 되는데, 그 중에는 마산의 이원수(1911~1981)가 있었다. 그는 1926년 4월에 〈어린이〉지에 〈고향의 봄〉을 발표한 후에 이 동인 활동에 참가하게 되었다(나중에 이 시는 홍난파의 곡을 만나 남과 북이 함께 부르는 노래가 되었다). 이후 두 사람은 편지로

할아버지는
왜
회사 안 가요?

사귐을 이어오다가 1935년 2월 어느 날 수원역에서, 처음 만나는 사람들이 그러하듯이 각자 어떤 옷차림으로 만나기로 약속했다. 그러나 그날 마산 청년은 약속을 지키지 못했다. 그가 이틀 전에 '함안독서회 사건'으로 마산에서 일경에 체포되었기 때문이다. 그가 10개월간의 감옥 생활을 마친 후, 두 사람은 신부 부모의 반대에도 오빠의 격려로 결혼했다.

벽의 나머지에는 시인 부부의 이야기가 이어졌다. 광복 후 출판 준비 중이던 부인의 동시집 〈반짇고리〉의 원고를 남편이 잃어버린 일, 1.4후퇴 중에 두 자식을 잃은 일, 식구들이 모두 아끼던 유성기를 쌀 한 되와 맞바꾼 일, '대구에서 피난 생활 중 시장의 한 가게에서 마주친 하모니카로 어머니가 〈오빠생각〉을 멋들어지게 불어 보고는, "다른 악기는 못 사주지만 하모니카 정도야 못 사주겠니? 너도 하모니카나 배워 보렴" 하며 그걸 사주셨다'는 아들의 회고, 부부싸움 도중에 부인이 "이 웬수를 만나 고생이 많다"라고 하자, 남편이 "예수께서 원수를 사랑하라고 했거늘"이라고 응수하는 바람에 부부가 웃음을 터뜨리고 말았다는 이야기 등이 전시되어 있었다. 이름을 빌어 부부싸움을 해소한 시인들의 방법을 아무나 따라할 수 없다는 건 아쉬운 일이다. 그들의 자녀들이 '아버지가 꾸준히 글을 쓸 수 있었던 것은 어머니가 내조하고 조언한 공이 크다'라고 회상했다는 내용도 보였다. 한편 이들의 많은 사진도 전시되었는데, 부부가 활짝 웃는 한 사진에는 '1980년 이원수 선생 대한민국 문학상 아동문학 부문 본상 수상 때'라는 설명이 붙어 있었다.

이원수는 감옥 생활 후 심경에 변화가 생겼던지 〈지원병을 보내며〉

같은 시를 쓰는 등 친일의 길로 들어서고 말았다. 물론 이런 내용은 전시물에는 드러나지 않았다. 이 시인은 실절과 공헌을 구분해서 평가받은 대표적인 인물이다.

연보에 따르면 최영주는 1922년 배재고등학교를 졸업하고 일본으로 유학 갔다가 그 다음해 관동대지진으로 귀국했다. 그는 1925년 수원에서 개최된 강연회에서 소파 방정환을 만났다. 그 후 1927년에는 〈어린이〉의 편집 보조를 맡다가 1929년에 개벽사에 입사하여 〈어린이〉, 〈학생〉, 〈신여성〉 등의 편집을 담당했다. 그 후 조선중앙일보사를 거쳐 1938년 박문서관으로 옮겨 우리나라 최초의 월간 수필 잡지 〈박문〉을 발간했다. 1940년에는 마해송과 《소파전집》을 발행했다. 스스로 잡지의 원고를 쓴 문학가이기도 했지만, 마해송이 '영주는 참으로 활자를 아는 사람이다. 그에게서 이 재주를 빼면 무엇이 남을까?'라고 칭찬했듯이 뛰어난 편집인으로 산 최영주는 광복을 몇 달 앞두고 폐결핵으로 사망했다.

전시된 몇 가지 기록은 그를 이해하는 데 도움이 될 만하여 아래에 온전히 소개한다.

이 형, 내가 여학생이 아니니 어떻게 부탁한 글을 쓸 수가 있습니까? 생각하다가 나의 누이의 일기장을 들추어 보고 거기서 몇 줄을 뺏기어서 이 형의 부탁하심을 막습니다. 이 형이 생각하시는 바와는 딴판의 글일지 모르겠습니다만은 이즈음은 그에 일기에서 써 있는 바와 같이 엇지 바쁜지 모르겠습니다. 그래서 이렇게 사보타지를 하였습니다. 용

서해 주십시오. (최영주)

이 글은 그가 어떤 편집인에게 보낸 것으로, 1932년 5월에 잡지 〈신여성〉에 실린 동생 순애의 글 〈입학은 했지만〉의 원고를 어떻게 구했는지를 말해 준다. 아마도 필자는 이 글에서 배화여고에서 학업을 이어가지 못한 사정을 밝혔을 것이다.

그가 박문서관으로 자리를 옮긴 후인 1938년 10월, 회사의 사보 겸 수필지 〈박문〉을 창간하여 편집 겸 발행인을 맡았다. 이 잡지에 대한 누군가의 기록에는 그의 이름이 보인다. '박문은 30페이지 정도의 아주 자그마한 책자였지만 내용과 기획이 짭짤했습니다. 최영주라는 사람이 출판부와 그 잡지의 편집 책임을 맡았는데, 편집에는 아주 귀신같은 사람이었지요. 이태준, 김남천, 이광수, 이극로 등 당시 쟁쟁한 문인들의 수필을 실었던 것으로 기억합니다.' 최영주가 〈박문〉에 쓴 〈편집일기초〉에는 춘원 이광수의 소설 《사랑》 발매에 대해서 다음과 같은 감격(1939년 2월)을 전했다. '사랑(前篇)-드디어 매진되다. 재판을 곧 착수하다. 초판 2천부, 책이 나온 지 2개월 5일 만에 한 권 남기지 않고 다나갔다. 조선의 현재 출판계 실정으로 거짓 없는 신기록이다.'

동생 순애와 마찬가지로 본인의 책을 남기지 못한 최영주는 죽기 전, 가족의 만류에도 평생 써 둔 원고를 모두 불살랐다고 한다. 또한 소파를 워낙 좋아한 그는 소파의 묘를 자주 찾기 위해 부친의 묘도 망우리에 썼고, 자신도 소원대로 소파가 묻힌 곳 근처에 묻혔다고 한다.

관람을 마치자 안내인이 내게 방문객 명부에 서명을 부탁했다. 그

의 뜻에 응하고 나자, 그는 최영주가 죽기 전 가산을 정리하여 조선식
산은행의 빚을 모두 청산한 것은 후손으로서는 아쉬웠을 일이라고 했
다. 과연 그 빚이 광복이 되면 안 갚아도 되는 것이었는지 나로선 알
수 없지만 평생 책을 만든 사람의 성품을 말해 주는 일화가 아닌가 싶
었다.

건물을 빠져나와 돌아보니 도서관 건물이 무척 웅장해 보였고 간판
의 '홍재'가 눈에 뚜렷이 들어왔다. 홍재(弘齋)는 정조 임금의 호이다.
수원은 이 임금과 인연이 깊은 곳이고, 이 호는 그의 세손 시절 자신
의 서재에 붙인 편액을 따른 것이니 이 지방 도서관의 이름으론 제격
이다. 이름이 뜻하는 '넓히는 방'에서 그는 무엇을 넓히기를 바랐던 건
가? 논어의 〈태백〉 편에는 증자가 "선비는 도량이 넓고 의지가 굳세
지 않으면 안 되나니 책임은 무겁고 갈 길은 멀기 때문이다(士不可以
不弘毅 任重而道遠). 인의 실현을 자기의 책임으로 여기니 무겁지 않
겠는가? 죽은 뒤에야 이 일이 끝나니 멀지 않겠는가?"라고 한 대목에
서 세손의 뜻을 엿볼 수 있다. 정조는 왕위에 오르기 전 인정(仁政)을
준비하기 위해 스스로 도량을 넓히는 일이 자기 본분의 출발점임을
확신한 것이다. 이 도서관이야 말로 암울했던 시기에 우리 문화를 향
상시키는 데 앞장선 남매를 기념하기에 적절한 공간이라고 할 수 있
겠다. 아마도 이 점을 고려하여 수원시에서는 이번 순회전시의 마지
막 장소로 이곳을 택했을지 모른다. 학문을 유난히 좋아했던 임금의
호를 빌어 불리게 된 도서관을 뒤로하고 화성으로 가는 버스에 올랐
다.

연무대 앞에서 버스를 내렸다. 전에 이곳에 세 번 왔는데 그때마다

방화수류정, 북수문(화홍문)과 장안문 주변에서만 머물다 갔으니, 이번에는 반대 방향으로 팔달문에 이르는 성곽길을 택했다. 창룡문에서는, 성문을 보호하기 위해 성벽으로 둘러싼 모양을 자세히 관찰하느라 문 밖으로 나가 보기도 했다. 동일치 부근에서는 걸음을 멈추고 북수문과 장안문을 바라보며 남매가 살던 시절 성안동네 북수리가 어디쯤일까를 짐작해 보았다. 북수문으로 들어온 물이 팔달문 옆의 남수문으로 빠져나가는 시내가 수원천인데 이것의 서편 일부가 현재의 지명으로는 북수동이다. 그렇긴 해도 반드시 그곳만 당시의 북수리에 속하지는 않았을 것이다. 남매네 과수원을 적셔 주었을 시냇물을 내려다보며, 동생은 '비단구두 사가지고 오신다던' 오빠를 어디에서 기다렸을까를 생각해 보았다. 장안문이 이 성의 북문이니 마땅히 이곳을 먼저 꼽기 십상이다. 그런데 답은 '우리오빠 말 타고 서울가시면'이라는 노랫말을 어떻게 이해하느냐에 따라 달라진다. 오빠가 온전히 말을 타고 하루 종일 걸려 서울까지 갔다가 그렇게 돌아온다면 장안문이 맞을 것이다. 그러나 경부선이 개통된 지 20년이나 되었으니 수원역까지만 말을 탔다면 이곳이 아니라 성의 남문인 팔달문에서 오빠를 기다렸을 것이다.

남매도 이 성곽 길을 함께 거닐었을까? 그랬다면 그들은 어떤 대화를 나눴을까를 생각해 보며 걸음을 옮겼다. 동포들의 삶이 힘겨웠을 시절, 노래로 그들의 삶에 온기를 보태 준 남매를 생각하며 걷다 보니 어느덧 팔달문에 이르렀다.

4부

읽으며 생각하며

'100명의 영향력 있는 인물'에 관한 기사를 읽고

(2016. 5. 6)

최근에 나온 미국의 시사주간지 〈타임〉은 특별호로, 올해 선정한 '100명의 영향력 있는 인물'을 다루었다. 내용의 대부분은 이들을 품평한 글로 채워져 있다. 이 기사들 사이에는 인물의 출신지를 알려 주는 세계지도, 서로간의 관계를 보여 주는 도표, 특징이나 특이한 경험, 정진하는 데 도움이 된 부적과 같은 소품 등 여러 가지 흥미 있는 내용도 들어 있다.

선정된 인물들을 분야별로 헤아려 보면 공익을 위한 고발자 등 '개척자' 부문에 23명, 교황, 기업가, 자선가 등 '큰인물' 부문에 15명, '예술가' 부문에 18명, '정치지도자' 부문에 31명, 연예인, 체육인 등을 포함한 '아이콘' 부문에 13명이 선정되었다. 이들을 선정하는 과정에서 온라인으로 받은 독자 여론 조사 결과도 참고했지만, 최종 결정은 잡지사가 했다고 한다. 편집인인 낸시 깁스가 권두언에서 밝힌 "이들은 우리를 생각하게 만드는 능력을 갖고 있으며 그 능력을 사용하고 있다"라는 말은 잡지사가 '영향력 있는 인물'을 어떤 기준으로 선정했는지를 말해 주는 대목이다.

그러나 나는 한 자선가의 소품에서 나름의 기준을 찾아보았다. 성공한 기업가이기도 한 엘리 브로드는 '큰인물' 부문에 선정되었는데, 로스앤젤레스에서 작년에 개관하여 성황을 이루고 있다는 '브로드 미술관'을 설립한 사람이다. 그는 결혼 초에 부인으로부터 선물 받아 50년 넘게 사용해 오고 있다면서 문진을 소품으로 소개했다. 거기에는 "분별 있는(reasonable) 사람은 자신을 세상에 맞춘다. 분별없는 (unreasonable) 사람은 세상을 자신에게 맞추려고 고집한다. 따라서 모든 진보는 분별없는 사람한테 달려있다"라는 글이 손 글씨체로 쓰여 있었다. 나는 다소 역설적으로 들리는, 조지 버나드 쇼의 이 말이 영향력 있는 인물을 판단하는 기준에는 편집인이 제시한 것보다 더 가깝지 않을까? 하는 생각을 해 보게 되었다. 여기서 영향력이란 말이 다소 주관적으로 사용된 점을 염두에 두어야 하겠다.

이들을 품평한 글의 필진은 타임지 관계자 7명을 제외하면 내가 보기엔 대체로 영향력이 있는 유명인이다. 즉, 영향력 있는 사람들이 다른 '영향력 있는 인물'을 평가 혹은 칭찬한 글이 이번 특별호의 주된 내용이다. 가령 미국 대통령 버락 오바마는 자신이 그 100명에 포함되어 있으면서 미얀마의 지도자 아웅산 수지 여사를 칭송하기도 했다. 이 글에서 오바마는 오랜 가택연금 상태에서 풀려난 지 얼마 안 된 여사를 백악관에서 영접할 때의 장면과, 그 두 달 후 랭군에 있는 여사의 집을 방문하던 때의 일을 회상했다. 그때 그는 여사가 부처의 가르침인 자비심을 공부하면서 수양을 쌓아 가고 있다는 걸 유심히 보았던 모양이다. 그는 "우리 인간 세상은 불완전으로 가득 차 있습니다. 그럼에도 민주주의는 우리 모두의 희망을 밝혀 주는 등대로 남아 있습니다"라는 여사의 말을 인용하여 그녀에 대한 존경심을 드러냈다. 유난히 쉽게 읽히고 명료하다고 여겨졌던, 오바마의 글은 그가 대중을 오래 상대해 오면서 눈높이를 맞추기 위해 노력해 온 결과라고 짐작하게 했다.

이 글에서는 100명 중에 네 명을 칭송한 글을 소개하고자 한다. 이

들은 '개척자' 부문에 선정된 마크 에드워드, 모나 하나 아티샤, 나디아 무라드와 '정치지도자' 부문의 힐러리 클린턴이다. 앞의 두 인물인 에드워드와 아티샤는 미국 미시간 주의 플린트 시에서 일어난 수돗물 오염 사건과 관련하여 선정된 인물이다. 오늘 아침 배달된 〈동아일보〉에는 오바마가 이틀 전 이곳을 방문하여 성조기를 배경으로 어린 소녀를 번쩍 들어 안아 주는 사진과 관련 기사가 실려 있었다. 신문에 따르면 플린트 시에서는 약 2년 전에 예산을 아끼려고 상수원을 디트로이트에서 이곳으로 옮긴 뒤 수돗물이 납에 오염되는 사건이 발생했다. 대통령의 방문은 메리 코페니라는, 사진 속의 8세 소녀가 지난 3월 백악관으로 보낸 편지 한 통이 계기가 되었다고 한다. 소녀는 대통령이 자기가 사는 곳을 방문해 주면 주민들에게 큰 힘이 될 거라고 썼고, 나라의 최고 공복으로부터 방문을 약속하는 답장을 받았으며 그 약속이 실현된 것이다.

에드워드와 아티샤를 칭찬한 타임지의 기사에 따르면 이 사건은 플린트 시의 수도 관련 업무를 넘겨받은 미시간 주 정부가 잘못된 결정을 내린 것이 발단이었다고 한다. 수원지를 바꾸면서 예산 때문에, 그동안 사용하지 않던 망가진 수도관을 그대로 사용하는 바람에 마을을 오염시켰다는 것이다. 에드워드는 오염 사실을 공중에 처음으로 알린 토목공학 교수이고 아티샤는 검사를 통해 어린이들이 납에 중독된 걸 입증한 지역 소아과 의사이다. 공무원들의 무지와 무관심에 대항한 두 사람은 옳았으며, 용감했으며, 집요했다는 것이다. 기사는, 지금도 이 도시는 공무원들이 저지른 범죄의 현장이긴 하지만 두 연구자가 사건을 해결하는 형사 역할을 맡고 있다고 비유하는 것으로 끝을 맺고 있다.

나는 두 사람에 대한 타임지의 기사와 오늘자 신문을 접하고, 거의 오 년 전에 불거졌음에도 최근에 갑자기 언론에서 크게 다루어지는, 이 땅에서 가습기 살균제로 쓰인 '옥시 사건'과 남의 나라에서 발생한 '수돗물 오염 사건'을 비교해 보며 이런저런 생각에 잠기게 되었다. 그러다가 두 나라에서 일어난 사건의 발단이나 대처 방법은 달랐지만 공통점도 있다는 걸 깨닫는 데 그리 오래 걸리지 않았다. 공무원들의 무능과 무관심이라는 것이 관련되어 있다는 점과, 교수 혹은 연구자가 관련되어 있다는 점이다. 후자의 경우로 말하자면 저쪽에선 칭송을 받았는데 이쪽에선 혐의를 받고 있다는 차이가 있지만 말이다. 다른 말로 하자면 저쪽은 하나만 망가졌지만 이쪽은 둘 다 망가졌다는 게 결정적인 차이가 아니겠는가? 참으로 안타까운 일이 아닐 수 없다.

세 번째 인물인 나디아 무라드는 잡지사가 마련한 지도로 보면 이라크의 코초 출신이다. 기사에 따르면 그는 전쟁 중에 발생하는 강간 행위를 규탄하려고, 강요된 침묵을 깨뜨리고 정의와 자유를 요구하기 위해 일어선 불굴의 여인이다. 그는 19세에 집도 나라도 문화도 잃었다. 어머니뿐만 아니라 가족 중에 남성 목격자들은 모두 살해되었고 자신은 납치되어 팔려갔으며 ISIS 구성원한테 숱하게 성폭행을 당했다고 한다. 지금 그는 전 세계를 돌아다니면서, 자신의 민족인 야지디 족에게 가해지는 대량 학살을 낱낱이 밝히는 한편 아직도 붙잡혀 있는 3천여 명의 여성들이 석방되도록 도와 달라고 촉구하고 있다. 유럽은 그리스에 있는 피난민들에게 국경을 폐쇄하고 있으며 미국은 이들이 겪고 있는 고통에 등을 돌리고 있는 마당에, 그는 다음과 같은 사실을 상기시키고 있다. 미국이 이라크에서 벌인 전쟁이야말로 그곳에서 ISIS가 발호하는 빌미를 제공했고 미군이 철수하면서 전쟁터를 그들에게 넘겨준 셈이 되었다는 것과 미국은 시간을 끄는 바람에 야지디 족이 당하고 있는 대량 학살과 노예 상태에 개입할 시기를 놓쳤다고 말이다. 기사의 사진은 유엔 안전보장 이사회에서 개최된 '인신매매에 관한 회의'에서 증언하고 있는 23세의 앳된 모습을 보여 주고 있다. 말로 표현하기 어려운 고난을 견뎌 낸 꿋꿋함도 장하거니와, 전쟁의 참상을 고발함으로써 인간애를 보여준 그에게 경의를 표하지 않을 수 없다. 또한 미국의 심장이라고 불리는 뉴욕에서 미국인을 꾸짖은 그의 당당함에 박수를 보낸다.

끝으로 소개할 인물인 힐러리 클린턴을 칭송한 사람은 미국 미네소타 주 출신의 연방상원 의원인 에이미 클로부처이다. 그의 말은 십육만 명의 희생자를 낸 2010년의 아이티 지진으로 시작된다. 그 혼란의 와중에는 입양 절차를 위해 (아이를 데리러) 현지로 간 미네소타 출신 엄마들이 있었는데 그들은 관련 기록이 망실된 가운데 아이들을 찾아 헤매느라 정신이 완전히 나가 있었다고 한다. 결국 그들은 클로부처에게 전화했고 곧 그는 당시 국무부 장관인 힐러리에게 다급한 사정을 알린 것이다. 장관 역시 서슴없이 이들을 데려오기 위한 일에 착수했다. 국무부는 차량에, 기저귀에, 젖병까지 준비해서 이들을 아이티의 수도에 위치한 포토프린스 공항에 데려왔고 결국은 무사히 미국 땅을 밟게 했다는 것이다. 나는 꼭 영화 속의 장면처럼 긴장감이 넘치는 글을 읽고는 민주국가의 공복이라면 마땅히 이 정도는 해야 한다는 생각이 들었다.

특집호는 이밖에도 호기심이 많은 독자들을 위해 '영향력 있는 인물'과 그들의 특징이나 경험을 연결 짓는 퀴즈도 담았는데 나는 하나도 맞추질 못 했다. 답을 참고해 보니, '아이콘' 부문에 선정된 배우 레오나르도 디카프리오는 상어 공격에서 살아났다고 하고, 육상선수 우사인 볼트는 열흘 동안 하루에 100조각씩 치킨을 먹은 일도 있다고 한다.

맨 마지막 기사는 동물들에 대한 것으로 꾸며져 있다. 동물들이 "영향력 있는 인간만 있고 왜 우리는 영향력 있는 존재로 뽑힐 수 없다는 거냐?"라고 마치 항의라도 했다는 듯이 말이다. 기사를 작성한 조엘 스타인은 각 분야 전문가의 도움을 받아 100마리의 동물을 선정했는데, 모두 생존 인물로만 선정된 사람의 경우와는 달리 여기선 죽은 동물도 포함시켰다는 것이다. 가령 미국 미네소타에서 온 치과 의사한테 사냥당한 아프리카 짐바브웨의 '세실'이란 사자는 그 죽음이, 단순히 재미를 위해서 동물을 죽이는 행위는 중단되어야 한다는 점을 전 세계에 알리는 계기가 되었으니 영향력이 엄청나다는 이유에서 선정됐단다. 또한 남미에서 발생한 유행병의 원인인 지카 모기도 들어 있고, 미국 최고의 경주마 '미국 파라오'도 들어 있는데 선정 이유는 달리기 능력으로는 우싸인 볼트보다 월등히 낫기 때문이란다. 나는 이런 이야기로 이어지는 기사를 읽으며 웃음을 참을 수가 없었는데 그즈음이 되어서야 이 기사의 취지를 추측해 보게 되었다. 그것은 이번 특별호의 '영향력 있는 인물'을 선정하는 기준을 심각하게 받아들이지 말라는 귀띔이 아니겠는가? 하고 말이다. 그런 관점에서 보면 조엘 스타인 기자의 '영향력 있는 동물' 관련 기사는 K팝을 사랑하는 팬들에게는 다소 위안이 될지도 모르겠다. 무슨 말이냐 하면, 온라인에서 이루어진 독자 여론 조사에서는 한국의 댄스 가수 그룹인 '빅뱅'이 미국 민주당 대선 후보를 향해 경쟁하고 있는 버니 샌더스에 이어 2등을 차지했지만, 응답자가 편중되어 그 진정성을 의심받는 바람에 최종 선정에서 제외되었다니 하는 말이다. 혹시 아는가? 내년쯤에는 이 그룹이 선정될지.

인내를 요한 책과 재미있는 책

(2017. 9. 6)

나의 독서 현황을 소개한 글 〈게으른 독서인의 변명〉에 대한 독자들의 관심에 부응하기 위해 올해 읽은 책 중에서, 읽는 데 인내를 많이 요한 책 세 권과 재미있게 읽은 책 세 권을 소개한다.

읽는 데 인내를 많이 요한 책 세 권은《서양 철학사 1(군나르 시르베크, 닐스 길리에 저, 윤형식 역, 이학사)》,《불평등의 대가(조지프 스티글리츠 저, 이순희 역, 열린책들)》,《국가는 왜 실패하는가(대런 애쓰모글루, 제임스 A. 로빈슨 저, 최완규 역, 시공사)》이다.

맨 앞의 책이 지루하게 여겨진 데에는 내가 서양 철학에 대한 이해가 빈약한 것이 주된 이유였을 테지만 번역도 얼마간은 작용했을지도 모르겠다. 뒤의 두 권은 번역도 문제가 없어 보였고 읽기에 지루하지도 않았다. 그런데도 경제학자(스티글리츠와 애쓰모글루)와 정치학자(로빈슨)가 쓴 책들을 읽는 데 인내가 필요했던 이유는 읽는 내내 마음이 편치 않았기 때문이다. 스티글리츠는 소위 진보적 학자이니 분배를 강조하는 입장을 감안해서 읽으면서도, '자본주의 사회의 시장이 실패하고 있으며 그 주된 이유는 바로 시스템이 잘못 되었기 때문이다'라는 그의 주장에 허점을 찾을 수가 없었다. 그가 '잘못 되었다'고 보는 이유는 '소수의 상위 계층 즉, 인구의 상위 1%가 거의 모든 부문에서 통제권을 장악하고 있기 때문'이란다.

시대를 현대로 국한한 전자와는 달리, 후자는 최근 5세기 남짓한 시기를 조명하다 보니 성장과 분배 사이의 균형을 비교적 유지한 편이었다. 하지만 기득권을 가진 세력이 탐욕을 자제하지 못하고 약자를 어떻게 유린했는지를 보여 주는 자료들을 낱낱이 따라가기란 목불인 견에 가까웠다. 가령 빅토르 위고의 《레미제라블》, 에밀 졸라의 《목로주점》, 찰스 디킨스의 《데이비드 카퍼필드》와 강경애의 《지하촌》을 읽을 때, '비참한 장면을 담담하게 그려낸 이 작가들은 도대체 어떤 사람들인가?' 하는 불편감을 느껴 본 적은 있다. 하지만 경제학 혹은 정치경제사 분야의 학술서에서도 비슷한 경험을 하게 될 줄은 몰랐다. 2년 반 전에 읽은 토마 피케티의 《21세기 자본》이 비교적 자료의 건조한 나열로 기억되는 반면에, 이 책들은 끈적끈적하게 사람을 불편하게 하는 무엇이 있는 것 같았다. 지루하지 않으면서도 불편하게 하는 그 무엇이야말로 나의 독서를 힘들게 만든 요소 중 하나였다.

재미있게 읽은 책 세 권은 《소피아 코발렙스카야, 불꽃처럼 살다간 러시아 여성 수학자(코둘라 톨민 저, 김혜숙 역, 시와진실)》, 《본 투 런(크리스토퍼 맥두걸 저, 민영진 역, 여름언덕)》, 《리처드 도킨스의 자서전(김명남 역, 김영사)》이다.

맨 처음 것은 '유럽에서도 거의 모든 대학들이 여성에게는 학위는 고사하고 수강 허가조차 주지 않던 시절, 유럽 수학계에 혜성같이 나타나 세상을 놀라게 한 업적을 이루고 41세의 짧은 생애를 마친 러시아 여성 수학자 소피아 코발렙스카야'의 전기이다. 이 책을 올해 가장 재미있게 읽은 책으로 꼽길 주저하지 않았다. 남은 페이지가 점점 줄어들자 '저자가 더 길게 썼더라면 좋았을 걸' 하고 아쉬워했을 정도였으니 말이다. 수학에 관심이 없는 독자도 충분히 즐길 만한 책이다.

논픽션인 《본 투 런(Born to run)》은 산악 달리기를 즐기는 사람들의 이야기를 담았다. 문명인이 멕시코의 원주민인 타라우마라족들과 경쟁하기 위해 찾아가는 긴 여정을 따라가다 보면, 독자들은 인류가 왜 달리기를 해 왔으며 그동안 어떻게 부상도 없이 맨발로 달려왔는 가를 깨우치게 된다. 저자는 나이키 같은 메이저 신발 회사들이, 인체 해부학적인 관점에서 보면 큰 하중을 버티는 데 이상적인 아치형 발 에는, 바닥이 푹신한 달리기 신발이 옛날에 신던 얇은 신발보다 해롭 다는 걸 알면서도 판매 촉진에 열을 올리고 있다고 주장한다.

"사람은 수천 년 동안 신발 없이 살아왔어요. 나는 당신들이 신발 로 인한 부상을 줄이려고 과잉 보상을 하고 있다고 생각합니다. 당신 들은 고칠 필요가 없는 것을 고치려 하고 있어요. 맨발로 다녀서 발을 강하게 만들면 아킬레스건이나 무릎 부상, 족저근막염 같은 부상의 위험을 줄일 수 있습니다"라며 신발 회사들을 비난하는 스탠퍼드 대 학 육상 코치 빈 래나나의 말은 나의 달리기 경험과도 제법 일치한다. 진화 생물학의 최신 이론까지 동원하여 독자를 달리기의 세계로 안내 하는 이 책은 나 같은 달리기 예찬론자에게는 하나의 선물처럼 여겨 진다.

《만들어진 신》을 통해 리처드 도킨스가 보통의 학자가 아님을 진 작 알아본 나에게 그의 자서전은 과학자 자서전의 교과서처럼 여겨 졌다. 영국의 진화 생물학자인 그는 자신의 연구 분야에서 뿐만 아니 라 과학의 대중화에도 앞장선 매우 진지하고도 성실한 학자다. 책을 읽다가 보면 저절로 저자가 본받을 만한 학자란 점을 느끼게 해 준다. 또한 그는 훌륭한 작가이기도 하다. 다소 전문 분야의 지식이 필요한 부분도 있지만 과학자가 아니어도 충분히 즐길 만한 책이다. 역자의 서문에는 '그동안 도킨스의 논증적이고 논쟁적인 글에만 익숙했던 독자에게는 여담에서 여담으로 한없이 삼천포로 빠지기도 하는 이 자서전이 낯설지도 모른다. 하지만 그가 태연자약하고 뻔뻔하게 말했듯이, "자서전에서 감상적인 말을 할 수 없다면 대체 어디서 하겠는가?"라는 대목이 보인다. 아쉽게도 나는 본문에서 저자의 이 말을 찾지 못했다. 그러나 이 말은 쉰 명 남짓한 친지들에게 삼천포로 빠지기도 하는 글을 써 보내온 나에게 원군을 만난 기분을 안겨 주었다.

독서는 대체로 개인적 취향에 좌우되므로 나의 경험이 다른 이에게 도움이 될지는 의문이다. 그러나 독서란 외로운 길에서 마주한, 도반의 경험담이 얼마간은 참고가 되지 않을까 하는 마음에서 기록해 둔다.

이상주의자를 사랑한 여인

-헬렌 니어링의 《아름다운 삶, 사랑 그리고 마무리》를 읽고-

(2017. 10. 17)

어린 시절에 읽은 김내성의 《쌍무지개 뜨는 언덕》과 코난 도일의
《바스커빌 가의 개》 말고 뭐가 더 있을까? 올해 읽은 김사라은경 교수
의 자서전 《감사하는 맘으로 하루를》이 더 있다. 두 번 읽은 책을 모
두 꼽자면 말이다. 이렇듯 두 번 읽은 책도 평생 세 권 밖에 안 되는
주제에, 세 번 읽은 책이 생겼다고 하면 독자들의 관심을 끌 수 있을
지 모르겠다.

지난여름 서광렬이가 헬렌 니어링(1904~1995)의 《아름다운 삶, 사
랑 그리고 마무리(이석태 역, 보리, 1997)》를 보냈다고 알려 왔다. 기
억을 더듬어 보니 이미 읽은 책이었다. 언젠가 헬렌과 남편 스코트 니
어링(1883~1983)이 함께 쓴 책 《조화로운 삶》을 읽었는데, 이 부부의
삶에서 더 배울 게 있다고 느꼈기 때문에 헬렌이 쓴 이 책도 읽게 되
었던 것이다. 이 책에서 가장 뚜렷하게 기억나는 구절은 지두 크리슈
나무르티가 아직 소녀티를 벗지 못한 저자에게 해 주었다는 말이다.
아무리 연인을 향한 열정에 저항하기 어려운 청년기였다고는 하지만
머잖아 '세계의 스승'으로 불리게 될 사람이 했다는 그 말은 보통 사람
으로서는 듣기에도 민망한 것이었다.

책을 받고는 친구에게 고맙다고 답했다. 기억나는 내용이 별로 없
기는 하지만 이미 읽은 책을 다시 읽기는 내키지 않는 일이었다. 그렇
지만 보내 준 사람의 성의를 생각해서 읽기 시작했다. 연정을 절제하

지 못한 청년의 고백을 책의 어디쯤에서 보게 될지를 궁금히 여기며 읽어 내려갔다. 그건 67쪽에 기억 속의 문장 그대로 나왔다. 책을 다 읽고 보니 전에 읽은 책 같지가 않아서 친구한테 고마운 마음이 절로 우러나왔다. 사례하기 위해 독후감을 써야겠다고 작심했는데 차일피일 미루다 보니 두 달이 지나갔다. 그러다가 틈을 내어 막상 쓰려니 도무지 글이 써지질 않았다. 결국, 두 현자로부터 사랑받은 여인의 자서전을 세 번째 읽을 수밖에 없었다.

겨우 두 달 전에 읽은 책을 다시 읽으면서도 전혀 기억에 없는 문장을 수도 없이 대하다 보니 내 기억력에 문제가 생겼음을 깨닫게 되었다. 예를 하나만 들어 보자. 니어링 부부는 버몬트 주의 어느 숲에서 살면서 사탕단풍나무에서 얻은 즙을 가공해서 생활비에 보태던 때가 있었다. 이때의 경험을 바탕으로 《사탕단풍 책》을 함께 썼는데 책을 출판하겠다고 나선 곳이 펄벅과 그의 남편이 운영하던 출판사였다. 이 일을 상의하기 위해 펄벅은 남편과 함께 버몬트 숲을 찾았다. 자연 그대로의 삶을 사는 부부의 숲속 생활에 감명 받은 그는 이들에게 하고 있는 일을 자세히 담은 다른 책을 써 보라고 권했다. 이렇게 노벨문학상 수상 작가의 권유에 따라 쓴 책이 바로 부부의 두 번째 공동저술인 《조화로운 삶》이라는 것이다. 불과 얼마 전에 읽은 이런 내용이 기억에 전혀 없다는 게 도무지 이해가 되지 않았다. 그러면 요즘 내가 기억에 기대어 쓰는 글은 도대체 무슨 의미가 있단 말인가? 달리 어쩔 도리가 없기는 하지만 늙어 감을 인정하기는 서글픈 일이다.

어린 시절 어른들 모임에 따라갔다가 먼발치에서 바라보기만 한 것을 제외하면, 헬렌이 스코트를 처음 만난 것은 스물네 살이던 1928년 이었는데 당시에 스코트는 마흔 다섯 살이었다. 헬렌이 유럽, 오스트레일리아, 인도 등지에서 6년 반 동안 바이올린 공부를 하는 한편 신지학회 일을 돌보며 연인 사이가 된 크리슈나무르티와는 결별한 직후였다. 이때는 스코트가 교수직에서 두 번째로 해직되어 고립무원의 생활을 시작한 지 10년이 지났을 무렵이다. 그때 그는 삶의 맨 밑바닥에 있었다. 그가 처음 해직된 것은 1915년 펜실베이니아 대학에서 경제학을 가르칠 때인데 아동 노동의 폐해를 거론한 것이 원인이었다. 자본주의의 아성에서 자본가의 입장에 반대되는 견해를 드러내는 사람을 직장에서 쫓아내는 일이 식은 죽 먹기이던 시절이었다. 그가 두 번째로 해직된 것은 그 2년 후 오하이오 주 톨레도 대학에서 정치학 교수로 있을 때인데, 미국이 이제 막 제일 차 대전에 참전한 마당에 반전사상을 전파했다는 이유에서였다. 이 일로 그는 재판까지 받게 되었는데 비록 무죄로 풀려나긴 했지만 그 후로는 제도권에서 활동하기를 포기했다. 당시 그는 가족(부인과 두 아들)과도 멀어진 상태였다(정치적 견해차와, 채식주의를 고집하는 스코트의 식습관으로 부부는 별거 상태로 있다가 1947년 부인이 죽은 후 스코트는 헬렌과 결혼했다). 비록 외로운 생활을 하던 그였지만 학문에 대한 열정과 이웃에 봉사해야 한다는 생각에는 변함이 없었다. 사회주의자이자 평화주의자의 책을 내 주려는 출판사도 없었지만, 자비로 출판해도 받아 주는 서점도, 광고나 서평을 실어 주는 언론도 없는 곳, 강연 요청도 거의 없는 곳, 학자인 그가 씨뿌리기를 멈추지 않은 곳은 바로 사막과 같은 곳이었지만 말이다.

두 사람이 세계 자본주의의 중심인 뉴욕을 등지고 버몬트 숲에서 삶의 터전을 마련한 것은 1932년이었다. 거의 이십 년 동안 이들은 이 숲속에 머물며 주변의 돌과 나무를 이용해서 집을 손수 아홉 채나 지었다. 유기농법으로 기른 채소와 과일로 식단을 차리는 한편, 하루의 일과를 네 시간은 노동에, 네 시간은 저술이나 취미 생활에, 네 시간은 이웃과의 친교나 봉사 활동에 쓴다는 원칙을 정했고 이대로 실천했다. 아래에는 이 시기에 이들이 한 말을 옮겨 둔다.

　헬렌: 우리가 사탕즙을 받느라고 바쁘게 일하고 있는 어느 봄날, 가까운 버몬트의 런던데리에서 사람이 와서 본드빌에서 있을 한 할머니의 장례식에서 내가 연주를 해 줄 수 있는지 물어보았다. 그 할머니는 죽기 전에 "나는 목사 나부랭이 설교 따위는 듣고 싶지 않아. 스코트 니어링을 불러 줘." 그랬다는 것이다. 그래서 우리는 연장을 내려놓고 언덕을 넘어가 장례식을 도왔다. 나는 〈타이스의 명상곡〉을 연주하고 스코트는 우리가 만나 본 적이 없는 늙은 여자를 위해 정성을 다해 명복을 비는 말을 해 주었다. 이 일이 있은 뒤 몇몇 사람들이 와서 스코트더러 이런 일을 직업으로 해 보았는지, 또 자신들을 위해서도 그렇게 해 줄 수 있는지 물었다. 한 사람이 큰 소리로 말하는 것이 들렸다. "내가 죽으면 헬렌이 장례식 때 바이올린을 켜고 스코트 씨가 말씀을 하도록 해 주세요."

　스코트: 삶에서 정말 중요한 것은 당신이 갖고 있는 소유물이 아니라 당신 자신이 누구인가 하는 것이다. 나는 그 사람이 어떤 사람이냐, 어떤 행위를 하느냐가 인생의 본질을 이루는 요소라고 생각한다. 단지

생활하고 소유하는 것은 장애물이 될 수도 있고 짐일 수도 있다. 우리
가 가지고 있는 것이 아니라 그것으로 우리가 어떤 일을 하느냐가 인
생의 진정한 가치를 결정짓는 것이다.

　이들이 정든 버몬트의 숲을 뒤로하고 메인 주로 이주한 것은 우리
나라가 전쟁 중이던 1953년 봄이었다. 살던 지역에 스키장과 휴가 시
설이 들어서면서부터 한적하던 곳이 도회지처럼 번잡해진 것이 이주
를 결심한 이유였다. 헬렌의 말을 들어 보자.

　우리는 (메인 주에 가서) 계약금을 내고, 우리 옛 농장을 살 사람
을 찾기 위해 버몬트로 돌아왔다. 우리가 투자한 돈의 반값으로 내놓
았기 때문에 살 사람을 찾기는 쉬웠다. 스코트는 이익을 보려고 하지
않았고, 누군가 우리처럼 거기에 살면서 계속해서 그 땅과 지역 사회
에 도움을 주기를 바랐다. 하지만 그런 일은 일어나지 않았다. 우리는
겉보기에 그럴듯한 부부에게 팔았는데, 그 사람들은 뒤에 부동산 개
발업자가 되어 그곳이 당시 동부에서 가장 큰 스키 지역이 된 스트레
턴 산 가까이 자리 잡고 있는 점을 이용해 이익을 보았다. 우리의 숲속
농장과 사탕단풍 숲은 오두막과 계절 손님들로 북적거리게 되었다.
　우리가 버몬트 골짜기로 왔을 때는 땅값이 매우 쌌는데, 우리가 떠
나기로 작정했을 무렵 한국 전쟁 때문에 땅값이 치솟았다. 스코트는
전쟁에서 오는 이익을 원하지 않아서 지역 산림 발전을 위해 자기 몫에
해당하는 땅을 윈홀 마을에 기부했다. 마을 사람들은 세금을 안 내려
고 그러는 줄 판단해서 마지못한 듯이 받아들였다. 그 사람들은 기부

가 선의에서 나온 것을 이해할 수가 없었다. 절반에 해당하는 내 땅이 팔리자 우리는 메인에 있는 땅을 살 수 있었다.

스코트의 이러한 반자본주의적 거래와 선행을 이해할 수 없기는 나도 마찬가지다. "투자한 돈의 반값으로 내놓았다"는 무슨 말이며, 스스로 살기 싫어진 곳을 떠나면서 "우리처럼 살면서 지역 사회에 도움을 주기를 바랐다"는 무슨 말인가? 게다가 고마워할 줄도 모르는 이웃에게 땅을 기부하다니!

사탕단풍나무에서 즙을 채취하던 일을 그만둔 것을 제외하면 메인에서 이들 부부가 30년 동안 함께 한 일은 버몬트에서 스무 해 동안 하던 것과 다를 게 별로 없었다. 점차 늘어나는 방문객들을 위해 집을 개방하는 것도 이전의 거주지에서와 마찬가지였다. 당시의 스코트가 어떤 사람이었는지를 드러내 주는 헬렌의 말을 들어 보자.

어느 날 CBS 방송국 카메라 기자들이 차 두 대에 장비를 싣고 메인에서 우리가 경험한 '조화로운 삶'을 인터뷰하려고 농장에 왔다. 스코트는 작업복을 입고 바닷가로 내려가 쇠스랑으로 픽업트럭 안에 해초를 던져 넣고 있었다. "여보세요." 그 사람들이 불렀다. "니어링 농장이 어디 있어요?" "왼쪽 윗길로 올라가세요." 스코트는 몸짓으로 가리키고는 하던 일을 계속했다. 그 사람들은 농장에서 부엌일을 하고 있는 나를 발견했다. 나한테서 자기들이 찾는 사람이 바닷가에서 해초를 모으고 있다는 말을 듣고는, 일하고 있는 스코트를 만나려고 서둘러 차를 돌려 바닷가로 내려갔다.

나이가 여든이 되던 해인 1963년, 스코트는 남미로 떠난 강연 여행 중 베네수엘라의 카라카스 대학에서 며칠 동안 강연하다가 위험인물로 찍혀 미국으로 추방된 일이 있다. 혁명에 성공한 카스트로가 쿠바를 사회주의국가라고 선언한 지 두 해가 되던 때였다. 젊은이들 앞에서 이 이웃나라의 민중을 칭찬했으니 베네수엘라 정부가 불편함을 느꼈을 것은 당연하다. 귀국 후 그는 뉴욕에서 어떤 모임에 참석했는데 〈먼슬리 리뷰〉의 편집장인 레오 후버만은 그를 아래와 같이 소개했다.

　우리가 오늘 밤 모신 분은 위험인물입니다. 이분은 감옥에 던져졌고 이 나라와 외국의 많은 도시에서 추방되었습니다. 권력자들의 눈에 이분이 위험인물로 보이는 까닭이 무엇일까요? 무기를 들고 폭력을 선동했습니까? 아니, 이분은 무기를 들고 있지 않습니다. 이분은 평화주의자입니다. …그런데도 자본주의 국가의 지배 계층은 예외 없이 스코트 니어링을 위험인물로 간주합니다. 이분은 그들의 권력과 기득권을 위협합니다. 두려움을 모르는 사회 과학자로서 그 사람들의 지배 체제를 위협합니다. 세상을 자신의 현미경 아래 놓고 열정을 다해 조사하고, 대부분의 사회 과학자와 달리 자기가 발견한 것 때문에 다치거나 그 자신에게 어떤 위험이 오더라도 주저하지 않고 자기가 본 것을 알리는 용기를 가지고 있습니다. 이분은 타락한 세상에서 성스러움을 가르칩니다. 이것이 바로 이분이 위험인물인 이유입니다.
　…우리가 오늘 밤 스코트 씨를 존경하는 또 하나의 이유를 말씀드리고자 합니다. 타락한 사회에서 이 분은 타락하지 않은 채로 남아

있습니다. 기회주의가 유행처럼 된 시기에 이분은 변함없이 원칙을 지키고 있습니다. 폴 발레리는 이렇게 말했습니다. "당신은 당신이 생각하는 대로 살아야 합니다. 그렇지 않으면 머지않아 당신은 사는 대로 생각할 것입니다." 우리 모두가 그렇게 오랫동안 빚을 진 스코트를 성인으로, 지혜를 겸비한 성인으로 보는 까닭은 이분이 스스로 생각하는 그대로 살아가기 때문입니다. 미국에서 가장 위대한 인물 가운데 한 사람인 이분에게 우리 모두 존경을 보냅시다!

위대한 인물도 죽음을 피할 수는 없다. 그러나 스코트의 죽음은 어떤 위대한 인물의 그것과 달랐다. 남편의 마지막을 헬렌은 이렇게 묘사했다. "스코트가 가기 한 달 반 전인, 그이의 100세 생일 한 달 전 어느 날 테이블에 여러 사람과 앉아 있을 때 그이가 말했다. "나는 더 이상 먹지 않으려고 합니다." 그리고 다시는 딱딱한 음식을 먹지 않았다." 마당에 있는 장작을 거실로 옮길 힘이 더 이상 남아있지 않다는 걸 느낀 스코트는 이 세상을 떠날 시간과 방법을 스스로 택한 것이다.

평생에 걸친 업적을 통해 '경제학자, 교육자, 평화주의자, 인권 옹호자, 좌파 정치인, 국제 사회주의자, 생태주의자, 귀농운동가, 미래주의자'로 인정받은 스코트 니어링은 대학에서 쫓겨난 후에도 마흔네 권의 책을 저술했다. 이 중 여덟 권은 부부가 공동으로 썼으며, 마지막 책인 《문명과 그 너머》는 저자의 나이가 아흔 둘이던 해에 쓴 것이다. 그의 전문적인 저서를 접해 본 적이 없는 나로서는 궁금한 점이 한두 가지가 아니다. 가령, (스코트 자신이 평화주의자이면서 사회주의자임을 감안하면) 사회 변혁은 어떻게 평화적으로 이룰 수 있는가?

러시아의 사회주의자들이 한 세기 동안 이룬 성과에 대해 연구자로서는 어떤 책임감을 느끼는지, 그가 반체제 활동을 미국이 아니라 러시아에서 했더라면 시베리아의 강제 노동형을 면하기는 어려웠을 것이라는 데에 대해서는 어떤 입장인지, 그가 한때 기대를 품었던 쿠바의 현실을 보고는 뭐라고 할지, 좀 원색적으로 들릴지는 모르겠지만 그와 헬렌이 가졌던 자본과, 그들의 사유 재산을 보호해 준 제도 같은 게 없었더라면 버몬트와 메인에서 누린 그들의 '조화로운 삶'도 불가능했으리라는 것을 인정하는지 등과 같은 질문 말이다.

이러한 질문이 스코트가 보기엔 일고의 가치도 없는 것일지 혹은 이상주의자인 그에게 현실 문제에 대해 캐묻는 것이 실례가 되는 일인지는 모르겠다. 어떤 경우든, 빈부 격차와 환경 파괴 등 자본주의의 폐해가 넘쳐나는 지금, 스코트 니어링이 평생 쌓은 노력은 인류 공영을 위한 한 알의 씨앗이 되리라는 점은 의심할 여지가 없다. 그가 자신의 이상을 실현하기 위해 말한 것을 실천한 인물이란 점에서, 가까이에서 비교할 만한 인물을 찾는다면 유일한, 장기려, 김수환, 마리안느와 마가렛, 전우익, 아서 맥타가트 같은 이들이 아닐까?

2002년 여름 캐나다 여행에서 돌아오는 길에 버몬트를 지나다가 갑자기 니어링 부부가 생각나서 관광 안내소에 들른 적이 있다. 아무 준비 없이 가는 바람에 니어링의 스펠링도 기억나지 않아 난감해 했던 일이 생각난다. 결국, 그런 이름을 처음 들어 본다며 고개를 갸웃거리는 안내원을 뒤로할 수밖에 없었다. 설사 그들이 살았던 지역을 찾은들 부동산 개발업자가 사회주의자의 흔적을 남겨 뒀을 리가 없겠지만 말이다.

그나저나, 한 여인이 남편을 위해 쓴 헌사인 이 책을 친구가 나한테 읽도록 권한 이유는 무엇일까? 평생 노동과 저술 활동과 공동의 선을 추구하기 위한 노력을 멈추지 않은 이들로부터 배울 바를 찾아보라는 뜻은 아니었을까?

리더스 다이제스트에 얽힌 추억

(2018. 2. 19)

대학 2학년 가을 학기 때였다. 법학개론 수업을 마치고 공대 강당을 막 빠져 나가려는 교수님의 길을 막아섰다. 〈리더스 다이제스트〉 잡지의 어느 기사의 한 문장을 가리키며 번역을 부탁했다. 연세가 지긋한 그는 상법의 전문가였으며 영어에 능통하다고 알려져 있었다. 나비넥타이를 맵시 있게 맨 그는 잠시 문장을 들여다보더니 "누구를 두들겨 팼다는 얘기야"라고 했다. "선거에서 이겼다는 뜻은 아닐까요?"라는 내 질문에 그분은 방금 했던 말만 되풀이하고는 강당을 빠져나갔다. 사전에는 beat의 뜻이 여럿 있으니 문맥을 통해 의미를 파악해야 했는데 당시 나로선 그런 능력이 없어서 난감했던 모양이다. 얼마 후 그 기사를 번역해서는 어떤 친구에게 읽어 봐 달라고 부탁했다. 곧 그로부터 듣게 된 답은 "잘 이해되지 않는다"였다. 꼭 필요한 일도 아니고 누가 시키지도 않은 그 번역을 왜 했을까? 아마도 영문 해득 능력을 시험해 보고 싶었던 게 아닌가 싶다. 전공과목인 '재료역학'의 원서 교재도 읽기 시작한 지 두 학기 째이니 스스로는 영문 해득에 힘이 붙었다고 자부했을지도 모른다. 재미있는 얘깃거리가 많다고 알려진 데다 손에 쉽게 잡히던 그 작은 잡지가 당시에 내게 술술 읽히지 않은 것은 분명하다. 어쨌든 자신의 능력에 대해 시큼한 맛을 보게 해 준 그런 일을 다시는 하지 않았다.

다시 그 잡지가 손에 익숙하게 잡히던 때는 미국유학 시절이었다. 여러 시험도 다 마치고 논문만 남았다고는 하지만 연구에 돌파구가 보이지 않던 시절이었다. 몸은 고단했지만 이런저런 생각으로 잠을 쉬 이룰 수가 없는 날이 많아지자, 그 잡지를 침대 머리맡에 놓아두게 되었다. 누워서 사전을 들추는 일이 편하지도 않으니 사전 없이 읽기가 시작되었다. 이제 와서 보니 초조하던 시절에 그 잡지는 내게 하나의 피난처가 아니었나, 하는 생각이 든다.

귀국 후에는 주로 번역판을 읽었는데 우리글로 쓰인 좋은 문장의 모범을 마주한다는 느낌을 갖게 되었다. 나중에 글을 쓸 때는 꼭 이처럼 써야겠다는 생각도 들었다. 영문판이 필요한 때는 해외 출장을 위해 공항에 도착했을 때다. 곧 외국어로 소통하려면 연습이 필요하다는 생각에서였다. 빈약한 화제를 메꾸는 데에도 도움이 되리라는 기대도 있었다. 비행 중 아시아판을 다 읽으면 도착 공항에선 현지판을 또 구입하기도 했다.

1997년 여름의 경우도 마찬가지였다. 콜로라도의 로키산맥 국립 공원에서의 어느 날 연회 중 앉다 보니 참석자의 부인들과 합석하게 되었다. 그 모임은 참석자라고 해 봐야 서른 명 남짓한 규모였으니 누가 누구의 부인인지는 쉽게 알게 되었다. 좌중의 청일점에다가 젊은 편이었던 나로선 모종의 역할을 해야 한다고 느꼈을지 모르겠다. 화제가 거의 떨어져 갈 즈음 비행기에서 읽은 어떤 기사로 말문을 이어가기 시작했다. 그 기사의 내용은 칭찬의 위력에 대한 것이었는데 가령, 아이가 혼자서 잘 놀 때에는 칭찬 한 마디 없던 어머니가, 심심해진 아이가 칭얼거리게 되면 꾸지람을 하는 것은 바람직한 육아법이 아니라는 식이었다. 나름의 경험이 있는 숙녀들의 호응을 받아가며 이야기를 이어 가던 중 한 숙녀가 반론을 제기했다. 그녀는 이 모임을 제안한 호스트의 부인이었으니 좌중의 호스티스였다. 그녀의 말의 요점은 자녀는 엄하게 키워야지 칭찬만으로는 안 된다는 것이었다. 꺼낸 화제가 결국은 호스티스와 다른 부인과의 논쟁으로 이어지는 바람에 내 입장이 난처해졌다. 당시 그날 대화에서 나온 poet(시인)과 poetry(시)도 혼동할 정도였던 내 영어 실력으로는, 부인들간의 논쟁을 수습한다는 게 가당치 않는 일이었다는 걸 생각하다 보니 웃음이 나온다.

　친기독교적이니, 친서방적이니, 보수적이니 하는 평가를 받는다고 알려진 이 월간지에서 늘 즐겁게 읽은 기사는 직장과 군대나 대학캠퍼스에서 경험한 독자들의 짤막한 경험담이었다. 가령, 손주를 기다리는 시아버지로부터 저녁마다 걸려 오던 전화에 시달리던 며느리가 한번은 작심하고 '전화하지 말고 얼마쯤만 기다려 주시면 좋은 소식을 전하겠다'라고 매정하게 답한 후, 곧 반가운 소식을 전하게 되었다는 이야기가 기억난다. 하나 더 하자면, 어느 대학 교수가 운동장에서 조깅을 하다가 학군단 훈련병들이 달리는 모습을 보고는 저들이 마칠 때까지 뛰어야겠다고 마음을 먹었단다. 시간이 지나 날이 어두워지는데도 멈추지 않는 젊은이들을 원망하며 결국은 그 교수는 멈출 수밖에 없었는데 이내 그들도 달리기를 멈추더란다. 교수가 그들에게 다가가 왜 이렇게 오래 달렸는지 물었더니, 청년들 중 하나가 교관이 "저 노인이 멈출 때까지 뛰어라"라고 명령했기 때문이라고 답하며 오히려 자신을 원망하듯 숨을 몰아쉬더라는 이야기도 기억난다. 책의 뒤에 실린 이 달의 북 다이제스트도 관심이 가던 부분이었다. 읽고 나면 책 한 권을 말 그대로 소화한 기분이 들 만큼 뿌듯해지던 기억도 있다. 십여 년 전 이 잡지의 우리말 번역판이 발행을 중단하더니, 영어판도 중단한다는 소문도 들었는데 그래선지 서점에서 이 잡지가 보이지 않은 지 한참 되었다.

끝으로 한 가지 일화만 더 소개해야겠다. 언젠가 퇴근 시간이 지나서 이 잡지의 어느 기사를 읽게 되었다. 다음 퇴근 버스인 7시 차는 타야 집에서 저녁을 먹을 수 있는 시간이었다. 기사의 내용은 어느 미국인이 오래전 벼룩시장에서 자그마한 그림을 20불인가를 주고 샀는데 세월이 지나 이걸 '진품명품'에 들고 갔다는 것이다. 결국 전문가가 감정을 하려는 찰나에, 아차! 싶어서 시계를 보니 버스 시간이 다 되었다. 서둘러 연구실을 나올 수밖에 없었다. 건물을 빠져 나오니 저 앞에 한 동료가 바삐 걷고 있었다. 그는 나와는 말하자면 입사 동기인 셈이다. 그와 나란히 걷게 되자, 방금 읽다가 두고 온 잡지의 기사 이야기를 하게 되었다. 이윽고 버스 정류장에 도착해서 곧 버스가 올 시간이 다가왔는데도 이야기는 끝나지가 않았다. 끝내 참지 못한 그가 "도대체 얼마짜리야?" 하고는 성내듯이 내게 물었다. "나도 끝까지 못 읽어서 몰라!" 하고 내 음성도 덩달아 커졌다.

집에 와서 이 얘기를 식탁에서 했더니 식구들이 모두 웃음을 터뜨렸다. 별 것도 아닌 일로 두 중늙은이들이 어두운 퇴근길에서 잠시나마 언성을 높였다는 게 우습기도 했을 것이다. 다음 날 아침, 연구실에 가서 그 명품의 가격을 확인했겠지만 지금은 기억나지 않는다. 정말이다.

기문이 뭐냐고?

(2018. 4. 26)

퇴계 이황의 제자인 매암(梅巖) 이숙량은 맏형수의 친정인 대구에서 한동안 머물게 되었어. 그의 맏형은 일찍 죽어서 둘째 형인 문량이 부친인 농암 이현보의 제사를 잇게 되었지. 당시에는 아직 양자 제도가 정착되기 전이어서, 자식이 없는 상태에서 남편이 죽으면 여자는 시집올 때 가져온 재산과 함께 친정으로 돌아가는 게 보통이었대. 그런데 매암의 형수는 시댁과 친정을 오가는 편을 택했던 모양이야. 그러자 누군가 동행이 필요하다 보니 막내 시동생이 그 일을 맡은 것이지.

그가 이곳에 서원을 하나 세우는 데 앞장서게 되어 기문(記文)을 받아야 할 입장이 되자, 그동안의 경과를 적어 퇴계에게 기문을 써 달라고 부탁했다네. 제자가 적어온 내용을 본 스승이 "기문이 별 게 있나? 내가 그대의 것보다 더 잘 쓸 수도 없으니 그대의 글을 기문으로 하게"라고 답했대. 그러자 제자는, "선생님 지금 저를 희롱하십니까?"라고 했다네. 그러자 스승은, "지금 그대는 큰 실수를 한 걸세. 다음 세대를 길러 낼 학교를 세우는 일을 논의하면서 어찌 희롱의 말을 할 수 있단 말인가?"라고 편지를 보냈대. 장차 서원의 위상을 생각해서 명망이 높은 이로부터 기문을 받으려고 애를 써 보았지만 뜻을 이룰 수 없게 되자, 제자는 자신의 글에다 스승의 편지를 합쳐 기문으로 삼았다는 얘기야. 결국 스승의 이름이 거기에 들어갔으니 제자의 소망이 관철된 셈이지.

이 서원의 이름은 경전을 연구하는 곳이라는 뜻으로 풀이하기엔 안성맞춤인 연경서원(研經書院)이었는데 나중에 사액까지 받았지만 대원군 때 훼철된 후 복원되지 못 했어. 지금은 대구시 북구 연경동 어디쯤에 그 터전이 있었을 것으로 추정할 뿐이지. 사실 이 동네는 고려 태조 왕건이 지나가다가 글 읽는 소리가 많이 들린다 해서 그 이름을 얻은 곳이라는군. 기문이 뭐냐고?

옛날 사람들은 흔히 건물을 하나 완성하면 그 건물을 세우게 된 뜻과 경위를 글로 적어 후세에 교훈이 되게 했다네. 그 글을 기(記) 혹은 기문(記文)이라고 하지. 물론 건물의 어딘가에는 이 기문을 판각한 내용을 내걸어, 오가는 사람들이 읽어 보게 한 거야. 우리가 옛 건물에 들어서면 한문으로 판각되어 천정 가까이 붙어 있는 걸 보게 되는데 그 중의 하나가 기문이지. 연경서원의 경우엔 매암이 지은 〈연경서원기(研經書院記)〉에다가 퇴계가 지은 〈서이대용연경서원기후(書李大用研經書院記後)〉가 함께 하나의 기문을 이룬 셈이지(여기서 대용은 이숙량의 자(字)이고 앞의 서와 뒤의 후는 서원기 뒤(後)에 붙인 글(書)이란 뜻이라네). 이 글들이 쓰인 시기는 1567년으로 스승이 67세이고 제자는 49세였으니, 둘 다 지은이가 인생의 원숙기에 쓴 글인 셈이지. 사제 관계가 엄격했을 그 옛날, 희롱이 아니냐느니 실수한다느니 하는 불꽃 튀는 말을 주고받았으니 어째 좀 아슬아슬하지만, 자기주장에서 한 치도 물러 설 수 없다는 학자들의 강기(剛氣)도 느껴지지 않는가?

일기나 여행기도 일종의 기문이랄 수 있겠지. 옛사람들은 이름을 짓게 되면 작명기(作名記), 책을 읽고 나선 독서기(讀書記), 매화나무를 심고나선 종매기(種梅記)를 쓰기도 했다네. 이참에 우리 모두 자신의 호를 하나씩 짓고 제호기(制號記)를 써 보면 어떻겠나?

금계리에서 들은 물음

-《주자서절요》를 바라보며-

(2018. 10. 12)

　금선정(錦仙亭)은 풍기의 금선계곡(錦仙溪谷)에 있다. 줄여서 금계(錦溪)로 불리는 이 계곡을 둘러싼 마을이 금계리이고, 위쪽의 물은 막혀서 금계저수지가 되었다. 이렇듯 금계는 계곡의 이름에서 비롯하여 마을의 이름이기도 하고 저수지의 이름이기도 하지만, 황준량(1517~1563)의 호이기도 하다. 그는 벼슬살이에서 물러나면 이곳에서 신선처럼 살고자했으나 뜻을 이루지 못한 인물이다. 고인을 기려 1781년 당시의 풍기 군수가 이 계곡에 지은 정자가 금선정이다. 나는 진작부터 이 정자와 주변 경관이 수려하다는 소문을 듣고는 가 보고자 했으나 기회가 좀처럼 오지 않았다. 그러다가 지난 1월 전광민이가 주원종과 나를 어느 사전 전시회에 데려갔다. 정자만 찍은 흑백 사진을 전시한 곳이었는데 여기에는 금선정 사진도 포함되어 있었다. 친구들과 사진을 들여다보며 조만간 이곳에 같이 가 보기로 약속했다. 비로소 어느 늦은 봄날에 이곳에 와 보게 된 것이다. 이번 행로에 나의 옛 동료이자 금계의 후손인 황재석 교수는 우리가 종손의 안내를 받을 수 있게 주선해 주었다.

　내가 황준량이란 이름을 처음 들은 것은 삼십여 년 전 아버지의 책장에서 찾아낸《국역 퇴계집》에서였다. 퇴계 이황(1501~1570)이 제자인 금계의 죽음을 애도한 글이 기억에 남아 있다. 도대체 그는 어떤 제자였기에 스승이 그 죽음을 이다지도 비통해 했던가 하는 궁금함이 생겨났던 것 같다. 그 후 금계에 대해 더 알게 될수록 그를 흠모하는 마음만 키워 왔다. 종손인 황재천 씨의 안내로 고인의 사당에 참배하고 금선정에 이어 금양정사와 저수지에 잠긴 욱양서원 터를 둘러보았다. 저녁을 들면서 나는 옛 기억을 더듬어 퇴계집의 한 구절을 들어, "혹시 금계 선생의 죽음이 어떤 여인과 관련이 있지 않았습니까?" 하고 종손에게 조심스럽게 물었다. 그러자 그는 '선조(先祖)가 마지막 벼슬이던 성주 목사로 있을 때, 어느 아전의 부인이 연모의 뜻을 전해 왔는데 목사가 눈길을 주지 않자 여인이 목을 매어 자결하고 말았다는 것과, 곧 병으로 사직을 청하고 집으로 오던 길에 예천에서 임종한 일' 등을 말해 주었다. 호기심이 발동한 손님들이 이런저런 추측을 더해 얘길 덧붙이거나 말거나 종손은 태연할 뿐이었다. 자신의 선조에 대한 이야기라면 털끝만큼도 누가 될 만한 것은 말하고 듣기를 피하는 게 인지상정이다. 비록 미심쩍은 이야기라도 고인에 대한 숭모의 마음을 잃는 데까지는 이를 수 없을 것임을 확신하는 듯, 우리의 이야기를 조용히 듣기만 하던 종손의 태도가 무척 우러러보였다.

밤이 되어 그와 헤어진 우리는 인근의 펜션에 들었다. 양쪽에 자리를 잡은 친구들 사이에 이건명과 내가 나란히 누웠다. 내가 근래에 읽고 있는 책에 대한 이야기를 얼마쯤 했을 때, 친구는 느닷없이 자기는 어떤 책을 읽어야 할지 모르겠다고 말했다. 친구로부터 듣게 된 '어떤 책을 읽어야 하는가?'라는 질문이 그날에는 무척 생소하게 느껴졌다. 읽을 게 많고도 많은 세상에서 어떤 책을 읽어야 할지 모르겠다니! 세파에 시달리다보니 대응할 수 없는 상황엔 침묵하는 편이 최선이라는 잠재의식이 친구지간에도 어느 정도 작용했는지 모르겠다. 나는 그 질문의 뜻을 생각해 보느라 아무 말도 하지 못했고, 곧 둘 다 잠이 들었는지 더 이어진 대화도 기억나지 않는다.

금계는 농암 이현보(1467~1555)의 손서이다. 즉, 금계는 농암의 아들인 문량의 사위이다. 당시 농암은 예안 분천에 살았는데 퇴계가 살던 도산에서 가까운 곳이었다. 퇴계는 이문량과 친구지간이었지만 친구의 부친과도 각별한 사이였다. 퇴계가 자주 드나들던 이웃 집안의 사위였던 금계를 언제 제자로 맞았는지는 분명치 않다. 금계의 갑작스런 부음을 듣고 퇴계는 고인을 위해 제문, 만사, 행장을 짓고, 제자가 완공을 보지 못한 금양정사를 마무리하고 잘 관리하도록 주변을 독려하고, 제자의 문집 간행에도 앞장섰다. 그로선 사제의 도리라기보단 평생지기의 역할을 다 한 것이다. 퇴계가 제자의 죽음을 애통해하는 정황은 제문에 잘 드러나 있다.

하늘이 이 사람을 빼앗음이 이다지도 빠른가? 참인가, 꿈인가, 놀랍고 아득하여 목이 메이는구나. 그대가 물러나서 돌아오면 실로 오가면서 옛 우의를 회복하자는 언약이 있었는데, 그대는 늘 내가 늙고 병들어 견디기 어려울 것을 근심하더니 어찌 짐작인들 했으랴. 오늘 늙고 병든 내가 살아 있어 도리어 한창 나이인 그대를 곡할 줄이야….

두 사람의 이러한 관계를 이해하는 데 《주자서절요(朱子書節要, 퇴계학연구원 번역, 1999)》를 빼서는 안 될 것이다. 퇴계는 1558년 이책의 편찬을 마쳐 두었다. 책을 세상에 펴낼 엄두를 내지 못하고 마냥 때만 기다리던 중이었다. 이를 보다 못한 제자가 1561년 이 책을 성주에서 펴낸 것인데, 스승은 자신의 필생의 과업을 완수하는 일에 도움을 준 제자에게 빚진 심정이 아니었을까?

퇴계의 연보에 따르면 1543년(중종 38년) 초, 그는 교서관에서 인쇄 작업 중인《주자대전》에 '원본이 깎이고 빠진 곳이 많음'을 발견하고, 임금에게 '먼저 홍문관에서 교정을 본 후 인쇄할 것'을 계청(啓請)했다고 한다. 요즘 말로 하자면 교정쇄를 통해 인쇄 과정에 문제가 많음을 알게 되어 그 해결책을 임금에게 보고했다는 말이다. 그 해 6월에 간행된 책을 퇴계도 손에 넣게 되었다. 이제 그가《주자서절요》를 편찬하게 된 연유를 그 서문(朱悔庵書切要序, 여기서 회암은 주자의 호이다)에서 들어 보자.

…가정 계묘년(1543년)에 중종대왕이 교서관에 명하여 이를 인출해서 반포하였다. 그리하여 비로소 신(臣) 황이 이런 책이 있다는 것을 알고 이를 얻어 보게 되었다. 그러나 아직도 그것이 어떤 책인지는 모르고 있었다. 그러다가 병으로 벼슬을 그만두고 이 책을 싣고 계상(溪上)으로 돌아와서는 날마다 문을 닫고 조용히 들어앉아서 이를 읽었다. 이로부터 차츰 그 말이 매우 맛이 있고 그 이치가 참으로 무궁하다는 것을 깨닫게 되었으며, 그 중에 특히 편지가 더욱 감동을 느끼게 하는 바가 많았다. 그런데 그 글 전체로 말하면 모든 것을 포용하여 그 안에 없는 것이 없지마는, 그러나 이를 탐구하려 한다면 그 요령을 얻기가 어려우며….

아, 참으로 대단하다 하겠다. 그런데 다만 그 분량이 너무나 방대해서 이를 읽고 탐구하기가 쉽지가 않으며, 겸하여 함께 실린 제자들의 질문이 더러 그 득실이 있음을 면할 수 없는 측면이 있다. 그래서 내가 자신의 역량이 어떠한지를 생각지 않고, 이 중에 특히 학문을 하는 데 유관하고 실생활의 적용에 절실한 것들을 골라서 이를 표출하였는바, 그 글의 편장에 구애받지 않고 오로지 그 요령을 얻는 데에 노력하였다.

  그리하여 이를 친구들 중에 글씨를 잘 쓰는 자 및 자질들에게 맡겨서 권별로 나누어 정서를 마치니 무릇 14권에 일곱 책이 되었다. 이를 본래의 글에 비교한다면 제외하고 넣지 않은 것이 거의 3분의 2가 된다. 외람되이 함부로 선별한 책임을 면할 수 없겠다.

  여기서 "친구들 중에 글씨를 잘 쓰는 자 및 자질들에게 맡겨서 권별로 나누어 정서를 마치니"라고 한 부분은 설명이 필요하다. 퇴계는 편찬을 마친 후에 원고를 정서해서 원본을 만들어야 했는데 그 일이 혼자 감당하기에는 너무 벅찼던 것이다. 그 일을 위해 제자나 친지들에게 부탁하게 되었는데, 농암의 자제들(문량, 희량, 중량, 계량, 숙량)에게 좀 많이 갔던지 불평의 말이 나게 되었다. 주자의 글을 읽으며 베껴 쓰다 보면 저절로 공부도 될 것이라는 퇴계의 뜻에 이들이 모두 공감하지는 못했던 모양이다. 그렇지만 그들 중에서 퇴계의 뜻을 가장 잘 이해한 이가 바로 막내인 숙량이었다. 그는 일찍이 퇴계의 제자가 되었으니 그 작업의 의미에 공감하는 바가 남달랐을 것이다. 결국 숙량이 힘을 써서 일이 잘 마무리되었고, 금계는 장인의 형제들이 정서한 스승의 원고를 자신의 마지막 임지인 성주로 가지고 간 것이다. 이 책을 간행할 때 쓴 발문을 통해 그의 입장을 들어 보자.

…아, 지극하다. 사람들이 참으로 마음을 비우고 조용히 사색하여 이 일에 종사하면서 이를 참으로 터득하고 실제로 이행하여 마음과 이치가 서로 친숙해진다면, 이정(二程, 정호(程顥)와 정이(程頤) 형제 즉, 정자(程子))의 학문을 거슬러 올라서 공맹(孔孟)의 세계에 도달하는 데 있어 이것이 바로 그 문로(門路)가 될 것이다. 그리하여 사서나 여러 경전들은 이를 보기만 하면 저절로 술술 풀리게 될 것이다.

따라서 장차 앞으로 이 책이 세상에 유행하게 되면 《근사록》과 더불어 사서에 들어가는 계단이 될 것이며, 그 규모의 방대함과 심법의 엄밀함은 오히려 위의 네 분 선생(정자, 공자, 맹자)의 것들이 아직 계발하지 못한 것들이 있는 것이다. 그런데도 퇴계공은 오히려 그 취하고 버린 것이 참람하고 외람되다고 하면서 이를 만든 자로 지목받기를 혐의쩍어하는 것이다.

나는 이에 자신의 역량을 헤아리지 않고 벽장 속에 보관해 둔 한 부의 책이 쉬 없어지고 만다면 어떻게 하나 하는 깊은 두려움에서 임고서원으로부터 활자를 빌리고 또 사상(使相) 홍담(洪曇)으로부터 반몫에 해당하는 조전(助錢)을 얻어서 겨우 이를 인간(印刊)하였으니, 일개 고을의 역량이 넓지 못한 것이 한탄스럽다 하겠다.

만일 이를 나처럼 좋아하는 이가 있어서 이 책을 세상에 표출하여 판각도 하고 인출도 해서 집집마다 전파되어 사람마다 이를 외어서 그 주경(主敬)과 궁리(窮理)에 대한 종지(宗旨)를 얻는 바가 있다면 그 남겨 전한 운치를 다스리고 끊어진 통서(統緖, 한 갈래로 이어온 계통)를 이어서 후세의 호걸이 될 자가 어찌 없겠는가?

그리고 그 감미로운 맛이나 무궁한 의리에 대해서는 이 글을 잘 읽는 자가 스스로 터득할 일인 것이며, 행동을 실천하는 여가에 만약 틈이 난다면 이 책을 취하여 이를 널리 읽는다면 또한 그 성덕(盛德)이나 대업(大業)이 결코 여기에서 벗어나지 않는다는 것을 알게 될 것이다.

가정 신유년(1561년) 5월 갑진일에 기성(箕城, 현재의 平海) 황준량이 삼가 발문한다.

위의 글에서 "퇴계공이 이 책을 만든 자로 지목받기를 혐의쩍어했다"라는 말은 퇴계의 서문에서 "외람되이 함부로 선별한 책임을 면할 수 없겠다"라고 한 말과 결이 같은 말이다. 퇴계는 주자의 편지글을 가려 뽑고 주를 단 일이 미안함을 표현한 것이고, 금계는 책을 만든 책임이 자신에게 있음을 공표함으로써 나중에 말썽이 나더라도 책을 출간한 일이 퇴계와는 무관함을 강조한 것이다. 제자가 스승을 보호하기 위한 배려라고 봐야할 것이다. 또한 "반몫을 홍담의 도움으로 인간했다"라는 말이 눈에 띈다. 이 책은 글자 수가 30만 자에 이른다니 170만 자에 이르는《주자대전》의 약 육분의 일이고, 그 중에서 편지글의 팔분의 삼에 이르는 양이다. 이런 방대한 책을 간행하는 데 성주 목의 재정만으로는 꾸려 나갈 수 없는 일이었다. 결국 당시 경상도 관찰사였던 홍담(1509~1576)의 도움을 받고서야 이 책의 간행이 가능했던 것이다.

이렇게 만들어진 퇴계의《주자서절요》는 당시 조선의 지식인 사회로부터 주자학 이해의 기본 도서로 각광받았다. 우리나라에서는 성주의 초간을 포함하여 모두 여덟 차례의 간행이 있었고, 일본에서는 1656년의 초간을 포함하여 모두 네 차례나 간행되었다고 한다.

이 책은 그 시대의 지식인에게는 필독서였다. 고전이란 읽어야 한다고 말은 하면서도 정작 읽지는 않는 책이라고 한다. 그런 관점에서, 이 책은 이 시대의 고전으로 분류될 수 있을까? 어쨌든 우리 중에 이 책을 읽을 사람이 있을까?

이제 얼마 안 있어 친구도 퇴직하면 더 여유를 가지고 자신의 물음에 대한 답을 찾아 나서게 될 것이다. 세월이 더 흐르면, 우리의 서가에 쌓인 책도 뿔뿔이 흩어질 것이고, 우리가 금계리에서 쌓은 추억도 짚불에 남은 재처럼 사그라들고 말 것이다. 그러고 나면 무엇이 남을까?

후기: 이 글을 읽은 황재천 씨는, 금선정은 풍기군수가 아니라 금계(錦溪)의 후손이 지었다는 사실이 남야 박손경의 기문 《금선정기》에 나온다고 알려 왔다. 또한 마을 이름은 일제가 1914년 금계(金鷄)로 바꾸었다고 했다. 정자 앞 안내판의 내용이 고쳐지고 원래의 동네 이름도 되찾을 날을 기대해 본다.

노래와 이야기의 곳간, 《삼국유사》를 읽고

(2019. 3. 10)

1980년 2월 어느 날 동대구역으로 가서 며칠 전 청량리역에서 부친 짐을 찾았다. 대부분이 책이었을 짐을 작은 화물차에 실었다. 조수석에서 바라본 경산행 포장도로의 모습은 아마 좁고도 볼품이 없었을 것이다. 남부 정류장에서부터, 《삼국유사》의 저자 일연의 고향이라는 압량까지는 신호등이 하나나 있었을까, 하던 때였으니 운전수는 마구 내달렸을 것이다. 몸이 들까불리는 가운데 곧 목적지에 도착했을 것이다.

아직 부임하기 전이었지만 미리 배정받은 연구실에서 해야 할 일이란 뻔했다. 그건 수업 준비였다. 중복되는 것을 포함해서 네댓 과목에 열다섯 시간, 아마 이 정도는 되었을 것이다. 남에게 배우기만 하다가 이제부턴 가르칠 입장이 되었으니 그 정도의 부담이 얼마나 버거운 것인지는 몰랐다. 남들도 다 그 정도는 하나보다 하고 묵묵히 받아들이는 한편, 얼마 남지 않은 개학에 대비해서 서둘러 강의 노트를 준비하는 데 전념해야 할 처지였다. 남쪽으로 창이 난 큰 연구실을 혼자 차지한 건 과분한 일이었다. 그런데 집중이 되질 않아 도무지 일에 진척이 없었다. 창으로 들어오는 햇빛이 신경 쓰여 책상의 방향도 바꿔보고, 커다란 회전의자도 어쩐지 불편해서 작은 의자로 바꾸었지만 소용이 없었다.

할 수 없이 도서관으로 갔다. 한적한 열람실이 있는가 싶어서 여기저기 문을 열어 보았다. 혼자 쓰는 조용한 연구실을 놔두고 도서관에

와서 한적한 공간을 찾는다는 게 우스운 노릇이었지만 말이다. 결국
은, 비다시피 한 큰 열람실을 찾아냈다. 창가의 구석자리에서는 초빙
인사로 보이는 백발의 노인으로부터 남녀 학생 몇이 뭔가를 배우고
있었다. 그들로부터 멀리 떨어져 자리를 잡았다. 곧 학생들 중 한 명
이 다가와서 자기들의 공부가 방해되지 않겠는지 물었다. 내가 괜찮
다고 하자 그는 돌아갔다. 그들로부터 들려온 것은 두런거리는 소리
정도였다. 그러니 별로 방해될 것도 없었지만 나는 그곳에 온 목적을
잊어버리고 말았다. 왜냐하면 관심이 온통 저 사람들이 무슨 책을 읽
고 있을까 하는 데 쏠렸기 때문이다. 아무 상관도 없는 사람들이 무슨
책을 읽고 있는지를 유추하는 일을 의미 있다고 할 수는 없을 것이다.
그렇거나 말거나 생각을 거듭한 끝에, 저들이 읽을 책이라고는 그 책
하나 밖에 없다는 결론에 이르렀다. 근거도 의미도 별로 없는 결론을
말이다. 그러자 그곳에 온 목적이 이미 달성되기라도 한 듯이 조용히
가방을 챙겨서 연구실로 돌아오고 말았다. 그 뒤로 다시는 그곳을 찾
지 않았으며 그들을 만난 일도 없었다. 별로 특별할 것도 없는 그 일
이 어떻게 아직도 기억에 생생히 남아있는 걸까?

최근에 《삼국유사(三國遺事)》의 번역본(김원중 역, 민음사)을 읽었
다. 눈길이 〈처용가(處容歌)〉에 이르자 고등학생 시절에 배운 내용이
희미하게 떠올랐다.

〈김원중의 현대어 번역〉
동경 밝은 달에

밤새도록 노닐다가
들어와 자리를 보니
다리가 넷이구나.
둘은 내 것이지만
둘은 누구의 것인가.
본래 내 것이지만
빼앗긴 것을 어찌하리.

흔히 이야기에서 노래가 나오는 것이지만 이 번역은 노래가 이야기가 된 것 같아서 읽는 맛이 밋밋해졌다. 오래전에 배운 내용을 되새겨보기 위해 양주동의 고어 번역문을 찾아서 아래에 원문과 함께 옮겨두었다.

〈양주동의 고어 번역〉
시볼 불긔 도래
밤드리 노니다가
드러아 자리 보곤
가르리 네히어라
둘흔 내해엇고
둘흔 뉘해언고
본디 내해다마른
아아놀 엇디흐릿고

할아버지는
왜
회사 안 가요?

270

〈원문〉

東京明期月良 (동경명기월량)

夜入伊遊行如可 (야입이유행여가)

入良沙寢矣見昆 (입량사침의견곤)

脚烏伊四是良羅 (각오이사시량라)

二肹隱吾下於叱古 (이힐은오하어질고)

二肹隱誰支下焉古 (이힐은수지하언고)

本矣吾下是如馬於隱 (본의오하시여마어은)

奪叱良乙何如爲理古 (탈질량을하여위리고)

학창 시절에 이 원문을 봤는지는 기억나지 않는다. 보았다 하더라
도 당시의 내 한자 실력으로는 어차피 별 도움이 못되었을 것이다. 달
밤에 자기 집에서 아내를 빼앗기고는 체념 혹은 달관에 이른 한 사내
가 부른 노래를 소리 내어 거듭 읽어 보았다. 우리말을 한자로 표현하
기 위해 선조들이 고안한 방법인 향찰이 조금씩 눈에 들어왔다. 먼저
뜻(훈)으로 읽은 글자들이 보였다.

제1구: 東京(서울, 셔블), 明(밝다→밝), 月(달)

제2구: 夜(밤), 入(들다→들), 遊行(놀다→노니)

제3구: 寢(자다→잘), 見(보다→보)

제4구: 脚(가랑이→갈), 四(넷→네), 是(이(것)→이)

제5구: 二(두), 吾(나)

제6구: 二(두), 誰(누구→누)

제7구: 本(근본→본디. 신라시대 때부터 本에 해당하는 우리말이 없어서 소리와 뜻을 함께 쓴 모양이다), 吾(나), 是(이(것)→이)

제8구: 奪(빼앗다→앗), 何(어찌→어), 爲(하다→하).

나머지 글자들은 소리(음)로 읽은 것으로 보인다. 鳥(오), 伊(이), 可(가), 羅(라), 肹(힐), 隱(은), 下(하), 於(어), 古(고), 焉(언), 沙(사), 矣(의), 昆(곤), 馬(마), 乙(을)은 지금의 음 그대로 혹은 유사하게 읽었다. 하지만 지금의 발음과는 다르게 읽은 것도 있다. 叱(질)은 'ㅅ' 혹은 'ㅿ'으로, 攴(지)는 '이'로, 如(여)는 '다'나 '디'로 읽었다. 良(량)은 네 번 쓰였는데 맨 처음엔 '애'로, 그 뒤 두 번은 '어'로, 마지막엔 'ㆍ'로 읽었다. 세 발음에 대해 왜 옛사람은 한 글자(良)로 고집했을까? 그들의 입장으로서는 세 음의 차이를 분간할 수 없었는지도 모른다. 위의 양주동 해석에서 사용한 아래아(ㆍ), 반치음(ㅿ), 순경음 비읍(ㅸ) 등이, 훈민정음이 만들어지던 시기에는 반드시 역할이 있었겠지만 현대에 와서는 버리고도 우리가 살아가는 데 별 지장이 없듯이 말이다.

이제 본문과 고어 번역문의 관계를, 비교적 쉬운 것만 살펴보자. 먼저 明期月良은 '불긔 ᄃ래'가 되었고 夜入伊는 '밤들이'를 거쳐 '밤드리'가 되었다. 遊行如可은 '노니다가'가 되었고, 寢矣見昆은 '잘의보곤'을 거쳐 '자리보곤'이 된 것으로 보인다. 四是良羅는 '넷이어라'를 거쳐 '네히어라'가, 何如爲理古는 '엇디ᄒ리고'를 거쳐 '엇디ᄒ릿고'가 된 모양이다.

'국보' 선생이 자신의 저서 《고가연구》 덕분에 아직도 학계로부터 경배를 받고 있는지에 대해서는 들은 게 없다. 하지만 어순에 있어서

나 어미와 조사가 발달한 정도에 있어서 중국말과는 현격히 다른 우리말을 중국의 글자로 표현하기 위해 선조들이 기울인 노고는 짐작할 수 있겠다. 훈민정음이야말로 우리 민족의 오랜 숙제를 해결해 준 위대한 발명품임을 새삼 일깨워 주는 대목이다.

우리 고대사의 연대를 삼국시대에서 단군시대로 확장시켰다는 평가를 받는다는 책을 다 읽고 나자, 저자인 일연 선사(一然 禪師, 1206~1289)가 말년을 보낸 군위의 인각사에 가 보고 싶어졌다. 진작부터 별러 왔지만 가 보지 못한 절이다. 언젠가 이 절이 麟角寺가 아니라 印刻寺여야 마땅하다는 주장을 읽은 것 같다. 이 절에서《삼국유사》가 저술되었을 뿐만 아니라 새겨서(刻) 인간(印刊)까지 되었기 때문이라는 것이었다. 지금으로서는 기억도 희미해져서 진정 읽은 것인지 상상에서 나온 것인지 헷갈리기도 한다.

한 주 전 고향 친구인 신갑철 부부와 우리 부부는, 선조들이 보지도 못한 동물의 뿔로 이름이 지어진 절에 다녀왔다. 절의 마당인지 주차장인지에 이르자 거의 동시에 차 한 대가 도착했다. 그 차에서 우리 나이 또래의 한 여인이 내렸다. 그는 차에서 무언가를 꺼내 가까운 건물의 처마 밑으로 옮기기 시작했다. 일행은 벌이 꽃에 끌리듯 그에게 다가갔다. 호박과 조금씩 담은 곡식보다 우리의 눈을 끈 것은 냉이였다. 필요한 물건을 고르던 손님으로부터 '뭐는 없느냐?'는 질문을 받을 때마다 여인은 그 물건이 없는 이유를 꼭 붙여서 대답했다. 그건 자신이 장사꾼이 아니어서라는 것이었다. 장사를 무슨 덜 좋은 일로 여기는 사람의 말투였다. 사람들의 언어생활에 대해 생각할 거리를 안겨 준 여인으로부터 넘겨받은 물건을 차에 실어 놓고 비각부터 찾았다.

비각 안에 놓여있는 일연 선사의 비 즉, '보각국사비(普覺國師碑)'는 이름에 어울려 보이지 않았다. 선사의 행적을 온전히 담았을 때 웅장했을 비가 수많은 조각으로 쪼개져서 상당 부분은 망실되고 지금은 비신의 일부만 남은 것이다. 이 비의 처지는 우리의 고대사 자료가 부실한 현실을 비춰 주는 것만 같아서 관람자를 미안하게 했다. 희미해진 글자나마 남은 부분을 살펴보다 보니 어느새 아까 만난 여인이 우리 곁에 다가와 있었다. 이 지역 출신이라는 그는 지금처럼 튼튼한 비각이 세워지기 전에는 사람들이 비석의 일부를 떼어 가기도 했다고 말해 주었다. 빗돌을 갈아서 먹이면 자식들이 공부를 잘 하게 된다고 믿는 사람들이 많았기 때문이었단다. 저절로 웃음이 나오게 하는 얘기 들으며 생각에 잠겼다. 전하는 비문의 내용에는 지금은 전해지지도 않은 수많은, 선사의 저서를 소개하면서《삼국유사》는 빼놓았다는 데에 생각이 이르렀다. 왜 그의 제자들은 스승의 업적 중에서 이 책에 대한 자부심이 부족했던 걸까?

여인과 비각을 뒤로하고 옆에 있는 선사의 기념관으로 갔다. 이곳에서 가장 눈길을 끈 것은 방금 본 비의 탁본이었다. 중국에 일부러 사람을 보내어 왕희지의 글자를 채집해 와서 완성했다는 비문의 탁본을 들여다보았다. 근래에 어느 연구자가 선사의 성이 그동안 알려져 온 김(金) 씨가 아니라 전(全) 씨였다고 주장한 사실을 떠올리며 글자를 들여다보았지만 나로선 도무지 알아볼 수 없었다.

기념관을 나와서 절 앞을 흐르는 냇가로 나갔다. 절을 소개하는 사진에서 본적이 있던 암벽도 가까이서 우러러보았다. 한때 이곳에 댐을 만들 계획이 있었는데 절을 비롯해서 많은 문화재가 소실된다는 이유로 반대가 심하여 계획이 무산되었다고 한다. 개울을 따라 걸음을 옮기며 이 물을 가두지 않고 흘려보내게 되어 다행이라는 생각이 들었다. 절과 함께 선사의 흔적이 오래 남아서 후손들이 그의 뜻을 더 잘 배우게 되길 빌었다.

이틀 전에는 옛 동료 김용찬과 비슬산 자연 휴양림에 갔다. 초행길인 나는 그의 안내를 받게 되었다. 관기봉을 향해 얼마쯤 오르다가 내려오는 길에 큰 비가 보여 다가갔더니 한자로 '보각국사 일연 기념비'라고 씌어 있었다. 뒷면에는 《삼국유사》 집필의 본산 비슬산 대견사, 《삼국유사》를 찬술한 보각국사 일연스님의 본명은 김견명(金見明), 호는 목암(睦庵) 법명은 일연(一然)이다. 1206년 6월 경산시 압량에서 태어나…22세 되던 1227년 승과 선불장에 장원급제 후 초임지인 비슬산 보당암(寶幢庵, 세종대 대견사 개칭)의 주지로 임명받아 44세 때인 1249년 분사대장도감으로 팔만대장경 주조에 참여하기 위하여 남해 정림사로 이석하기까지 22년간을 비슬산에 주석, 《삼국유사》 집필을 구상하시고 자료를 수집하셨다'라고 적혀 있었다. 비문의 끝에는 달성군수가 3년 전에 세웠음을 밝혀 두었다. 보당암에서 주지를 맡았다는 기록이야 있는 것이겠지만 《삼국유사》 집필의 본산'이라느니 '《삼국유사》 집필을 구상하고 자료를 수집했다'라는 말은 미심쩍었다. 한 인물의 명성이 높아지면 그와 조금만 인연이 있는 지역이면 서로 선양하겠다고 나서는 바람에 사람들을 어리둥절하게 하는 세태가 떠올랐다. 어쨌든 뜻밖의 장소에서 선사의 자취를 더듬어 볼 수 있어서 다행이라고 했더니, 동료는 지름길로 이끌었더라면 호사를 놓칠 뻔했노라고 자신의 선견지명에 득의만면했다. 나는 맞는 말이라며 그에게 사례했다.

1975년 초 고민에 빠졌던 때가 생각난다. 대학 2학년 진입을 앞두고 국사학과로 편입할까를 망설였던 것이다. 고민한 시간이 얼마쯤이었는지는 기억나지 않는다. 결국은 편입을 포기했다. 그때 만약 국사 공부에 더 진지했더라면, 갑자기 전공을 바꾸겠다고 해서 부모 형제를 놀라게 하는 일을 대수롭잖게 여겼더라면 어떤 삶을 살았을까? 내가 걸어온 길과 가지 않은 길은 5년 뒤 그 도서관에서 한 번 교차한 것일까? 가지 않은 길을 되돌아보는 일은 늘그막에 이른 사람의 피할 수 없는 노릇인가?

〈번역본을 개정할 때 참고할 만한 사항〉

1. 57쪽, "태조 천복 5년 경자년(940년)에 다섯 가야의 이름을 고쳤는데, 첫째 금관 金官, 둘째 고령 高寧…"에서, 647쪽의 원문에는 "…一金官, 二古寧…"으로 되어 있다. 그러니 高를 古로 고쳐야 한다.

2. 105쪽, "제22대 지철로왕…, 또 우리말에서 왕을 마립간麻立干이라고 부른 것도 이 왕 때부터다"에서, 한국민족문화대백과사전의 연표에 따르면 마립간으로 처음 불린 왕은 신라 제17대 내물마립간이다. 주가 필요하다.

3. 162쪽, 역자 주 8, "주周나라 측천제則天帝의 연호로…"에서 측

천제는 당(唐)나라 고종의 황후 즉, 측천무후를 말한다. 후에 그는 황제가 되어 국호를 대주(大周)로 고쳤다. 학자들은 이 나라를 고대의 주(周)와 구분하기 위해 무주(武周)라고 부른다. 비록 그렇기는 하지만 그 기간이 15년 밖에 되지 않는 데다 외국인 우리나라에서까지 그런 국호를 불러 줘야 하는지는 의문이다. 독자연호를 갖지 못 한 우리로서는 어쩔 수 없는 노릇인가?

4. 190쪽, 역자 주 1, "원성왕의 손자로서…"는 신라 제45대 신무대왕에 대한 사항인데, 그는 제38대 원성왕(元聖王)의 손자가 아니라 증손자이다.

5. 210쪽, "나의 백부 억렴億廉(왕의 아버지인 각간 효종은 추봉된 신흥대왕의 아우다)"에서 왕은 신라의 마지막 왕 경순왕으로, 그의 아버지 효종(孝宗)과 신흥대왕(神興大王)은 동일 인물이다. 주가 필요하다.

6. 210쪽, "태조의 손자 경종 주는 정승공의 딸을 왕비로 맞이했으니 바로 헌승왕후憲承王后다"에서 태조는 고려의 시조 왕건을 말하며, 경종은 고려의 제5대 임금으로 태조의 손자이다. 여기서 정승공은 신라의 마지막 왕인 경순왕을 말하며 그의 딸로서 경종의 비가 된 분은 헌승왕후가 아니라 헌숙왕후(獻肅王后)이다. 주가 필요하다.

7. 211쪽, "관광순화위국공신 상주국 낙랑왕 정승 식읍 8000천 호 김부는…"에서, 686쪽의 원문에는 "食邑八千戶金傅"라고 되어 있으니 '8000'을 '8'로 고쳐야 한다.

8. 218쪽, "온조는 하남의 위례성慰禮城에 도읍을 정하고 10명의 신하를 보필로 삼아 국호를 십제十濟라 했으니, 이때가 한나라 성제 홍

가 3년(기원전 18년)이다. 비류는 미추홀의 땅이 습하고 물이 짜서 편히 살 수 없게 되자 위례성으로 돌아와 도읍이 안정되고 백성들이 편안한 것을 보고는 부끄러워 후회하다가 죽었다. 그의 신하와 백성들도 모두 위례성으로 돌아왔다. 그 후 백성들이 즐겁게 따랐다 하여 국호를 백제百濟로 고쳤다. …성왕聖王 때에 도읍을 사비로 옮겼으니, 지금의 부여군이다. (미추홀은 인주仁州며 위례성은 지금의 직산稷山이다)"에서 일연은 위례성을 여러 차례 언급하면서 마지막에는 그곳을 직산으로 특정했다. 일연의 이 설명 때문에 우리 고대사 학자들이 난처해졌을 것이다. 논란이 있는 부분이므로 역자의 주가 필요하다. 221쪽에서는 역자는 앞의 위례성에 대한 주(9)에서 "지금의 서울특별시 풍납동이며 풍납토성에서 백제시대 유물이 발굴되었다"고 했다. 위례성에 대한 한강설을 지지하면서 일연의 직산설에 대해서는 아무 주도 달지 않으면 이상하지 않겠는가?

9. 295쪽, "백제 제29대 법왕의 이름은 선인데 효순이라고도 한다. 개황10년 기미년(590년)에 즉위하여…"에서 법왕이 즉위한 해가 기미년이긴 하지만 그 해는 590년이 아니라 599년이다.

10. 330쪽, 역자 주1, "'법화경法華經'을 말한다. 원효대사가 지었으며 삼국통일에 지대한 영향을 끼쳤다"에서 역자는 법화경을 원효대사가 지었다고 했는데, 원효가 지은 것은 법화경이 아니고 그것을 해설한 《법화경종요法華經宗要》이다.

11. 637쪽, "다행히 우리의 유학도儒學徒 성주목사 권주 공이 내가 이 책을 구한다는 말을 듣고는 완본을 구해서 보냈다. 나는 기쁘게 받고서 감찰사 상국 안당과 도사 박후전에게 이 소식을 알리니 모

두들 기뻐했다. 그래서 여러 고을에서 나누어 간행하도록 하여 우리 고을로 보내 간직하게 한 것이다." 이것은 이른바 정덕본《삼국유사》 (1512년 간행)의 발문(跋文)의 일부로 당시 경주 부윤인 이계복(李繼 福)이 쓴 글이다. 이 책이 어떤 과정을 거쳐 우리에게 전해졌는지를 잘 설명하고 있다. 여기서 역자가 '감찰사 상국 안당'이라고 한 표현은 790쪽의 원문 '監司安相國瑭'을 번역한 것으로, '감찰사'는 원문의 표 현대로 '감사'라고 옮기든지 '관찰사'로 고쳐야 한다. 조선조에는 감찰 사란 관직이 없었다. 당시 안당은 경상도 관찰사로서 이 발문에 연명 하였다.

　12. 683쪽, 역자 주4, "조선 중종 때의 학자로 좌찬성과 우의정까지 올랐으며 기묘사화를 일으켰다"라는 문장은 앞에서 언급한 안당을 설명한 것이다. 그는 조광조를 천거했으며, 소격서의 혁파를 계청하 고 정국공신의 삭훈을 찬성하여 사림으로부터 높이 추앙받은 인물이 다. 기묘사화가 일어나자 조광조를 구하려고 했다가 탄핵당한 인물 이니, 그는 기묘사화로 피해를 입은 사람이다. 그런 인물에게 "기묘사 화를 일으켰다"라는 표현은 터무니없다.

몽염, 사마천과의 대담

(2019. 10. 2)

사회: 두 분께서 대담에 응해 주셔서 감사합니다. 천자문을 읽다가 '恬筆倫紙(염필륜지: 몽염(蒙恬, ?~BC 209)은 붓을 만들고 채륜은 종이를 만들었다)'에 이르렀을 때, 말을 타고 전장을 누빈 장수가 붓을 만들었다는 말이 좀처럼 믿기지 않아 의아해했습니다. 이렇게 몽 장군님에 대해 생각하다 보니 태사공(사마천(司馬遷), BC 145~?)께서 《사기(史記)》의 〈몽염 열전〉에 담은, 장군에 대한 인물평이 박하다는 느낌을 가졌던 일이 생각났습니다. 다시 그 부분을 읽어 보았지만 그 느낌은 바뀌지 않았습니다.

역사를 대할 때는 감정이 아니라 이성을 바탕으로 깊이 생각해야 한다고 들었습니다. 저는 역사를 분별하는 이성을 갖기 위해 《사기》의 〈본기〉뿐만 아니라 진시황에 관한 책을 읽었습니다. 또한 '역사는 시대의 산물'이란 말에 따라 한무제와 태사공에 관한 책도 읽었습니다. '일을 할 때는 옛사람의 생각을 고민해 보고, 실패에 대한 이치를 찾아봐야 한다'라는 태사공의 말씀도 염두에 두었습니다. 한편 '역사를 바라볼 때는 자신을 그 상황에 대입하는 것이 중요하다'라거나 '역사를 공부할 때는 옛사람과 지금의 나를 역지사지하는 정신으로 들여다볼 줄 아는 고민이 필요하다'라는 후대 역사가들의 가르침에 따라, 한 번은 몽 장군이 되었다가 한 번은 태사공이 되어 생각을 거듭해 보았습니다. 하지만 '역지사지'가 말처럼 쉬운 게 아니어서, 독서와 생각이 이성을 밝혀 주기는커녕 저를 오히려 혼란의 지경으로 몰아넣는

바람에, 장군에 대한 태사공의 인물평이 공정한 것인지에 대한 답을
도무지 얻을 수 없었습니다.

결국 오늘 이 자리에 두 분을 모시게 되었으니 제가 답을 찾는 데 부
디 도움을 주시길 바랍니다. 먼저 자기소개부터 간단히 해 주십시오.
몽 장군께서는 무인으로 살았음에도 붓을 만들게 된 계기도 말씀해
주시길 바랍니다.

몽염: 시골의 어느 중학교 쓰레기장 옆의 볼품없는 무덤에 누워 있
는 저를 불러 주어 고맙습니다. 저를 소개하기 전에 먼저 사람들이 저
희 집안을 '삼대에 걸친 충신집안'이라고 부르는 이유부터 말해야겠
습니다. 저의 할아버지 몽오는 제나라에서 진(秦)나라로 와서 장수가
되어 한(韓), 조(趙), 위(魏) 세 나라의 위세를 꺾는 데 크게 이바지했
습니다. 아버지 몽무는 부장군으로서 왕전 장군과 함께 초나라로 쳐
들어가, 항우의 할아버지인 항연을 죽이고 왕을 사로잡아 초나라를
멸망시켰습니다. 저는 한 때 형벌과 법률을 배워 소송문건을 처리하
는 일을 했습니다. 곧 집안의 내력에 따라 장수가 되어 제나라를 멸망
시켜 진나라가 천하통일을 완수하는 데 기여했습니다. 그 후에는 진
시황의 명을 받아 군사 30만을 이끌고 북쪽으로 가서 흉노를 쫓아 버
리고 만리장성을 쌓았습니다. 황제께서는 저에게는 궁궐 밖의 일을
맡기시고 동생 몽의는 언제나 궁궐 안에서 정책 수립에 참여하게 하
여 둘 다 충신이라는 평을 받았으니, 여러 장수와 대신도 감히 우리
형제와 다투려하지 않았습니다. 그러나 진시황이 순행 중 갑자기 돌
아가시자 조고, 이사, 호해 세 사람의 흉계로 말미암아 우리 형제는
억울한 죽음을 맞은 것입니다.

아까 말했듯이 저는 옥의 관리인으로 경력을 시작했는데 법률을 정리하고 사건을 분류하여 기록하는 일을 주로 담당하였습니다. 또한 전쟁터를 누비는 동안에도 각종 군사관련 기록뿐만 아니라 각 군영 사이의 교신을 위해서나 황제께 올리는 글 등을 쓰는 일은 중요했습니다. 그러다 보니 보다 나은 필기도구의 출현을 기다리다가 직접 붓과 먹을 개량하는 데 나서게 된 것입니다. 고대에는 신하의 일을 문무(文武)로 나누지 않았다는 점을 염두에 두셔야 합니다.

사마천: 집안의 내력에 의해 하는 일이 정해졌던 고대의 관례에 따라 우리 가문 역시 저의 삶에 크게 영향을 미쳤습니다. 원래 진(秦)나라의 뿌리 있는 가문이었던 우리 집안은 할아버지 때에 와서는 농부나 다름없는 지경으로 떨어졌습니다. 따라서 농사일을 하시던 아버지 사마담(?~BC 110)이 태사령(太史令)이라는 직을 받게 된 것은 저에겐 큰 행운이었습니다. 태사령은 나라의 역사를 기록하는 사관의 업무를 맡았습니다. 사관은 한무제가 새로 만든 관직으로 천문과 역법에 관한 일을 관장하면서 황제의 모든 제사의식에서 점쟁이나 무당에 가까운 업무를 겸했으므로, 황제의 눈에는 악공이나 배우에 불과했고 세상 사람에게는 조롱거리였을 만큼 비천한 직책이었습니다. 하지만 아버지는 평범한 사관이 아니었습니다. 그는 역사를 올바로 기록하는 일이 중요하다는 것을 깨달은 분이었기 때문입니다. 그 결과, 아버지는 손수 기록한 많은 자료를 저에게 넘겨주면서 마무리를 지으라는 유언을 남기셨습니다. 그러니 저의 역사가로서의 삶은 아버지의 유언을 따른 결과에 불과합니다.

역사의 현장을 답사하는 것이야말로 역사가에게 불가결한 것이라는 아버지의 명에 따라, 저는 벼슬길에 나아가기 전인 스무 살 때부터 천하유력(天下遊歷)에 나서게 되었습니다. 이러한 현장 답사를 통한 역사 탐구 노력은 벼슬길에 나아가서도 이어졌으며, 그 결과 역사의 기록이 권력자의 삶을 날줄로 삼고 민중의 삶을 씨줄로 삼는 베짜기와 같다는 걸 깨닫게 된 것입니다. 결국은 왕이나 황제의 기록인 〈본기〉에다가 제후의 기록인 〈세가〉를 더하고, 장군과 충신 등 벼슬아치에서부터 간신, 부호, 혹리, 자객, 유협에 이르기까지 기존의 역사에서는 중요하게 다루지 않았던 각양각색의 인물들의 삶을 〈열전〉에 버무려 넣어 《사기》를 완성했습니다. 기존의 역사가 권력자 중심의 편년체 기술이었던 것에 비해, 〈본기〉와 〈세가〉는 편년체로, 〈열전〉은 이야기체로 담아 기전체(紀傳體)란 새로운 역사 기술 형식을 창조한 것입니다.

《사기》에서 저는 태사공(太史公)이란 화자가 이야기하듯 글을 이끌어 나갔는데, 이 이름은 아버지의 직책인 태사령을 제가 나중에 이어받았기 때문에 사용한 것입니다. 비록 공(公)이 붙긴 했지만 당시엔 이것이 존칭도 아니었으니 제가 스스로 높여 부른 호칭이 아니란 점을 이해하셔야 합니다.

이미 소개가 길어졌으니 제 삶의 한 고비를 끝으로 마무리하겠습니다. 제가 모신 한무제(漢武帝)는 정복욕이 무척 강한 분이었습니다. 이 분의 명으로, 당시 나라의 큰 걱정거리였던 북쪽의 흉노족을 정벌하기 위해 이릉(李陵) 장군이 나섰다가 결국은 중과부적으로 적에게 항복하고 말았습니다. 이로 인해 조정에서는 큰 소란이 일었고 황제가 밥을 못 먹는 지경에 이르자, 신하들은 앞을 다투어 이 장군을 비난하였습니다. 그러자 황제는 벼슬도 높지 않은 저에게 의견을 물었지요. 황제의 면전에서 의견을 말해 본 경험이 별로 없었던 저는 무심결에 이 장군의 처지를 변호하고 말았습니다. 그 일로 황제의 미움을 산 저는 사형 대신에 선택한 궁형 즉, 남자의 중요한 부분이 잘리는 형벌을 받고는 환관이 되었지요. 당시에 저는 차라리 죽고 말지, 하는 마음도 있었지만 오로지 아버지의 유언을 완수하겠다는 일념으로 참아냈습니다. 그 결과가 바로 《사기》로 남은 것입니다.

사회: 본론으로 바로 들어가기 위해 태사공께서 〈몽염 열전〉에서 장군을 평한 내용을 읽어 보겠습니다.

나는 북쪽 변방 지역에 갔다가 지름길(직도)로 돌아왔다. 길을 가면서 몽염이 진나라를 위해 쌓은 장성의 요새를 보니, 산악을 깎고 계곡을 메워 지름길을 통하게 했으니 진실로 백성의 힘을 가벼이 여긴 것이 분명하다. 진나라가 처음 제후를 멸망시켰을 때 천하의 민심은 아직 제자리를 찾지 못했고 전쟁의 상처도 채 가라앉지 않았는데, 몽염은 이름 있는 장수로서 이러한 때에 곤궁한 백성을 구제하고 늙은이를 모시고 고아를 돌보며 모든 백성을 안정되고 평화롭게 하는 일에 힘써야 한다고 강력히 간언하지 않고 도리어 시황제의 야심에 영합하여 공사를 일으켰으니 그들 형제가 죽음을 당한 것은 마땅하지 않겠는가! 어찌 지맥을 끊은 탓으로 돌리랴.

먼저 태사공께서는 장군에 대해 이런 평가를 내리게 된 연유를 말

쓰해 주시고 이어서 몽 장군의 의견도 듣고 싶습니다.

사마천: 위에서 언급한 내용은 당시 제가 현장에서 느낀 그대로를 적은 것입니다. 몽 장군이 그저 통치자의 의도에 따라 아첨하여 공을 세우려고 했지 노역으로 고통 받는 백성들의 입장은 전혀 고려하지 않았다고 본 것입니다. 저는 진나라가 단기간에 통일을 이룬 직후 아직 천하가 안정되지 않았고 상처도 아물지 않아서 백성들이 이와 같은 거대한 노역을 감당할 수 없었다고 생각했습니다. 그런데도 몽 장군이 백성의 고통을 무시하고 경거망동하여 끝내 좋은 결말을 얻지 못했으니 실로 벌을 받아 마땅하다고 보았던 것입니다. 여기서 장성을 쌓고 직도를 통하게 한 객관적 효과가 어떠했는지는 차치하고서, 억압받는 민중의 관점에서 그분의 공적을 평가한 것입니다.

몽염: 한 시대의 인물은 자신의 삶을 사는 것이고, 이 인물에 대한 후대의 평가는 그대로 의미가 있는 것입니다. 그러니 제가 태사공의 평가에 대해 왈가왈부하는 일은 우습습니다. 게다가 "내 죄는 죽어 마땅하다. 임조에서 요동까지 장성을 만 여리나 쌓았으니 이 공사 도중에 어찌 지맥을 끊어 놓지 않을 수 있었겠는가? 이것이 바로 내 죄로구나"라는 말은 제가 죽기 전에 직접 한 말이기도 합니다. 다만 우리 형제가 시황제의 야심에 영합하여 불필요한 공사를 일으켰으니 죽어서 마땅하다는 말은 억울합니다.

사회: 태사공의 몽 장군에 대한 평가는 진시황에 대한 평가와 깊이 연관된 것으로 보입니다. 진시황에 대한 평가를 알아보기 위해 먼저 한나라의 초기의 역사가 가의(賈誼, BC 200~168)의 말을 인용하겠습

니다.

　진시황은 자기만 옳다고 여겨 남에게 묻지 않았고, 잘못을 하고도 고칠 줄 몰랐다. 이세도 이를 그대로 이어받아 고치지 않고 포악무도하여 재앙이 가중되었다. 자영은 친척도 없이 외로웠고, 힘없고 위험한 처지에서도 보필하는 자가 없었다. 세 군주가 모두 잘못에 빠져 있었음에도 죽는 순간까지 깨닫지 못하였으니, 멸망이 어찌 당연하지 않겠는가?

　당시 세상에 생각이 깊고 시세의 변화를 예견하는 사람이 없었던 것은 아니다. 그럼에도 용감하게 충심을 다하여 왕의 잘못을 바로잡지 못한 것은 진의 습속에 꺼리고 피해야 할 금기가 많아 충성스러운 말이 입에서 나오기도 전에 몸이 죽고 말았기 때문이다. 천하의 인재들은 귀를 쫑긋 세운 채 듣기만 하고, 두 다리를 하나로 포개어 선채 입을 꾹 다물고 아무 말도 할 수 없었다. 이 때문에 세 군주가 도를 잃었음에도 충신은 감히 바른 말을 하지 못하였고, 지혜로운 인재는 감히 계책을 내지 못하였다. 천하가 이미 어지러운데 나쁜 일들이 위로 보고되지 않으니, 이 어찌 슬픈 일이 아니겠는가?

　이 글을 태사공께서는 〈본기〉에 온전히 인용하셨으니 공감하셨다는 뜻이겠지요. 이 글은 진나라가 통일의 대업을 완수한 지 15년 만에 망한 책임의 상당 부분이 진시황의 폭정에 있다는 뜻으로 읽힙니다. 진시황은 땅을 통일한 것 말고도 중앙 집권제를 통한 엄한 법체계 실시, 문자 통일, 도량형 통일, 흉노 공략, 남월 정복, 만리장성, 치도와

직도의 건설 등 중국의 형성에 2000년 이상 동안 영향을 미쳐 온 인물입니다. 그러니 이 인물에 대한 후대의 평가 역시 그리 단순하지가 않았습니다. 이 복잡한 인물 진시황에 대한 평가가 몽 장군에 대한 평가에 영향을 미쳤다는 데 대해 어떤 의견이신지요.

사마천: 질문의 취지는 이해하겠습니다만 제 대답은 "아니올시다"입니다. 여러 인물이 한 시대를 공유하는 것은 어쩔 수 없는 일입니다만, 역사가가 이들을 평가할 때에는 분리해서 볼 수밖에 없습니다. 그래서 저는 두 인물에 대한 평가를 〈본기〉와 〈열전〉에 분리해서 다룬 것입니다. 황제는 황제의 위치가 있고 신하는 신하의 위치가 있는 것입니다. 저는 진시황에게 간언해서 나라를 안정시킬 기회가 몽 장군에게 있었다고 본 것입니다.

몽염: 제가 흉노를 몰아내고 직도와 만리장성을 건설할 때까지만 해도 진시황은 대체로 긍정적인 평가를 받을 만한 군주였다고 봅니다. 그는 물론 결점도 있었습니다만, 더 나은 의견이 나오면 자기의 뜻을 거두어들일 줄도 알았고, 판단력도 뛰어났고, 부지런했으며, 과단성이 있었으며, 무엇보다 그에겐 남들이 보지 못하는 비전이 있었습니다. 저는 그분의 치명적인 잘못의 출발이 분서갱유에서 비롯했다고 봅니다. 아방궁 공사니 불사약을 구하는 일 등은 모두 그 후의 일입니다. 그 시기는 기껏 서너 해에 불과합니다. 당시에 저는 도성에서 멀리 있어서 황제를 뵐 기회도 없었을 뿐만 아니라 저에게 맡겨진 일에 눈코 뜰 틈이 없었습니다. 변방의 일만 열심히 하면 나라에 도움이 될 줄 알았던 것이지요. 사회자의 말이 저에겐 조금도 위로가 되지 않습니다.

사회: 앞의 질문이 두 분을 불편하게 했나봅니다. 그렇지만 태사공께서 만리장성을 바라보면서 몽 장군을 평가하게 되었다니 관련된 이야기를 더해 보겠습니다. 아시다시피 만리장성은 진시황과 몽 장군의 회심의 역작이라 할 만한 것이었습니다. 당시나 그 후나 북쪽의 이민족은 중원의 큰 골칫거리였습니다. 이들을 막을 수만 있다면 무슨 일이라도 해야 했습니다. 그러나 몽 장군께서는 무력으로 그들을 상대하는 것은 한계가 있다는 것을, 30만 대군을 이끌고 나선 원정을 통해 잘 알게 되었을 것입니다. 그래서 선택한 것이 만리장성이었습니다. 물론 이것은 이전에 있던 것을 서로 연결하고 보완한 것이지 진시황 때 온전히 새로 쌓은 것은 아닙니다. 어쨌든 이 사업의 완수는 중원의 오랜 숙제였습니다.

흉노가 얼마나 큰 골칫거리였는가를 보여 주는 한 예로서 한나라 때의 경우를 생각해 봅시다. 한나라의 환관이었다가, 흉노의 우두머리인 선우의 측근이 된 중항열이란 인물이 이런 말을 했습니다.

한나라 사자여! 쓸데없는 소리 하지 마시오. 한나라가 흉노에게 보내는 비단, 무명, 쌀, 누룩의 수량이 정확히 맞고 품질이 좋으면 그만이오. 달리 무슨 말이 필요하겠소? 보내는 물품이 갖추어지지 않았거나 질이 나쁘면 곡식이 익는 가을을 기다렸다가 기마를 달려 당신네 농작물을 짓밟아 버릴 것이오.

이 말로 미루어 짐작하건대 만리장성이란 게 흉노를 막는 데, 진시황과 몽 장군이 기대한 것만큼 크게 도움이 되지는 않은 모양입니다.

그 후로 거란, 몽고, 여진을 막는 데에도 장성은 별로 도움이 되질 못했습니다. 그러나 장성 건축이 후대에도 꾸준히 이어져서 명나라 때까지 계속된 것을 보면 장성은 중국인들에게 북쪽의 이민족을 방비하기 위한 부적 같은 것이었던 모양입니다. 앞에서도 언급했지만 '역사가 시대의 산물'이란 점을 받아들이면, 태사공께서 만리장성으로 몽 장군을 평가한 일을 뭐랄 수는 없는 노릇이니 다음 주제로 넘어가겠습니다.

역사에는 가정이란 게 무의미하다는 말이 있긴 하지만, 만약 이사와 조고가 호해와 더불어 음모를 꾸미지 않아서 진시황의 맏아들인 부소가 제위를 이었더라면 진나라가 일찍 망하는 일도 없었을 것이고, 그랬으면 진시황과 몽 장군에 대한 평가도 달라지지 않았을까요?

몽염: 그 점은 저도 아쉽게 생각하는 바입니다. 부소는 아버지와는 달리 주변으로부터 어질다는 말을 듣던 사람입니다. 진시황이 방사부류 460여 명을 묻는 사건, 이른바 갱유 사건이 일어나자 부소는 이렇게 직언했습니다.

이제 겨우 천하가 평정되었으나 먼 지방의 백성들은 아직 안정되지 않았습니다. 지식인들은 모두 공자(孔子)를 부르며 본받고 있는데 지금 주상께서는 엄벌로만 그들을 묶어 두려 하시니, 신은 천하가 불안해지지 않을까 걱정될 뿐입니다. 주상께서 잘 살펴 주십시오.

그러자 시황은 화를 내며 부소를 북쪽 상군으로 보내어 저를 감시하게 한 것입니다. 진시황은 변방에서 30만 병사를 거느린 제가 못 미더웠던 것이지요. 그는 의심이 많은 사람이었습니다. 게다가 그는 무슨 이유에선지 맏아들을 태자로 책봉하지도 않았습니다. 그 점은 천고에 후회스러운 일이지요.

당시에 부소가 제 가까이에 있게 된 것이 나쁜 일만은 아니었습니다. 유사시에는 두 사람이 의견을 모을 수 있었으니까요. 그러나 그런 일은 일어나지 않았습니다. 그가 저의 충고를 듣지 않았기 때문이지요. 우리 두 사람에게 자결하라는 황제의 거짓 명이 당도했을 때, 뭔가 일이 잘못 되었음을 간파한 저는 부소에게 그 명을 따라서는 안 된다는 충고를 했습니다. 하지만 그는 제 말을 듣지 않고 서둘러 목숨을 끊고 말았습니다. 그에게 진시황은 아버지라기보다는 도저히 거역할 수 없는 어떤 존재였던가 봅니다. 당시의 진나라의 법률이 그만큼 무서운 것이었다는 방증이기도 하지요. 세 도적들이 흉계를 꾸미지 않은 경우는 말할 나위도 없고, 만약 부소가 그렇게 제 충고를 무시하지만 않았더라면 저는 대책을 마련할 수 있었을 것입니다. 긴박한 순간의 작은 차이는 긴 시간을 걸쳐서 보았을 때 큰 차이를 낼 수 있는 것입니다.

사마천: 역사가에게 때로는 이미 일어난 사실만 가지고도 어떤 사안을 판단하기가 버거운 것입니다. 그러니 일어나지 않은 일까지 상정할 엄두는 나지 않습니다. 다만 방금 몽 장군이 말씀하신 부소에 대한 언급은 공감하기가 어렵습니다. 부소는 아버지가 죽으라고 했다고 하니 그 진의를 알아볼 엄두도 내지 못하고 냉큼 죽어 버린 사람입니다. 미루어 짐작해 보면 그에게는 냉철한 이성도 권력욕도 없었다는 말이 됩니다. 특히 권력욕이 없다는 점은 정치인으로서는 치명적

입니다. 이런 인물이 어쩌다 정권을 잡은들 역사의 방향을 돌릴 수 있었을지는 의문입니다.

사회: 태사공의 말씀처럼 몽 장군이 진시황에게 만리장성 공사에 대해 간언했다면 어떤 일이 벌어졌을까요? 진시황은 자기의 맏아들이 직언했다는 이유로 화가 나서 그를 변방으로 쫓아 버린 사람입니다. 그런 사람이 신하의 직언은 참을 수 있었을까요? 앞에서 소개한 가의의 말처럼 "충성스러운 말이 입에서 나오기도 전에 몸이 죽고 말"지 않았을까요? 당태종을 잘 보필한 위징은 이런 말을 했다더군요.

나는 폭군에게 충언했다가 목숨을 잃는 충신(忠臣)이 되기보다는, 잘 간언해서 군주도 성군이 되게 하고 나도 오래 사는 양신(良臣)이 되고 싶다.

누구에게나 목숨은 소중하다는 뜻이겠지요. 태사공께서도 친구 임안에게 보낸 편지에서 "사람은 누구나 한 번 죽게 마련이지만 어떤 죽음은 태산보다 무겁고 어떤 죽음은 터럭만큼이나 가볍기도 한데 그것은 어떻게 죽느냐에 따라 달라지는 것입니다"라고 말씀하셨지요. 그래서 태사공께서는 구차한 목숨이나마 건지셨기에 만고에 빛나는 《사기》를 남기셨고요. 자, 여전히 태사공께서는 몽 장군께서 진시황에게 간언했다가 반드시 죽었어야 역사에 충신이라고 기록되었으리라고 보십니까? 몽 장군에게도 태사공의 꿈에 못지않은 꿈 즉, 살아서 반드시 이루고 싶은 꿈이 있지 않았을까요? 저는 한 인물을 평가할 때, 그가 한 일로써가 아니라 하지 않은 일로써 평가하는 것이 온당한 지를 묻는 것입니다. 이 점에 대해 두 분의 의견을 듣고 싶습니다.

사마천: 사회자의 말을 듣고 생각해 보니 몽 장군이 진시황에게 간언하지 않았다는 이유로 "죽음을 당한 것은 마땅하다"라고 한 것은 지나쳤다는 말을 들을 만합니다. 그러나 굳이 변명하자면 몽 장군이 "삼대에 걸친 충신집안"이라고 말했듯이, 장군 집안은 나라에서 이미 받은 게 많은 집안이었습니다. 어느 사회나 상류층은 그에 걸맞은 도덕적 책무 의식을 가져야 한다고 봅니다. 즉, 몽 장군 형제쯤 되면 오로지 진시황을 위한 신하가 아니라 진나라의 먼 미래를 위한 신하가 되었어야 마땅하다고 본 것입니다. 그들이 이사(李斯)처럼 다른 나라에서 건너온 신하였으면 그런 말도 하지 않았을 것입니다.

몽염: 저는 당시 진시황과 진나라를 구분해서 충성한다거나 황제에게 만리장성 공사에 대해 간언한다는 것은 생각도 못했습니다. 이것은 결코 목숨이 아까워서가 아니었습니다. 저는 초나라, 제나라와의 전쟁을 통해 뼈와 심지가 단단해진 사람입니다. 나라를 위해 목숨을 바치는 것쯤은 얼마든지 감당할 수 있었습니다. 아까도 말했지만 오직 변방을 지키는 일이야말로 황제와 나라에 보은하는 것이라고 굳게 믿었으니까요.

다만 이세 황제가 된 호해가 저에게 사자를 보내 "그대는 잘못이 많다. 그리고 그대의 아우 몽의가 큰 죄를 저질렀는데 법률에 따르면 그대에게까지 미친다"라는 명령을 보내왔을 때, 저는 이렇게 답한 일이 생각나는군요.

신의 조상으로부터 자손에 이르기까지 진나라를 섬겨 공을 쌓고 믿음을 얻은 지가 세 대나 되었습니다. 지금 신은 30만 대군을 이끌고 있고, 비록 죄수의 몸으로 옥에 갇혀 있기는 하나 그 세력은 진나라를 배반하기에 충분합니다. 그러나 스스로 죽을 줄을 알면서도 의리를 지키는 것은 조상의 가르침을 욕되게 할 수 없고, 선제(진시황)의 은덕을 잊지 않고 있기 때문입니다.

되돌아보니 위징의 말처럼 진시황 때 간언해서 양신이 될 엄두도 못 냈고, 폭군인 이세 때 진언했다가 죽음을 맞은 꼴이 되었군요. 오히려 저는 이제야 태사공의 평가가 일리가 있음을 알게 되었습니다. 그렇지만 제가 조상의 가르침에 따라 끝내 진나라를 배반하지 않은 일은 후회하지 않습니다.

덧붙이고 싶은 말은, 제가 죽음을 앞에 두고 "지맥을 끊은 것이 내 죄로구나"라고 한 말은 제 본심이 아니었습니다. 그 말은, "아무리 생각해 봐도 사람에게 지은 죄는 없다"라고 강변한 것에 불과했습니다.

사회: 두 분의 말씀을 듣고 보니 태사공께서는 몽 장군에 대한 기대가 무척이나 높았다는 점을 염두에 두어야겠다는 생각이 드는군요. 진시황에게 직언하지 않은 신하가 부지기수였는데도 굳이 몽 장군을 질책하셨으니 말입니다. '염필륜지'라는 네 글자에서 비롯한 대담을 이제 마무리해야겠습니다. 대담에 진솔하게 응해 주셔서 감사합니다.

〈참고한 책〉

1. 《사기 열전》, 사마천, 김원중 역, 민음사

2. 《사기 본기》, 사마천, 김영수 역, 알마 출판사

3. 《진시황 강의》, 왕리췬, 홍순도와 홍광훈 역, 김영사

4. 《진시황》, 뤼스하오, 이지은 역, 지식갤러리

5. 《한무제 평전》, 양성민, 심규호 역, 민음사

6. 《사마천 평전》, 지전화이, 김이식과 박정숙 역, 글항아리

독자의 의견에 대한 답장

-'몽염, 사마천과의 대담'에 대하여-

(2019. 10. 28)

한 독자께서 '몽염, 사마천과의 대담'에 대하여 의견을 보내 주셨습니다. 아래에 보이는 그 의견에 붙인 번호는 논지를 이해하기 쉽도록 하고, 답장을 준비할 때 도움이 되도록 붙인 것입니다.

〈독자의 의견〉

몽염이란 인물에 대해 자세히 알 수 있게 된 글입니다.

1) 몽염의 말에 대하여:

"신의 조상으로부터 자손에 이르기까지 진나라를 섬겨 공을 쌓고 믿음을 얻은 지가 세 대나 되었습니다. 지금 신은 30만 대군을 이끌고 있고, 비록 죄수의 몸으로 옥에 갇혀 있기는 하나 그 세력은 진나라를 배반하기에 충분합니다. 그러나 스스로 죽을 줄을 알면서도 의리를 지키는 것은 조상의 가르침을 욕되게 할 수 없고, 선제(진시황)의 은덕을 잊지 않고 있기 때문입니다."

1-1) 이 발언만 놓고 봤을 때 받아들인 제 생각은 조상과 가문을 핑계로 자신의 행동하지 않음을 정당화하는 듯한 느낌이 강하게 듭니다. 30만 대군의 세력으로 배반하기에 충분하다는 발언은 충신이라면 굳이 할 필요도 해서도 안 되는 불필요한 말임에도 속내를 보여 주는 마지막 몸부림 정도로 밖에 안 보여 안쓰러워 보이기까지 합니다.

1-2) 그럼에도 가문을 핑계로 반항하지 않고 의리를 지킨다는 식의

발언을 한 점은 분명 용기 내어 반란을 할 자신은 없었던 것으로 여겨집니다.

2) 사마천의 말에 대하여:

"어느 사회나 상류층은 그에 걸맞은 도덕적 책무 의식을 가져야 한다고 봅니다. 즉, 몽 장군 형제쯤 되면 오로지 진시황을 위한 신하가 아니라 진나라의 먼 미래를 위한 신하가 되었어야 마땅하다고 본 것입니다. 그들이 이사(李斯)처럼 다른 나라에서 건너온 신하였으면 그런 말도 하지 않았을 것입니다."

2-1) 사마천의 실제 견해인지는 모르겠지만 이 부분에 대해서는 갸우뚱해집니다.

2-2) 상류층은 도덕적 책무 의식을 가져야 한다는 점이 군주제든 자본주의 사회에서든 과연 정당한 논리인지 궁금증이 생깁니다. 사회나 국가가 그 책무를 개인이나 한 집단에게 요구할 권리가 있기는 한지 또 그렇다 한들 그것이 얼마나 지켜질지 회의감마저 듭니다. 차라리 사회에서 취하거나 받은 이익에 비례해 자본을 환원하는 것이 더 합당하고 어차피 책무 이상의 행위는 지극히 자기만족에서 나온다고 보는 게 제 개인적인 견해입니다.

2-3) 나아가서 이사처럼 다른 나라에서 건너온 신하였으면 그런 말도 하지 않았을 거란 차별적인 발언도 선뜻 동의하기 어렵습니다. 애초에 소속 구성원이 아니었더라도 문화나 언어를 공유하는 사회의 구성원이 되었다면 소속된 사회가 성장해야 개인이나 집단이 상생할 수 있다는 점에서 도덕적 책무까지는 아니어도 법률적, 관습적 책무는

일괄적으로 적용되어야 하는 게 더 합당하다고 생각이 듭니다. 결과적으로 신하로서 간언해야 할 책무에 관한 사마천의 몽염에 대한 평가는 좀 과하지 않았나 싶습니다.

〈의견에 대한 답장〉

1-1) 몽염의 말은 그가 호해에게 보낸 상소문의 일부입니다. 30만 대군을 지휘하는 몸이니 배반하려고 마음만 먹으면 못 할 것도 없지만 조상의 가르침과 진시황의 은덕 때문에 하지 않겠다는 각오를 밝힌 것입니다.

실제로 이 말은 호해를 분노하게 해서 몽염의 명을 재촉하게 됩니다. 물론 그가 이 말을 안 했어도 죽음을 면치는 못 했을 것입니다. 이 말을 불필요한 말이라고 본 독자의 의견은 나름 일리가 있다고 봅니다. 그러나 이 말은 후세 사람이 몽염을 이해하는 데 크게 도움을 준 말이란 점을 잊지 말아야 하겠습니다.

1-2) '몽염이 반란을 감행하지 않은 이유로 가문을 핑계 삼기는 했지만 실상은 용기가 부족하지 않았나?' 하는 의견은 논란의 여지가 있습니다. 제가 참고한 문헌 어디에서도 그의 용기를 의심할 만한 점은 찾지 못했습니다. 물론 제가 놓쳤을 수도 있을 것입니다. 그러니 단순한 추측에 머물지 말고, 그의 행적을 조사해 보면 그의 용기를 가늠해 볼 만한 내용을 찾게 될지도 모르겠습니다. 이미 소개한 문헌 말고도 《사기 세가》뿐만 아니라 장펀톈의 《진시황 평전(이재훈 역, 글항아리)》이 도움이 될지 모르겠습니다. 독자의 정진이 있기를 바랍니다.

다만 덧붙이고 싶은 말은, 역사상 비슷한 상황에서 몽염과 같은 처신을 한 사람이 몇이나 되었나, 하는 것입니다. 저로서는 충무공 이순신 말고는 얼른 떠오르는 인물이 없습니다.

2-1) 사마천의 마지막 말은 제 상상에서 나온 말입니다. 이로써 저는 〈논어 자한편〉에 소개된, 공자가 하지 않았다는 네 가지(《이중톈의 이것이 바로 인문학이다》, 이지연 역, 보아스) 즉, '근거 없이 멋대로 상상하지 않았으며(무의, 毋意), 무조건 긍정하지 않았으며(무필, 毋必), 아집에 얽매이지 않았으며(무고, 毋固), 자신만 옳다고 여기지 않았다(무아, 毋我)'라는 것 중에서 무의를 위반한 것입니다. 그러나 저로선 이 위반은 부득이한 선택이었습니다. 약 80%의 사실에 20% 정도의 상상을 동원한 저의 글을 학술적인 글이 아니라 하나의 소설로 읽어 달라는 뜻이었습니다. 물론 글을 다른 사람이 쓴다면 다른 선택을 할 수 있을 것입니다.

2-2) 19세기 초 프랑스에서 쓰이기 시작했다는 '노블레스 오블리주' 즉, '상류층의 도덕적 책무의식'이란 말이 이천여 년 전에 쓰였을 리는 만무합니다. 다만 사마천이 몽염에게 기대한 상이 그런 것 아니었겠는가, 하는 짐작에서 한 말입니다. 바꿔 말하자면 "윗물이 맑아야 아랫물이 맑다", "양반이면 양반답게 처신해야 한다", 혹은 "솔선수범은 사회 지도층부터"란 말이 되겠습니다. 인류의 오랜 역사를 통해 볼 때, '노블레스 오블리주'는 성공한 나라에는 있지만 실패한 나라에는 없는 것 중에서 가장 두드러지더란 판단에서 사용하게 된 것이지, 논리의 정당성으로 판단한 말은 아닐 것입니다. 말하자면 하나의 경험칙일 뿐일 테지요. 이것에 강제성이 없음은 두말할 필요가 없는 것입

니다. 그러니 현대의 민주주의 국가에서는 권력, 부, 명예 등을 가진 기득권 계층이 아니라, '도덕적 책무를 앞장서 실천하는 무리'야말로 진정한 상류층이라고 인식되는 사회를 지향해야 마땅하겠습니다.

2-3) 독자께서는 '몽염 형제가 이사(李斯)처럼 다른 나라에서 건너온 신하였으면 그런 말도 하지 않았을 거'란 태사공의 마지막 말에 대해 의견을 주셨습니다. 여기서 '그런 말'이란 사마천이 〈몽염 열전〉에서 한 "그들 형제가 죽음을 당한 것은 마땅하지 않겠는가!"라는 말이었습니다. 사마천은, 서로 출신이 다른 점을 고려하면 이사보다는 몽염에 대한 기대가 크다는 뜻을 나타낸 것입니다.

이 열전에서 보여 준 몽염의 행적에서는 몽염이 잘못 한 게 보이지 않습니다. 반면에 〈이사 열전〉에 따르면 이사가 분서를 촉발한 것과 조고, 호해와 함께 흉계를 꾸민 일은 진나라가 빨리 망하는 데 결정적으로 작용합니다. 거기엔 그가 한비자를 죽도록 만든 일은 빠져 있습니다. 이러한 점에서 몽염과는 뚜렷한 차이가 보입니다. 그러나 이사가 잘한 일도 많습니다. 진시황의 업적의 상당 부분은 그의 머리에서 나왔다고 해도 지나치지 않습니다. 말하자면 진나라의 설계자라고 부를 만합니다. 그는 한마디로 평가하기가 무척 어려운 인물인 것입니다.

이쯤에서 저는 조고가 두 사람 즉, 이사와 몽염을 비교한 대목을 소개하고 싶습니다. 진시황이 죽은 후 미리 호해와 뜻을 맞춘 조고가 이사를 찾아와 설득하던 중의 장면입니다. 이사가 "어째서 나라를 망칠 말을 하시오? 이것은 신하로서 논의해서는 안 될 일이오"라고 하자, 조고는 그에게 이렇게 묻습니다.

당신이 스스로 능력을 헤아려 볼 때 몽염과 비교하면 누가 낫습니까? 공이 높은 면에서는 몽염과 비교하면 누가 낫습니까? 원대하게 일을 꾀하여 실수하지 않는 점에서는 몽염과 비교하면 누가 낫습니까? 천하 사람들에게 원한을 사지 않은 점에서는 몽염과 비교하면 누가 낫습니까? 맏아들 부소와 오랫동안 사귀어 신임을 받는 면에서는 몽염과 비교하면 누가 낫습니까?

이 말에 대해, 이사는 "이 다섯 가지 점에서 나는 모두 몽염만 못하오. 그런데 당신은 어째서 이다지도 심하게 따지시오"라고 되묻습니다. 조고는 '맏아들 부소가 즉위하면 몽염이 승상이 될 테니 당신은 별수 없이 고향으로 쫓겨나는 신세가 될 것'이라고 몰아붙입니다.

조고의 비교보다는 이사의 시인이 더 흥미롭습니다. 누가 저에게 몽염과 이사를 베를 예로 들어서 비교해 보라고 한다면 '몽염이 순백의 비단이라면, 이사는 오색실로 수놓은 검은 면포'라고 답하겠습니다. 앞의 대화만 가지고 제가 사마천의 마지막 말을 추측한 것은 아닙니다. 다른 이유가 또 있습니다.

진시황이 천하를 통일하기 16년 전, 그러니까 그가 진왕이던 시절에 '축객령' 즉, 외국에서 진나라로 유입한 인사를 내쫓는 명령을 내렸습니다. 진나라의 왕족과 대신들이 한, '다른 나라에서 와서 진나라를 섬기는 자들은 대체로 자기 나라의 군주를 위하여 유세하여 진나라 군주와 신하 사이를 이간시킬 뿐이니 빈객을 모두 내쫓아 달라'라는 요청을 진왕이 받아들였던 것입니다. 이 명령에 따르자면 초나라에서 건너온 이사로서는 쫓겨날 처지가 된 것입니다. 그런데 그는 순순히 이 명령에 따르지 않고 '간축객령' 즉, '축객령'을 멈추기를 간하는 상소를 올립니다. 이 글에서 그는 다른 나라에서 온 신하 즉, 객경을 등용해서 성공한 사례 특히 진나라의 사례를 강조해서 '지금 객경을 내보내면 진나라는 소중한 인재를 잃을 뿐만 아니라 다른 나라를 부강하게 만들어 통일이 늦어질 것'이라고 진왕을 설득하는 데 성공합니다. "태산은 흙 한 줌도 양보하지 않으므로 그렇게 높아질 수 있었고, 하해는 작은 물줄기 하나도 가리지 않으므로 그렇게 깊어질 수 있었다"라는 유명한 말은 이 상소문의 문장입니다.

어느 나라나 출신에 따른 차별을 금지해야 한다는 말은 이상일 뿐이고, 차별은 엄연한 현실임을 인정하지 않을 수 없을 것입니다. 이제 '차별'을 '구별'로 바꾸어 놓으면, 스스로 국경을 넘어온 이사와 삼대에 걸친 귀족 가문 출신인 몽염을 비교하는 사마천의 입장이 더 분명해 보여서 마지막 문장을 쓴 것입니다. 그러니 독자께서 개연성이 낮아 보인다고 하더라도 저로선 달리 설명할 길이 없습니다.

원래의 글에 대한 반응이 드물어서 의아해했던 저에겐 가뭄에 단비 같은 의견이었습니다. 의견을 주신 독자께 사의를 표합니다.

사랑은 요약하기 어려워라

-플라톤의 《향연》을 읽고-

(2020. 6. 19)

주원종이 '사랑은 날개에 칼을 숨겨 둔 새를 안는 것'이라는 시 구절을 인용하여 친구들의 주목을 끌었다. 그 이후에 이어진 대화를 소개한다.

이원경: 왜 이렇게 슬프면서도 우스운가?

주원종: 이해가 되는가 보군.

이원경: 그대가 인용한 시 구절에서 사랑에 대한 간략한 정의가 눈에 띄었어. 오 년 전에 읽다가 만 책을 어제 마저 읽었는데 그 책의 주제가 사랑이었거든. 플라톤의 《향연(천병희 역)》이란 책인데, 이렇게 흥미진진한 책을 묵혀 읽는 사람도 흔치 않을 거라고 생각했어. 책에서 읽은 에로스를 친구들한테 전달하려 해도 머리에 남은 게 없으니 안타깝군. 소크라테스의 제자가 스승을 유혹하려다 실패했다는 고백을 제외하곤.

전광민: 친구는 운만 띄우지 말고 에로스든지 로고스든지 이야기보따리를 더 풀어 봐.

이원경: 내가 입을 떼면 에로스의 고수들한테 웃음거리밖엔 안 될 것 같아서 얌전히 있는 게 낫겠어. 양주동의 수필집 《문주반생기》엔 '요동백시(遼東白豕)'란 말이 나와. 요동의 한 농부가 흰 돼지를 갖게 되었는데 이 진귀한 걸 나라님께 보여 드려야겠다며 돼지를 지고 도

성으로 향했대. 그런데 어느 곳에 이르니 돼지가 전부 희더란 걸 알고는 먼 길을 지고 온 걸 버리고 되돌아갔다는 얘기야. 무애 선생이 대단치 않은 지식을 떠벌이기를 좋아하는 자신의 모습을 자조하여 인용한 말이지. 내가 묵혀 읽은 책의 내용이 친구들한테는 한낱 흰 돼지에 불과할지도 모른단 말일세.

전광민: 그래도 《향연》을 흥미진진한 책이라고 말하는 친구의 흰 돼지를 보고 싶어.

이원경: 그럼 친구들의 비웃음을 무릅쓸게. 기원전 416년경의 어느 날, 아테네의 비극경연대회에서 아가톤이란 작가가 우승을 했는데, 다음날 그의 집에서 축하 잔치가 열렸어. 이 자리의 참석자들은 '그동안 인간들이 에로스(사랑의 신이기도 하고 그냥 사랑이란 뜻이기도 한)에 대해 충분히 찬양하지 못 했으니, 오늘은 에로스를 마음껏 찬양하자'라는 제안에 따라 돌아가며 연설을 하게 되었어. 그 자리에 참석하지도 않은 두 사람의 입을 거쳐서 그 내용을 전해 들은 플라톤이 일곱 명의 연설을 정리했다네. 당시 열한 살에 불과한 그로서는 향연에 참석하기에는 너무 어렸다고 봐야겠지. 나로선 그 연설의 내용보다 소크라테스가 자신을 존경하는 제자들 혹은 후배들과 주고받은 수작의 천연스러움이 오늘날 우리네 술자리의 모습과 너무나 흡사해서 울렁거림을 느낄 정도였어. 게다가 그가 지혜와 덕성은 말할 것도 없고, 전쟁터에서 다져진 체력을 바탕으로 한 술 실력에다가 인간다움까지 갖추었다는 걸 알고 보니, 성인(聖人)을 더 가까이서 살펴보고 싶어졌다네.

나처럼 첫 번째 독서에서 실패하지 않으려면 에로스에 대한 고대인의 의견에 다가가기 전에 두 가지를 먼저 알아 두는 게 낫겠어. 하나는, 소크라테스가 펠로폰네소스 전쟁에 세 번이나 보병으로 참전했다는 것이 말해 주듯이 당시의 아테네에서는 쉰 살 이전의 남성에게는 참전이 의무화되었다는 점이고, 다른 하나는 성인(成人) 남성과 결혼 전의 청년 사이에는 사제 관계 겸 동성애 관계를 갖는 게 흔히 긍정적으로 받아들여졌다는 점이야. 이 두 가지는 서로 관련이 있다는 것도 유념해야 해.

그 시절 아테네 청년들에게 주된 관심사는 부모로부터 물려받은 지위와 부를 유지하거나 향상시키는 일과 일상화된 전쟁에서 살아남는 것이었겠지. 그러기 위해선 지성과 덕성뿐만 아니라 전투에서 살아남는 기술을 가르쳐 줄 사람을 찾아야 했는데, 당시의 일반적인 인식으론 스승 겸 연인(戀人, 사랑을 주는 사람)이야말로 적임자였다는 말이지. 그래서 자신은 제자 겸 연동(戀童, 사랑을 받는 사람)이 되어 그 짝으로부터 삶의 방식을 배워야 했다는 거지. 현대인이 이천사백여 년 전 아테네인의 삶의 방식을 온전히 이해하기는 어려운 일일 테지. 하지만 전쟁에서, 명예를 옆구리에 끼고 살아남는 일이야말로 사랑이 베푸는 가장 큰 은혜가 아니냐는 주장에 고개를 가로젓기는 어렵더군.

그날 저녁 술잔치에서 일곱 명이 발언한 분량을 헤아려 보니, 여섯 번째 발언자인 소크라테스의 분량이 전체의 약 삼분의 일이 되고, 그를 뒤이어 마지막 발언자가 된 문제의 제자 알키비아데스의 내용까지 합하면 약 60% 정도가 된다네. 이 제자는 에로스가 아니라 오로지 스승의 인품을 찬양하는 데 발언의 대부분을 사용했으니, 한 인물을 돋

보이게 하려는 작가의 의도가 엿보였다고나 할까? 참석자의 발언이 온전히 작가에게 전달된 것도 아닐 테고 중복된 내용은 적절히 편집도 되었겠지만, 플라톤 자신의 견해도 어느 정도는 반영된 작품이라고 봐야겠지.

자신의 차례에서 소크라테스는 그의 전매특허인 문답법을 사용해서 '사랑은 좋은 것을 영원히 소유하는 것'이란 결론을 유도해. 더 나아가 '사랑은 불사(不死)도 원한다'라는 데에 이르게 되지. 모든 삶은 유한하니 '자기를 닮은 젊은 것을 뒤에 남김으로써 보존된다'라는 것이라네. 결국 '몸으로 하는 임신'과 '혼으로 하는 임신'이야말로 불사의 사랑에 이르는 길이라는 주장이지. 전자야 짐승들도 하는 것이니 철학자의 의도가 어디에 있는지는 분명한 것이고. 그가 말한 '혼으로 하는 임신'의 결과에는 어떤 게 있을까? '지혜와 그 밖의 다른 미덕'이라고 했는데 시인이 써내는 시도 포함이 될 테지. 이게 성인 말씀의 알맹이냐고? 사실은 나도 잘 몰라. 아무리 고전이라지만 옛날의 술잔치에서 언급된 내용을 요령 있게 알아듣기는 어려웠으니까. 대충 그런 정도려니 하고 짐작하는 거지.

내가 보기에 그 잔치 장면의 백미는, 새벽이 되는 동안 방금까지 '유능한 비극 작가는 희극을 쓰는 재능도 겸비해야 한다'라는 주장을 듣던 사람들이 막 잠에 곯아떨어지고 나자, 철인이 홀로 몸을 일으켜 욕장에 들렀다가 집으로 돌아가는 모습을 어느 제자가 지켜보는 장면이었어. 그를 포함한 일곱 명의 아테네 인사가 바라본 에로스의 진면목이 궁금하면 책을 직접 읽어 보게.

모르는 것은 부끄러운 일이 아니다

-다산 정약용이 중모현을 지나며 지은 시에서 비롯한 이야기-

(2020. 7. 13)

1. 글을 시작하며

나의 고향은 경북 상주시 모동면 수봉리 동산이다. 내가 태어난 곳은 김천시 지례면이니, 정확히 말하자면 이곳은 아버지의 고향이다. 아버지는 지례중학교에서 국사를 가르치던 임시 교사로 일한 지 얼마 되지 않아 나를 낳았다고 한다. 아버지가 직장을 잃는 바람에 나는 태어나자마자 가장의 실의와 함께 해야 하는 자식이었다. 곧 부모는 갓난아이인 나를 데리고 귀향했으니 이곳이 내 고향이라고 해서 그른 건 아니다.

수봉리(壽峰里)에는 네 개의 동네가 있는데 동산(東山), 오도(吾道), 일관(一貫)과 신덕(新德)이 그것이다. 이 이름들은 모두 유학에서 유래했다고 한다. 여태껏 고향 동네가, 뒷산이 해가 뜨는 방향에 자리하다 보니 동산이라고 불렸다고만 알았다. 이제 와서 보니 그 이름이 〈맹자 진심장구상(盡心章句上)〉편에 나오는 '공자께서 동산(東山)에 올라 노나라가 작음을 아셨고, 태산(泰山)에 올라 천하가 작음을 아셨다'에서 유래한 것이 아닐까 하는 짐작이 든다. 그러나 〈논어 이인〉편에 나오는 '오도일이관지(吾道一以貫之, 나의 도는 하나로써 관통한다)'에서 오도니 일관이니 하는 이름이 나온 것은 분명해 보인다. 한편, 신덕이란 이름은 《대학》에 나오는 '대학지도 재명명덕 재친(신)민(大學之道 在明明德 在親(新)民, 대학의 도는 밝은 덕을 밝히는

데 있고, 백성과 친밀하게(백성을 새롭게) 하는 데 있으며)'을 떠올리게 한다. 결국, 수봉리는 사서를 들추고도, 이름의 유래에 대해 긴가민가하게 만드는 동네들로 이뤄졌다는 말인데, 이것이 어찌 일관에 자리한 옥동서원(玉洞書院)과 무관하겠는가. 이곳에 황희 정승을 모신 서원이 들어선 연유는 그의 둘째 아들 보신이 남양 홍씨인 처가로 내려와 살게 된 데서 비롯했다고 한다.

우리 할아버지와 장수 황씨인 할머니가 동산으로 들어온 때는 두 분이 혼인한 후인 한일 합방 무렵이었을 것이다. 할아버지는 충북 영동군 학산면 순양리 출신이 확실하고, 두 분의 택호가 심천인 걸로 봐서 할머니는 영동의 심천면 출신인 모양이다. 두 분이 이 동네로 이사한 연유는 알려지지 않았지만, 주위에 할머니의 일가가 많은 것은 가솔들의 울타리가 되었을 것이다. 두 분은 무남독녀에 딸린 얼마간의 토지에 기대어 구 남매를 이곳에서 길러 냈다고 한다. 문맹이었던 조부(南奎)의 막내아들인 아버지(鍾和)는 집안의 염원으로 대학은 나왔지만, 직장을 구하지 못해서 두 해를 이곳에서 이웃의 눈총을 의식하며 견뎌야 했다. 우리 가족은 마침내 백수 신세를 면한 아버지를 따라 함창을 거쳐 상주 읍내에 나와 살게 되었다. 그 후로 고향은 나에게 방학, 명절, 제사 때 다녀가야 하는 큰집이 있는 곳, 올 때마다 찾아가서 절해야 하는 동산 너머에 조부모 산소가 있는 곳으로 각인되었다.

어려서부터 나는 고향에서 서원이란 말보다는 물알(물아래, 천하(川下))이나 백화산이란 말을 더 많이 듣고 자랐다. 우리 동네의 앞을 지나는 개울이 서원 앞을 거쳐 큰 시내와 합쳐진다. 이 물은 곧 백옥정이란 정자가 자리한 작은 봉우리를 만나자 흐름이 급해지면서 제법 긴 계곡을 거쳐 금강으로 흘러간다. 보통은 계곡에서 나온 물이 평지로 흘러가는데 이곳은 그 반대인 셈이다. 계곡 안에는 촌락이 없으므로 상류에서 보면 물의 제일 아래에 있는 마을인 수봉리가 물알일 테지만, 우리 동네인 동산에서는 합류 지점의 시내 건너편인 신덕의 아래를 물알로 부른다.

어쨌거나 물알 즉, 물아래 마을, 천하촌(川下村)이 나의 고향 마을인 수봉리의 다른 이름이란 걸 알게 된 건 근래의 일이다. 상주와 충북 영동에 걸쳐 펼쳐진 백화산에는 무열왕 김춘추가 황산벌 전투를 지휘하기 위해 머물렀다는 궁궐과 금돌성이란 산성이 있으며, 아까 말한 계곡에는 고려 때 승군이 몽고 군사를 무찌른 유적지가 있다는 것을 듣게 된 것도 근래의 일이다. 그 유적지 덕분에 천하촌, 더 정확히 말해서 신덕에는 항몽대첩비가 세워졌고 그 주변에는 여러 개의 시비가 둘러서 있다. 그중 하나에 적힌 내용에 대해 궁금함을 품어온 지가 6년도 더 되었다. 그동안 이 시의 작가에 대해 조사하면서 알게 되고 느낀 내용을 정리했다.

2. 마음대로 떠난 첫 번째 휴가

고향에서 과수농사를 짓는 김경숙 씨가 객지에 있는 친구들을 고향으로 부른 때는 내가 퇴직한 직후인 2014년 4월이었다. 숙소의 바로 옆에 있던 항몽대첩비와 여러 시비를 눈여겨보게 되었다. 그중 내가 유심히 살펴본 시비의 내용을 읽어 보자.

至中牟縣 家君赴鳳山書院 余與蔡郎前行 奉詩爲別
(지중모현 가군부봉산서원 여여채랑전행 봉시위별)

茶山(다산) 丁若鏞(정약용)

鳴馬遲回立水頭(명마지회입수두)
中牟縣北路悠悠(중모현북로유유)
驛亭斜出秋風嶺(역정사출추풍령)
山雨遙封矗石樓(산우요봉촉석루)
已誤此生輕許國(이오차생경허국)
不須良苦老知州(불수양고노지주)
田間倚杖翁堪羨(전간의장옹감선)
閒遣諸男暮牧牛(한견제남모목우)

다산 정약용(1762~1836)

우는 말 물가에서 이리 저리 맴도는데
중모현 북쪽 길은 아득하구나.
역정 너머 비스듬히 추풍령이 솟았고
산중 비는 아스라이 촉석루를 에워쌓네.
이 인생 나라에 선뜻 바친 것이 잘못이라
괴로울사 늘그막에 수령될 것 없고 말고
밭고랑에 지팡이 기댄 늙은이가 부럽구나
한가히 아들을 보내 석양에 소를 친다네.

중모현(모동면의 옛 이름)에 이르러 부친은 봉산서원으로 가시게 되어 나(다산 정약용)는 채랑과 함께 떠나면서 시(詩)를 바쳐 작별하다. (다산이 포항 장기로 귀양 가던 중 지은 시임)

먼저 오자가 둘 보인다. 제일구의 첫 자 嗚(슬플 오)는 울 명(鳴)이 아니므로 음을 '오'로 고쳐야 한다. 또한 번역문의 '에워쌓네'는 '에워 쌌네'의 잘못이다. 맨 아래의 내용은 시(이하 〈중모 시〉라고 부른다)의 긴 제목을 번역한 것인데 괄호 안의 '다산이 포항 장기로 귀양 가던 중 지은 시'라는 설명이 눈길을 끌었다. 집에 돌아와 조사해 보고서야 다산의 부친 정재원의 생몰년(1730~1792)과, 다산이 장기로 유배 갔던 해가 1801년임을 알게 되었다. 결국 내 고향에 세워진 시비의 내용이 오류임이 드러났다. '왜 이런 착오가 생겼을까?' 하는 궁금함은 곧 다음 질문으로 옮겨갔다. 첫째, 다산 부자는 언제 그리고 왜 중모를 지나게 되었는가? 둘째, 봉산서원은 어떤 서원이며, 다산의 부친은 왜 거길 가게 되었는가? 셋째, 채랑은 누구인가?

이 궁금증을 풀어 보기 위해 조성을의 《연보로 본 다산 정약용-샅샅이 파헤친 그의 삶(이하 《연보》라 부른다)》, 박석무의 《다산 정약용 평전(이하 《평전》이라 부른다)》과 정민의 《다산독본, 파란 1, 2(이하 《독본》이라 부른다)》을 주로 참고했다. 아쉽게도 이중에서 〈중모 시〉와 다산 부자의 이번 여행을 언급한 책은 《연보》뿐이다.

1) 다산 부자는 언제 그리고 왜 중모를 지나게 되었는가?

《연보》에 따르면 1790년 11월 10일 다산의 부친은 진주 목사가 되었다. 또한《연보》는 다산이 1791년 2월 말(28일이나 29일)에 부친을 만나러 채랑과 함께 아버지의 임지인 진주로 떠났다가 3월 30일 무렵 서울로 돌아온 것으로 추정한다. 다산은 이번 여행을 위해서 조정으로부터 허락을 받지도 않고 도성을 빠져나왔는데 그 일로 나중에 심각한 문책을 받는다. 한편, 1789년 3월 문과에 급제한 다산은 '1790년 10월 사헌부 지평에서 체직된 이후 이때까지 산직(散職)이었을 것'으로 추정된다. 아무리 한가한 직책을 맡았다 하더라도, 나랏일을 본 지 두 해나 되는 데에다가 나이가 서른이나 되는 사람이 갑자기 아버지가 보고 싶다는 이유로 직장을 무단이탈했다는 점은 상식적으론 이해가 되지 않는다.

다산이 이번 행로에서 지은 시는 〈중모 시〉 말고도 여러 편이 더 있다. 그가 들러서 시를 지은 곳을 꼽아 보면 그의 행로를 추정하는 데 도움이 된다. 그가 과천, 남원의 광한루, 황산대첩비, 팔량령(팔량치), 하동, 진주의 촉석루 등에서 지은 시가 전해진다.《연보》의 저자는 당시의 여행 속도를 감안하여 다산 일행이 충청도와 전라도를 거쳐서 진주에 도착한 시기는 3월 4일 혹은 5일로 추정했으며, 〈촉석루 시〉는 3월 6일쯤 지었을 것으로 추정했다.

《연보》의 3월 13일자 기사를 들여다보자. '진주로 내려간 초계문신 정약용을 어떻게 처리할지에 대한 언계(言啓)가 올라오다. 의금부 나장을 보내 데려오게 하자는 의금부의 청에 대하여 정조의 명을 기다리고 잡아오라고 하다.' 이것은 〈승정원일기〉를 번역한 것으로 당시의 상황이 매우 심각했음을 말해 준다.《연보》의 저자는 위의 기사대로 다산을 체포하라는 명이 거행되었다면 그것은 3월 20일 경 진주에 도착했을 것이라고 보았다. 따라서 귀경 길에 지은 〈중모 시〉는 3월 25일 이후에나 지어졌을 테니, 서울 도착 시기는 3월 30일로 추정한 것이다.

이번 무단이탈로 다산이 어떤 대가를 치렀는지 알아보기 위해 〈승정원일기〉에서 발췌한 《연보》의 기사를 읽어 보자.

4월 5일: 의금부 계목에서 초계문신 정약용 원정(原情, 사정을 하소연함)에 대하여 상당률(相當律, 죄에 상당하는 법률) 명목으로 감방(勘放, 죄상을 조사하고 죄인을 놓아주던 일)하고 엄히 경고하고 더는 문제 삼지 않도록 하자고 아뢰다.

4월 6일: 이홍재(李洪載)가 의금부 언계로, 지금 의금부에 잡혀 있는 정약용에 대하여 태 50대를 가하고 해임한 뒤 별도로 서용하자는 뜻을 품의하다. 공로가 있으면 각기 감1등 하라는 전교를 내리다. 이홍재가 의금부의 계목에서 정약용의 6대조 정언벽이 원종공신이므로 태 40대를 가하고 방송(放送)하자는 뜻을 아뢰자 알았다고 전교하다. 병조가 구두로 정사를 전하여 정약용을 부사과(副司果)로 한다고 하다.

이 기사에 대해 《연보》의 저자는 다음과 같이 해설한다.

정약용은 1791년 3월에 보고 없이 아버지의 임지 진주로 내려간 죄로 3월 말일(30일 무렵) 의정부에 구금되었다가 4월 6일 석방된 것으로 볼 수 있다. 석방과 동시에 병조의 부사과 직책이 회복되었다. 6대조 정언벽이 원종공신인 음덕으로 병조 부사과의 직책이 회복된 것이라고 할 수 있겠다. 이것은 말할 것도 없이 정조의 배려에 의한 것이다. 태 50대에서 태 40대로 경감되었는데 실제로 어느 정도 태형을 받았는지는 알 수 없다.

이상에서 살펴본 바와 같이 우리는 다산이 마음대로 휴가를 떠났다가 직장을 잃을 뿐만 아니라 매까지 몇십 대를 맞을 죄를 범하게 되었는데, 조상의 음덕으로 겨우 복직되었음을 알게 되었다. 그런데 다산이 3월 25일 이후에 중모를 지났을 거라는 저자의 추정은, 3월 13일 발령된 "죄인을 잡아 오라"라는 의금부의 명을 받고(3월 20일경) 다산 부자가 진주를 출발했을 거라는 가정에 따른 것이다. 글쎄, 어느 아버지가 공직 생활하던 아들의 느닷없는 방문을 달갑게 여겼겠으며, 아들이 아버지의 임지에 마냥 머물기를 허락했다가 "잡아오라"는 조정의 명을 받은 후 보내기를 결심하겠는가를 생각해 보면, 그런 추정은 납득하기가 어렵다. 이 시기에 대해서는 더 면밀한 조사가 필요해 보인다. 다만 서울로 되올라가는 아들과 임지가 진주인 아버지가 중모까지 동행한 이유는 다음 질문과 연관이 있을지 모르니 잠시 미루어 두기로 하자.

이렇게 〈중모 시〉가 지어질 당시 다산 부자의 처지를 어느 정도 이해하고 보니 시가 눈에 들어온다. 먼저 제2구의 '중모현 북쪽길'은 작가가 장차 향할 길이고, 제4구의 '촉석루'는 며칠 전 경치를 구경하며 시도 지은 곳이다. 제5구인 '이 인생 나라에 선뜻 바친 것이 잘못이라'는 벼슬길에 들어선 화자의 선택을 후회하는 심사를 드러낸 것으로 볼 수 있다. 다산은 어려서 부친의 임지를 따라다니면서 아버지의 지도를 받았고, 성균관에서 수학하는 6년 동안은 정조의 특별한 사랑을 받으며 과거 준비를 했다. 요즘으로 치자면 대학원생이 지도 교수로부터 지도받듯이, 임금으로부터 각별한 지도를 받으며 학문을 가다듬은 것이다. 그렇게 힘든 과정을 거쳐 벼슬길에 들어선 지 두 해밖에 안 되는 사람이 그것도 객지에서 아버지와 헤어지면서 바치는 시에 언급할 만한 내용으로는 어울리지 않는 표현이다. 따라서 이 구절은 시의 화자를 다산 자신으로 보기엔 적절하지가 않다.

이제 제6구인 '괴로울사 늘그막에 수령될 것 없고 말고'를 살펴보자. 원문에서 지주(知州)의 州는 지방 고을을 말하므로 지주는 고을의 일을 아는 사람 즉, 지방관을 의미한다. 게다가 늙을 老 자까지 앞에 붙였으니 이 구는 지금 진주 목사인 아버지의 처지를 고려한 말로 보인다. 그러니 제5구를 염두에 두고 번역을 그대로 받아들이면 '벌써 벼슬길에 나온 게 후회될 정도이니 저는 아버지처럼 나이가 들면 목민관은 맡지 않겠습니다' 하는 뜻으로 들릴 수도 있는 말이다. 다산의 부친 정재원은 무척 신중한 사람이다. 따라서 그가 이 시를 이렇게 해석했더라도 불편함을 드러내지는 않았을 것이다. 다만 부족한 아들한테는 아직 가르쳐 줄 것이 많다고 느끼지 않았을까? 나중에 강진으로 귀양 가서 《목민심서》를 지을 때 다산은 어린 시절, 임지를 따라다니며 부친이 어떻게 모범적인 목민관 노릇을 하는지를 봐 둔 것이 크게 도움이 되었다고 술회하기도 했다. 결국 이 구도 화자를 다산 자신으로 보기엔 적절치 않다.

이제는 시의 화자를 다산 자신이 아니라 아버지로 보자. 그러면, 여러 지방관을 전전하며 늘그막을 맞은 인물이, 소치는 일을 아들에게 맡기고 편안히 세월을 보내는 노인의 처지를 부러워하는 모습으로 이해하면 시가 잘못되었다고 할 수는 없겠다. 시에서 다산이 염려했듯이, 목민관 생활의 고단함 때문이었는지 그의 부친은 한 해 남짓 뒤임지인 진주에서 숨을 거두고 만다.

2) 봉산서원은 어떤 서원이며, 다산의 부친은 왜 거기를 가게 되었는가? (이 점은 《연보》에서도 언급되지 않았다)

시의 제목에서 언급한 봉산서원이란 의심할 여지없이, 이곳 모동에서 사십여 리 떨어진 곳에 있는, 화서면에 자리한 서원을 말한다. 지방관의 중요한 임무 중의 하나는 교육이다. 따라서 목사가 지금의 사립 대학 격인 서원을 방문하여 교육이 잘 이루어지는지를 확인하는일은 중요한 업무라고 할 수 있다. 그러나 이 서원이 위치한 상주목화령현은 그의 임지인 진주에서 멀리 떨어진 곳이다. 따라서 그가 이서원을 방문하는 목적은 교육 밖의 절실한 이유가 있어야 한다. 교육밖에도 서원에는 중요한 기능이 있으니 그건 바로 제사다. 그러니 이서원에 누가 배향되었는지를 먼저 살펴보자. 애초에 이 서원은 당시지명으론 화령현 출신인 소재 노수신을 받들기 위한 곳이었다. 이곳에는 소재의 신주 말고도, 그의 제자이자 처 이질이며 질서이기까지한 일송 심희수를 비롯하여 여섯 분의 신주가 더 모셔져 있다. 그중의한 분이 다산의 7대조인 정호선(丁好善)이다. 그는 1617년에 상주 목사로 부임했는데 아마도 재임 중에 이 서원의 발전에 크게 기여했다는 이유로 이곳에 모셔진 모양이다. 그러니 다산의 부친은 자신의 6대조를 모신 사당에 참배하기 위해 이 서원에 오게 되었다고 추정하는 것이 온당하다.

　서원을 관리하는 노대균 씨와 통화해 보니, 이 서원의 향사일은 오 랫동안 3월 중해(中亥)일로 정해져 왔다고 한다. 내 계산으론, 다산 부자가 중모를 지나던 시기인 1791년 3월의, 중해일 즉, 두 번째 해일 (亥日)은 13일 정해(丁亥)일이다. 이 향사일이 이백 몇십 년 전에도 지켜졌다면 다산의 부친은 단순한 참배가 아니라 서원의 향사에 참 례하기 위해 먼 길을 왔다고 보는 게 타당하다. 그러면 다산 부자가 중모에 도착한 시기는 3월 12일 이전이 되어야 한다. 따라서《연보》 의 저자가 추정한 날짜 25일 보다 훨씬 일찍 이곳을 지났다고 보는 게 온당하다. 그렇게 보면 다산은 부친이 이 서원에 제사를 받들러 가는 일정을 미리 알고 이번 여행을 계획했으며, 부자가 진주를 출발한 것 은 조정의 명령이 도착은커녕 출발도 하기 전이어야 한다. 즉, 다산은 〈촉석루 시〉를 지은 직후에 부친을 모시고 채랑과 함께 서둘러 진주 를 떠났을 것으로 보는 것이 온당하다.

3) 채랑은 누구인가?

　이 사안에 대해서《연보》의 저자는 다음과 같이 추정했다. '함께 간 채랑이 누구인지 확실히 알기 어려우나, 채제공의 친척인 것으로 보 인다. 혹시 채랑이 진주목사 정재원에게 어떤 전언을 전달하는 임무 를 맡았을 가능성도 생각해 볼 수 있겠다.'

　나는 이 점에 대해《연보》의 추정에서 한 걸음 더 나아가고 싶다. 채랑은 쉽게 말하자면 채씨 성을 가진 사내다. 다산은 먼 거리를 함께 여행한 이 인물의 이름을 왜 공개하지 않았을까? 그것은 드러내기에 마땅치 않다고 여겼기 때문일 것이다. 그러면 그 이유는 무엇일까? 지체, 당파, 사승 관계, 인척 관계 등을 드러내길 원치 않았다는 말이다. 그렇다면 이런 조건에 들어맞는 인물은 누굴까?

나는 채랑이 좌의정 채제공의 서자 채홍근일 것으로 추정한다. 《평전》의 저자에 따르면 채홍근은 다산의 부친 정재원의 맏서녀와 혼인했다. 다시 말하자면 채제공과 정재원은 사돈간이었으니, 채홍근은 다산의 서매제였던 것이다. 즉, 다산으로부터 그는 집안에서 '채 서방'으로 불렸던 인물이다. 랑(郞)이 사위의 호칭이기도 했다니 '채랑'은 이 상황에 알맞은 호칭이다. 사위 혹은 미래의 사위면 먼 곳에서 근무 중인 장인을 찾아뵐 이유가 충분하지 않겠는가? 채홍근으로서는 배울 점이 많은 손위 처남과 함께하는 이번 여행이 여러모로 의미가 있었을 것이다.

양가가 혼인으로 연결된 시기를 추정할 수 있는 기록이 있다. 바로 이기경이 쓴 《벽위편》의 1791년 10월 1일자(다산 부자가 중모를 지난 지 약 6개월 후) 기사가 그것이다. 《독본》의 번역을 읽어 보자.

홍낙안: 대감께서 우리를 죽이시려는 모양인데 우리가 어찌 혼자만 죽겠습니까?
채홍원: 대체 무슨 말이오?
홍낙안: 근자에 정약용의 서매가 좌상의 며느리가 되었다지요?

여기서 대감과 좌상으로 불린 사람은 채제공이며 채홍원은 그의 양자이다. 채홍원은 다산의 명례방 집에서 '죽란시사'란 시모임을 동갑인 다산과 함께 만든 인물이다. 이 대화를 이해하기 위해서는 당시의 시대적 배경을 어느 정도는 알아야 한다.

영조시절 세력의 판도는 노론이 주도했고, 남인은 소론한테도 밀렸으니 요즘 말로 하자면 제2야당쯤 되었을 것이다. 그러나 할아버지로부터 왕위를 물려받은 정조는 남인의 힘을 북돋아 주었다. 거기에는 두 가지 큰 요인이 있었다. 첫째, 남인인 채제공은 영조와 사도 세자(정조의 아버지)의 관계를 원만하게 하기 위해 죽음을 무릅쓰고 세자의 편을 들었다. 영조로서는 당장은 못마땅했지만 신하의 진심은 전해졌으니, '채제공은 나의 충신이니 너에게도 충신이 될 것'이라고 손자에게 귀띔해 준 일이 있다. 둘째, 정조로서는 어느 한 당파가 정국을 주도해서는 자신의 권력을 강화하는 데 도움이 되지 않는다고 판단했을 테니 적극적으로 탕평책을 쓴 것이다. 채제공은 기해년 즉, 1791년에는 좌의정으로서 다른 정승이 없이 국정을 이끌었으니 '조선에서는 백년만의 독상(獨相)'으로 불렸다고 한다.

이제 이기경은 누구이고《벽위편》은 어떤 책인가를 알아보자. 이기경은 여섯 살 아래인 다산과 함께 문과에 급제하기도 했지만, 두 사람은 이전에 성균관에서 함께 공부한 사이이기도 하다.《연보》의 저자에 따르면 당시엔 당쟁이 심해서 당파가 다르면 성균관의 유생들이 기숙사도 따로 썼을 정도였다고 한다. 하지만 남인이었던 두 사람은 같은 기숙사를 썼을 것이다. 이기경은 다산과 막역한 사이였을 뿐만 아니라 천주교에 대해 함께 관심을 가졌었다. 그러나 그는, 조상에 대한 제사를 우상 숭배라며 금지하자 천주교를 멀리하고 배척한 인물이다. 따라서 그가 공서파(攻西派, 서학 즉, 천주학을 공격하는 정파)가 되어 신서파(信西派, 서학을 믿거나 온정적인 정파)였던 다산과 대척하게 된 것은 피할 수 없는 귀결이었다. 당시엔 당쟁이 치열하여 아무리 친했던 사이였더라도 한번 정파가 갈리고 나면 상황에 따라 기어이 상대의 목숨을 빼앗는 데까지 이르고야 말 정도였음을 염두에 두어야 한다. 나중에 이기경은 천주교를 사교로 몰아 저지하려는 정부와 유교의 입장에서 천주교 탄압 사료(1785년에서 1801년(신유박해)까지)를 정리한 책《벽위편》을 편찬했다. 이 책은 그의 후손인 이만채에 의해 기간과 사료가 확장되었다. 따라서 이기경은 천주교 입장에서는 원망스러운 인물이자 천주교 박해사의 자료를 확립해 주었으니 고마운 인물이기도 한 것이다.

이제 앞의 대화를 주도하는 홍낙안(1752~?)에 대해 알아보자. 남인이었던 그는 성균관 시절인 1787년(정미년)에 이승훈(다산의 자형)과 정약용 등이 반촌(성균관 주변 동네)의 어느 집에 모여 천주교 서적을 강습한다는 것을 이기경으로부터 전해 듣고 이들을 고발해, 이른바 '정미반회사건'을 일으킨 인물이다. 그러나 이로 인해 천주교에 대한 직접적인 박해는 내려지지 않았으니 그의 첫 시도는 실패로 돌아가고 말았다. 《독본》의 저자에 따르면, 그는 다음해 즉, '1788년 1월 7일 인일제 대책문에 서학을 추종하는 세력을 발본색원해야 한다고 고발하는 글을 직접 올려 다산을 궁지에 몰아넣었던 장본인이었다. 이때 정조는 그의 글을 부정하지 않으면서도 다산을 높은 등수에 올려 그에게 심한 굴욕감을 안겨 주었다'고 한다. 그는 다산에 대한 정조의 사랑을 확인하고 한 번 더 쓴 맛을 본 것이다.

한편, 앞의 대화 시기로부터 몇 달 전인 1791년 5월 다산의 외사촌인 윤지충(1759~1791)은 모친상을 당했다. 즉, 다산은 진주에 다녀온지 두 달 만에 외숙모 상을 당한 것이다. 《독본》에 따르면 그는 일찍이 다산형제와 어울리며 천주학에 관심을 갖게 되었고, 1787년에는 정약전(고종형)을 대부로, 이승훈(고종자형)에게 세례를 받았는데 세례명은 바오로였다고 한다. 《독본》을 더 읽어 보자.

그는 이후 고향 진산(지금의 충남 금산)으로 내려와 어머니와 동생을 입교시켰고, 인근에 천주교 교리를 가르쳤다. 그의 어머니 안동 권씨는 임종시에 장례 절차를 천주교 교리에 맞게 하라고 유언을 남겼다. 윤지충이 이를 따랐다. 그것은 1790년 10월 말에 두 번째 북경행에서 돌아온 윤유일이 제사와 신주 봉안을 금지한 구베아 주교의 사목교서를 받은 직후의 일이었다. 윤지충은 어머니의 유언과 사목 교서의 가르침에 따라 제사를 올리지 않고 신주를 불태웠다. 이웃에 살던 그의 외사촌 권상연도 그를 따랐다.

조문 왔던 친지들이, 신주도 안 모시고 유교식 제사도 안 지내는 이이상한 장례에 대해 묻자 윤지충은 자신이 천주교 신자이며 그 교리를 지키기 위해서라고 설명했다. 그는 지역에서 명망 높고 영향력 있는 집안이었으므로, 이 소문이 점차 퍼져 9월에는 한양 홍낙안의 귀에까지 들어갔다.

한편, 홍낙안은 1790년 문과에 급제는 했으나, 다음 해인 신해년에는 같은 남인이기는 했지만 신서파인 채제공이 장악한 조정으로부터 직책을 받지 못해 전전긍긍하던 시절이었다. 《독본》을 계속 읽어

할아버지는
왜
회사 안 가요?

보자.

그는 이 진산의 풍문을 계기로 천주학 문제를 다시 한 번 공론의
장으로 끌어낼 궁리를 시작했다. 지난번 뼈아픈 실패를 되풀이하지 않
으려면 여론을 조성하는 것이 먼저였다.

…홍낙안은 9월 29일, 좌의정 채제공에게도 한 통의 장서를 올렸다.
홍낙안이 보내는 장서는 길이도 길었지만 그 형식이 일종의 공개 질의
서와 같았다. 장서의 서두에서 홍낙안은 자신이 두 차례나 채제공과 직
접 만나 얘기를 나누려고 했으나 기회를 얻지 못해 억울해서 이 글을
올린다고 썼다. 글은 표면적으로는 윤지충과 권상연을 겨냥했지만, 이
것은 문제를 신서파 전체로 확대하기 위한 도화선에 불과했다.

(홍낙안의 편지의 일부: 예전에는 나라의 금지 조처를 두려워하여 어
두운 방에서 모이던 자들이 지금은 백주 대낮에 혼자 다니며 공공연
히 멋대로 전파합니다. 예전에 파리 머리만한 작은 글씨로 써서 열 번
씩 싸서 책 상자에 숨겨 두었던 자들이 지금은 함부로 간행하고 인쇄
하여 서울 밖으로 반포하고 있습니다. …윤지충과 권상연 두 사람을
어떤 죄목으로 처벌하느냐가 앞으로 국가가 서학에 대해 취할 방침을
가늠할 시금석이 될 것이니, 이 변고에 대한 국가의 대응을 예의 주시
하겠습니다.)

…홍낙안의 장서를 받아 본 채제공은 직책 없는 하급 관원이 일국의
좌의정에게 대놓고 공개적인 서한을 보낸 데 먼저 놀랐고, 그 서슬에
한 번 더 놀랐다. 분란을 일으키고 피를 보려는 재앙의 기미가 바로
읽혔다. 그리고 그 칼끝이 자신을 정조준하고 있음도 직감적으로 알아

챘다.

　…채제공은 분노해서 임금께 올릴 차자를 작성해 사태를 주도한 몇 사람의 죄를 통렬하게 물으려 했다. 이 같은 기미를 안 홍낙안이 겁을 먹고, 채제공의 아들 채홍원을 찾아갔다.

　이후에 두 사람 사이에 오간 대화가 앞에 소개한 것이다. 《독본》을 더 읽어 보자.

　명백한 협박이었다. 채제공의 서자와 정재원의 서녀가 얼마 전 혼인하여 두 집안은 사돈이 된 직후였다. 홍낙안의 이 말은 만약 자신들에게 죄를 주려 하면, 채제공이 정재원과 사돈이 되었기 때문에 서학을 믿는 다산의 무리를 두호하고 정재원이 처조카인 윤지충을 지켜 주려는 것이 아니겠느냐며 공격하겠다는 뜻이었다. 놀란 채홍원이 밤중에 부친을 찾아가 상황을 말해 차자를 올리는 일은 늦춰졌고, 올렸을 때는 당초보다 어조가 훨씬 누그러지고 말았다.

　체제공 부자의 노력에도 윤지충과 권상연이 순교함으로써 신해박해가 마무리되고 만다. 위에 소개한 대화와 다산 부자가 중모를 지난 시기를 참고하여 〈중모 시〉의 '채랑'이 채홍근이 맞다고 보면, 다산은 그의 신분을 노출시키지 않음으로써 두 가지 이점을 기대했다고만 이해하고 넘어가기로 하자. 첫째는, 양가가 서출 자식을 두었다는 걸 숨길 수 있다는 것이고 둘째는, 양가의 사돈 관계를 숨김으로써 만일의 경우 가령 다산 집안이 좌의정의 비호를 받을 경우에 대비한 것이다.

이 일을 통해 다산은 진실을 숨기기는 어렵다는 걸 깨닫게 되었을까? 채홍근이 아니라면 채랑은 누구일까?

그나저나 내 고향 '물아래 마을'에 서있는 시비의 해설가는 왜 〈중모시〉가 '다산이 포항 장기로 귀양 가던 중 지은 시'라고 단정했을까? 그는 다산 같은 큰 인물이 우리 마을을 지나갔다는 것은 대단히 의미 있는 일이라고 봤을 것이다. 그럼 그 인물이 우리 마을을 지나게 된 연유가 궁금했을 텐데 그로선 아무리 생각해 봐도, 다산이 이곳에서 비교적 가까운 장기로 귀양 갈 때 밖에는 달리 생각이 미치질 않은 것이다. 즉, 그렇게 궁금하면 노력해서 정확한 답을 얻고 난 후에 기록했어야 할 사안에 대해, 그는 손쉽게 넘겨짚는 어리석음을 범하고 만 것이다. 이런 어리석음은 오직 그만의 문제일까?

3. 마음대로 떠난 두 번째 휴가

《연보》의 저자는 다산이 36세이던 1797년 5월 1일, 휴가를 얻어 고향집으로 떠났다고 추정했다. 이 대목에 대해 먼저 《연보》를 살펴보자.

4월 28일(또는 29일): 여름날 오후 혼자 무료함을 달래며 술을 마시다가 채이숙(채홍원)에게 시 형식으로 편지를 쓰다.
(가) 〈夏日獨坐 簡寄蔡邇叔〉《전서(여유당전서)》 시문집, 1797년 4월 28일 또는 4월 29일 추정

《전서》시문집에 보면 (가)의 시에 바로 이어서 5월 1일의 시 〈將遊苕川陪伯氏 晚出蘪島作〉(五月 一日)이 배치되어 있다. 대략 1797년 4월 말 정약용은 한가했으므로, (가) 시의 집필 시기는 어림잡아 4월 말로 추정된다. 1797년 4월 말일은 29일이므로 4월 29일 이전이다. 이날 모처럼 한가하게 된 것은 (제1차) 《두시》 교정 작업이 끝나 어림잡아 열흘 동안 휴가를 얻었기 때문으로 생각된다. 5월 7일 무렵에는 서울에 돌아와 있었으므로, 휴가는 어림잡아 1797년 4월 28일 또는 29일부터 열흘 동안 얻은 것으로 보인다.

《연보》의 저자는 다산이 이 무렵 약 열흘간의 휴가를 얻어서 고향을 찾은 것이라고 추정했다. 그러나 다산은 이때 휴가를 얻지 않았다. 즉, 다산은 이번에도 조정의 허락 없이 휴가를 떠난 것이다.

다산은 이번 여행에서도 〈遊天眞菴記〉를 비롯하여 많은 시문을 지었다. 《평전》으로부터 이 글의 번역을 읽어 보자.

〈천진암에서 노닐다(遊天眞庵)〉

정사년 여름 나는 명례방(서울 명동의 부근)에 있었다. 석류가 처음 꽃을 피우고 보슬비가 막 개어, 나는 소내(초천(苕川), 다산의 고향 마을)에서 물고기 잡기에 가장 알맞을 때라고 생각했다. 규정상 대부의 지위에 있는 사람은 휴가를 청해 조정의 허락을 받지 않고는 도성문을 나가지 못하였다. 그러나 휴가를 얻기가 어려워 그대로 출발하여 소내로 갔다. 이튿날 강에 그물을 쳐서 물고기를 잡았다. 크고 작은 물고기가 거의 50여 마리나 되어, 조그만 배가 무게를 감당하지 못해 물위에 뜬 부분이 겨우 몇 치에 지나지 않았다. 배를 옮겨 남자주(藍子洲, 소내 마을 앞 강에 있는 모래밭)에 정박시키고, 즐겁게 한바탕 배불리 먹었다. 얼마 뒤 내가 말했다. "옛날 진(晋)나라의 장한(張翰)은 고향인 강동(江東)의 농어(鱸魚)와 순채(蓴菜)를 말하며 벼슬을 버리고 고향으로 가 버렸습니다. 물고기는 우리도 맛보았고, 지금 산나물이 한창 향기로울 때인데 왜 천진암에 가서 노닐지 않으려는지요?" 이에 우리 형제 네 사람은 친지 서너 명과 함께 천진암으로 갔다. 산속으로 들어가자 초목은 벌써 울창했고, 온갖 꽃들이 한창 피어서 꽃향기가 코를 찔렀다. 더구나 온갖 새들이 울어 대는 울음소리가 맑고 아름다웠다. 길을 걸으면서 한편으로는 새소리를 듣고 한편으로는 서로를 바라보니 정말로 즐거웠다. 절에 도착하자 술 한 잔에 시 한 수를 읊으면서 날을 보내다가 사흘이 지나서야 돌아왔다. 이때 지은 시가 20여 수나 되고, 먹은 산나물도 냉이, 고사리, 두릅 등 대여섯 종이나 되었다.

이 글에 따르면 다산은 여름날 고향 생각이 간절해지자, 도저히 조정의 허락을 받을 것 같지가 않아서 무단으로 도성을 빠져나왔다. 6년 전 아버지가 보고 싶어서 허락 없이 진주를 다녀왔다가 조정으로부터 호되게 당한 일은 까맣게 잊었을까? 아니면 고향의 물고기와 산나물 생각에 '뒷일은 나중에 감당할 일이고 우선은 즐기고 보자'라고 생각했을까?

이 글에서 언급한 장한은 원래 오나라 사람이었으므로 고향을 강동이라고 말한 것이다. 그는 일찍이 낙양에서 아전 벼슬을 살던 중 가을

이 되자 가을바람이 스산하게 이는 것을 보고 고향 땅 오나라의 진미인 농어(鱸魚)와 순채(蓴菜)가 간절히 생각나는 바람에 벼슬을 버리고 고향으로 달려갔다는 인물이다. 다산에게는 평계 대기가 딱 알맞은 옛 인물이었을 것이다.

이 글에서 말한 '우리 형제 네 사람'이란 이복형으로서 맏형인 약현, 동복형인 약전과 약종, 그리고 약용 자신을 말한다. 이들은 한강에서 물고기를 실컷 먹고는, 곧 천진암으로 옮겨 가서 산나물을 안주로 술을 마시고 시를 지으며 사흘을 묵느라 단오일을 그곳에서 맞게 된다. 다산은 그때의 정경을 시 〈端午陪二兄遊天眞庵(初四日 宿寺) (단옷날 두 형님 모시고 천진암에서 노닐다(초나흘 날에 절에서 묵다)〉(이 시의 제목으로 보면 약종은 먼저 돌아간 모양이다)에 담았다. 이 시(이하 〈단오 시〉라고 부른다)에는 李檗讀書猶有處(이벽이 독서했던 곳 아직도 있지만)이란 구절이 들어 있다. 이 구절로 다산은 자신과 이벽((1754~1785), 맏형수의 동생 즉, 맏형 약현의 처남) 사이의 추억을 상기한 것이다. 이벽은 다산 형제를 비롯한 동료 학자들에게 천주교 관련 지식을 전함으로써 우리나라에서 자생적으로 천주교 신앙 운동이 일어나게 되는 계기를 만든 인물로 알려졌다.

다산의 두 글에 나오는 천진암에 대한 《평전》의 저자의 말을 들어 보자.

천진암은 지금의 광주(廣州)시, 다산 시대의 광주군 퇴촌면에 있는 조그만 암자다. 광주와 양평군(그때는 양근군)의 경계를 이루는 산이 양자봉으로 양평 쪽에는 주어사(走魚寺)가 있고 광주 쪽에는 천진암이 있다. 다산은 광주군 출신이어서 천진암은 젊은 시절부터 노년기까지 자주 들르던 절이다. 기해년(1779년) 겨울, 천진암과 주어사를 오가면서 녹암 권철신(1736~1801)이 그의 제자들과 강학회를 열고 경서를 강론한 적이 있었다. 요즘 말로 학술세미나를 연 것이다. 그때 다산의 친구 광암 이벽이 눈 속에 그곳에 찾아와 독서를 했다는 다산의 기록이 있다('선중씨묘지명').

　…다산의 기록에 의하면 강학회는 천진암보다 주어사에서 더 많이 열렸고, 그때만 해도 천주교에 대한 연구가 본격적으로 진행되지 않던 때였다. 1784년 이승훈이 북경에 가서 세례를 받고 돌아온 이후에 천주교 연구가 본격적으로 되었다는 것은 모든 기록이 공인해 주고 있다. 그런데 천주교 쪽에서는 천진암에서 1779년 한국 천주교가 발상했다고 큰 비를 세웠고, 또 거대한 성당을 건축 중이다. 그러면서 천진암은 천주교가 발상한 성지라고 극구 찬양하고 있다. 한편, 한국 교회사에서는 1784년을 천주교 창시년으로 여기고 있으니, 천진암과 천주교의 관계에 대해서는 천주교 쪽에서 역사의 왜곡이 없도록 사실에 입각하여 확실하게 판단을 내려야 한다고 여겨진다. 지금도 그곳에 가면 앞에서 언급한 시(〈단오 시〉)를 거대한 입간판에 세워 놓고, 그 시가 천진암이 천주교 발상지의 근거라도 되는 것처럼 과시해 놓고 있는데 그런 난센스가 어디에 또 있겠는가.

　이 글에서 '건축 중'이라는 천진암 대성당은 2079년, 그러니까 1779년 발상했다는 천주교의 300주년을 기념하려는 의도인 것으로 보인다. 내가 보기엔《평전》의 저자가 염려한 것과는 달리, 천주교가 1779

년 천진암에서 발상했다고 보는 데는 별 문제가 없어 보인다. 이승훈을 북경에 다녀오도록 권유한 사람이 이벽이고, 천진암에서 그가 다산 형제들과 공부한 것은 사실이므로 전혀 근거가 없는 얘기는 아니다. 다만, 짐작컨대 두 절 즉, 주어사와 천진암에서 권철신을 비롯한 천주교 인사들이 강학할 때, 두 절의 도움을 많이 받았을 것이다. 당시에는 불교계가 워낙 유학자들에게 눌려 지내던 시절이니 시골의 조그만 절의 승려들이 무슨 힘이 있어서 유학자들 즉, 권력층에 줄이 닿은 사람들의 모임에 가타부타했겠는가? 그 후 신유박해 때는 천주교도의 '소굴'이라는 죄명으로 천진암은 불살라지고 절의 승려 십여 명이 억울하게 처형되었다고 한다. 그 후 이 절터는 비어 있다가 천주교 측에서 주변의 임야를 매입하고는 대대적인 성지 사업이 시작되었다고 한다. 그러니 불교계의 입장에서 보면 엄연히 자기네 절터가 남의 종교의 성지로 둔갑하는 데에 불만일 것이다. 그러나 어쩌겠는가? 종교간의 화합을 위하여 이미 성지를 선언한 천주교의 주장은 존중해 주되, 학술적인 연구는 계속 진행하여 우리나라에서 천주교가 발전한 것은 어느 날 하늘에서 뚝 떨어지듯이 이루어진 것이 아님을 밝히는 것은 그대로 중요하리라고 본다.

눈썰미가 있는 독자는 지금쯤, 다산이 두 글에서 천진암의 암 자를, 앞에서는 菴으로 썼다가 나중에는 庵으로 쓴 것을 발견했을지 모른다. 원래 두 글자는 통용되는 글자이므로 다산이나 《여유당 전서》의 편집자의 잘못이라고 할 수는 없겠다. 《평전》의 저자가 이걸 굳이 〈遊天眞庵(記 자는 빠트리고)〉에서 '庵' 자를 쓴 것은 실수로 보이지는 않는다. 어쨌든, 천주교에서는 성지를 만들 때 菴 자를 선택했는데, 불교계에서는 원래 천진암은 庵 자를 썼다고 주장한다고 한다. 그러면서 천주교가 절의 이미지를 없애려고 일부러 菴 자를 고집한다는 것이다. 글쎄다. 이런 경우, 서로간에 불필요한 감정 소모는 줄이는 게 좋을 듯하다. 장차 그 천진菴성지의 주변에 천진庵이란 절이 다시 세워져서, 이백 수십 년 전의 두 종교간의 협력이 먼 후대까지 이어지길 기대해 본다.

그나저나 《연보》의 저자는 왜 다산이 이번 고향 방문길에서 '열흘 동안 휴가를 얻었을 것'이라고 추정하게 되었을까? 나로서는 그가 자신의 책인 《연보》에서 〈遊天眞菴記〉를 제목만 인용했을 뿐 그 내용은 읽지 않았다는 것으로밖엔 달리 이해할 길이 없다. 연구자가 글을 제대로 읽지도 않고 인용한 증거로 이보다 명확한 게 어디 있겠는가? 나로선 그가 바빠서 안 읽었다면 추정하지 않으면 될 일을 왜 굳이 추정해서 난처한 지경에 이르게 되었는지 모르겠다. 그는 다산이 6년 전 진주에 무단으로 다녀와서 곤욕을 치른 일을 염두에 두고, 이번엔 여행 후 처벌받았다는 기록을 보지 못했으니 넘겨짚어서 이렇게 추정했을 것이다. 그로서는 그 점에 대해 무언가 말하지 않으면 안 되는 부담을 가졌는지 모른다. 자신이 인용한 글을 인내심을 갖고 읽든지 아니면 넘겨짚지 않았으면 될 일을, 그는 두 가지 다 실패했으니 딱할 뿐이다. 이런 일이 〈중모 시〉의 해설자와 그만의 문제일까?

4. 왜 넘겨짚는가?

거의 이십 년 전의 일이다. 동네 서점에서 정옥자의 《우리 선비》란 책을 펼쳤다. 저자는 당시 서울대학교 도서관장에 임명되어 언론에서 '최초의 여자대제학'으로 불리었다. 일제 때 규장각의 도서가 경성제국대학 도서관으로 옮겨졌고, 나중에 서울대학교 도서관장이 규장각이란 별도의 도서관의 책임자도 겸했기에 그런 별명을 얻게 된 모양이다. 저자는 그 책에서 조선조의 선비 23명의 삶을 조명하였다. 책에서 이황 항목을 찾아보았다. 거기에는 1558년 율곡 이이가 안동으로 이황을 찾아간 내용을 언급하면서 그 만남을 '이황과 이이의 처음이자 마지막인 단 한 번의 만남이었다'라는 설명이 붙었다. 나는 즉각 이 설명이 오류임을 알아차렸다. 전에 이이의 《석담일기(민족문화추진회 편)》에서 율곡이 퇴계와 서울에서 만나서 나눈 대화를 읽은 적이 있기 때문이다. 내가 '여자대제학'이 쓴 책을 사가지고 서점을 나온 것은, 전문가의 글쓰기에 대해 많은 것을 생각하게 하는 그 문장을 두 아들에게 보여 주고 싶었기 때문이다. 결국 그들에게 보여 주지도 못한 채 책은 서가에서 사라지고 말았지만.

아래에는 그 만남의 장면을 《석담일기》에서 옮겨 둔다. 정석태의 《퇴계선생 연표월일조록(퇴계학연구원)》에 따르면 그것은 1567년 8월의 일이었다고 한다.

이황을 예조판서로 삼았다. 이황은 산중에서 도(道)를 지켜 인망이 날로 무거워져 명종이 누차 불렀으나 오지 않다가, 말년에 이황을 불러 중국 사신을 접대하게 하였는데, 이황이 올라와 미처 명령을 받기 전에 명종이 승하하시니, 이황은 조정에 있으면서 명종의 행장을 지었다. 그러다가 예조판서를 시키자 병으로 사직했다.

임금께서,

"경의 어진 덕을 들은 지 오래 되었소. 이렇게 새로 정치를 시작하는 때에 경이 만일 벼슬에 나오지 않는다면 어찌 마음이 편하겠소. 사직하지 마오."

하셨으나, 이황은 끝내 관직을 맡을 의사가 없었다. 이이가 이황을 뵙고서,

"어린 임금님이 처음 서시고 시사(時事)에 어려움이 많으니 분수와 의리를 보더라도 선생께서 물러나지 말아야 합니다."

하였더니, 이황은,

"도리로는 물러날 수 없지만 내 몸을 볼 것 같으면 물러나지 않을 수 없소. 몸에 병도 많고 능력도 또한 직무를 수행할 수 없기 때문이오."

하였다. 그때 성혼(成渾)을 참봉으로 삼았으나 나오지 않았으므로, 좌석에 있던 한 사람이,

"왜 성혼은 오지 않소?"

라고 물으니, 이이가,

"성혼은 병이 많아 관직에 종사하지 못하오. 만약 강제로 벼슬하라 하면 그것은 그를 괴롭히는 일이오."

하니, 이황은 웃으면서 말하기를,

"숙헌(이이의 자)은 어찌 성혼은 후하게 대접하면서 나에게는 그리 박하게 대접하오?(叔獻(珥字)何其待成渾厚而待我薄耶)"

하니, 이이가 답하기를,

"그렇지 않습니다. 성혼의 벼슬이 선생과 같다면야 일신의 사사로운 계책을 생각해 줄 여지가 없습니다. 성혼에게 낮은 벼슬에 분주하게 한대서야 나라에 무슨 도움이 되겠습니까? 그러나 선생께서 경연에 계신다면 나라에 이익이 클 것입니다. 벼슬이란 남을 위한 것이지 어찌 자기를 위한 것이겠습니까?"

하니, 이황이 말하기를,

"벼슬은 진실로 남을 위하는 것이오. 그러나 만약 남에게는 이로움이 미치면서도 자신에게 병통이 절실하게 되면 할 수 없는 것이오."

하니, 이이가 말하기를,

"선생이 조정에 계시면서 가령 아무 계책하는 것이 없다 하더라도 임금님이 중하게 생각하여 의지하신다면 다른 사람들도 기뻐하며 힘입을 것이니, 이 역시 이익이 남에게 미치는 것입니다."

하였으나 이황은 받아들이지 않았다.

삼가 생각하건대, 대신은 도로써 군주를 섬기다가 되지 않으면 그만두는 것이다. 이황은 선조(先朝)의 구신(舊臣)으로 기왕 다시 조정에 섰으면 당연히 새 임금을 보필하다가 되지 않는 것을 알면 그때 물러나도 될 터인데 이처럼 간곡히 사절하니, 이른바 능력을 알고 분수를 헤아려 남이 알아줌을 구하지 않는 것을 편히 생각하는 분인가 싶다.

이 글은 두 인물의 출처관이 극명히 대비되는 장면을 담고 있다. 사정이 이러한데도 왜 '여자대제학'은 두 사람의, 아홉 해 전 안동에서의 만남을 '처음이자 마지막 만남'이라고 했던 걸까? 그는 아마도 그 만

남에 특별한 의미를 부여하고 싶었던 모양이다. 웬일인지 그것은 그에게 어떤 식으로든 부담을 주었고, 관련 문헌을 찾아서 확인하지 않은 채, 그럴듯해 보이는 수식을 달고 싶은 유혹에 사로잡혔던가 보다. 노력을 하든지 아니면 아무 말을 안 했으면 됐을 텐데 왜 그렇게 넘겨짚기를 하지 않으면 안 되었던 걸까? 이런 넘겨짚기가 〈중모 시〉의 해설자와, 《연보》의 저자와, '여자대제학'만의 문제일까?

　내가 보기엔 그렇지 않다는 것이다. 가령 백사 이항복이 익재 이제현의 후손이라고 알려진 건 백사의 잘못이 아니다. 백사의 행장을 쓴 장유(張維)가 글의 첫머리에 익재가 백사의 '遠祖' 즉, 대수가 먼 선조(先朝)라고 기록했기 때문이다. 그는 왜 백사의 전기에다가 그런 허위 기록을 남겼을까? 그는 그걸 무심결에 적은 것이 아닌가 싶기도 하다. 백사 같은 훌륭한 인물이 경주 이씨 문중의 인물 중 익재 정도 되는 분의 후손이 아니고는 말이 안 된다고 본 건 아닐까? 그는 훌륭한 분의 전기를 써 나가는 데 훌륭한 분의 후손이라는 설명보다 글을 더 잘 시작하는 방법이 없다고 보았을지 모른다. 왜 글 쓰는 사람들은 사실을 알아보지도 않고 넘겨짚으려고 드는 걸까? 백사의 후손들은 왜 이 행장을 고쳐 달라고 하지 않았을까?

5. 글을 마치며

　모르는 것은 부끄러운 일이 아니다. 모르는 것을 부끄럽게 여기는 자의식이 부끄러운 일을 만든다. 남의 허물을 눈여겨보는 것보다 스스로를 더 잘 되돌아보는 방법이 있을까? 글이 길어질수록 등에 진땀이 나니 조심하고 또 조심할 뿐이다.

　후기: 고향 마을에 세워진 시비의 오류를 발견하고도 6년이 지나도록, 시비를 건립한 당사자에게 알리지 않은 것은 못내 미안한 일이었다. 지난 달, 상주시 문화예술과의 전경진 씨와 통화하고 관련 자료를 보냈으며, 시비의 내용에 책임이 있다는 모동면의 황인석 씨와도 통화하여 의견을 전했다. 또한 이 일과는 무관하다는 상주 박물관의 조연남 씨와도 통화하고 관련 자료를 보냈다.

　이 글을 읽은 이재기 교수(동아대학교 전자공학과)는 백사 이항복의 선조인 상서공은 익재 이제현과 사촌간이라고 알려 왔다.

　다산연구소의 김세종 박사는〈중모 시〉를 확인하도록 도움을 주었다. 이 책의 일차 교정이 끝날 즈음의 일이다. 그는〈중모 시〉뿐만 아니라 다산이 이번 여행에서 과천을 지나며 지은 시〈同蔡郞將赴晉州至果川道中作(동채랑장부진주지과천도중작)〉(이하〈과천 시〉라고 부른다)을 담은《다산시문집(한국고전 번역원, 송기채 역), 제2권》중 세 페이지의 사본을 보내왔다. 김 박사는〈중모 시〉의 채랑은〈과천 시〉의 제목에서 언급한 蔡郞將과 동일 인물로서 낭장은 6품인 무관 벼슬이며, 다산연구소의 박석무 이사장(《평전》의 저자)이 이미 채홍근으로 밝힌 바가 있다고 말했다. 또한 그는 다산이〈중모 시〉에서 채랑이라고 쓴 것은 뭔가를 숨기기 위해서 한 일은 아닐 것이라고 했다.

　그런데《한국민족문화 대백과사전》에는 낭장(郞將)은 고려 시대의 정육품 무관 벼슬이라고 나와 있다. 게다가 그가 보내온 자료(한국고전 번역원의 홈페이지에 들어가면 누구나 볼 수 있다)에는〈과천 시〉

할아버지는
왜
회사 안 가요?

의 제목이 〈채 낭관과 함께 진주로 가는 길에 과천에 이르러 노상에서 짓다〉로 번역되었다. 조선조의 낭관은 하급 당하관을 통칭하기도 했다지만, 주로 육조의 정랑(정5품)과 좌랑(정6품)을 합쳐 부른 이름이다. 채랑에게 붙인, 조선 시대엔 없던 낭장과, 낭관이라는 호칭은 믿기지 않는다. 왜냐하면 〈과천 시〉의 마지막 부분 '대방 산수 아름답다 세상사람 말하니(聞說帶方山水麗) / 소년과 동행하여 이제 장차 찾아 가리(登臨且與少年同)'에서 동행하는 소년은 채랑을 일컬은 것인데, 벼슬을 맡은 소년이라는 게 말이 되겠는가?

《연보》의 저자(아주대학교 조성을 교수)에 따르면 다산이 열두 살이던 해에 부친이 서모 장성 김 씨를 맞았다고 한다. 그러니 다산이 〈중모 시〉를 짓던 30세이던 무렵 그의 맏서매는 18세 안쪽이었을 것이다. 따라서 채홍근도 〈과천 시〉에서 언급한 '소년'에 걸맞은 나이였을 것이다(다산은 15세에 결혼했다). 그가 채랑이 맞다면, 아무리 좌의정의 아들이라고는 하지만 서자에다가 약관도 되지 않은 사람이 무슨 수로 관직을 받을 수 있겠는가? 물론 정조 대에 이덕무 등 몇몇 뛰어난 서자들이 규장각의 관직을 받긴 했지만 이것도 대체로 그들 나이 서른 후의 일이다.

한편, 조 교수는 〈과천 시〉의 제목에서 將을 蔡郎에 붙여서 읽지 않고 赴(나아갈 부)에 붙여 '장차(將次)'로 이해했다. 따라서 그는 다산이 이번 여행에 동반한 사람은 채랑장이 아니라 채랑이라고 이해한 것이다. 나는 조 교수의 독법이 옳다고 본다.

5부

이런저런 이야기

궁녀나 내시의 충성

며칠 전 국회에서 열린 국정 조사에서 여당의 정유섭이라는 국회의원이 '대통령은 (세월호 참사 당일) 7시간 동안 놀아도 된다'라는 발언을 했다고 한다. 야당 의원들이 이의를 제기하자 그는 '(대통령이) 인사를 잘 했어야 한다는 뜻이었다'라고 해명했다고 한다. 나는 그가 발언하는 도중에 언급했다는 '선조 때 임진왜란도 이순신이 잘 해서 이긴 것이다'라는 말을 주목하게 되었다. 곧 세월호 사건을 임진왜란과, 그리고 이 나라 대통령을 사백여 년 전의 임금과 비교하는 것이 과연 온당한 일인가 하는 생각이 들었다. 말한 사람의 취지를 따라잡기 위해 이리저리 끼워 맞추어 보았지만 도무지 조리가 서질 않아 그만 포기하고 말았다. 다만 그 국회의원이 당시 임금의 처신에 대해서 뭘 좀 알고 있는 사람인지 궁금해졌다. 임진강을 건너서 맞은 첫 번째 회의에서 임금과 신하들 사이에서 일어난 논쟁이 떠올랐기 때문이다.

선조 25년(1592년) 4월 30일은 왜군이 쳐들어온 지 열여드레 째가 되는 날이다. 저녁이 되어서야 임금의 행렬은 임진강을 건너기 시작했다. 어두움 속에서 뱃길을 잡아 나가기는 여간 어려운 일이 아니었을 것이다. 남쪽 기슭의 정자에 쌓은 나무에 질러 놓은 불이 발하는 빛에 기대어 조금씩 앞으로 나아갔을 것이다. 마침 처연하게도 비까지 내리고 있었다. 다행히 일행이 강을 건널 때까지 그 불을 다 사월 만큼의 비는 아니었던 모양이다. 북쪽 기슭인 동파 역에 도착했을 때는 밤이 깊은 후였다. 다음 날(5월 1일) 아침 회의 내용은 선조 수정

할아버지는
왜
회사 안 가요?

실록을 그대로 옮긴다.

상(선조)이 동파관(東坡館)을 출발하였다. 이날 아침에 상이 대신 이산해(영의정)와 유성룡(-우의정)을 불러 손으로 가슴을 두드리며 괴로운 모습으로 이르기를,

"이모(李某)야 유모(柳某)야! 일이 이렇게까지 되었으니 내가 어디로 가야 하겠는가? 꺼리거나 숨기지 말고 속에 있는 생각을 털어놓고 말하라."

하고, 또 윤두수(좌의정)를 불러 앞으로 나오게 하여 그에게 하문하니, 여러 신하들이 엎드려 눈물을 흘리면서 얼른 대답을 하지 못했다. 상이 이항복을 돌아보며 이르기를,

"승지의 뜻은 어떠한가?"

하니, 대답하기를,

"거가가 의주(義州)에 머물 만합니다. 만약 형세와 힘이 궁하여 팔도가 모두 함락된다면 바로 명나라에 가서 호소할 수 있습니다."

하자, 두수가 아뢰기를,

"북도(北道)는 군사와 말이 날래고 굳세며 함흥(咸興)과 경성(鏡城)은 모두 천연적인 요새로 믿을 만하니 재를 넘어 북쪽으로 가는 것이 좋습니다."

하였다. 상이 이르기를,

"승지의 말이 어떠한가?"

하니, 성룡이 아뢰기를,

"안 됩니다. 대가(大駕)가 우리 국토 밖으로 한 걸음만 떠나면 조선

(朝鮮)은 우리 땅이 되지 않습니다."

하였다. 상이 이르기를,

"내부(內附: 한 나라가 다른 나라 안으로 들어가 붙음)하는 것이
본래 나의 뜻이다."

하니, 성룡이 안 된다고 하였다. 항복이 아뢰기를,

"신이 말한 것은 곧장 압록강을 건너자는 것이 아니라 극단의 경우
를 두고 한 말입니다."

하고, 성룡과 반복하여 논쟁하였는데, 성룡이 말하기를,

"지금 관동과 관북 제도(諸道)가 그대로 있고 호남에서 충의로운
인사들이 곧 벌떼처럼 일어날 텐데 어떻게 이런 말을 갑자기 할 수 있겠
는가."

하였다. 이산해는 끝내 대답하지 않았다. 성룡이 물러나와 항복을 책
망하며 말하기를,

"어떻게 경솔히 나라를 버리자는 의논을 내놓는가. 자네가 비록 길
가에서 임금을 따라 죽더라도 궁녀나 내시의 충성밖에 되지 못할 것이
다. 이 말이 한번 퍼지면 인심이 와해(瓦解)될 것이니 누가 수습할 수
있겠는가."

하니, 항복이 사과하였다.

이 날 이후에도 선조는 압록강을 건너 요동으로 갈 일을 입 밖에 내
서 신하들이 만류하느라 애를 닳게 했다. 세월이 흐른 후 서애 유성룡
은 그날 동파역에서 있었던 일을 자세히 적어 두었다. 자신의 처신을
무척 당당히 여기는 듯 했다. 백사 이항복 역시 어떤 글에서 이 날을

회상했는데 자신의 처신을 무척 부끄럽게 여겼던 듯하다. '궁녀나 내시의 충성밖에 되지 못할 것'이라는 선배의 꾸짖음을 원망하기는커녕 서애의 지혜와 덕의 높음을 칭찬했으니 말이다. 나에게는, 절체절명의 순간에서 임금의 판단이 온전치 못함을 직언한 서애의 안목과 용기도 대단해 보였지만 즉시 자신의 잘못을 인정했을 뿐만 아니라 나중에 자신의 과오를 글로 남겨 두어 후세의 교훈이 되게 한 백사의 인품도 높아 보이기는 마찬가지다.

요즘 나라 일을 생각해 보면 국민 중에 아프지 않은 사람이 몇이나 되겠는가 싶다. '내가 지지한 대통령이 불쌍한 지경에 빠져 있다'라고 보는 편이나 '지난 4년간 우리가 저런 대통령의 통치하에 있었단 말인가' 하는 뜻에서는 마음이 아플 것이고, 진실을 제대로 보고 듣지 못한다는 면에서는 눈과 귀가 아픈 것이 아니겠는가? 그러나 어쩌겠는가? 민주주의라는 것이 한 방향으로만 진보하는 게 아니라 때로는 갈 지자를 그리며 삐뚤삐뚤 가기도 한다는 점을 인정하고 보면 이 정도의 아픔은 감수해야 하지 않겠는가? 다만 내 뜻과는 다르다고 해서 상대방을 더 아프게 하는 일은 가급적 자제하는 게 옳다고 본다. 이번 일이 어떻게 해결되더라도 우리는 더불어 살아가야 하고, 결국 역사는 발전하는 방향으로 나아갈 테니 말이다.

그나저나 국회의원이 언급한 선조 임금은 충무공뿐만 아니라 서애와 백사 같은 인재의 보필을 받은 반면에, 우리 대통령은 도대체 어떤 인간들에게 보필을 받았는지를 되짚어 보게 된다.

횡단보도를 건너며

어느 날 횡단보도에서 보행자 신호를 기다리는데 가까운 차선에 서 있던 차의 앞바퀴가 정지선을 지나 있었다. 경찰 순찰차였다. 모범을 보여야 할 경찰이 운전을 저렇게 해서 될 일인가 하는 생각이 들었다. 이윽고 신호가 바뀌자 걸음을 옮기며 운전석 쪽으로 눈길을 보냈다. 중앙선을 지나고 다시 바라보았다. 그대로였다. 횡단보도를 다 건넌 후에 한 번 더 바라보았다. 차가 뒤로 물러나 있었다. 공무원이 자신을 유심히 지켜본 시민을 의식했는지는 알 수 없는 일이다. 그 차가 관공서 차량이 아니었더라면, 길을 건너다가 그렇게 운전자를 노려보는 일은 없었을 것이라고 생각하고는 가던 길을 갔다.

작은 변화가 일어날 때

(2017. 4. 5)

어느 날 점심때가 되어 연구실 문을 나섰다. 건물 일층의 홀을 지나다 보니 출입구에 이르기 서너 걸음 전쯤 유리 조각 하나가 바닥에 떨어져 있었다. 굽은 부분으로 보아 깨진 병의 일부인 모양이었다. 주워야 할 물건이었지만 식당에 이르는 동안 버릴 만한 쓰레기통이 마땅치 않다는 핑계가 떠올랐다. 속으로 '돌아올 때 줍지 뭐'라고 하고는 건물을 나섰다. 일을 잊고 있다가 그곳을 다시 지나오다 보니 사정이 아까와는 달라져 있었다. 유리 조각은 누군가에게 밟혀 여러 개로 나뉘었고 일부는 바스러져 있었다. 일이 번거롭게 되었다고 생각하며 쪼그리고 앉아 잔해를 줍다 보니 주변에서 여러 학생이 우르르 달려왔다. 물러설 태세가 아닌 그들에게 뒷일을 부탁하고 일어섰다. 연구실로 오는 내내 마음이 편치 않았다. 많은 발길이 지나다니는 곳이니 잠시 동안이면 그 유리 조각의 운명이 바뀔 것은 뻔한 일이었다. 게다가 주변에는 쓰레기통이 흔하게 있는 곳이니 몇 걸음만 돌아가면 될 일을 후회할 일로 만든 것이다. 물론 나의 처신을 알아차린 사람은 없겠지만 스스로에게는 감출 수가 없으니 마음이 불편해진 것이다. 시간이 제법 많이 흘렀는데도 때맞춰 줍지 못한 그 유리 조각이 잊히지 않는다.

언젠가 읽은 한 퇴역 군인의 이야기가 생각난다. 젊은 시절 고향집에 들렀던 어느 겨울밤의 일이라고 한다. 마을에 이르기 전에 냇물을 건너게 되었는데 징검다리의 돌이 노는 바람에 그만 물에 빠지고 만 것이다. 어둠 속에서 갑작스레 한기를 느끼게 된 그는 경황없이 집으로 달려갔다. 젖은 모습으로 들어선 아들에게 연유를 듣게 된 어머니는 그 돌을 어떻게 하고 왔느냐고 물었다. 아들이 머뭇거리다가 고백하자 어머니는 "그러고도 사내라고 할 수 있느냐?"라고 했다. 그는 선걸음에 집을 나와 냇가로 돌아갔다. 자신을 실족하게 한 돌을 어둠 속에서 찾아내어 고정시키는 동안, 이미 얼어 있던 몸을 다시 냇물에 담그게 되었으니 추위는 말로 형용하기가 어려웠을 것이다. 어쩌면 방금 마주했던 어머니의 서슬에 그걸 느낄 겨를이 없었는지도 모른다. 그는 자신이 군인으로서 큰 허물이 없이 임무를 완수할 수 있었던 데에는 그때 어머니가 준 교훈의 덕이 크다고 회고했다.

군인의 경험에 비하면 유리 조각 일은 작은 일에 불과하다. 오래전에 있었던 작은 일을 왜 나는 아직도 잊지 못하는 걸까? 톨스토이가 했다는 'True life is lived when tiny changes occur(작은 변화가 일어날 때 진정한 삶을 살게 된다)'라는 말은 그 일을 더 선명하게 떠올려 준다.

얼마짜리인가요?

(2017. 4. 17)

생텍쥐페리의 소설 《어린왕자(전성자 역, 문예출판사)》에는 왕자
가 다음과 같이 혼잣말하는 장면이 나온다.

어른들은 숫자를 좋아한다. 새로 사귄 친구 이야기를 해 주면 그들
은 가장 중요한 것은 물어보는 적이 없다. "그 애 목소리는 어떠니?
그 앤 어떤 놀이를 좋아하니? 나비를 수집하니?"라는 말들은 절대로
하지 않는다. "그 앤 몇 살이니? 형제는 몇이고? 몸무게는? 아버지 수
입은 얼마야?" 하고 묻는다. 그제서야 그 친구가 어떤 사람인지 알게
된 줄로 생각하는 것이다. 만약 어른들에게 "창가에는 제라늄 화분이
있고 지붕에는 비둘기가 있는 장밋빛 벽돌집을 보았어요"라고 하면 어
른들은 그 집이 어떤 집인지 상상하지 못한다. 어른들에게는 "십만 프
랑짜리 집을 보았어요"라고 말해야만 한다. 그러면 그들은 "야, 근사
하겠구나!" 하고 소리친다.

왕자가 느낀 것과 비슷한 감정을 독백이 아니라 대화에 담은 일이
생각난다. 어떤 동료가 취미를 묻기에 자전거를 즐겨 탄다고 했더니
그는 "가지고 계신 자전거는 얼마짜리인가요?"라고 물었다. 나는 그
에게 "제가 자전거 얘기를 꺼내면 상대방은 대부분 가격을 먼저 물어
보던데 선생님도 마찬가지로군요"라고 대답했다. 헬멧은 쓰고 타는
지, 근방에 자전거를 탈 만한 곳은 어디인지, 사고를 경험한 적은 있

는지, 혼자 타는지 아니면 그룹으로 타는지, 자전거의 색깔이나 재질은 무엇인지 등을 먼저 물어본 사람은 드물었다는 걸 그에게 말해 주었는지는 기억나지 않는다. 다만 그가 미소를 띤 얼굴로 정중히 사과한 일은 기억난다. 내가 '대답이 너무 직설적이지 않았는지 조심스럽다'라고 했더니, 그는 웃음을 거두고는 정색을 하며 아니라고 답한 후 자신의 경험을 이야기하기 시작했다.

언젠가 그가 미국에 다녀올 때의 일이란다. 그는 그 여행 중에 골프채를 구입해 올 계획이었다. 현지에서 만난 동호인에게 도움을 청하자 어떤 것을 찾느냐고 물어 왔다. 그가 어느 가격대의 물건을 원한다고 답하자 그 동호인은 '골프채의 특징을 말해 주는 많은 정보 중에 왜 하필 가격을 먼저 말하느냐?'라고 되물어 왔다. 그는 자신에게 알맞은 물건을 고르기 위해 그 미국인과 한참을 논의한 후에야 비로소 자신의 대답이 한심한 것이었음을 알게 되었다고 했다. 게다가 '같은 실수를 되풀이했음을 깨닫게 해 주어 고맙다'고 내게 사례하기도 했다. 나도 그에게 뜻을 온전히 이해해 주어 고맙다고 답례했다.

할아버지는
왜
회사 안 가요?

우 선생을 위한 만사(輓詞)

(2017. 4. 29)

　두어 달쯤 전 목욕탕의 엘리베이터 문 앞에서 어떤 노부인과 마주 쳤다. 그에게 "혹시 우 선생님 사모님이 아니십니까?"라고 물었다. 그 는 "맞습니다. 교수님"이라며 반가운 듯, 수줍은 듯 인사했다. 그에게 우 선생의 안부를 물었더니, 작년에 여든의 나이로 별세했다는 답이 돌아왔다. 예상 밖의 대답에 당황한 나는 그에게 위로의 말을 건넸다. "한동안 선생님을 뵙지 못해서 안부를 궁금해 하던 중이었습니다"라 고 덧붙이자 그는 "우리 선생님도 교수님 이야기를 많이 하셨는데요" 라고 대답했다.

　선생과의 인연은 오 년을 넘지 못 한다. 헬스장 시설과 목욕탕을 함 께 이용할 수 있는 이곳을 내가 드나들기 시작한 게 오 년쯤 전이고, 그를 처음 만난 곳이 이곳이었으니 말이다. 여기서 마주치는 사람들 과는 눈인사나 나누며 지내는 정도였는데 우 선생은 달랐다. 그는 내 게 먼저 다가와 이름과 직장을 알아내더니 자신의 친구와 동료였다는 점까지 확인하고는 반갑게 대하기 시작했다. 연배가 한참이나 위인 데다가 옛 동료와는 친구간이라는 그를, 나로서는 깍듯하게 대할 수 밖에 없었다. 그는 자신도 시내의 모 고등학교에서 세계사를 가르치 다가 퇴직했다는 사실을 말해 주었다. 이렇게 해서, 교직에 몸담은 공 통점이 있던 우리는 반갑게 인사를 나누는 사이가 되었지만 그의 인 사 예절에는 다소 지나친 면이 있었다. 무심코 목욕탕이나 헬스장에 들어설 때, 어디선가 "교수님, 나오셨습니까?"라는 소리에 고개를 돌

려 보면 그가 이미 허리를 깊숙이 구부려 인사를 하는 모습을 보게 되
곤 했던 것이다. 그의 목소리와 동작이 크다 보니, 노인의 인사가 향
하는 대상을 좇는 여러 눈길이 몰리는 것을 느끼면서 나도 서둘러 허
리를 굽히며 답례하는 일이 반복되었다. 때로는 호칭을 '교수님'이 아
니라 '선생님'으로 부르는 때도 있었는데, 그럴 때면 그의 인사에 대응
하기가 더 조심스러운 입장이 되었다. 그것은 아마도 내가 오랫동안
두 호칭의 차이를 그만큼 의식하면서 살아왔기 때문일 것이다.

　한 주일에 두어 번쯤 헬스장에 올라가는 나에게 간혹 "오늘은 운동
을 안 하셨지요?"라는 말을 건네기도 한 그의 얼굴에는, 운동으로 땀
을 흘린 사람의 자긍심 같은 것이 엿보이기 마련이었다. 그러나 그의
운동이라는 걸 살펴보면 대강 이러했다. 그가 가장 많이 했던 활동은
작은 원탁 주변에 놓인 의자에 앉아서 커피를 마시며 신문보기였다.
그러면서 오가는 사람들에게 인사를 건네기를 즐겨했다. 그 다음엔
헬스장 안을 거닐기도 하고, TV 앞에 놓인 자전거에 앉아 있기도 했
는데 여기에서 그가 바퀴를 굴리는 모습은 좀처럼 보기가 어려웠다.
그 다음엔 허리에 진동 벨트를 두르고 가만히 서 있는 일이었다. 아
령, 역기, 철봉 등에는 가까이 가는 법이 없었다. 그러고도 때때로 "아
이고, 이젠 힘들어서 못 하겠다"라는 말을 하곤 했다. 누가 이 말을 들
었더라면 '저 분은 오늘 운동을 많이 하셨나 보다'라고 여겼을지도 모
른다. 그러던 그가 어느 날부터 보이지 않기 시작했다. 궁금해진 나는
그의 안부를 주변에 물어보았다. 그런데 아무도 답을 알려 주는 사람
이 없을 뿐만 아니라 그를 아는 사람조차 없었다. 참으로 이상한 일이
었다. '이럴 수가 있나? 지나는 사람마다 그렇게 다정하게 인사를 건

네던 분의 부재를 아무도 알아채는 사람이 없다니' 하는 마음이 들었던 게 불과 얼마 전이다.

부인과 함께 엘리베이터에서 내린 후, 그에게 나의 아버지와 장인이 누린 수를 알려 주었다. 아까 엘리베이터에 오르기 전부터, 자신의 남편이 너무 일찍 세상을 떠난 점이 남부끄러운 일은 아니겠는지 여러 차례 물어 왔기 때문이다. 다른 말로는 위로가 되지 않겠다고 판단한 내가 고심 끝에 해 준 대답을 듣고서야 그는 마음이 조금은 놓였는지 더 이상 말이 없었다. 이제는 건물을 빠져나와야 할 때가 되었는데도 그는 헤어질 뜻이 없는 듯했다. 나는 그에게 먼저 등을 보일 수가 없어서 그대로 서 있었다. 이내, 그는 남편이 죽기 얼마 전 근방의 커피점 앞을 지나던 때의 일을 이야기하기 시작했다. 남편이 갑자기 커피가 마시고 싶다기에, '집에 가면 얼마든지 마실 수 있는 커피를 가게에서 사서 마실 일이 뭐 있느냐?'고 박정하게 대답한 일이 마음에 걸린다고 말했다. 배우자를 먼저 떠나보낸 사람으로선 충분히 느낄 만한 감상이었지만 나로선 뭐라고 위로할 말이 떠오르지 않아서 말없이 서 있을 수밖에 없었다.

이윽고 부인이 먼저 인사하고 돌아섰다. 부인의 뒷모습을 바라보다가 걸음을 옮기며 생각에 잠겼다. 삶을 과거로 만드는 일을 마친 이의 넋을 위로하는 데 애도보다 나은 표현이 없는지 궁금해지는 것은 그 일을 앞에 둔 사람으로서는 피할 수 없는 노릇인가?

연구윤리 진실성위원회

이건명이가 직장에서 '연구윤리 진실성위원회'라는, 이름도 긴 위원회의 일을 맡게 되어 고달프게 되었노라고 알려 왔다. 마지못해 그 책임을 맡은 모양이다. 동료의 윤리성을 검증하는 일을 누군들 즐겨 맡으려 하겠는가? 그의 처지를 생각하다 보니 마음에 짚이는 게 있어서 생각을 정리해 두고 싶어졌다.

연구 업무와 관련한 부정직한 행위는 학문의 발전에 심각한 해를 끼치는 행위이니 반드시 근절되어야 함은 두 말할 나위가 없다. 발표한 결과를 실제로는 얻은 적도 없거나 허위의 방법으로 얻은 경우 즉, 일반적으로 연구 부정행위라고 불리는 행위는 전염병의 병원균에, 남의 문장이나 아이디어를 적절한 인용 없이 가져다가 자신의 것인 양 발표하는 행위 즉, 표절은 도둑질에 비유할 만하다. 그러나 판가름해야 할 사안은 워낙 천차만별이어서 그 진위와 경중은 섣불리 판정을 내렸다가는 학문의 발전을 위축시킬 수도 있는 것이다. 따라서 일을 맡은 사람은 판정에 신중을 기할 수밖에 없을 것이다. 이 글에서는 두 가지 사례 즉, 하나는 남의 일이고 다른 하나는 내가 겪은 일을 소개하려고 한다.

첫 번째 사례를 위해 먼저 아래의 두 글을 읽어 보자.

동물이라고 불리는 또 다른 분파는 식물의 생화학적 능력을 이용할 줄 알게 되었다. 그 방법은 식물을 직접 먹는 것일 수도 있고 식물

350

을 먹은 동물을 먹는 간접적인 방법일 수도 있다. 두 분파는 갈수록 다양해지는 환경에서 살아 나가는 새로운 생활 양식을 발견해 냈다. 하위 분파들과 하위-하위 분파들이 나타났고, 그 각각은 바다에서, 땅에서, 하늘에서, 극지방에서, 온천에서, 다른 생물체의 몸속에서, 기타 등등의 특수한 환경에서 살아 나가는 능력을 갖게 되었다. 이렇게 수십억 년에 걸쳐 계속적으로 분화가 이뤄짐으로써, 오늘날 생명계에서 우리를 놀라게 하는 엄청난 다양성과 적응이 생겨났다.

오늘날 동물이라고 불리는 또 다른 분파는 식물의 화학적 노동을 활용하는 방법을 발견했다. 그 방법은 식물을 먹는 것일 수도 있고 다른 동물을 먹는 것일 수도 있다. 생존기계의 두 주요 분파는 다양한 생활 양식에서 효율을 높이기 위해 점점 더 기발한 수법을 진화시켰고, 새로운 생활 양식이 끊임없이 생겨났다. 하위 분파들과 하위-하위 분파들이 진화했고, 그 각각은 바다에서, 땅에서, 하늘에서, 지하에서, 나무 위에서, 다른 생물의 몸속에서 살아가도록 특수하게 전문화된 능력을 갖게 되었다. 이렇게 하위 분파들이 분화함으로써, 오늘날 우리를 감동시키는 동식물의 엄청난 다양성이 생겨났다.

앞의 것은 1965년 노벨 생리의학상 수상자인 분자 생물학자 프랑수아 자코브의 《가능성과 실제(1982)》라는 책의 일부이고, 뒤의 것은 영국의 진화 생물학자인 리처드 도킨스의 《이기적 유전자(1976)》의 일부로, 모두 《리처드 도킨스 자서전(김명남 역, 김영사, 2016)》에서 옮겨온 것이다. 보기에 따라서는 노벨상 수상자가 남의 책을 표절했다는 의심을 받을 만한 처지에 놓인 것이다.

도킨스의 말을 들어 보자.

영어 번역본(자코브의 책의 원제는 《가능성의 도박》이고 《가능성과 실제》는 영어판 제목이다)이 나왔을 때 그 책을 읽은 나는 희한하게 눈에 익은 단락을 하나 발견했다. 좀 찾아본 뒤에야 이유를 알았다. 자코브는 《이기적 유전자》를 읽은 모양이었다. 적어도 그 프랑스 번역본을. 어쩌면 그는 사진기 같은 기억력을 갖고 있었을지도 모르고, 아니면 문제의 단락을 베껴 써 뒀다가 나중에 보고는 자기가 쓴 것으로 착각했을지도 모른다. …이것이 고의적인 표절이었다고는 추호도 생각하지 않는다. 저명한 노벨상 수상자가 왜 그러겠는가? 나는 이것이 기억의 진정한 실패를 보여 주는 사례라고 생각한다. 아니면 텍스트 자체에 대한 기억은 너무 훌륭했지만 그 출처를 기억하는 데는 실패한 사례였을 것이다.

도킨스는 '거짓기억 증후군이 실재하는 현상'이란 걸 보여 주는 사례로 이 말을 꺼낸 것이다. 한마디로 사람의 기억이란 건 믿을 게 못 된다는 말이다. 따라서 노벨상 수상자는 이 증후군의 존재를 믿는 도킨스의 덕을 입은 것이다. 이로써 그는 저작권 침해 혐의는 벗게 되었지만 표절 혐의까지 벗은 것은 아니다. 남형두의 《표절 백문백답(청송미디어, 2016)》에 따르면 '저작권침해의 경우 저작권자가 문제 삼지 않으면 원칙적으로 침해자를 처벌하거나 비난할 수 없다. 그러나 표절의 경우 피해자에 저작권자만 있는 것이 아니라 학계와 독자도 포함되므로 글을 쓴 이의 사전 동의나 용서로 표절 책임이 면해지는 것은 아니다'라고 한다. 더 심각한 것은 독자의 피해가 발생하는 시간을 특정할 수가 없으므로 이 사안의 '시효는 무한대'라는 점이다. 즉, 도킨스의 아량에도 불구하고 장차 피해자라고 주장하는 누구라도, 언제든 노벨상 수상자의 표절 혐의를 제기할 수 있다는 말이다. 이런 일이 생기지 않기를 바랄 뿐이다.

이제 두 번째 사례를 들어 보자. 2001년에 나는 박사 과정 학생이던 여명환과 함께 한 연구를 통해, 당시로부터 이십 수년 전에 출판된 논문(⟨Nonlinear resonances in the forced responses of plates. Part II: asymmetric responses of circular plates⟩, S. Sridhar, D. T. Mook and A. H. Nayfeh, 1978, Journal of Sound and Vibration 59, 159~170)에서 해석의 결말인 가해 조건(solvability condition)에 심각한 오류가 있음을 알게 되었다. 결국 이 조건을 수정한 결과를 그해 여름 미국의 와이오밍 주 잭슨 홀에서 개최된 회의에서 발표했다. 청중석에는 이 논문의 공저자인 묵과 나이피가 있었다. 내 발표가 끝나자 사회자는 사안의 특성상 먼저 두 사람에게 발언할 기회를 주었다. 묵은 논문에 대해 기억나는 게 없다고 답했고, 나이피는 나름 변명과 질문을 했는데 별로 심각한 내용이 없었다. 곧 원고를 정리해서 잡지에 투고했다. 편집인은 두 명의 심사자로부터 받은 결과를 보내왔다. 하나는 '성과를 강조하기위해 제목을 더 두드러진 것으로 바꾸라'고 주문했다. 저자가 이 심사에 고무되었음은 말할 것도 없다. 다른 한 명은 '의미 있는 결과이긴 하지만 원래의 논문과 중복된 부분이 많아서 표절로 의심받을까봐 염려된다'는 의견을 보내왔다. 그런데 우리가 엄연히 묵과 나이피의 논문을 인용은 했으니, 심사자의 '표절 의심'이라는 표현은 터무니없는 것이다. 굳이 표현하자면 '상당량 인용'이라고 부를 수 있는지 모르겠다. 원래의 논문에 무슨 일이 있는지 알아보려고 재검토(reexamine)하겠다고 했으므로, 수식에서 사용한 기호나 유도 과정을 따라 쓰지 않고는 독자들을 안내하기가 어려우니 저자로선 어쩔 수 없는 선택이었다. 인용이 길어질 수밖에 없는 이유를 편집인에게 보내는 반박문에 적었다. 결국 한 심사자의 의견에 따라 제목이 수정된 논문(〈Corrected solvability conditions for non-linear asymmetric vibrations of circular plates〉, M. H. Yeo and W. K. Lee, 2002, Journal of Sound and Vibration 257, 653~665)은 저자가 원하는 형태로 출판되었는데, 모두 13페이지 중에 비교된 논문과 네 페이지가 중복된 셈이다.

　남형두에 따르면 '아무리 많은 부분이 같거나 비슷해도 표절이 아닌 경우가 있는가 하면, 극히 적은 부분이 같거나 비슷해도 표절이 되는 경우가 있다'라고 한다. 인용이 아무리 길더라도 독창적인 내용을 추가했으면 문제될 게 없지만 아무리 짧아도 남의 독창적인 표현이나 아이디어를 인용 없이 제 것인 양 발표하면 표절이라는 말로 읽히는 대목이다. 물론 당시에 나는 이런 논점에 대한 이해가 전혀 없었다. 주장을 독자에게 전달할 수 있는 합리적인 방식이라고 판단했기 때문에 선택했을 뿐이다. 나중에 나이피 교수는 와이오밍에서 발표한 논문을 어느 잡지에 출판했는지 물어 왔다. 결국 우리 논문을 인용하고 싶다는 그의 뜻은 이루어졌다. 물론 나이피의 인정이 우리가 인용한 분량이 적절했는지에 대한 답이 되는 것은 아니다. 이런 논란을 피하기 위해 당시에 우리는 다르게 대처할 수 있었을지 모른다. 가령, 네 페이지를 빼거나 수식의 기호를 바꾸거나 해서 말이다. 그런데 그렇게 했더라면 결국 독자는 두 논문을 비교하면서 읽기 위해 엄청난 수고를 하고도 본질을 이해하는 데 어려움을 겪어야 했을 것이다. 과연 이게 누구를 위해 의미 있는 일이겠는가? 나는 합당한 사유가 있다고 확신했기 때문에 심사자의 염려에도 '상당량 인용'을 감수한 것이다.

앞에서 내가 논란을 피하기 위해 인용문이 없이 혹은 그 상당량을 줄여서, 노벨상 수상자인 자코브가 언제라도 표절 혐의를 받을 수 있다고 주장했을 경우, 독자의 이해에 도움이 되었겠는가를 생각해 보면 십수 년 전의 내 입장을 이해할 수 있을지 모르겠다. 친구가 직장에서 맡은 일을 잘 해내길 기대해 본다.

쉬운 한글, 어려운 글쓰기

(2017. 10. 12)

연휴에 읽지 못해 쌓아 둔 신문을 정리하다가 보니 〈동아일보〉 한 글날(월요일)자 제1면에 〈일제가 왜곡한 한글 맞춤법〉이란 기사가 눈에 띄었다. 기사는 국민대 김주필 교수의 논문 〈'보통학교용 언문철자법(1912)'의 특성과 문제점〉을 인용하여, 일제는 이 '철자법'을 일본어의 가나를 한글로 표기하기 위한 것, 다시 말하자면 조선인에게 일본어를 가르치기 위한 도구로 한글을 활용하기 위한 것이었다고 했다. 가령, '형태 음소적 표기'를 원칙으로 하는 현대 맞춤법에서 '받았다, 얻었다, 젖었다'로 쓰이는 것은 '표음적 표기'인 '바닷다, 어덧다, 저젓다'로, '꽃이, 꽃을, 샀으로'는 '꼿치, 꼿츨, 삭스로'로, '같은, 높은, 값을'은 '갓흔, 놉흔, 갑흘'로 정해졌다는 것이다. 김 교수에 따르면 이는 일본인 경찰, 교사 등의 우리말 습득 편의가 맞춤법의 목적 중 하나였던 탓이라고 했다. 기사는 '일제가 왜곡한 맞춤법은 한글학자들이 1933년 〈한글 맞춤법 통일안〉을 발표하면서 비로소 정정됐다'고 마무리되었다. 확인해 보니 조선어학회가 한글맞춤법 통일안을 확정한 것은 그해 10월 19일이었고 《조선어 철자법 통일안》이란 책으로 발간한 것은 당시의 한글날인 10월 29일이었으며, 이 안의 실질적인 개혁 내용은 '아래아'를 폐기한 것과 된소리 표기법을 각자병서 'ㄲ, ㄸ, ㅃ, ㅆ, ㅉ'으로 통일하여 표기하게 한 것이라고 한다.

지난해 말 소설집 《강경애(연세국학총서 77, 허경진, 허휘훈, 채미화 편집, 보고사)》를 읽을 때 1933년에 우리글 표현에 큰 변화가 있었음을 느꼈다. 예를 들면, 그해 〈제일선〉 3월호에 발표된 〈父子(부자)〉에서 '술까지 슨허버리고(술까지 끊어 버리고)'와 '뜻밧게(뜻밖에)'와 같이 초성에서 보이던 고어의 형태가 〈신가정〉 9월호에 발표된 〈菜田(채전)〉에서는 사라졌는데 이제야 그 이유를 알게 된 것이다. 일제가 우리 글 발전에 고삐를 죄는 바람에 작가는 식민지 피압박 민족의 고달픈 삶의 무게에다 글쓰기에서도 혼란을 겪은 것이다.

흔히 한글은 배우기 쉬운 글이라고 한다. 나도 요즈음 글을 쓰면서 그 점을 새삼 깨닫고 세종 대왕한테 절하고 싶은 마음이 들 때가 있다. 그러나 글을 친구들에게 보이고 난 뒤에 다시 읽어 보면 고쳐야 할 곳이 숱하게 드러나는지라, '우리글로 글쓰기가 왜 이리 어려운가?' 하고 푸념하게 된다. 따져보면 이것은 대왕이 아니라 필자의 성급함에 책임을 물어야 할 일이지만 말이다. 글쓰기가 어렵다는 푸념이 나올 때마다 우리글의 고단한 진화 과정을 떠올려 보면 도움이 될지 모르겠다.

축구공

　지난 일요일 해거름에, 사는 곳 인근의 초등학교에 산보 삼아 갔을 때의 일이다. 늘 하듯이 운동장을 몇 바퀴 돌고 나서 교문 근처의 벤치에 앉았다. 운동장 건너편에 있는 계단을 겸하는 스탠드 위의 한 사내아이가 눈에 들어왔다. 아이는 무언가를 찾는 듯한 몸짓을 반복하더니 축구공이 올라갔다고 소리를 질렀다. 말투로는 누구에게 도움을 요청하는 것이 아니었지만 혼잣말을 저렇게 큰 소리로 할 일은 없는 것이니 아이의 의사는 충분히 전달되었다. 운동장에 둘밖에 없다는 걸 확인한 나는 몸을 일으켜 아이가 있는 곳으로 다가갔다.

　운동장에서 교사로 오르기 위한 계단 주변은 여름이면 등나무가 짙은 그늘을 만들어 시원하게 해 주는 곳이다. 공은 등나무 가지를 받치기 위한 철제 골조 위에 얹혀 있었는데, 주변에는 아직 싹이 트지 않은 등의 줄기가 어지럽게 얽혀 있었다. 아이가 쥐고 있던 대 빗자루를 건네받아서 거꾸로 쥐고 시도해 보았다. 발을 디디고 선 계단을 의식하다 보니 동작이 자유롭지도 않거니와 빗자루 손잡이가 아예 공에 닿지를 않았다. 그렇다고 평지도 아닌 곳에서 점프를 해 볼 수도 없는 노릇이었다.

　아이에게 목말을 태워 시도할 요량으로 자세를 낮추고는 어깨에 걸터앉으라고 했다. 이런 동작을 계단 위에서 실시하는 일이 위험하다는 걸 깨닫는 데는 시간이 더 필요했다. 더해진 아이의 체중 때문에 불안정해진 자세를 겨우 유지한 결과가 성공적이길 바랐지만 아이는 빗자루가 공에 닿지 않는다고 했다. 분명히 눈대중으로는 닿을 거리였는데 나로선 모자 때문에 시야가 가리는 바람에 그걸 확인할 수도 없었다. 계단 위에 높이 선 어른의 어깨에서 내려와야 할 처지가 된 아이는 '어떻게 내려가야 하느냐'며 마구 몸을 버둥대더니 급기야 내 머리를 손으로 내리누르기 시작했다. 그러니 시야가 더 좁아지는 바람에 내 마음도 조급해졌다. 아이를 달래어 가만히 있으라고 하고는 엉거주춤 허리를 낮추어서 천천히 내려오게 했다. 그제야 한숨을 내쉰 나는, 어른이 어련히 알아서 내려 주었을 텐데 어깨 위에서 그렇게 버둥대던 아이의 소행이 괘씸했다. 자칫했더라면 큰일 날 뻔했다. 그러나 다시 생각해 보니 공을 향해 올라갈 때는 몰랐겠지만, 높은 곳에서 계단 아래를 내려다보려니 갑자기 무서움을 느꼈을 아이로서는 저도 모르고 한 행동이었을 것이다. 이런 점을 두루 감안하지 않고 방법을 선택한 어른의 잘못이 더 컸다.

다리도 후들거렸거니와 마음도 진정시킬 겸 계단에 주저앉아 숨을 고를 수밖에 없었다. 그때 아이는 '이럴 때 보통 하는 방법이 있다'라며 신과 양말을 벗더니 골조를 떠받치는 기둥 하나를 타고 오르기 시작했다. 거의 끝까지 오르더니 내게 빗자루를 쥐어 달라고 했다. 갑자기 아이의 조수가 되는 기분이었지만 시키는 대로 했다. 아이는 두 발과 한 손으로 철 기둥 위에 몸을 지탱하면서 한 손으로는 빗자루를 쥐고 안간힘을 써 보았지만 소용이 없었다. 나도 몰래 이렇게 저렇게 해 보라고 말해 보았지만 힘이 빠진 아이는 더 버티지 못하고 내려올 수밖에 없었다.

'그나저나 이 일을 어떻게 한다?' 가장 손쉬운 길은 포기하는 것이지만 아이한테 교육적이지 않으니 무슨 방법을 찾아봐야 했다. 그때 공의 바로 아래에 자리한, 폭이 겨우 반 뼘 남짓 되는 경사면이 눈에 들어왔다. 이것은 굽은 계단과 곧은 스탠드를 연결하기 위한 하나의 좁은 난간에 불과했으니, 공의 바로 아래를 지나가기는 했지만 여태껏 감히 올라설 엄두를 내지 못한 곳이었다. 아이에게 빗자루를 다시 건네받고는 희미한 기대를 안고 조심스럽게 좁은 경사면에 올라섰다. 이 방법의 문제는 바닥이 미끄럽기도 한 데에다가 두 발의 높이가 달라 오금을 제대로 펼 수가 없다는 점이었다. 자세가 불안정하니 여차하면 서너 계단 아래의 땅으로 뛰어내리는 일이 발생할 수도 있었다. 그런 일이 생기지 않도록 조심하는 가운데 발의 위치와 바닥의 미끄러움을 가늠하면서 머리 위의 공에 눈을 맞추었다. 겨우 빗자루 손잡이가 공에 닿았다. 희망이 보였다. 그제야 골조가 아치형이라는 것과 이들 사이의 간격이 위로 갈수록 벌어진다는 게 보였다. 이제 공을 건드려 위로 보내는 게 관건이었다. 발밑을 조심하면서 몇 번을 헛되이 시도하는 가운데 아이는 옆에서 이렇게 저렇게 해 보라고 했다. 아이의 말이 거슬렸지만 아까 나도 같은 처지였으니 뭐라고 할 수도 없었다. 간신히 공은 조금씩 위로 움직이기 시작했고, 등나무의 줄기를 피해 마침내 계단 아래로 떨어졌다.

몇 차례나 고맙다며 인사하는 아이에게 작별 인사를 건네고 자리를 떠났다. 뻐근해진 목을 어루만지며 얼마쯤 걸었을까, 몸을 돌이킨 나는 아이에게 "몇 학년이냐?"라고 물었다. 아이는 "육 학년이요"라고 대답했다. 속으로, 저 정도의 아이를 목말 태우기에 기운이 부치는 처지가 되었구나, 하고는 걸음을 옮겼다.

〈유정천리〉, 〈딜라일라〉 그리고

(2018. 9. 16)

'이야기에는 거짓말이 있어도 노래에는 거짓말이 없다.' 소설가 박경리가 《토지》에서 여러 차례 인용한 이 말은 남도의 일부 지역에서는 흔히 쓰는 속담인 모양이다. 듣는 사람의 흥미를 유발하기 위해 혹은 이야기의 극적 효과를 키우기 위해 이야기하는 사람이 소망, 비유, 과장, 환상, 착각 등에서 비롯한 '거짓말' 즉, 현실에서는 일어날 수 없는 일을 섞는 것은 용인된다는 뜻이다. 그러나 노래에는 이미 음률 자체에 듣는 사람을 움직일 만한 힘이 담겨 있다. 몽테뉴는 《수상록(손우성 역, 동서문화사)》에서 '피타고라스는 청년들과 한자리에 있을 때에, 그들이 잔치로 흥분되어 정숙한 여인의 집을 침범하러 가려는 것을 느끼고, 악사에게 명해서 둔중하고 엄숙한 가락의 음악을 연주시켜 고요히 그들의 열기를 가라앉혀 진정시켰다'라고 썼다. 음률의 위력을 단적으로 말해 주는 대목이다. 형편이 이러한데 구태여 노랫말에 '거짓말'까지 보탤 이유는 없다는 말이 아니겠는가?

이 속담이 사실에 부합하는지를 알아보기 위해 우리 민요로 노래의 범위를 좁혀 보자. 먼저 〈밀양 아리랑〉과 〈정선 아라리〉의 노랫말을 살펴보면 '거짓말'이라고 여겨지는 부분을 찾을 수가 없다. 그러나 〈아리랑〉의 '나를 버리고 가시는 님은 십리도 못가서 발병 난다'에 이르면 이야기가 달라진다. 노래 부르는 이의 바람과는 달리 이별로 끝나는 사랑을 숱하게 하고도 동포의 발이 무사한 걸 보면 이 속담을 참이라고 판정할 수 없음이 분명하다.

노래에 '거짓말'이 들어 있건 아니건 노랫말의 의미가 대단치 않다고 할 사람은 없을 것이다. 어린 시절, 고향에 모인 사촌들이 한 이불 아래에 발을 모으던 겨울 방학 때의 일이 생각난다. 우리의 옷을 벗겨 호롱불 아래에서 이를 잡아 주던 사촌 누나의 입에서 노래가 흘러나왔다. 〈유정천리〉의 가사가 '못살아도 나는 좋아 외로워도 나는 좋아'에 이르렀을 때 사촌형이 "누난 무슨 그런 노랠 불러" 하고 자기 누나에게 불평했다. 동생의 느닷없는 핀잔에 누나가 "왜?" 하고 되묻자, 동생은 "아이들도 있는데"라고 속내를 드러냈다. 초등학교를 마치지 못한 우리 또래를 의식한 말이었다. 노래는 그 노랫말의 의미를 살펴 때와 장소를 가려서 불러야 한다는 걸 깨닫게 해 준 밤이었다.

조영남이 부른 번안가요 〈딜라일라〉는 나의 사촌형 앞에선 부를 수 없는 노래였을 것이다. 그 노랫말이, 한밤중에 애인 집 창문에 비치는 두 그림자로 그녀의 변심을 알게 된 남자가 실연의 고통을 참지 못해 결국 비극적 결말을 맞는다는 내용이니 말이다. 이 노래에서 '복수에 불타는 마음만 가득찼네'는 영국 가수 톰 존스가 부른 원래의 노래 〈Deliah〉에서 'I felt the knife in my hand and she laughed no more'를 옮겨온 것이다. 이 구절을 직역하면 '내가 손에 쥔 칼을 느끼자 그녀는 더 이상 웃지 않았네'가 되겠다. 새벽이 되어 변심한 애인의 새 연인 즉, 연적이 차를 몰고 떠난 후, 남자는 길을 건너 여자의 집으로 향했다. 문 앞에서 그를 맞은 여자는 웃고 있었다. 곧 남자가 손에 쥔 칼로 무엇을 했고 여자가 더 이상 웃지 않았다는 게 무엇을 뜻하는지 모르는 사람은 없다. 우리말 가사를 제법 순화했음에도 조영남은 이 노래를 한동안 이 땅에서 부를 수 없었다. '복수심을 조장한다'는 이유로 당국으로부터 방송 금지 처분을 받았기 때문이다. 앞의 구절을 원문 그대로 노래에 섞어 부른 것이 이유인지도 모른다. 서구의 것이면 민주주의도 바꾸어 들여와야 한다는 주장을 참아 내던 시절이니, 변심한 애인을 흉기로 살해하는 장면이 들어 있는 내용을 적나라하게 담은 노래가 동방예의지국에서 용인되기는 어려웠을 것이다.

애초에 작사가들은 노랫말에 구약의 인물 삼손과 그를 배신한 여인 들라일라(요염하다는 뜻이 있다는 이 히브리어의 영어식 표현이 Delilah이다)의 이야기를 온전히 담으려고 했다. 그러나 그들은 결국, 1943년에 만들어진 브로드웨이 뮤지컬 〈Carmen Jones〉에 주로 착안하여 두 시간 만에 가사를 완성했다. 노랫말에서 'I could see that girl was no good for me. But I was lost like a slave that no man could free(그녀가 나에게 맞지 않는다는 걸 알았지만, 그 누구도 자유롭게 해 줄 수 없는 노예처럼 나는 제 정신이 아니었네)'는 애인의 배신으로 몸이 묶이고 눈이 먼 채로 감옥에 갇히게 된 삼손의 처지를 묘사한 부분이다. 이 노래에 영향을 미친 〈Samson and Delilah(우리나라에선 '삼손과 데릴라'로 소개되었다)〉는 1949년에, 〈Carmen Jones〉는 1954년에 영화로 만들어졌다.

한편 이 노래를 부른 가수는 자신의 예명을 1964년 제작된 영화 〈톰 존스의 화려한 모험〉의 주인공의 이름에서 따왔다고 한다. 이 영화는 헨리 필딩의 소설 《업둥이 톰 존스의 이야기》를 바탕으로 만들어진 것인데 톰은 처지나 미추를 불문하고 다가오는 여자를 마다하지 않는 호남아였다. 즉, 그는 여성이라면 좋아하다 못해 숭배하는 인물에 가깝다. 아무리 생각해 보아도 변심한 애인에게 칼을 겨누는 일은 이 인물과 어울리지 않는다. 그러니 그 호남아의 이름으로 불리기를 원했던 가수가, 사랑하던 여인을 살해하는 장면을 담은 노랫말에 공감했을지는 의문이다.

정리해 보면 프랑스의 프로스페르 메리메의 소설 《카르멘》이 비제의 음악을 만나 오페라가 되었다. 이것이 대서양을 건너서는 뮤지컬로, 미국 대륙을 가로질러 할리우드에서는 영화가 되었다가, 대서양을 되 건너와서는 성경의 이야기와 어울려 대중가요가 된 것이다. 게다가 이 노래를 부른 사람이 영화 속의 인물(톰 존스)을 좋아한 청년이었다는 말이니, 영화의 장면을 연상시키는 노래가 만들어지는 과정도 여러모로 영화와 관련이 깊다는 점은 주목할 만한 일이다. 하기야이 노래가 만들어지던 시기는 영화가 아직 TV에 대중문화의 주도권을 내어 주기 전이라는 점을 염두에 두면 고개가 끄덕여진다.

2012년 영국의 엘리자베스 여왕 취임 60주년 기념행사의 하나로 버킹엄 궁전 앞에서 개최된 공연에서도 톰 존스는 이 노래를 불렀다. 가사로만 보자면 여왕의 오랜 군림을 축하하는 곡으로는 어울려 보이지 않았다. 게다가 가수는 노래를 또박또박 꼭 대화하듯 부르던 중에 문제의 대목에 이르자 움켜쥔 오른손을 앞으로 살짝 내밀었다가 거두어들이는 모습을 보였다. 왕세손 부부를 포함하여 수많은 청중들의 즐거워하는 표정으로 보아, 그 제스처가 축제 분위기를 가라앉힌다고 여기는 사람은 없는 듯했다. 변심한 애인에게 복수하는 노래를 흥겹게 따라 부르는 축하객 중에서 그 가사를 문자 그대로 짚어 보는 사람도 없어 보였다. 자신을 따라 목청껏 노래 부르며 국기와 함께 온몸을 흔드는 청중의 흥을 돋우기 위해, 백발의 가수는 악단과 청중에게 그

할아버지는
왜
회사 안 가요?

부분을 한 번 더 유도했다. 트럼펫 주자가 스타카토 주법으로 연주한 후에 차례가 돌아왔을 때 가수는 이제 제스처를 바꾸었다. 그 짧은 동작이 축제의 현장에 어울리지 않는다는 걸 느끼고 자제했는지 모르겠다.

이 노래에 대한 우려의 목소리는 2014년 가수의 고향인 웨일즈에서 나왔다. 그곳의 어느 정치인이 "이 노래에는 여성에 대한 폭력을 조장하는 내용이 담겨 있으니, 럭비 경기장에서 관중들이 이걸 제2의 국가처럼 합창하는 행위를 중지시켜야 한다"라고 들고 나온 것이다. 이 노래로 말미암아 경기장 내외의 폭력 행위가 빈발한다는 주장이었다. 이 주장에 대한 반론도 만만치 않았다. 경기장의 폭력은 관중들이 거기서 마시는 술 탓이지 이 노래 탓일 수는 없다는 것이었다. 셰익스피어의 비극에도 인생의 부정적인 면이 많이 담겨 있지만 여전히 공연되지 않느냐는 반박도, 이 노래가 관중으로부터 사랑받는 이유는 가사 때문이 아니라 그 음악성 때문이라는 주장도 있었다. 이 논란에 대해 톰 존스는 〈딜라일라〉가 여성에 대한 폭력을 조장한다는 주장에 동의할 수 없다며, 46년 전에 만들어진 이 노래를 문자 그대로 받아들여서는 안 된다면서 다음과 같이 덧붙였다.

나로서는 이 노래가 경기장에서 불리는 게 즐거운 일이며, 관중들이 내 노래를 응원가로 불러 주어 자랑스럽기도 합니다. 이 노래에서 가장 멋진 부분은 합창 부분인 'Why, why, why Deliah(번안곡에서는 '오 나의 딜라일라 왜 날 버리는가'의 뒷부분)'인데 사람들이 이 점을 인식하고 부르는지는 모르겠습니다. 나는 사람들이 노래를 문자 그대로 받아들이면 즐거움을 잃게 될 것이라고 생각합니다.

　지난 4월 평양의 한 공연장에서는 남쪽의 노래가 울려 퍼졌다. 그중에는 나의 사촌형이 눈살을 찌푸릴 만한 노래도 포함되었다. '총 맞은 것처럼 정신이 너무 없어'로 시작하는 노래를 백지영이 부르는 동안 북녘의 청중들은 모두 한 사람처럼 굳은 표정으로 가수를 바라보았다. 사촌형의 입장으로서는 '실연의 아픔을 표현하는 데 굳이 무기까지 들먹여야 하는가?' 하는 심정일지도 모르겠다. 그로서는 가령, 소말리아에서 해적들과의 싸움 중에 총상을 입은 석해균 선장이나, 근래에 휴전선을 넘어오다가 동료들이 등 뒤에서 쏜 총알을 다섯 발이나 맞은 북한병사뿐만 아니라, 이들을 살려 내기 위해 애쓴 이국종 교수를 포함한 의료진의 입장에서 보자면 참으로 이해할 수 없는 노랫말이 아니겠느냐고 묻고 싶을지 모르겠다. 게다가 '구멍 난 가슴에 우리 추억이 흘러 넘쳐. 잡아 보려 해도 가슴을 막아도 손가락 사이로 빠져나가'는 더 기가 막히는 표현일지 모르겠다. 여기서 가슴이 신체의 일부를 나타내는 게 아님을 알아채지 못한 북한의 청중은 없었을 것이다. 그렇지만 그걸 막아도 추억이 손가락 사이로 빠져나간다는 표현은, 신체의 일부를 막아도 소중한 액체가 빠져나오는 장면을 직접 목격한 사람의 입장에서는 노랫말로 간단히 받아들이기는 어려웠을 것이다. 게다가 남쪽에서는 그 무기가 형벌의 수단으로 사용되지 않은 지 오래 되었지만, 휴전선 북쪽에서는 여전히 쓰인다는 걸 머리에서 지울 수 없는 청중에게 어떻게 들렸겠는가? 이윽고 노래가 '심장이 멈춰도 이렇게 아플 것 같진 않아'에 이르면, 청중들도 이제는 '남쪽에선 노랫말도 저 정도는 되어야 먹히나 보다' 하고 무심해졌을지 모를 일이다. 그들은 자기네 젊은이들에게 암암리에 가장 인기 있다는 남쪽의 노래를 무표정하게 들으며, 어딘가에서 하염없이 빠져나오는 것은 실연한 이의 추억만이 아니라 자유와 변화의 물살이 되고 말 것이라는 기대를 갖게 되었는지도 모르겠다.

최근에 캐나다에서는 자기네 국가(國歌) 〈O Canada〉의 가사에서 'all thy sons(모든 그대의 아들들)'을 'all of us(우리 모두)'라는 성 중립적 표현으로 바꾸는 법안을 통과시켰다고 한다. 장차 노랫말을 누군가의 입맛에 맞게 바꾸려면 얼마나 많은 노래의 가사가 수정되어야 할까? 하긴 가사를 이런 식으로 바꿔 부르는 일의 원조는 고 김수환 추기경이 아닌지 모르겠다. 김수희가 부른 〈애모〉의 마지막 부분을 추기경께서는 생전에 '당신은 나의 친구여'로 바꿔 부른 재치를 발휘했다니 하는 말이다.

그 겨울에 20대 초였던 사촌형도 이젠 일흔 줄에 이르렀다. 그도 지금쯤은 '노래는 노래일 뿐 그걸 지나치게 진지하게 받아들여선 안 된다'라며 너그러운 입장을 갖게 되었을지 모르겠다. 때로는 난처한 가사를 즉석에서 바꿔 부르는 데 능숙해졌는지도 모른다. 우리 모두 나름으로는 가수이고 시인이니 말이다.

〈조선일보〉의 오보와 정정을 보고

(2018. 9. 22)

지난여름 어느 식당에 들어섰다. 24시간 문을 열던 곳이었는데, 밤 12시까지만 연다는 안내를 문 밖에 붙인 걸 본 지도 얼마쯤 지났을 때였다. 주문과 계산을 위해 카운터에 다가가, 종업원에게 근무 시간이 줄었겠다고 인사삼아 말을 건넸더니, 그는 문재인이 때문이라고 했다. 왜 대통령을 탓하느냐고 반문했더니, '맞다'라는 대답이 돌아왔다. '밤을 새워 일해야 하는 사람이 준 것은 잘된 일이 아니냐?'고 했더니, 상대는 입술을 삐죽 내밀며 '다 알지 않느냐?'라는 듯한 표정을 지었다. 아마도 새 정부의 경제 정책 중에서 서민들에게 가장 가까이 다가오는 것이 최저 임금의 상승과 근무 시간 단축이다 보니 가게 수입이 예전만 못해서 그런 반응을 보였던 모양이다. 계산대 앞에는 전에는 없었던 '단무지와 김치는 셀프'라는 문구가 붙어 있었다. 일손이 딸리다 보니 생각해 낸 나름의 자구책이었다.

음식을 기다리다가 입구에 있는 〈조선일보〉를 가져다 펼쳤다. '김동길 인물 에세이 100년의 사람들'이란 연재 칼럼에 눈이 갔다. 이번 회는 91세인 김 교수가 103세인 김병기 화백에 대해 쓴 것으로, 그 제목은 〈피카소를 흠모했던 화가, 北 허위 선전 믿고 그린 '게르니카'에 분노〉였다. 제목이 이상하다고 생각하며 글을 읽어 나갔다. 기사의 관련 부분을 요약하면, '한국 전쟁 중 황해도 신천에서 발생한 양민학살 사건에 대한 북한의 허위 선전을 믿은 피카소가 북한군이 아니라 미군들이 남녀노소, 심지어 임신부까지 총살하는 장면을 담은 그림을 그린 일'에 대해 김 화백이 분개해서 그를 비판하고 평생 가까이 하지 않았다는 이야기였다. (피카소는 신천 양민학살 사건의 전모에 대한 북한 측 주장을 보도한 외신을 바탕으로 그 그림을 그렸다. 김병기 화백의 주장은, 이에 대한 미군 측의 주장을 바탕으로 한 것이다)

〈게르니카〉와 〈한국에서의 학살〉은 피카소의 반전사상을 담은 그림으로 유명하다. 그런데 기사의 제목에서는 전자를 쓰고 그 내용은 후자에 대한 것을 썼으며, 기사자체에는 그림의 제목인 '한국에서의 학살'이라는 표현이 아예 없었다. 이러니 이것은 명백한 오류였다. 두 그림을 모두 관람한 적이 있는 나는 이런 오류가 발생한 원인에 대해 생각해 보게 되었다. 오래 생각할 것도 없이 필자보다는 편집진의 책임이 더 크다는 결론에 도달했다. 그 이유는 필자가 고령이란 점을 고려하면, 편집진이 원고에 주의를 더 기울여야 마땅하다고 보았기 때문이다. 웬만한 독자면 제목만 봐도 이상히 여길 만한 점이 걸러지지 않았으니 편집진의 책임이 가볍지 않다고 본 것이다.

나는 이전에 어느 글에서 동요 〈오빠생각〉의 오빠인 최영주가 뛰어난 편집자로 명성이 높았다고 소개한 일이 있다. 찾아보면 그 밖에도 훌륭한 편집자가 많이 있었을 것이다. 근래에 나온 어떤 번역본의 '옮긴이의 말'이 인상에 남아있다. 거기서 옮긴이는 "편집자들이 씩 웃으며"라는 말을 두 번 했는데, 편집자들이 웃은 이유는 밝혀 두지 않았다. 편집자가 왜 옮긴이를 보고 웃었을까? 나는 그 웃음에 "편집자인 내가 이해하지 못하는 문장을 독자가 이해하겠습니까? 당신은 자신이 쓴 문장을 정말로 이해한다고 생각하십니까?"라는 뜻이 담겼을 것이라고 보았다. 옮긴이는 아마도 편집자의 웃음을 대할 때마다 등에 진땀이 났을 것이다. 나는 좋은 출판물은 이렇게 필자뿐만 아니라 편집자의 땀이 밑거름이 되어 태어난다고 믿고 있다.

20세기 전반기에 뉴욕에서 활약한 맥스웰 퍼킨스란 편집자가 있었다. 그는 헤밍웨이와 스콧 피처제럴드의 작품도 편집한 인물로 알려져 있다. 또한 토머스 울프를 발굴해서 작가로 등용시킨 사람도 그다. 그는 울프의 문체에 영향을 미쳤을 뿐만 아니라, 작품의 길이를 과감하게 줄이도록 종용한 사람으로도 유명하다. 작년에 개봉된 영화 〈지니어스〉에는 울프가 "만약 당신이 톨스토이의 〈전쟁과 평화〉를 편집했다면 평화는 없어지고 전쟁만 남았을 것이다"라고 그 편집자를 조롱하는 장면이 나온다. 이 말은 톨스토이 같은 대가의 작품도 당신 같은 편집자를 만났으면 작품의 절반 가까이가 삭제되었을 것임을 뜻하는 한편, 작가가 편집자와의 갈등으로 고통을 겪었음을 암시한 말이었다. 어쨌거나 퍼킨스는 평생 천재 작가를 조련한 천재 편집자로 살았다. 〈조선일보〉뿐만 아니라 우리 출판계의 편집자들이 자신의 일에 자긍심을 가지고 더 분발하길 기대해 보았다.

종업원이 빈 그릇을 치우러 왔다. 그를 보고 "제가 갖다 드리려고 했는데요"라고 했더니 그가 웃으며 "아니에요"라고 했다. 그 정도는 아니란 뜻이었다. 식당을 나서자 늦여름의 한낮 열기가 달려들었다.

얼마 후, 기사를 바로잡았는지 궁금해서 신문사 홈페이지를 확인했더니, 기사의 제목이 〈피카소를 흠모했던 화가, 北 허위 선전 믿고 그린 작품에 분노〉로 수정되었고, 본문의 '게르니카'는 그대로 두었지만 그림의 제목인 '한국에서의 학살'이란 표현은 보이지 않은 채 기사의 내용이 정리되었다. 다만 기사 끝에 다음 내용이 추가되었다.

바로잡습니다.

오늘(8월 11일) 자 B2면 김동길 인물 에세이의 〈피카소를 흠모했던 화가, 北 허위 선전 믿고 그린 '게르니카'에 분노〉에서 '게르니카'를 '한국에서의 학살'로 바로잡습니다. 〈게르니카(1937)〉는 스페인 내전을 배경으로 한 작품이며, 피카소가 북의 허위 선전을 믿고 그린 그림은 〈한국에서의 학살(1951)〉입니다. 편집 제작상 제목 실수입니다. B섹션은 사전 제작으로 지난 9일 인쇄가 끝난 뒤 오류를 발견한 까닭에 이 지면을 통해 바로잡습니다. 독자 여러분께 사과드립니다.

가곡 〈고풍의상(古風衣裳)〉을 부르다가

(2019. 3. 16)

1. 글을 시작하며

나의 동서는 음악 애호가이다. 그의 노래 실력은 상당하다. 그는 한 상가 건물의 주인이기도 하다. 그가 그곳의 지하층을 새로 단장해서 '○○ 아트홀'이라고 이름을 붙이고 가곡 동호회원들과 이용 방법을 상의하는 등의 일로 분주했던 게 일 년 전이다. 곧 그곳의 개관 기념 연주회에 초대받은 우리 부부는 큰아들 내외와 손녀를 대동해서 참석했다.

주요 인사에 대한 소개와 인사말에 이어 아마추어 가수들의 노래가 시작되었다. 거기서 들은 노래 중에 두 곡이 인상적이었다. 그건 〈동심초〉와 〈고풍의상〉이었다. 전자는 가사의 유래도 이미 알고 있을 뿐만 아니라 여러 차례 불러 본 적이 있는 노래이다. 노래가 쉽게 귀에 들어왔다. 후자는 작시를 조지훈(1920~1968)이, 작곡을 윤이상(1917~1995)이 한 것이라는데 처음 들어 본 노래였다. 그래서 그런지 테너가 부르는 노래의 가사가 귀에 잘 들어오지 않았다. 가수의 잘못이라기보다는, 가사의 표현이 너무 예스럽고 듣는 사람이 부연이니 호장저고리니 하는 낱말에 익숙하지 않은 때문이었을 것이다. 두 거장의 작품을 여태 몰랐다는 게 부끄럽기도 해서 이 노래를 배워 보리라 하는 마음이 생겨났다.

이윽고 프로그램에 소개된 가수들의 순서가 끝났다. 곧 음식이 날라져 왔다. 음식을 드는 한편 옆 사람과 대화에 열중하는 사이 고개를 돌려 보니 손녀가 무대 위에 올라 피아노를 만지고 있었다. 얼른 가서 아이를 안고 내려오려니 어느새 마이크를 든 사회자가 "이 방에서 가장 젊은 분이 무대에 올랐는데, 오늘은 그냥 내려가지만 언젠가 이 무대를 빛내 줄지도 모릅니다"라고 말해서 조손이 함께 주목받게 해 주었다. 사회자에게는 다시 마이크를 든 목적이 따로 있었다. 그건 이 모임을 축하하기 위해 타지에서 온 손님들에게 노래를 청하기 위해서였다. 하기야 노래는 부르고 싶었는데 이만한 무대에 한번 서기가 쉽지 않을 테니, 기회를 놓치고 싶은 사람은 없었을 것이다. 무대 의상을 준비한 사람도 있고 그렇지 않은 사람도 있었다. 프로그램 밖의 노래가 이어질수록 손님 가수에게 보내는 청중의 반응이나 박수 소리는 작아졌다. 그들로서는 청중의 집중을 얻기가 어려웠을 테니 노래 부르는 맛도 줄었을 것이다. 그렇거나 말거나 그들은 최선을 다 했다. '초보자로 시작하지 않는 사람이 어디 있던가, 저들에게도 언젠가 자신의 프로그램이 계획된 무대에서 기량을 드러낼 날이 올 것이다' 하는 생각을 해 보았다. 노래 부르고 싶은 사람이 많다는 걸 알게 해 준 저녁이었다.

　일 년이 다 되도록 노래를 못 배웠다. 동기 부여가 필요했다. 동기 부여로 독서만한 게 없다. 먼저 노래를 만든 두 인물의 행로가 맞닿은 지점부터 알아보았다.

2. 두 행로가 맞닿은 지점
1) 작시

시 〈고풍의상〉이 〈문장(3호)〉에 발표된 때는 시인이 혜화전문(동국대학교의 전신)의 학생 시절이던 1939년 4월이다. 그는 당시에 잡지사에 시 두 편을 투고했다. 정지용은 약관의 시인에게 "〈화비기(華悲記)〉도 좋기는 하나 너무 앙증스러워서 차라리 〈고풍의상〉을 택한 것이니, 언어의 생략과 시에 연치(年齒)를 보이라"는 충고를 주었다고 한다. 이 시는 1946년 《청록집》에도 실렸다.

시인은 후에 다음과 같이 회고했다.

〈고풍의상〉은 서구시를 모방하던 그때까지의 나의 습작을 탈각하고 자신의 시를 정립하려고 한 첫 작품이었으나 실상은 강의 시간에 낙서삼아 쓴 것을 그대로 우체통에 넣은 것이 뽑힌 것이었다. 그러나 이는 민족 문학에 대한 나의 애착, 그 중에도 민속학 공부에 대한 나의 관심이 감성 안에서 절로 돋아나온 작품이었음을 알 수 있다.

2) 작곡

열여덟 행의 이 시를, 음악가가 열두 행으로 가사를 줄여서 작곡한 때는 1948년이다. 이것을 담은 자신의 가곡집 《달무리》의 출판 일자는 1949년 8월 1일인데, 웬일인지 윤이상 부부는 이 책의 출판 시기를 1950년 초로 기억했다. 두 사람은 그때 결혼을 앞두고 있었는데, 작곡자는 약혼녀의 도움을 받아 겨우 출판 경비를 마련하게 되었다. 부부가 착각했거나, 경비 지급이 늦어지는 바람에 출판사의 발매가 미루어지는 등의 사정이 발생한 모양이다.

3) 작곡자 부부의 결혼식

1950년 1월 30일에 있은 작곡자 부부의 결혼식 장면을 부인인 이수자는 다음과 같이 회상했다. "결혼식은 부산 철도 호텔에서 거행했다. 그때만 해도 옛날이라 신부가 드는 꽃은 모두 조화를 사용했다. …웨딩마치는 그의 친구들이 현악 4중주로 연주해 주었고 김호민 선생은 남편이 작곡한 〈고풍의상〉을 피아노 반주에 맞추어 훌륭하게 불렀다." 어렵던 시절인 데다 한겨울이었으니 생화를 쓰고자 한들 구할 수나 있었겠는가. 신부는 어느 화가가 만들어 준, '동백나무 가지에 동백꽃의 흰 꽃송이 조화를 몇 개 붙여 청초하고 고상한 꽃다발'을 들었던 것이다. 그들의 결혼식장은 이 노래가 처음으로 공개된 장소였을 것이다.

4) 서울 성북동에서 만난 두 사람

휴전 직후인 1953년 9월 중순을 회상하는, 음악가의 부인의 말을 들어 보자.

우리는 집을 마련하기 위해서 오빠가 결혼 기념으로 사 주신 피아노를 팔았다. 전쟁으로 인해 귀해진 피아노는 다락같이 올라 있었다. 거기다 빚을 조금 얻어서 우리는 성북동에 한옥을 한 채 샀다. …우리 집에서 길을 건너면 고대 교수이자 시인인 조지훈 씨가 살고 있었다. 그는 남편하고 좋은 친구가 되어 잘 어울려 다녔으며 우리 집에도 자주 찾아왔다. 옛날부터 남편은 음악인 친구보다 문학하는 친구가 더 많았다.

전쟁 전 부부는 부산사범학교에서 음악과 국어를 가르쳤다. 전쟁이 발발하자 직장으로부터 급여가 끊기는 바람에, 끼니를 걱정해야 하는 처지가 된 점은 주변의 피난민과 다를 게 없었다. 부산 시절 이미 음악가는 가장 아끼던 도구였던 첼로를 양식으로 바꾸고 말았다. 이제는 처가에서 혼수로 마련해 준 악기마저 팔았으니, 이 작곡가에게 음악을 위한 도구라고는 자신의 목청 말고는 뭐가 더 남아 있었는지 궁금해진다.

부인의 얘길 더 들어 보자.

어느 해였나, 크리스마스 날 밤 조지훈 씨랑 한잔하고 기분이 좋아진 남편이 "고요한 밤, 거룩한 밤…" 하며 고요한 거리에서 노래를 부르며 돌아오던 밤도 생각해 본다. 낭만과 방랑, 퇴폐적인 기풍이 그들이 자라난 환경이었고 또 시대적인 조류였다. 그러나 고생스럽고 모두가 가난하면서도 인정과 의리와 우정이 그들의 삶을 지배하고 있었다.

그 시절을 회상하는, 시인의 장남인 조광렬의 말을 들어 보자.

삼선교에서 성북동 뒷산을 바라보며 개천을 끼고 한참 걸어오다 보면 왼쪽 언덕 위에 성북 중고등학교가 있고, 그곳을 지나 10분 정도 더 걸어 올라가다 보면 그 개천이 두 갈래로 갈라지는 곳에 작은 다리가 있었다(물론 이 개천들은 오래전에 복개되어 지금은 포장도로로 변해있다). 그 개천이 갈라지는 다리 입구 서쪽 모퉁이에 위치한 한옥에 음악가 윤이상 선생께서 살고 계셨다. 이웃에 살았던 그분은 아버지와 가깝게 지내셨다. 서로를 아끼셨다. 윤 선생께서는 아버지의 시 〈고풍 의상〉 등에 곡을 붙이기도 하셨다. 한국 문화에 대한 사랑과 자부심, 전통문화의 올바른 계승과 세계화에 공통적 관심을 가지고 계셨기 때문이라는 생각이 든다. 또한 그분은 아버지가 작사한 고려대학교 교가를 작곡한 분이기도 하다.

조지훈 가족이 살던 이 성북동 집은 시인의 부친이 해방되던 해에 구입한 것이다. 당시엔 수도를 넣기 전이어서 물을 져다 먹을 수밖에 없었는데, 동네에 "국회의원 며느리가 물 져먹는다"는 소문이 돌았다고 한다. 여기서 국회의원은 시인의 부친을, 며느리는 시인의 부인을 말한다. 어느 눈 오는 밤, 시인이 박목월, 박두진과 함께 《청록집》에 들어갈 원고를 서로 뽑아 준 곳도 바로 이 집이다. 그는 '운치라곤 한 구석도 없는 집장사가 지은 집'에서 벗어나지 못하고 타계할 때까지 살았다.

5) 이루어지지 않은 만남

조지훈은 1961년 9월, 벨기에의 크노케에서 개최된 국제시인회의에 우리나라 대표로 참석했다. 돌아오는 길에 독일의 본에 들렀다. 그때의 기록인 〈외유일지 초〉에는 다음의 내용이 보인다.

30일. 11:00, 함부르크Hamburg 주소로 윤이상尹伊桑 형에게 전보를 치다. 만날 수 있겠느냐고. …19:50…호텔에 오니 Hamburg에서 회전이

오다. 이상伊桑은 Hamburg를 떠난 지 오래라고.

앞서 1956년 6월에 파리로 간 윤이상은 파리국립고등음악원에서 일 년 남짓 공부했다. 곧 그는 독일로 가서 1959년 서베를린 음악대학을 졸업했다. 그 이듬해에 그는 프라이부르크로 이주했다. 시인이 친구에게 전보를 보내기 약 열흘 전, 음악가의 부인은 독일로 와서 남편과 5년 남짓 만에 재회했다. 프라이부르크에서 본까지는 약 300km의 거리이다. 그러니 시인이 음악가의 연락처를 정확히 알았더라면 세 사람은 성북동에서의 즐거웠던 추억을 객지에서 반추할 수 있었을 것이다.

6) 동백림 사건 전후

1967년 6월 윤이상 부부는 이른바 동백림 사건으로 강제 귀국되었다. 그 해 12월의 1심 재판에서 부인은 집행 유예로 풀려났고, 음악가는 무기 징역을 선고받았다. 그는 그 다음해 3월에 2심에서 15년 형을, 12월의 3심에서는 10년 형을 선고받았다. 그 후 전 세계의 음악가들의 항의와 독일 정부의 도움에 힘입어 자유로운 몸이 되자 음악가는 1969년 3월 독일로 돌아갔다.

한편, 그 와중인 1968년 5월 조지훈은 숨을 거뒀다. 그의 장남의 말을 들어 보자.

내가 대학 다닐 때 유니버시아드대회 참가로 유럽엘 갈 기회가 있었는데, 그때 아버지께서는 "그 사람은 절대 그런 일에 연루될 사람이 아니다. 무언가 오해나 잘못된 일일 것"이라며 "네가 유럽에 가면 한번 찾아가 만나 보고 왔으면 좋겠다마는." 하시며 윤 선생을 안타까운 마음으로 그리워하셨다. 그러나 나는 당시 자유스럽지 못한 시류 때문에 그리하지 못했다. 두고두고 후회가 막심하다.

아들이 아버지의 말을 음악가에게 전하지 못한 데에는 또 다른 이유가 있었다. 그가 말한 유니버시아드 대회란 1965년 8월 헝가리 부다페스트에서 개최된 것으로, 우리나라는 이 대회에 선수단을 보내지 못했다. 음악가 부부는 1963년에 북한을 방문한 일이 있는데, 시인이 그것과 관련된 소문 혹은 뉴스를 듣고 걱정한 모양이다.

3. 시와 노래

노래의 가사를 살펴보자. 괄호 안의 것은 생략된 내용으로 《청록집》 초판본에서 옮겨온 것이다.

고풍의상(古風衣裳)
하늘로 날을 듯이 길게 뽑은 부연 끝 풍경이 운다.
처마 끝 곱게 늘이운 주렴에 반월이 숨어
아른아른 봄밤이 두견이 소리처럼 깊어 가는 밤
고와라 고와라 진정 아름다운지고
(파르란 구슬빛 바탕에
자지빛 호장을 받힌 호장저고리)

호장 저고리 하얀 동정이 화안히 밝도소이다.

(살살이 퍼져 나린 곧은 선이

스스로 돌아 곡선曲線을 이루는 곳)

열두 폭 긴 치마가 사르르르 물결을 친다.

(초마 끝에 곱게 감춘 운혜雲鞋 당혜唐鞋

발자취 소리도 없이 대청을 건너 살며시 문을 열고)

그대는 어느 나라의 고전을 말하는 한 마리 호접

호접인 양 사뿐히 춤추라 아미를 숙이고

나는 이 밤에 옛날에 살아

눈감고 거문고 줄 골라 보리니

가는 버들인 양 가락에 맞춰

흰 손을 흔들어지이다.

먼저 초판본의 시로부터 가사가 되는 과정에서 변한 낱말을 살펴보자. '느리운'이 '늘이운'으로, '곱아라 고아라'가 '고와라 고와라'로, '환하니'는 '화안히'로, '기인 치마'는 '긴 치마'로, '사르르'는 '사르르르'로, '호접이냥'은 '호접인 양'으로, '사푸시'는 '사뿐히'로, '춤을 추라'는 '춤추라'로, '맞추어'는 '맞춰'로, '거문고ㅅ줄'은 '거문고 줄'로 변했다. '호장'은 '회장(回裝)'이 올바른 표현이지만 작곡자가 그대로 두었다. 생략된 부분에서 표준어를 쓰자면 '자지빛'은 '자줏빛'으로, '받힌'은 '받친'으로, '초마 끝에'는 '치마 끝에'로 바꿔야 한다. 시인이 시어를 선택하는 데는 많은 자유가 허용된다. 사투리뿐만 아니라 자신이 만들어 낸 낱말도 허용된다. 마찬가지로 얼마간의 변화는 작곡자에게도 허용된다. 그렇기는 하지만 시인이 한 낱말을 나타내는 데 달리 쓴 게 눈에 들어온다. 먼저 '곱아라 고아라'가 그렇고, 제10행에서는 '치마'로 썼다가 그 다음 행에서 '초마'로 쓰기도 했다. 그 말맛의 차이는 시인만 알 것이다.

이제 시의 내용을 살펴보자. 시간적 배경은 봄밤이라고 화자가 말해 두었다. 공간적 배경을 살펴보자. 하늘, 부연(처마 끝을 들어올려 모양이 나게 한 네모진 서까래), 풍경, 처마, 주렴에 이어, 여인의 저고리, 치마, 운혜(구름무늬 가죽신), 당혜(당초무늬 가죽신)를 거쳐 대청까지 화자의 시선이 위에서 아래로 내려오면서 서술된다. 물론 반월은 하늘에 있는 것이지만 화자의 눈에는 주렴과 같은 높이로 보일 뿐이다. 곧 화자의 시선이 여인의 동선을 따라 수평으로 바뀐다. 대청을 건넌다고 했으니 안방에서 건넌방으로 가는 방향이든지 그 반대 방향일 것이다. 바로 그 찰라, 화자는 여인을 불러 세우고 춤추길 청한다. 춤에 맞춤한 음악은 자신이 알아서 고를 테니 추기나 하란다. 부창부수를 연상하게 하는 대목이다. 다만 요구가 있다. 나비처럼 사뿐히 추되 아미를 숙이라는 것이다. 아미는 눈썹인데 그걸 숙인다는 게 무슨 뜻일까? 얼핏 보면 '시선을 떨구고'나 '고개를 숙이고'가 더 알맞은 표현일 듯한데 시인의 생각은 달랐다.

이 시의 주제는 제목이 말해 주듯이 의상의 고전미이다. 화자가 고전미를 높이 사는 뜻은, 여인의 옷맵시뿐만 아니라 한옥을 묘사하는데에도 잘 드러나지만, '옛날에 살아'라는 표현과 함께 그의 말투에서도 드러난다. 그건 바로 '아름다운지고', '밝도소이다', '골라 보리니', '흔들어지이다' 등과 같은 표현이다. 그는 옛날의 좋았던 시절로 돌아가고 싶은 마음이 간절한 사람이다. 여기서 옛날은 단순한 옛 시절을 의미할 수도 있다. 하지만 이제 갓 스물이 된 시인에게는 옛날로 돌아가는 상상은, 언제 끝날지 알 수 없는 일제의 숨 막히는 옥죔으로부터 풀려날 수 있는 유일한 길인지도 모른다.

화자와 여인의 관계도 궁금하다. 두 사람의 관계를 생각하면서 부창부수를 연상한 사람은 나 말고도 또 있다. 바로 작곡자이다. 그는 두 사람의 관계를 부부로 확정하고, 부인의 춤에 맞추어 남편이 거문고를 연주하는 장면을 조화의 상징으로 보았던 것이다. 그렇지 않고서야 이 노래가 처음 불릴 장소로 자신의 결혼식장을 택했겠는가.

끝으로 화자의 위치는 어디로 보는 게 자연스러울까? 아마도 뜰일 수도 있겠지만 그 경우 주렴에 숨은 달이 좀 어색하다. 주렴에 달이 숨은 모습을 볼 만한 곳은 건물 안이어야 마땅하다. 그러니 화자는 뒤꼍으로 난 작은 문을 등지고 대청에 앉아 주렴이 가려준 앞뜰을 향해 있어야 제 격이다. 이제 봄밤은 깊어 가는데 책읽기는 지루해진 지 한참 되었고 상념도 지나쳐서 병이 될 지경이다. 그때 아내가 자기 앞을 지나 방문을 연다. 화자는 아내의 춤사위를 감상하기에 지금이 적합하다고 본 것이다.

이제 노래를 불러 보자. 그런데 노래를 들어 보아도 따라 부를 수가 없다. 이 노래를 어렵게 여긴 사람은 또 있다. 시인의 아들이다. 그는 자신의 부친이 지은 시 〈마음〉에 곡을 붙인 노래에 대해 이렇게 말했다. "아버지의 시에 윤이상 선생 같은 분들이 곡을 붙인 시가 몇 편 있으나 일반 대중이 부르기에는 너무 어려운데, 이 시에 붙인 곡은 그렇지 않아 어머님이 자주 애창한 시이다." 왜 시인의 가족도 〈고풍의상〉

이 부르기 어려운 노래로 본 것일까?

악보를 구해 보고 나서야 노래가 어려운 이유를 알았다. 음표가 오선지의 가운데인 제삼선 위쪽에 주로 몰려 있는 데에다가 때로는 제법 멀리까지 올라간다. 그러니 테너나 소프라노가 아니면 그 음을 따라 잡기가 어려웠던 것이다. 음의 미묘한 변화도 비로소 보였다. 변화가 별로 없는 부분도 있다. '호장 저고리 하얀 동정이 화안히 밝도소이다' 하는 부분이 그러한데, 내 귀에는 꼭 스님이 염불하는 소리로 들렸다. 아니나 다를까 악보에도 그 점이 잘 드러나 있다. 작곡자의 해석의 결과가 그렇다는데 어쩌겠는가. 악보대로 따라 부르려고 노력하는 수밖에 없다. 바로 이 부분을 제대로 부르느냐 아니냐에 따라 직업가수와 아마추어 가수가 갈리는 것이겠다.

이제 악보를 보면서 가수를 따라 부르는 연습만 반복하면 된다. 어차피 가수들과 똑같이 부를 수는 없다. 음을 얼마쯤 낮춰 불러야 한다. 테너도 따라 불러 보고 소프라노도 따라 불러 보는 게 좋다. 나로서는 조금 빠르게 부르는 게 호흡하기에 알맞은 것 같았다. 그냥 부르고 또 불렀다. 한참을 따라 부르고 나자 이제는 악보의 음이 저절로 눈에 들어오고 어디서 숨을 쉬어야 하는지도 보였다. 내가 어디서 잘못 부르는지도 느낌이 왔다. 이른바 좌우가 합작한 노래를 마음껏 부르다 보니 어쩐지 숨쉬기가 편해진 것 같았다.

4. 글을 마치며

배는 어차피 흔들리는 물 위에 떠 있다. 풍랑이 일면 물이 들어오기 마련이다. 그때마다 젖었다고 물건을 내 버리면 멀고 험한 길을 어떻게 헤쳐 가려고 하는가? 노래가 싫으면 제 귀를 막을 일이지 어쩌자고 남의 입을 막으려고 했던가? 사람은 사람이고 노래는 노래일 뿐이란 걸 받아들이기가 그렇게 어려웠을까?

오늘 ○○ 아트홀 개관 1주년 기념 연주회가 있었다. 아내는 거기에 갔다. 그 시간에 나는 헬스장에 갔다.

〈참고한 책〉

(1) 《내 남편 윤이상》, 이수자, 창작과 비평사, 1998.

(2) 《청록집》, 박목월, 조지훈, 박두진, 을유문화사, 1946.

(3) 《수필의 미학》, 조지훈, 나남, 1996.

(4) 《문학론》, 조지훈, 나남, 1996.

(5) 《승무의 긴 여운 지조의 큰 울림》, 아버지 조지훈-삶과 문학과 정신, 조광렬, 나남, 2007.

황준량의 〈거관사잠(居官四箴)〉을
올바로 배우려면

(2019. 4. 15)

전광민이가 글을 하나 보내왔다. 한국고전번역원의 김현재 연구원이 쓴 글이다. 제목이 〈일을 줄이는 연습〉인 글에서 그는 금계 황준량의 〈거관사잠(居官四箴)〉에 나온다는 '省事寡慾(생사과욕, 일을 줄이고 욕심을 적게 하라)'을 인용하였다. 김 연구원은 이 구절에 해설을 붙이기를 '세상 사람들은 스스로 많은 일을 벌여 놓고 힘들어 한다. 하나의 일이 끝나기도 전에 새로운 일을 벌이고 두세 가지 일을 병행하기도 하는데, 이 때문에 스트레스를 받고 심하면 병을 얻기도 한다. 이러한 경향은 삶의 목표가 뚜렷하고 매사에 자신감 넘치는 이들에게 더 많이 보인다. 성취욕이 강해서인지 무슨 일이든 계획하고 추진하는 것을 좋아한다'라고 하였다. 그는 더 나아가 《명심보감》에 나온다는 '生事事生 省事事省(생사사생 생사사생, 일을 만들면 일이 생겨나고 일을 줄이면 일이 줄어든다)'도 인용하고는, '일을 줄여 나가다 보면 마음의 안정을 얻을 수 있다. 여러 가지 일을 모두 다 잘해야 한다는 중압감이 사라지면 마음은 한층 여유로워지고 사고는 유연해질 것이다. 이렇게 한층 가벼워진 정신을 자신이 진정 원하고 중요하게 생각하는 데로 돌린다면 훨씬 나은 삶을 꾸려나갈 수 있을 것이다'라고 글을 마무리하였다.

이 글에서 글쓴이는 일에 대한 나름의 견해를 설파했지만, 나로서는 이것이 금계의 의도에 얼마나 부합하는지 궁금해졌다. 먼저 금계의 〈거관사잠(居官四箴)〉을 읽어 보았다. 그는 여기에 벼슬길에서 지켜야 할 네 잠언을 담았다.

제1잠: 持己以廉 (지기이렴, 청렴으로 자기를 지키라)
제2잠: 臨民以仁 (임민이인, 어진 마음으로 백성을 대하라)
제3잠: 存心以公 (존심이공, 공정함으로 마음을 가지라)
제4잠: 莅事以勤 (이사이근, 부지런함으로 일을 대하라)

각 잠에는 넉 자를 하나의 구로 하여 여덟 구의 설명이 붙어 있다. 이 글에는 事(사) 자가 모두 네 번 쓰였다. 그 중 세 번은 제4잠에 나오는데 여기서 일(事)은 공무로서의 일을 말한다. 나머지 한 번이 제1잠에 나오는 '省事寡慾(생사과욕)'에 쓰였는데, 여기서 일은 청렴을 유지하는 데 방해가 되는 일 즉, 사욕을 채우기 위한 일을 말한다. 그가 事 자를 두 잠에서 구분하여 쓴 것은, 바람직한 관직 생활을 위해서는 사욕을 채우기 위한 일을 줄여서 공무에 더 집중하라고 요구하기 위한 것이다. 따라서 금계가 청렴을 실천하기 위한 방법으로 선택한 '省事寡慾'을, 그 앞뒤의 문맥을 살피지 않고 '일을 줄이자'는 주장을 뒷받침하기 위해 끌어다 쓴 것은 온당해 보이지 않는다.

근래에 공직자 혹은 그 후보자들이 부동산이나 주식 등의 재산을 보유한 현황에 대해 우려하는 눈길이 쏠리고 있다. 저들이 저만큼의 재산을 소유하고 관리하자면, 공직을 맡게 되었을 때 사욕을 채우기 위한 일을 줄여서 공무에 전념할 수 있겠는가를 국민은 의심하고 있는 것이다.

어떤 일을 줄여야 하며 어떤 일을 부지런히 할 것인지에 대한 자세를 분명히 하고나서 일에 임하는 것이야말로 금계의 가르침을 올바로 배우는 것이 아니겠는가.

조지훈 시 〈絶頂(절정)〉과 '가슴 아픈 사건' 사이에서

(2019. 9. 8)

조지훈의 장남인 조광렬이 쓴 책《승무의 긴 여운, 지조의 큰 울림, 아버지 조지훈-삶과 문학과 정신》을 읽었다. 저자는 이 책에다 자식이 바라본 아버지의 삶뿐만 아니라 아버지와 가까웠던 사람들의 회고도 담았다. 그 중에서 내 눈길을 오래 끈 것은 박목월의 회고였다. 그 글에서 목월은 지훈이 쓴 '사변 전 〈文藝(문예)〉지에 발표된 〈슬픈 人間性(인간성)〉이라는 기행문'을 소개하면서 '가슴 아픈 사건'을 언급하였다. 이 기행문은 지훈이 1949년 여름 부산과 경남 지역을 여행한 뒤에 쓴 것이다. 나는 올 초에 지훈의 문집 제4권인《수필의 미학》에서 이 기행문을 읽었지만 '가슴 아픈 사건'에 대해서는 전혀 눈치를 채지 못했다. 다시 지훈의 글을 읽어 보고서야 뭔가 짚이는 게 있어서 이 글을 쓴다.

지훈에 대한 목월의 회고부터 들어 보자.

…하지만 그의 문장에 자신의 사생활이 드러나는 것이 거의 없었다. 이것은 그가 시인으로서 '영혼의 기갈을 충족시키기 위한 어쩔 수 없는 작위의 소산' 으로서 시를 쓰기는 하였지만 그야말로 문인 의식보다 학자적인 긍지가 앞선 탓이었을까. 혹은 하늘을 우러르고 땅을 굽어봐도 욕됨 없이 살려는 그의 의젓한 태도가 사사로운 생활을 외면한 탓일까. 다만 전 문장 중에 비교적 그의 사생활을 엿볼 수 있는 것이 사변 전 〈文藝(문예)〉지에 발표된 〈슬픈 人間性(인간성)〉이라는 기

행문이었다. 물론 이것조차 그의 격조 높은 문장과 멋으로 말미암아 구체적인 사실이 묻어져 있지만, 그의 생애에 한 번뿐인 '가슴 아픈 사건'이 비교적 자세하게 기록되어 있는 것이다. 그 글에 나오는 K와 S 그것이 '가슴 아픈 사건'의 주인공, 정확하게 말하면 그 중의 한 사람이었다.

여기서 '가슴 아픈 사건'이라는 표현은 목월이 인용부호를 붙인 것으로 보아 지훈의 말인지도 모른다. 이어서 목월은 당시 친구의 감정이 '어느 사람에의 애절한 사모와 그것을 물리친 공허한 감정'이었음을 증언했다.

먼저 지훈이 한 그 영남 기행의 일정부터 살펴보자. 1949년 8월 8일: 서울을 떠난 그는 당일 부산에 도착한다. 9일: 배로 송도로 건너간다. 12일: 배로 통영의 청마 유치환을 찾아간다. 14일: 배로 청마와 함께 부산에 되돌아온다. 16일: 마산으로 간다. 23일: 진주로 간다. 30일: 진주에서 서울행기차를 타는 것으로 여행이 끝난다. 지훈은 이 남행을 바탕으로 쓴 기행문을 〈문예〉지의 그 해 12월호와 다음해 1월호에 연재한 것이다. 이 기행문에서 두 사람(K와 S)은 9일 송도에서 처음 등장해서, 14일 통영에서 부산으로 되돌아오는 뱃길에서 마지막으로 언급된다.

목월의 회고가 지훈의 이 남행의 경로와 일치하지 않는다는 점 외에도 그의 증언에는 의심되는 점이 있다. 이 기행문에 "가슴 아픈 사건'이 비교적 자세하게 기록되어" 있다는 목월의 표현은 과장되었다는 것이다. 오히려 지훈은 그 기행문에서 나중에 문제가 될지도 모를 내용은 담지 않으려고 무척 조심했던 것 같다. 예를 들면, 지훈은 12일 통영으로 가는 배의 갑판에서 K가 '흰 원피스' 차림으로 바다를 굽어보고 있더라고 기록함으로써, 그가 여성임을 겨우 밝혔을 뿐이다. 그런데도 목월이 두 사람을 '소녀'라고 지칭한 것과, '가슴 아픈 사건'과 '어느 사람에의 애절한 사모와 그것을 물리친 공허한 감정'을 언급한 것을 보면 그는 지훈한테서 더 들은 게 있는 것이 분명하다.

흔히 시간이 사람의 기억을 왜곡시킨다고 한다. 지훈은 1942년 봄에 목월을 만나러 경주에 다녀간 적이 있다. 목월은 이 첫 만남에서 벗이 흰 두루마기를 입은 것으로 기억에 남아 있었다고 했다. 그는 나중에 사진을 보고서야 당시에 친구가 입은 옷이 두루마기가 아니라 양복이었음을 알고 왜 기억이 그렇게 된 건지 모를 일이라고 회상한 적도 있다. 따라서 지훈에 대한 목월의 회고를 온전히 받아들일 수는 없다고 하더라도 두 사람 중 하나와 지훈이 특별한 관계였다는 증언은 믿을 만하다고 본다. 왜냐하면 고인이 된 친구의 사생활을 공개하는 마당에, 자칫 심각할 수도 있는 내용이 기억에서 왜곡되었을 가능성은 적어 보이기 때문이다.

이제 기행문에서 지훈이 두 사람(K와 S)을 맨 처음 언급한, 송도 해수욕장 인근 한 호텔에서의 장면을 들여다보자.

…우리는 제일 호텔의 넓은 응접실에 앉아 유리창을 마구 열어 놓고 바다를 바라보는 것이 차라리 좋았다. 주머니를 뒤져 보니 담배와 함께 구겨진 종이쪽이 하나 나온다. 〈절정〉이란 시의 초고였다. 옆에 있는 K와 S를 불러 시를 읽어 준다. 비극적인 성격의 K는 무슨 무거운

시름에 싸였음인지 암담한 얼굴로 露臺(노대)에 나가서 바다를 바라고 서 있고 S는 그 종이쪽을 받아 읽더니 나의 손수건과 땀 배인 내의를 가지고 바다로 내려갔다.

두 사람의 등장이 느닷없긴 하지만 목월이 언급한 '가슴 아픈 사건' 이란 표현을 염두에 두고 보니 시 〈절정〉이 금방 눈에 들어온다. 앞의 글을 요약하면, 시인이 우연히 주머니에서 발견한 이 시의 초고를 두 사람에게 읽어 주자, 곧 K가 심적인 동요를 크게 느낀 것으로 보이더라는 것이다. 지훈의 성품이 매우 치밀한 편임을 고려하면, 그가 완성되지도 않은 시를 특별한 장소에서 누군가에게 낭송해 주는 행위가 그리 우연스러워 보이지는 않는다. 그럼에도 그는 왜 그 상황이 꼭 우연인 것처럼 '주머니를 뒤져 보니'라느니 '구겨진 종이쪽'이라고 표현했을까? 생각이 추측으로 더 번지기 전에 시를 읽어 보는 게 낫겠다.

絶頂

나는 어느새 천길 낭떠러지에 서 있었다 이 벼랑 끝에 구름 속에 또 그리고 하늘가에 이름 모를 꽃 한 송이는 누가 피워 두었나 흐르는 물결이 바위에 부딪칠 때 튀어 오르는 물방울처럼 이내 공중에서 사라져 버리고 말 그런 꽃잎이 아니었다.
몇만 년을 울고 새운 별빛이기에 여기 한 송이 꽃으로 피단 말가 죄지은 사람의 가슴에 솟아오르는 샘물이 눈가에 어리었다간 그만 불붙는 심장으로 염통 속으로 스며들어 작은 그늘을 이루듯이 이 작은 꽃잎에 이렇게도 크낙한 그늘이 있을 줄은 몰랐다.

한 점 그늘에 온 우주가 덮인다 잠자는 우주가 나의 한 방울 핏속에 안긴다 바람도 없는 곳에 꽃잎은 바람을 일으킨다 바람을 부르는 것은 날 오라 손짓하는 것 아 여기 먼 곳에서 지극히 가까운 곳에서 보이지 않는 꽃나무 가지에 심장이 찔린다 무슨 야수의 체취와도 같이 전율할 향기가 옮겨 온다.

나는 슬기로운 사람이 아니었다 그러기에 한 송이 꽃에 영원을 찾는다 나는 또 철모르는 어린애도 아니었다 영원한 환상을 위하여 절정의 꽃잎에 입맞추고 길이 잠들어 버릴 자유를 포기한다.

다시 산길을 내려온다 조약돌은 모두 태양을 호흡하기 위하여 비수처럼 빛나는데 내가 산길을 오를 때 쉬어 가던 주막에는 옛 주인이 그대로 살고 있었다 이마에 주름살이 몇 개 더 늘었을 뿐이었다 울타리에 복사꽃만 구름같이 피어 있었다 청댓잎 잎새마다 새로운 피가 돌아 산새는 그저 울고만 있었다.

문득 한 마리 흰 나비! 나비! 나비! 나를 잡지 말아다오 나의 인생은 나비 날개의 가루처럼 가루와 함께 絶命(절명)하기에 ─아 눈물에 젖은 한 마리 흰나비는 무엇이냐 절정의 꽃잎을 가슴에 물들이고 邪(사)된 마음이 없이 죄 지은 참회에 내가 고요히 웃고 있었다.

언제부턴가 나는 '시인은 곡비(哭婢)다'라는 생각을 하게 되었다. 시인이 제 울음을 울든 남의 울음을 대신 울어 주든, 독자로 하여금 '이 시는 나를 위한 울음'이라고 여기게 해 준다는 말이다. 어린 시절 외할머니의 부음이 당도하자 어머니는 담벼락에다가 볏짚을 세워 놓고는 물 대접을 엎은 상 앞에서 얼마 동안 곡을 했다. 곡이 끝나자 아무 일이 없었다는 듯 평온한 얼굴과 음색으로 우리를 대하시던 어머니의 낯선 모습이 아직도 눈에 선하다. 어머니는 그 의식을 통해 육친과의 마지막 작별을 고한 것이지, 삶의 고달픔을 씻어 버리는 정화 작용을 기대하지는 않았을 것이다. 누구나 살다 보면 마음 놓고 울어 보고 싶은 순간이 오기 마련이다. 그런데 요즘은 도통 곡하는 사람을 찾아보기가 어려우니 서로가 어떻게 울어야 할지를 잊어버린 시대가 된 지 한참이 되었다. 그럼에도 연일 들려오는 이웃의 자살 소식은 우리 사회에 울음이 없어진 게 아니라, 모두들 울음을 참다 보니 그게 도리어 병이 되어 나타나는 결과가 아닌가 하는 생각이 든다. 시인에게는 곡비의 울음과 같이 독자를 치유해 주는 능력이 있어 보인다. 그들처럼 울음을 언어로 풀어 놓을 줄 모르다 보니 자기 치유 능력을 상실한 우리로서는 말이다. '시인은 곡비다'라는 생각이 나만의 것인지 알아보기 위해 인터넷에 문의하니 바로 나온다. 《청소년을 위한 시 쓰기 공부-시를 잘 읽고 쓰는 방법》이라는 책의 소개 문구는 '국어교사이자 시인인 아빠가 들려주는 시와 삶 이야기'라고 되어 있다. 이 책의 제6장의 제목은 '시인은 곡비다- 공감과 위로의 힘'이라고 되어 있고, 저자인 박일환은 이름도 못 들어 본 시인이다. 아마 이 책의 저자가 그 말을 맨 처음 한 사람도 아닐 것이다.

이러한 치유 능력을 가진 시인과는 달리 도무지 무슨 말인지 알아들을 수가 없는 시를 쓰는 시인도 많다. 따라서 시를 통해 독자가 치유되기는커녕 오히려 시를 해석하느라 골머리를 앓게 되는 경우가 허다하다. 영국의 물리학자 폴 디랙은 "과학은 어려운 사실을 쉬운 말로 모두가 이해할 수 있게 해 준다. 반면 시는 모두가 아는 사실을 어려운 말로 아무도 이해할 수 없게 만든다"라고 말했다고 한다. 이 말은 현대시의 난해함에 대한 푸념이지만, 평생 과학의 언저리에서 서성인 나로서는 앞부분에 더 신경이 쓰인다. 디랙 함수를 사용해서, 임의의 가진력(加振力)을 갖는 선형 진동계의 응답을 구하는 전 과정이 머리에 떠오른다. 천재의 말처럼 그렇게 쉬운 것이었으면 왜 나는 그걸 학생들에게 설명하는 데 어려움을 겪었단 말인가? 그의 말은 현대시의 어떤 속성을 강조하기 위한 것일 뿐 액면 그대로 받아들일 수는 없는 것이다. 노벨 물리학상 수상자의 말에 위안을 받았든 아니든 독자는 눈앞의 시를 쉽게 포기할 수 없다. '물속의 달이요 거울 속의 꽃'처럼 볼 수는 있어도 잡을 수는 없는 대상이 있듯이, 설명할 수는 없지만 느낄 수는 있다는 경지에 동참해 보려고 눈을 부릅뜨고 시에 매달려 본다. 나름의 노력 끝에 결국, 어느 정도의 수준에 도달하기 전까지는 아무 시나 다 이해하려 덤벼들지 않는 게 좋다는 소박한 결론에 이르고 만다.

시를 이해하기 위해 시만 들여다보는 일은 어리석다. 시의 정확한 해석을 위해 작시 당시 시인의 처지를 아는 게 중요하다. 이쯤에서 시 〈절정〉을 짓던 시절 즉, 1949년 여름 조지훈의 처지를 살펴보자. 당시 처자식이 딸린 그는 나이가 서른이었으며 《청록집》 등을 통해 이름이 제법 알려진 시인이었다. 이제 고려대 교수가 된 지 한 해가 채 안 되긴 했지만 시작(詩作)뿐만 아니라 학문 활동을 통해 자신의 꿈을 마음껏 펼쳐 볼 수 있는 시기에 이르렀다. 또한 제헌의원의 아들이기도 했으니 그는 쉽게 남의 눈에 뜨이는 처지가 되었다.

이제 앞에 소개한 시로 돌아가 보자. 모두 여섯 연으로 이루어진 이 긴 시의 시어의 의미를 일일이 따져 보기는 버겁다. 평범한 독자 특히 초보자로서는 시의 해석을 단순화할 수밖에 없다. 그렇다고 아무리 단순화한대도 '나', '절정'과 '꽃 한 송이'를 건너뛸 수는 없다. 당시 시인의 처지와 목월의 힌트를 염두에 두어, 나(화자)=시인, 절정=위기, 꽃 한 송이=K라는 여인이라고 두면 희미하게나마 길이 보인다. 이제 시인의 말을 내가 알아들을 수 있는 말로 번역해 보자. 이런 노력이 헛될지도 모른다고 주눅들 필요는 없다. 아무도 초보자의 해석에 귀를 기울이지는 않을 테니, 남을 의식하지 말고 자신의 말에만 집중한다.

제1연: 화자가 목숨이나 명예가 갈릴 만큼 위태한 처지에 놓여 있다는 점과, 절정의 여인이 특별하고도 소중한 존재임을 말한다.

제2연: 여인에게도 나름의 사연이 있음을 말해 준다.

제3연: 여인이 화자에게 어떤 의미였는지를 돌아본다.

제4연: 여인을 포기할 수밖에 없는 화자의 처지를 확인해 준다. 화자는 화려한 환상을 버리고 소박한 현실을 선택한다.

제5연: 주막의 옛 주인의 늘어난 주름살은, 여인과 사귀기 시작해서 오늘 마음을 정리하는 데까지는 상당한 시간이 걸렸음을 말해 준다. 울타리, 복사꽃, 청댓잎 등은 화자를 대신해서 울고 있는 산새의 배경일 뿐이다.

제6연: '사된 마음이 없이 죄지은 참회'는 무엇인가? 사된 마음이 없이 지은 죄란 의도치 않은 죄를 말하는가? 안주할 수 없는 꽃에게서 벗어나려고 애원하는 나비의 처지에 빗대어, 화자는 환상으로부터 현실로 돌아와 안도하는 자신을 비웃고 있다.

우리는 인간으로 살아가는 이상 갖고 싶은 것을 다 가지고 살아갈 수는 없다. 염치니 도리니 하는 것을 대수롭지 않게 여기는 사람도 있겠지만 당시의 지훈으로서는 목숨보다 소중한 것이었는지 모른다. 그렇다고는 해도 자신의 선택이 옹졸한 것만 같아 마침내 스스로를 비웃게 된 것일까? 시를 이렇게 해석하고 보니, 목월이 "기행문에 '가슴 아픈 사건'이 비교적 자세하게 기록되어 있다"라고 했던 말은 바로 이 시를 염두에 두고 한 말이 아닐는지.

시인은 숨을 거두기 한 주 전, 가족 앞에서 이 시를 낭송했으며 그걸 녹음까지 해 두었다. 영양의 조지훈문학관에서는 이 육성 녹음을 들려준다고 한다. 나는 지난봄 친구들과 그곳을 다녀왔지만 아쉽게도 그 기회를 지나치고 말았다. 독자께서는 이 문학관에 가거든 시인이 '絶命(절명)'을 앞에 두고 운 울음을 들어 보시길 바란다.

읽어도 그만 안 읽어도 그만

(2019. 10. 21)

그분에게 '선생'보다 나은 호칭이 있을까? 선생의 연배가 유학 갈 때에는 대통령의 재가를 거쳐 겨우 만져 보게 된 50불인가 하는 현금을 들고 태평양을 건너는 비행기를 탔단다. 그는 기계 공학 박사 하나만으로는 성에 차지 않아서 재료 공학 박사까지 받았단다. 미국의 한 철강 회사에서 퇴직한 후에는, 고국이 그리워서인지 긴 객지 생활에 지쳐서인지 무작정 귀국했단다. 아직 그를 전설적인 인물이라고 하기엔 부족한가? 대학 재학 중 전쟁이 발발하자 많은 동료들이 전시연합 대학을 따라 내려갈 때, 그가 소총을 들기로 작정한 것을 고려해도 여전히 부족하다고 느낄지 모르겠다. 그러나 두꺼운 미적분학 책을 배낭에 넣어 두었다가 전투 중에도 틈만 나면 책을 손에서 놓지 않았다는 얘길 들으면 달라질지 모른다.

포항에 있는 모 대학을 거쳐 이용선 선생이 내가 다니던 직장에 초빙 교수로 온 것은 90년대 전반기의 어느 때였다. 수업만 마치면 연구실로 돌아가 연구에 전념하는 것만으로도 당시 연세가 육십 대 중반인 점을 감안하면 선생은 동료들에게 모범이 될 만한 분이었다. 나로서는 스승들의 친구이기도 한 그를 대하기가 조심스러웠다. 게다가 그는 어쩌다 회의에 참석해도 별 말씀이 없어서 속내를 알 수 없는 분이었다. 그나마 그와 대화를 나누게 된 것은 통근 버스를 같이 타야 했기 때문이다. 그가 소탈한 분이어서 나이를 의식하지 않는다는 걸 차츰 알게 되었고, 자연히 각자가 하고 있는 연구나 고충 등에 관한 이야기를 나누게 되었다. 그러던 중 선생을 더 특별하게 여기게 된 것은 그가 손수 제사를 받든다는 걸 알게 되면서부터다. 오랜 객지 생활로 몇 대 종손의 역할을 동생에게만 미룬 일이 미안하여 충북 진천에서 제사를 옮겨왔다고 했다. "제객은 많습니까?" 하고 여쭈었더니 "혼자 지내"라고 대답했다. 본인이야 책임을 감당하는 게 마땅하겠지만 사모님은 늘그막에 웬 고생이실까 하는 생각도 들었다. 하지만 제례에 대한 관심이 줄어들던 시대에 종손으로서의 책임을 자청한 그가 우러러 보였다.

어느 날 우편함에 제법 두툼한 원고가 들어 있었다. 표지에 붙인 쪽지에는 원고를 읽고 의견을 달라는 선생의 부탁이 담겼다. 손으로 눌러 쓴 굵은 연필 글씨는 그의 연구에 대해 얼마 되지 않던 호기심마저 달아나게 했다. 곧 원고의 내용보다 그가 왜 나한테 이런 부탁을 하게 되었을까 하는 점이 궁금해졌다. 한 장면이 생각났다.

학부로 금방 배달된 미국 기계학회 논문집 응용역학 잡지에서 선생의 논문을 비판한 논문을 우연히 보게 되었다. 그의 연구 분야가 나의 관심 분야가 아니었던 점을 감안하면 우연이랄 수밖에 없었다. 시간이 얼마쯤 지나서도 선생이 아직 그 잡지에 관심을 기울이지 않았다는 걸 알게 되자 조심스럽게 입을 뗐다. 그는 "그 논문이 문제가 많아서 부정적인 심사평을 이미 보냈는데 잡지에 실렸나 보군" 하며 불편한 심기를 감추지 않았다. 한 분야의 일가를 이룬 이의 연구에 다소 의심스러운 점이 발견되더라도 그 비판 논문이 잡지에 게재되기는 통상 어려운 일이다. 심사 요청이 해당 연구자에게 먼저 가기 십상이기 때문이다. 남의 논문을 비판했으니 여간 심각한 개선이 아니면 긍정적인 평가를 받기 어려운 것은 말할 것도 없다. 요행히 편집인이 눈이 밝은 사람이면 타협책으로 저자에게 원고를 줄이길 권유하게 되기도 하는데, 그 권유가 받아들여지면 논문은 축약논문(brief note)으로 출판되게 마련이다. 당시의 경우도 그와 비슷했을 것이다. '선생이 자신의 논문을 비판한 그 축약논문을 비판하기 위해 매우 긴 원고를 준비하셨나보다'라고 짐작하게 되었다.

노란 편지지에 작성한 그 원고를 앞에 두고 생각에 잠겼다. 이 원고를 제대로 검토해서 의견을 전달하면 무슨 일이 이어질까를 생각해 보았다. 먼저 동료의 연구에 대해 얼마간 이해하게 될 것이다. 또한 동료를 도운 일로 보람을 느끼게 될 것이고, 그로부터는 사례를 받게 될 것이다. 더 나아가 그는 공동 저자를 제안할지도 모른다. 뻔히 보이는 전망이다. 물론 나쁘지 않다. 얼마간의 노력으로 논문의 공동 저자가 된다는 것이. 그런데 선생의 주제에 도무지 관심이 생기질 않았다. 남을 돕고 싶어도 관심이 생기지 않는데 어떻게 돕는단 말인가? 결국은 그러한 뜻을 담고, 독자가 되기에 나보다 나아 보이는 동료를 추천하는 쪽지를 붙여 원고를 그의 우편함에 넣고 말았다. 그 후 선생이 그 동료의 도움을 받아 논문을 투고했다는 얘기를 전해 들었다.

돌이켜보니 선생은 내가 선생의 연구에 관심이 많은 줄로 알았나보다. 뿐만 아니라, 원고의 개선에 도움이 되는 의견도 충실히 제공해 줄 것으로 기대했던 모양이다. 그런 기대에 미치지 못한 나의 성의를 탓해야 마땅할 테지만 나로선 달리 방법이 없었다. 읽고 싶지 않은 원고를 잠시라도 들고 있기는 싫었으니까.

선생과의 옛일을 떠올리게 된 것은 글을 써서 친지들에게 보이는 요즘의 내 처지와 무관해 보이지 않아서이다. 별로 관심도 가지 않는 글이 받는 사람에게는 짐스러울 수도 있겠다는 생각이 든 것이다. 독자들이여, 써도 그만 안 써도 그만인 글을 보냈으니, 읽어도 그만 안 읽어도 그만이라고 여기시길.

무관락(無冠樂)

(2019. 10. 30)

은퇴한 지 육 년이 다 되어 간다. 때로는 거실에 앉아 넋을 놓고 먼 산바라기를 할 때도 있지만 지낼 만하다. 세월을 이리 보내든 저리 보내든 누가 뭐랄 사람은 없지만, 근래엔 읽기 넉 달 쓰기 두 달, 이렇게 세 차례를 보냈다. 곧 시작될 다음 반년이 기다려진다. 되는대로 시간을 보내던 사람으로서는 뜻밖에도 이번엔 계획을 세워 보고 싶어졌다.

우선 독서는 두 갈래로 잡았다. 먼저 진작 뽑아 둔 신간 《논쟁 극장》을 읽어야 한다. 이 책은 청나라 때 씌었다는 소설 《홍루몽(紅樓夢)》에 관한 책이다. 이 소설은 학자들의 관심을 모아 '홍학(紅學)'이라는 새로운 학문을 열어 주었는데 그 역사가 백년이 넘었단다. 서평에 따르면 《논쟁 극장》은 홍학 백년사를 집대성한 책이란다. 그러니 이 책을 읽으려면 먼저 3천 페이지가 넘는 소설부터 읽어야 한다. 다른 하나는 중국 철학사다. 근래에 장자의 내편을 읽고 '장자를 읽다가'란 글을 쓰다가 멈추고 말았다. '선행을 하더라도 이름이 나는 데까지 다가가지는 말고(爲善无近名), 잘못을 저지르더라도 법에 저촉되는 데까지 다가가지는 마라(爲惡无近刑)'는 구절이 마음에 걸려서다. 이런 생각을 드러낸 책이 어떻게 유가의 서적과 경쟁해서 살아남았는지 궁금해졌다.

한편, 쓰고 싶은 글은 둘이다. 하나는 〈〈게르니카〉를 찾아서〉란 글이다. 열두 해 전 온전히 이 그림을 보러 마드리드에 들른 적이 있다.

그때 썼어야 마땅한 글이다. 다른 하나는 박사 과정 지도 교수였던 쑤(C. S. Hsu) 선생에 관한 글이다. 5년 전 고인이 된 스승의 언행에 대한 기억이 사라지기 전에 기록을 남겨야겠다는 생각이 들어서다.

친구들 중에 교직에 있는 무리는 조만간 은퇴하게 된다. 아마도 이런저런 생각이 많을 것이다. 그들에게, 원매(袁枚)의 〈소하시(銷夏詩)〉 즉, 여름을 식혀 주는 시를 소개하고 싶다.

　은퇴한 지 반년이 다되어 가는구나
　물안개 짙은 곳에서 꽃을 안고 잠을 잔다
　평생 꿈꿔 온 벼슬 없는 즐거움
　무더운 유월 더위에 누가 나보다 상쾌할까?

친구들이여, 그냥 뚜벅뚜벅 걸어가라. 곧 터널의 끝을 알려 주는 빛 즉, '무관락(無冠樂)'이 기다릴 테니.

할아버지는 왜 회사 안가요?

ⓒ 이원경, 2020

초판 1쇄 발행 2020년 11월 17일

지은이	이원경
펴낸이	이기봉
편집	좋은땅 편집팀
펴낸곳	도서출판 좋은땅
주소	서울 마포구 성지길 25 보광빌딩 2층
전화	02)374-8616~7
팩스	02)374-8614
이메일	gworldbook@naver.com
홈페이지	www.g-world.co.kr

ISBN   979-11-6536-997-2 (03810)

이 도서의 국립중앙도서관 출판예정도서목록(CIP)은 서지정보유통지원시스템 홈페이지(http://seoji.nl.go.kr)와 국가자료공동목록시스템(http://www.nl.go.kr/kolisnet)에서 이용하실 수 있습니다. (CIP제어번호 : CIP2020047193)